HEYNE <

Das Buch

»Krieg der Sterne« – Diese Headline sieht Kate schon förmlich vor sich, als sie hört, dass sich der berühmte Meisterkoch Jake Goldman in Easedale niederlässt. Die frisch vom Freund verlassene Journalistin braucht dringend eine große Story, die ihr den Job sichert. Dazu braucht sie Insider-Informationen. Die bekommt sie am besten im Herzen des neu eröffneten Restaurants: In der Küche. Dass ihr Herz davon nicht ganz unberührt bleibt, hat mit ihrem Job nichts zu tun, oder etwa doch?

Die Autorin

Miriam Morrison arbeitete als Journalistin und Lehrerin in Cumbria. Kochen und Restaurants kennt sie sehr gut: Ihre Tochter studiert an einem Catering College in London und sie selbst hat nach ihrer Karriere im Journalismus ein Country Inn betrieben. Nun lebt sie mit ihrer Tochter Emily in London, wo sie bereits an ihrem nächsten Roman schreibt.

Miriam Morrison

Küchenduell

Roman

Aus dem Englischen
von Silvia Kinkel

WILHELM HEYNE VERLAG
MÜNCHEN

Die Originalausgabe RECIPE FOR DISASTER erschien
2008 bei Arrow Books, London

Für Emily

FSC
Mix
Produktgruppe aus vorbildlich bewirtschafteten Wäldern und anderen kontrollierten Herkünften
Zert.-Nr. SGS-COC-1940
www.fsc.org
© 1996 Forest Stewardship Council

Verlagsgruppe Random House
FSC-DEU-0100
Das für dieses Buch verwendete
FSC-zertifizierte Papier *Holmen Book Cream*
liefert Holmen Paper, Hallstavik, Schweden.

Vollständige deutsche Erstausgabe 10/2008

Printed in Germany 2008
Umschlagfotos: © Image Source/Getty Images; Donata Pizzi/
Photographer's Choice/Getty Images
Umschlaggestaltung: Nele Schütz Design, München
Satz: KompetenzCenter, Mönchengladbach
Druck und Bindung: GGP Media GmbH, Pößneck
ISBN: 978-3-453-40526-4

www.heyne.de

1. Kapitel

»Möchten Sie jetzt bestellen?«

Die Speisekarte lag unter einem Stoß Zeitungen vergraben auf dem Fußboden. Kate hatte sie kurz überflogen und sich dann in ihre Lieblingskolumne des *Guardian* vertieft. Sie lächelte die Kellnerin entschuldigend an und tauchte unter dem Tisch ab, um nach der Karte zu suchen.

Von dort aus warf sie einen Blick zu dem älteren Pärchen am Nebentisch. Die beiden hielten verstohlen Händchen. Wie süß. Was mochte wohl die Story hinter dieser Liebe sein? Vielleicht eine Affäre im hohen Alter? Als Journalistin war es natürlich ihr Job, neugierig zu sein. Doch jetzt gab es Wichtigeres zu tun. Lächelnd wühlte sich Kate durch die auf dem Boden verstreuten Zeitungen und war dabei nur Zentimeter von Jonathans teuren Socken und perfekt geputzten Schuhen entfernt. Man sah auf den ersten Blick, dass diese zu einem Mann gehörten, der nicht einmal im Traum daran dachte, unterm Tisch Händchen zu halten.

»Jonathan, nimm bitte den Fuß weg.« Sie hatte eine Ecke der verschollenen Speisekarte zwischen der *Times* und Jonathans Schuh hervorblitzen sehen.

»Was?«, fragte er geistesabwesend und las unbeirrt weiter in der *Daily Mail*. Kate seufzte. Sein Interesse für Journalismus war einer der Gründe, warum sie sich in ihn verliebt hatte. Aber hier unten war es ziemlich warm und sie bekam allmählich einen steifen Nacken. Kate zerrte an dem Papierstoß und zog die Speisekarte schließlich mit einem solchen Ruck heraus, dass sie sich den Kopf an der Tischplatte stieß. Sobald sie wieder aufrecht saß, rieb sie sich über die schmerzende Stelle und fächerte ihren glühenden Wangen mit der Speisekarte Luft zu.

Die Kellnerin verlagerte ihr nicht unbeträchtliches Gewicht von einem Bein aufs andere und blickte verdrießlich vor sich hin. Sie sah aus, als würde sie auf einen Bus warten, der wie immer zu spät kam.

»Nun?«, fragte sie seufzend nach.

»Ich denke, wir nehmen beide das Lamm«, schlug Kate vor und sah Jonathan fragend an.

»Meinst du? Gut, einverstanden.« Jonathan blätterte die Zeitung um, ohne auch nur aufzublicken. Zweifellos erwartete er von Kate, dass *sie* diese lästige Entscheidung traf – und zwar möglichst schnell.

Die Kellnerin runzelte die Stirn. Wussten diese Leute hier nicht, dass sie sich in einem teuren Hotelrestaurant befanden? Die Gerichte wurden hier mit Bedacht ausgewählt! Sie zückte ihren Block und begann zu schreiben.

»Zweimal Lammkoteletts. Möchten Sie die Côtelettes des Ardennes mit Blumenkohlröschen an Bratenjus oder die Herdwick-Hammelkoteletts in Minzsauce?«

Kate fand die Situation zum Lachen. Das Ganze erinnerte sie an eine Matheprüfung und sie wusste jetzt schon, dass ihre Antwort in jedem Fall falsch sein würde. Die Kellnerin klopfte ungeduldig mit dem Stift auf ihren Block.

»Jeweils einmal, bitte.« Dann konnten sie immer noch tauschen.

»Mit grünem Salat aus der Region oder einer Auswahl an Wintergemüse, in Olivenöl sautiert, mit Parmesan und frischem Rosmarin?«

»Da steht uns ja ein richtiges Festessen bevor«, sagte Kate zaghaft. »Ich denke, beides.«

Die Kellnerin erwiderte nichts, zog ihre Augenbrauen aber kaum merklich nach oben. Auf Kate wirkte das spöttisch und sie wurde ärgerlich. Schließlich bezahlten sie für das Ganze. Aber da Jonathan Szenen nicht ausstehen konnte, verkniff sie sich jeglichen Kommentar und lächelte.

»Möchten Sie das Lamm medium oder durch?«

»Gütiger Gott!« Jonathans Gesicht tauchte hinter seiner Zeitung auf. »Ich möchte einfach nur zu Mittag essen und nicht an einem Quiz teilnehmen!« Er räusperte sich. Kate hasste es, wenn er dieses Geräusch machte, weil er dann viel älter klang, als er war.

Die Miene der Kellnerin war unmissverständlich: Ihr war es total gleichgültig, was sie beide aßen. Es war ohnehin unter ihrer Würde, sie zu bedienen.

Kate hatte jetzt genug. »Wir nehmen eins gut durchgebraten, das andere medium«, erklärte sie energisch und warf einen Blick auf ihre Armbanduhr. »Und bitte schnell. Ach, und noch zwei Bier.«

Die Kellnerin entfernte sich eilig und Kate sah ihr leicht besorgt hinterher. Hoffentlich hatte sie sie nicht zu sehr verärgert! Die Kellnerin brauchte dem Koch nur ein Zeichen zu geben und das simple Braten von Lammkoteletts würde sich als äußerst langwieriger Prozess entpuppen. Und wie oft würde sie wohl auf den Salat niesen, bevor er bei ihnen ankam? Aber jetzt war es zu spät, um sich darüber Gedanken zu machen.

»Und? Welchen Artikel findest du am besten?«, fragte sie und beugte sich neugierig über Jonathans Arm, um einen Blick in die Zeitung zu werfen.

»Der in der *Daily Mail* ist zu kurz, der im *Telegraph* zu lang, und der *Guardian* hat das Thema verfehlt«, lautete die prompte Antwort. Kate musste lachen und spürte, wie ihre gute Laune zurückkehrte. Als Kulturredakteur der *Easedale Gazette* war Jonathan fest davon überzeugt, dass niemand so gut schreiben konnte wie er – und damit lag er meistens sogar richtig. Man konnte viel von ihm lernen.

Er blickte auf und sah sie auf diese durchdringende, leicht hochmütige Art an, die normalerweise ein Kribbeln in ihrem Bauch verursachte. Doch dieses Mal verspürte sie nicht die leiseste Regung. Irritiert griff sie nach ihrer Bierflasche und nahm einen kräftigen Schluck. In diesem Moment kam die Kellnerin mit Nachschub. Sie schenkte ihnen demonstrativ etwas in die Gläser und verschwand wieder.

»Schwer zu glauben, dass das hier das *Ritz* sein soll«, sagte Kate ärgerlich. »Ich hätte nichts dagegen, aus einem Glas zu trinken, wenn es sauber wäre. Die sollten den Typen entlassen, der die Speisekarte verbrochen hat, und stattdessen eine weitere Spülkraft einstellen.«

»Wieso? Was stimmt denn nicht mit der Speisekarte?« Jonathan blickte widerstrebend vom Sportteil der *Daily Mail* auf.

»Hör dir das doch an: ›In der Pfanne gebratene Forelle mit Erdnussbuttersauce‹. Wo sollte man denn sonst etwas braten als in der Pfanne?«, regte sich Kate auf. Sie war Journalistin geworden, weil sie eine Leidenschaft für Sprache hatte. Wenn sie sich entscheiden müsste, würde sie ihre Liebe zum Schreiben jederzeit über die Liebe zu einem Mann stellen. Auch über Jonathan.

Neugierig legte der die Zeitung weg. »Kann man Fisch und Erdnüsse überhaupt kombinieren?«, fragte er zweifelnd.

»Man kann schon, aber man sollte nicht«, antwortete sie und wickelte sich nachdenklich eine ihrer wilden roten Locken um den Finger. »Oder hier: ›Filetsteak vom Strauß mit Waldpilzen und Bioschokolade‹. Da verhungere ich lieber. Und bei dem Blick, den die Kellnerin uns zugeworfen hat, werde ich das wohl auch müssen.«

»Analphabeten sind sie auch noch – *Trifle* haben sie mit Doppel-F geschrieben«, fügte Jonathan missbilligend hinzu. Er blickte sich im Restaurant um. »Ich weiß nicht, was mit diesem Laden passiert ist. Früher konnte man hier gut essen: schlichte, bodenständige Kost wie Bratwurst mit Kartoffelpüree. Aber das neue Management meinte wohl, wenn sie Dinge auf die Speisekarte setzen, von denen nie jemand gedacht hätte, dass sie essbar sind, könnten sie die Preise kräftig erhöhen. Jeder hält sich jetzt für den neuen Jamie Oliver oder diesen anderen Fernsehkoch, du weißt schon, der ständig flucht.«

»Gordon Ramsay?«

»Genau der. Er war früher Fußballer – wie ist der bloß Koch geworden?«

»War anscheinend nicht schwer – jedenfalls hat er drei Michelin-Sterne«, erwiderte Kate, die Mr Ramsay insgeheim wahnsinnig sexy fand.

Jonathan fand das Thema langsam spannend. Er hatte sogar die Zeitung weggelegt und blätterte interessiert durch die Speisekarte. »Das scheint jetzt der letzte Schrei zu sein: wilde Kompositionen zu saftigen Preisen. Kein Wunder, dass einige dieser Köche mit einem Porsche herumfahren.« Womit sie sich einen von Jonathans geheimsten Wünschen erfüllten.

Kates Bedarf an Autos war vollauf gedeckt, solange ihres fuhr. Sie sah sich um. »So leer, wie es hier ist, kann sich unser Koch wahrscheinlich nur ein Fahrrad leisten.«

»Er überschlägt sich jedenfalls nicht gerade vor Schnelligkeit«, brummte Jonathan und warf einen Blick auf seine Uhr.

»Soll ich mich beschweren?«

»Gute Idee, aber er wird schärfere Messer haben als wir.«

»Ich habe meine eigenen Waffen. Vergiss nicht, dass ich meine journalistischen Krallen in einer Redaktion voller taffer und abgebrühter Zyniker geschärft habe – und dabei rede ich nur von den Frauen.« Kate lächelte zufrieden, als Jonathan grinste. Sie liebte es, wenn sie miteinander herumalberten.

Als das Essen endlich kam, betrachtete Kate erschüttert ihren Teller. Sie war sicher, dass selbst in der modernen Gastronomie ein Unterschied bestand zwischen roh und rosa!

»Ich könnte den Koch bitten, es noch mal unter den Grill zu schieben«, sagte die Kellnerin widerwillig, als sie Kates ablehnendes Gesicht sah.

»Wenn es nicht zu viel Mühe macht«, erwiderte Kate verzweifelt. Die Kellnerin trottete ohne große Eile davon.

»Wie kompliziert kann es sein, ein paar Lammkoteletts zu braten?«, fragte Kate und musterte misstrauisch den kunstvoll arrangierten Salat auf Jonathans Teller. »Ich wette, dass der Küchenchef nicht einmal selbst kocht. Er hat ein paar Lakaien, die er herumscheucht, während er die Messer wetzt und sein Spiegelbild in blank gescheuerten Töpfen bewundert.« Aber Jonathan hatte sich schon wieder von der drohenden kulinarischen Krise Großbritanniens abgewandt und amüsierte sich über einen Cartoon im *Mirror.*

Die Kellnerin kehrte mit Kates Teller zurück und stellte ihn wortlos auf den Tisch. Kate lächelte knapp und zog den Teller näher zu sich heran. Im nächsten Moment schrie sie erschrocken auf und tauchte ihre verbrannten Finger sofort in das kühlende Bierglas. »Autsch! Ist das nicht unglaublich? Die haben einfach den ganzen Teller in den Backofen geschoben! Meine Gemüse-Juliennes sind bis zur Unkenntlichkeit verkohlt.«

Jonathan faltete seine Serviette auseinander. »Um Himmels willen, Kate, nimm die Finger aus dem Glas«, zischte er verärgert.

»Das stört doch niemanden!« Sie blickte auf. Jonathan störte es, auch wenn es außer ihm niemand sah. Sein Sinn für gutes Benehmen ging über seinen Sinn für Humor. Vielleicht machte sich der Altersunterschied zwischen ihnen auch langsam bemerkbar. Sie wischte sich die Finger an der Jeans ab und bemerkte aus den Augenwinkeln den nachdenklichen Ausdruck in seinem Gesicht. Es war offensichtlich, dass sie mittlerweile nur noch ihre glühende Leidenschaft für den Journalismus gemeinsam hatten. Drei Monate waren sie jetzt zusammen. Es war eine dieser Büroaffären, die selten unter einem guten Stern stehen – insbesondere in Anbetracht der Tatsache, dass Jonathan zwar von seiner Frau getrennt lebte, aber immer noch verheiratet war. Kate hatte nie wirklich geglaubt, dass ihre Beziehung von Dauer sein würde.

Vorsichtig piekste sie mit der Messerspitze in ihr Lammkotelett. Es war so hart, dass es ein gutes Wurfgeschoss abgegeben hätte.

»Fang an – ich muss pünktlich zum Meeting zurück sein«, erinnerte Jonathan sie ungeduldig.

»Und ich will noch mal für ein paar Stunden zur Ausgrabungsstelle.« Kate arbeitete an einem ausführlichen Artikel über einen archäologischen Fund in den Hügeln nahe Easedale. »Mein Text über die römische Siedlung ist so gut wie fertig. Höchste Zeit, die Zähne in die nächste Story zu schlagen.«

»Ich glaube, ich habe gerade ein paar von meinen in diesem verdammten Kotelett verloren«, brummte Jonathan.

»Die Speisekarte war unverständlich, die Bedienung langsam und das Essen ungenießbar. Ich würde diesem Restaurant keinen einzigen Stern geben!«

»Hast du vor, dich als Restaurant-Kritikerin bei der Zeitung zu bewerben?«, grinste Jonathan sie an. Er zückte seine Brieftasche und warf ein paar Geldscheine auf den Tisch. »Komm, lass uns von hier verschwinden.«

Erleichtert legte Kate ihr Besteck neben das nahezu unberührte Essen. Als sie Jonathan nach draußen folgte, knurrte ihr der Magen. »So ein Mist! Ich bin immer noch am Verhungern.«

2. Kapitel

Einige Straßen entfernt stand Jake Goldman vor einem heruntergekommenen Gebäude. Seine Nasenflügel zuckten kaum merklich. Er konnte den Geruch zweifelsfrei identifizieren: altes Bratfett. Jake seufzte und wünschte, er wäre mit einer weniger feinen Nase gesegnet – oder mit mehr Geld. Kaum vorstellbar, dass er sich gefreut hatte, als er die Anzeige in *Hotel and Caterer* entdeckt hatte. Der Verfasser des Textes hatte davon geschwärmt, welches Potenzial in diesem Objekt steckte. Durch geschicktes Verteilen der Tische hätte man Platz für etwa 60 Personen – in jedem Fall genug für einen jungen Koch, der sein erstes eigenes Restaurant eröffnete. Im ersten Stock lag eine Wohnung und hinter dem Haus erstreckte sich ein kleiner Garten. Dort könnte er Kräuter ziehen und vielleicht sogar Tomaten anpflanzen. Letzte Nacht hatte Jake kaum ein Auge zugetan. Er war zu aufgeregt gewesen und hatte im Kopf Menüs zusammengestellt, die Küche durchorganisiert, Personal eingestellt …

Aber als er zum Besichtigungstermin erschien, sah er sofort, wie nervös der Makler war – ein schlechtes Zeichen.

»Leider ist es viele Jahre lang ziemlich vernachlässigt worden, aber Sie müssen zugeben, dass die Lage spitzenmäßig ist.« Er wies mit einer ausschweifenden Armbewegung weg vom abblätternden Außenanstrich hin zu den grünen Hügeln, die hinter den Häusern von Easedale aufragten wie neugierige Nachbarn. Anscheinend hoffte er, Jake würde sich die Landschaft ansehen und nicht den Zustand des Daches.

»Der Verfasser der Anzeige muss eine blühende Fantasie haben«, erklärte Jake trocken.

Eric, der Makler, war neu in dem Gewerbe und noch voller Enthusiasmus. »Dieses Objekt birgt jede Menge Möglichkeiten«, schlug er tapfer vor.

»Ich bitte Sie!«, unterbrach ihn Jake. Er ließ sich nicht für dumm verkaufen.

Eric schloss den Mund und beide betrachteten schweigend das Gebäude.

Ein verblasstes Schild erinnerte daran, dass dies hier einst *Joe's Eatery* gewesen war. Joe hatte vor einem Jahr wegen Arterienverkalkung den Löffel abgegeben. Er hätte wohl weniger von seinen eigenen Gerichten essen sollen.

Vorsichtig öffnete Eric die Eingangstür. Ein abgestandener Geruch schlug ihnen entgegen. Der Innenraum war in Senfbraun gestrichen. Auf allem lag eine Schmutzschicht von mindestens zehn Jahren. Nicht anders beim Fußboden. Jedes Mal wenn Jake einen Schritt machte, verursachten seine Schuhsohlen ein schmatzendes Geräusch, als ob der gelbe Fußboden ihn festhalten wollte.

Auf dem Boden entdeckte er außerdem eine alte Speisekarte. Sie war mit braunen Saucenspritzern übersät wie mit Leberflecken. Das Angebot wirkte umfangreich – allerdings war alles frittiert, selbst die Desserts.

Eric räusperte sich und setzte dazu an, ein weiteres kümmerliches Verkaufsargument in die Schlacht zu führen.

»Versuchen Sie es erst gar nicht«, warnte Jake ihn. »Selbst

mit der poetischen Gabe eines William Wordsworth könnten Sie diesen Ort nicht beschönigen. Oder sind Sie etwa Dichter?«

Eric schüttelte den Kopf, sein Adamsapfel hüpfte nervös auf und ab.

»Alles klar. Zeigen Sie mir einfach die Küche«, sagte Jake.

Für einen Koch ist die Küche sein zu Hause. Es ist nicht nur der Ort, an dem er kocht, sondern auch der Platz für seine Hoffnungen, Träume und ehrgeizigen Ziele. Aber als Jake den Raum betrat, traf ihn fast der Schlag. Wie in aller Welt sollte er hier arbeiten können? Die Wände zierte ebenfalls dieser senfbraune Ton, was aber daran lag, dass sich jahrelang niemand die Mühe gemacht hatte, sie abzuwaschen. In einer Ecke stand ein gefährlich aussehender Apparat, wahrscheinlich ein Exemplar der allerersten Generation von Mikrowellengeräten. An der gegenüberliegenden Wand prangte eine furchteinflößende Fritteuse. Jake spähte hinein und schüttelte sich. Sie war immer noch voll – der Farbe nach hätte es Maschinenöl sein können. Der Herd daneben gehörte längst in den Ruhestand und hatte von so etwas wie einer Digitalanzeige noch nie etwas gehört. Die wenigen Küchenschränke hingen gefährlich instabil an der Wand. Als Jake die Tür zum Vorratsraum öffnete, hörte er winzig kleine Füße über das Linoleum trappeln. Auf dem Boden stand ein großer Sack mit Instantbrühe. Vor Entsetzen hielt Jake zischend den Atem an. Gegen die Fertigmischung fand er die Mäuse fast noch harmlos!

»Und oben hätten wir dann die Wohnung für den Besitzer – sehr praktisch«, startete Eric einen verzweifelten Versuch, obwohl er dachte, dass sie sich das obere Stockwerk eigentlich schenken konnten.

»Dann mal los, schlimmer kann es nicht werden.«

Oben erwarteten sie noch mehr braune Wände und eine

fleckige, scheußliche Tapete, die irgendwann einmal beige gewesen sein könnte.

Arterien-Joe hatte freundlicherweise seine persönliche Kunstsammlung zurückgelassen. Diese bestand aus drei Pin-up-Postern, die mit Klebestreifen an der Wand befestigt waren und jetzt so herunterhingen, dass die beiden Männer Gefahr liefen, von überdimensionalen Papierbrüsten erdrückt zu werden.

Das Badezimmer war in einem Gelbton gestrichen, der einem das Gefühl gab, in Galle zu baden. Keiner der beiden Männer verspürte ernsthaft den Drang, ins Klo zu schauen, und doch zog es sie magisch an. Der Anblick ließ unweigerlich an eine Versuchsanlage für biologische Waffen denken.

Alle Küchenchefs verfügen über eine lebhafte Vorstellungskraft. Das müssen sie. Selbst die besten unter ihnen waren an irgendeinem Punkt ihrer Karriere genötigt, aus einem widerlich aussehenden Stück Suppenfleisch ein Fünf-Sterne-Menü zu zaubern. Und das hier konnte kaum widerlicher sein.

»Perfekt – ich nehme es!«, sagte Jake.

Eric musste sich an die Wand lehnen, um den Schock zu verdauen. Er versuchte, ganz ruhig zu bleiben – erfolglos. »Warum in Gottes Namen tun Sie das?«

Jake wollte sich ebenfalls lässig gegen die Wand lehnen, aber seine Beine zitterten plötzlich so sehr, dass sie nachgaben. Er rutschte mit dem Rücken die Wand hinunter und kam auf dem schmuddeligen Teppich zum Sitzen – zumindest konnte auch er sich so von seiner schockierenden Entscheidung erholen.

»In Ihren Augen ist das hier eine heruntergekommene Bruchbude – in meinen eine glänzende Zukunft.«

»Gegen die Lage ist ja auch nichts zu sagen«, begann Eric, dann brach er ab und musterte Jake plötzlich sehr genau.

»Jetzt hab ich's! Sie kamen mir gleich so bekannt vor! Ich habe Ihr Bild vor ein paar Monaten in einem Magazin gesehen – in diesem Riesenartikel über Köche. Meine Freundin hat ihn förmlich verschlungen. Sie sind berühmt!«

»Seien Sie nicht albern«, entgegnete Jake genervt. »Das Interview war eine Ausnahme – ich würde bei so etwas nie wieder mitmachen.«

»Wieso nicht? Sind Sie verrückt? Das wird doch bestimmt gut bezahlt?«

Jakes Augen leuchteten mit der Leidenschaft eines Mannes, der große Visionen hat. »Ich habe Wichtigeres zu tun, als jedem Penny hinterherzujagen!«

Eric klappte den Mund zu. Ein bisschen eigenartig war dieser Typ ja schon. »Mein Boss sagt, das sei leicht verdientes Geld. Man müsse sich nur diese Fernsehköche ansehen.«

»Ihr Boss ist ein Idiot. Aber ist schon okay. Ich bin solche Äußerungen gewohnt. Sie stammen immer von Leuten, die nicht die geringste Ahnung vom Kochen haben.«

»Dann ist es also ein anspruchsvoller Job? Wie sind Sie dazu gekommen? Braucht man gute Noten?« Erics Boss sagte immer: *Schmier dem Klienten Honig um den Bart, gib vor, dich für sein Leben zu interessieren* – das hatte der Boss ihm wirklich eingetrichtert.

»Ganz und gar nicht. Es muss alles von hier kommen.« Jake klopfte sich auf die Brust. »Man muss mit Leidenschaft kochen.« Dann grinste er. »Zum Glück – ich war nicht allzu lange auf der Schule.«

»Warum nicht?«

»Sie haben mich rausgeworfen, weil ich einen anderen Schüler verprügelt habe«, sagte Jake und zog die Augenbrauen zu einer möglichst finsteren Miene zusammen. Seine Worte entsprachen nicht ganz der Wahrheit, aber es konnte nicht schaden, diesem Makler den Eindruck zu vermitteln, dass sich Jake Goldman nicht herumschubsen ließ. Dann seufzte er. Es war ein langer, anstrengender Weg, der hinter Jake lang, und alles andere als eine Erfolgsstory.

Denn in Wahrheit war seine Schulzeit recht ereignislos verlaufen. Aus dem Unterricht hatte er außer in Hauswirtschaft nicht viel mitgenommen. Er war sechzehn gewesen und versuchte sich gerade zum ersten Mal am Zubereiten einer Marinade, als der einzige andere Junge in der Klasse, Wayne, seinen Kaugummi direkt in Jakes Rührschüssel spukte und ihn einen Vollidioten schimpfte, weil Jake sich ernsthaft fürs Kochen interessierte. Dieser Bursche war nur in dem Kurs gelandet, weil ihn kein anderer Lehrer in seinem Unterricht haben wollte.

Die dumme Bemerkung kratzte Jake nicht, aber er schnappte sich Waynes Hand und steckte sie in die Schüssel: »Hol den sofort wieder raus, du Trottel! Oder dein Kopf ist als Nächstes drin!« Die Marinade enthielt massig scharfe Chilischoten, von denen Wayne entsetzlichen Ausschlag bekam.

Jake sah danach nicht ein, sich bei dem Burschen zu entschuldigen. »Warum sollte ich? Es tut mir kein bisschen leid. Die ganze Schule profitiert davon, dass Wayne deshalb krank ist. Statt bestraft zu werden, sollte ich eine Auszeichnung bekommen. Wenn die Schule nicht hinter mir steht, gehe ich.«

Als sie es nicht tat, ging Jake. Er brauchte nicht lange, um in London seinen ersten Catering-Job zu finden. Vor allem deshalb, weil niemand sonst diese Arbeit wollte. Im Gastronomiegewerbe gilt: Wer als Tellerwäscher arbeitet, muss verrückt sein oder ein Junkie – wer sonst würde freiwillig in einer stickigen Küche Hunderte von Tellern spülen?

Der Chefkoch war ein 1,80 Meter großer Schlägertyp aus Birmingham, dessen Tagesration an Alkohol aus einer Flasche Whiskey bestand. Er donnerte durch die Küche wie ein tollwütiger Stier und warf mit Beleidigungen und Kochgerät um sich wie mit Konfetti. Er hasste jeden, und wenn er mal wieder genug hatte, feuerte er wahllos einen seiner Lakaien.

Seine rechte Hand war eine pedantische Bohnenstange. Dieser Bursche liebte nur eines: seine Bratpfanne. Niemals hätte er Jake oder sonst jemanden auch nur in ihre Nähe gelassen. Er spülte sie sogar selber, ganz zärtlich, als würde er ein Baby baden. Und den ganzen Tag schaute er sich verstohlen nach einem neuen Versteck für sie um.

Der Chefkoch hatte Jake etwa ein Dutzend Mal rausgeworfen, aber der erschien am nächsten Tag immer wieder pünktlich zur Arbeit. Sein Job bestand darin, abzuwaschen und kistenweise Gemüse klein zu hacken, bis seine Hände bluteten. Irgendwann war der Chefkoch es leid – und um Jake endlich loszuwerden, verschaffte er ihm einen anderen Job.

Jake fing in einem französischen Restaurant an. Ein seriöser Laden, in dem jeder in der Küche seine eigenen Messer besaß. Es war ratsam, sich mit den Leuten hier gut zu stellen. Kein Ort, an dem man eine eigene Meinung hatte. Nur ein einziges Mal hatte Jake das vergessen und einen unvorsichtigen Kommentar zu der Kräuterauswahl des Küchenchefs für eine Sauce gemacht. Es gruselte ihn immer noch, wenn er an Bill Mackies Reaktion dachte. »Hör zu, du Wichser – ich will dein Blut, deinen Schweiß und deine Tränen – und nicht deine Meinung. Ohne meine Erlaubnis gehst du nicht einmal pinkeln, und die einzigen Worte, die ich aus deinem verdammten Mund hören will, sind: *Ja, Chef*. Ist das klar?« Völlig klar, hatte Jake versichert. Nach Dienstschluss stellte er sich oft vor, Bill zu erwürgen. Aber bei der Arbeit vergaß er das sofort, weil er von dem Mann viel lernen konnte.

Bill führte ihn in das *Mise en place* ein: das Bereitstellen sämtlicher Zutaten und Arbeitsgeräte, und zwar in jeweils optimaler Anordnung. Sein Arbeitsplatz war das Kontrollzentrum eines Kochs – und wenn der nicht tipptopp organisiert war, brach früher oder später das totale Chaos aus. Wenn Jake zu Beginn seiner Schicht nicht alle Gewürze, Kräuter, Öl, Wein, Sahne und was er sonst noch brauchte, ordentlich in einer Reihe aufstellte, würde er sich bei der Arbeit mehr und mehr in ein nervöses Wrack verwandeln, das schließlich nicht einmal mehr in der Lage war, ein Ei zu kochen. Bill entging nichts. Liegen gelassene Brotkrümel sah er auf eine Meile Entfernung, und ohne sich umzudrehen, wusste er genau, ob Jake die Salatgurken in zu dicke Scheiben schnitt. Jake bewachte seinen Arbeitsplatz wie eine Löwin ihre Jungen. Er hatte verstanden, dass es ein wichtiger Schritt Richtung Profi war, wenn er auch anfing, seine Lieblingsmesser zu verstecken.

Eines Tages kam Bill herein und sagte: »Auf die Knie, Kleiner, und küss meine stinkigen Kochlatschen.«

»Ja, Chef«, sagte Jake und kniete sich hin. Er wusste, dass alle lachten. Zuzusehen, wie ein anderer erniedrigt wird, macht Spaß.

»Gut so, Kleiner. Du bist eine richtige Nervensäge. Ständig spüre ich deinen Atem im Nacken, du stehst mir im Weg und von deiner Fragerei bekomme ich Kopfschmerzen. Du wirst dich hier verpissen – und aufs Richmond College of Catering gehen. Ein paar Leute schulden mir noch einen Gefallen. So dämlich wie du bist, vergeigst du wahrscheinlich das Vorstellungsgespräch. Das ist übrigens morgen – falls du dich nicht auf dem Weg dahin verläufst.«

Ein Vorstellungsgespräch am renommiertesten Catering College des Landes! Es dauerte ein paar Sekunden, bis es Jake dämmerte, dass Bill ihm zur Chance seines Lebens verhalf. Es gab also tatsächlich jemanden, der an ihn glaubte.

Jake grinste und küsste Bills übel riechende, fleckige Latschen. Dabei kümmerte es ihn wenig, dass alle lachten und irgendjemand sogar ein Foto schoss.

Das Magazin, das Eric erwähnt hatte, beschrieb Jakes Karriere als kometenhaften Aufstieg. Jake hatte damals nur müde gelächelt, als er das las. In Wahrheit hatte es ihn Jahre gekostet, ein Handwerk zu erlernen, das so alt war wie die Menschheitsgeschichte. Er war vor Schufterei spindeldürr geworden, hatte sein Konto gnadenlos überzogen und sich so oft verbrannt und geschnitten, dass ihn das gesamte Personal der Notaufnahme mit Namen kannte.

»Es ist ein steiniger Weg und unterwegs habe ich eine Menge unschöner Dinge erlebt«, war alles, was er dazu sagte.

Eric wanderte mit dem Blick zu einem besonders ekelhaften Flecken auf dem Teppich. Ihm kam es so vor, als wäre das mit den unschönen Dingen in Jakes Leben noch nicht vorbei. »Ich verstehe es trotzdem nicht«, sagte er. »Wenn Sie in London erfolgreich und berühmt sind, was zur Hölle treibt Sie dann dazu, an den Arsch der Welt zu ziehen?«

Jake wollte gerade antworten, da hörte er eine Stimme.

»Jake, bist du da oben?«, rief draußen eine Frau und ihr Tonfall verriet, dass sie hoffte, er sei es nicht.

Jake öffnete vorsichtig das Schiebefenster und schaute hinaus.

»Ich bin hier oben, Georgia!«

Eric beugte sich ebenfalls vor und stieß sich an dem verwitterten Rahmen schmerzhaft den Kopf. Er sah, wie vor dem Haus eine umwerfend attraktive Frau aus einem Taxi stieg und sich suchend umschaute.

»Oh mein Gott«, sagte sie laut genug, dass die beiden Männer es hören konnten.

»Das ist meine Freundin. Komischerweise scheint sie Ihre Meinung über dieses Objekt zu teilen«, sagte Jake gut gelaunt. »Warte unten, Liebling, ich komme zu dir. Du wirst es nicht für möglich halten.«

»Da haben Sie sicher recht«, murmelte Eric und eilte hinter Jake die Treppe hinunter. Diese Frau musste er unbedingt aus der Nähe sehen.

»Hallo!« Jake hauchte Georgia einen flüchtigen, selbstgefälligen Kuss auf die Wange. Eric war hin und weg. Diese Georgia war eine Wucht. Sie trug ein Kleid von Stella McCartney, das sie kürzlich bei einem Foto-Shooting abgestaubt hatte. Mit dem Outfit drehten sich so viele Köpfe nach ihr um, dass sie beinahe für Auffahrunfälle sorgte.

Doch in ihrem makellosen Gesicht machte sich ein grimmiger Ausdruck breit. Sie schob Jake weg und klopfte mit einem ihrer Manolo Blahniks im Takt auf den Bürgersteig. »Das. Kann. Nicht. Dein. Ernst. Sein.«

»Jetzt komm schon – wenn du so mit mir redest, stehen wir morgen noch hier. Du hast recht. Es ist eine Bruchbude – aber eine vielversprechende. Ich führ dich rum.«

Er begleitete sie hinein und redete währenddessen in einem fort auf sie ein.

»Okay, stell dir diesen Raum leer und sauber vor. Die Bar in dieser Ecke und hier überall Tische …« Georgia sprang erschrocken zur Seite.

»Oh mein Gott, ist das etwa eine Spinne? Du weißt doch, dass ich eine Spinnenphobie habe, Jake!«, jammerte sie.

»Warte – so, jetzt habe ich sie aus dem Fenster geworfen. Entspann dich. Ich habe mir das so vorgestellt …«

»Die Türen und Fenster sind alle falsch platziert! Ich spüre eine starke Strahlung und du weißt, wie empfindlich ich darauf reagiere. Das Haus muss von oben bis unten von einem Feng-Shui-Experten umgestaltet werden – und desinfiziert.«

Das kann ich mir garantiert nicht leisten, dachte Jake, als

Georgia schon auf dem Weg zur Treppe war. Angespannt ging er ihr nach und beobachtete sie dabei, wie sie sich das verkommene Wohnzimmer ansah und offensichtlich nach Worten suchte, mit denen sie ihre Geringschätzung für diese Bruchbude ausdrücken konnte. Aus Georgias Sicht ging es hier nicht um Jakes Zukunftsträume, sondern darum, was man ihr zumuten konnte. »Du bist verrückt!« Sie wirbelte herum und trommelte mit den Fäusten vehement gegen seine Brust – peinlich darauf bedacht, ihre manikürten Nägel nicht zu ruinieren. »Wie kannst du auch nur im Traum annehmen, dass ich mit dir in diesem Drecksloch wohnen würde! Es ist ekelerregend! Oh nein … ich bekomme eine von meinen Panikattacken …«

»Dann hör auf zu schreien und atme tief durch. Hier, setz dich auf den Stuhl – keine Sorge, ich habe meine Jacke darübergelegt. Wenn ich erst einmal gestrichen habe, wirst du es nicht wieder erkennen. Außerdem bist du mit deinem Job so viel unterwegs, dass du wahrscheinlich nur zwei Tage in der Woche hier sein wirst. Und es gibt noch ein kleines Extra!« Jake atmete tief durch – zum Glück stand das Fenster weit offen – und fuhr fort: »Denk daran, wie gut die frische Luft deinem Teint bekommt!«

Georgia musterte ihn vorwurfsvoll. »Was genau stimmt nicht mit meinem Teint?«, fragte sie mit eisiger Stimme.

Verdammt, dachte Jake. »Du weißt ganz genau, wie ich das gemeint habe.«

»Ich fahre jetzt ins Hotel. Ich spüre, dass ich bald Migräne bekomme.« Sie stand auf. »Na was denn – kommst du?«

»Ich wollte eigentlich mit dem nächsten Zug zurück nach London fahren. Ein Hotelzimmer kostet Geld.«

»Super. Wirklich super. Ich reiße mir den Hintern auf, um dich hier zu treffen, damit du das mit deinem Job gebacken bekommst. Ich mache mir die Mühe, in einem netten Hotel ein Zimmer für uns zu reservieren – was natürlich nicht richtig war. Ich habe einen meiner Migräneanfälle, der unendlich schlimmer werden wird, wenn ich sechs Stunden lang im Zug sitzen muss. Und davon abgesehen dachte ich, ein Hotel würde dir guttun – du siehst nämlich fürchterlich aus, Jake.«

Er zuckte zusammen. Aber sie hatte recht. Wenn er müde von der Arbeit nach Hause kam, brütete er noch stundenlang über dem Taschenrechner, um seine mageren Finanzen durchzukalkulieren. Wie das blühende Leben sah er wirklich nicht aus. Er bemühte sich, ein gewinnendes Lächeln aufzusetzen, und strich Georgia zärtlich über den Nacken. Sie war wie eine Katze – dieser Geste konnte sie einfach nicht widerstehen. Eric beobachtete das Ganze interessiert, als von unten plötzlich ein Geräusch zu ihnen heraufdrang. Sie gingen alle drei wieder hinunter ins Restaurant. Bei jedem Schritt presste sich Georgia betont leidend die Hand an die Stirn.

»Haben Sie geöffnet?« Ein alter Mann mit Tellermütze und Tweedjacke versuchte von draußen durch das schmutzige Fenster hineinzusehen und trommelte für Jakes Geschmack ein bisschen zu vehement gegen die Scheibe.

»Nein – draußen hängt doch ein Schild: Geschlossen«, erklärte Jake geduldig.

Der alte Mann drehte sich zu seiner Frau um und brüllte: »Sie haben zu, Mabel!«

»Sie haben was?«

»SIE HABEN GESCHLOSSEN!«

»Aber zu Abend essen können wir hier?«, fragte die Frau unbeirrt und ihr Mann wandte sich wieder an Jake.

»Ich frag mal … Sie können uns doch …«

Jake war mittlerweile todmüde und seine Selbstbeherrschung verzog sich so schnell wie der Frühnebel über den

Hügeln. »Welchen Teil von *Geschlossen* haben Sie nicht verstanden?«, zischte er.

»Es gibt keinen Grund, einen solchen Ton anzuschlagen, junger Mann. Wir hatten uns lediglich auf eine Portion Fish and Chips zum Abendessen gefreut.«

Jake atmete tief durch. Auch wenn er wie ein Gott kochen konnte – wenn er es sich mit den Dorfbewohnern noch vor der Eröffnung verdarb, nützte ihm das auch nichts mehr. »Sobald wir eröffnet haben, koche ich Ihnen ein köstliches Abendessen. Dazu gibt es eine Flasche Wein gratis, als Dank für Ihre Geduld.«

Sobald die beiden Alten weg waren, fauchte Georgia ihn an. »Du willst doch nicht im Ernst Fish and Chips anbieten?«

»Natürlich nicht. Ich werde dieses Restaurant *Cuisine* nennen und geschmackvolle, aber einfache und bodenständige Küche präsentieren.«

Eric konnte sich vor Aufregung kaum zügeln. Anscheinend wollte dieser Idiot – ähm – Klient tatsächlich kaufen. »Vielleicht hätten Sie den beiden etwas kochen sollen, um zu demonstrieren, was in Ihnen steckt!«

»Wenn du glaubst, dass ich hier auf dich warte, während du …«, begann Georgia wütend.

»Schluss jetzt! Alle beide!«, brauste Jake auf. »Ich bin Koch – kein Zauberkünstler. Ich kann Essen nicht herzaubern wie ein Kaninchen aus dem Hut! Das fertige Gericht ist nur die Spitze des Eisbergs, dahinter verbirgt sich …« Es hatte keinen Sinn, sie verstanden ihn ja doch nicht. Laien hatten nicht den blassesten Schimmer, wie aufwändig es war, eine perfekte Mahlzeit zuzubereiten. »Du musst es dir so vorstellen, Liebes – du willst doch auch nicht über den Laufsteg gehen, bevor dein Kleid fertig ist? Oder würdest du lieber nackt gehen?«

»Naja ... ich müsste vorher mindestens eine Woche lang Abführmittel genommen haben, außerdem bräuchte ich ein erstklassiges Ganzkörper-Peeling mit anschließendem Spray-Tanning bei Amy – sie ist die Einzige in diesem Kosmetikstudio, die wirklich etwas davon versteht – und natürlich dürfte der Laufsteg nur von rechts ausgeleuchtet werden, wegen diesem hässlichen Grübchen an meinem linken Oberschenkel. Ich sollte noch einmal über eine Korrektur nachdenken – aber ansonsten bin ich mit meinem Körper in Einklang ...«

Jake starrte sie ungläubig an. Dann wandte er sich Eric zu, der mit träumerischem Blick an der Wand lehnte und sich offenbar Georgia nackt auf dem Laufsteg vorstellte. »Also, was soll dieses Objekt kosten?«, fragte Jake, obwohl er es genau wusste.

Eric nannte pflichtbewusst den Preis.

»Richten Sie dem Verkäufer aus, dass ich 5000 Pfund weniger bezahlen werde. Feilschen ist sinnlos – das ist mein erstes und letztes Angebot. Wie Sie sehen, habe ich eine äußerst kostspielige Freundin.«

»Ja, aber ich wette, sie ist jeden Penny wert«, murmelte Eric.

Kurz bevor sie durch die Haustür traten, bemerkte Jake, dass Teile der abgeblätterten Farbe des Fensterrahmens an seiner Jacke klebten.

Von ihrem Hotelzimmer aus hatten sie einen Blick über den See – was nun überflüssige Geldverschwendung darstellte, weil es bereits dunkel war. Als Jake aus dem Fenster schaute, konnte er lediglich ein paar Sterne sehen. Georgia streifte auf der Jagd nach Spiegeln durchs Zimmer. »Was nützt denn ein schönes Gesicht wie meines, wenn niemand da ist, um ein Foto davon zu schießen?«, beschwerte sie sich. Sie führte heimlich Buch darüber, wie oft ihr Bild in der Wochenpresse auftauchte.

Jake legte sich hin und klopfte einladend neben sich. »Komm ins Bett. Lass uns unser teures Zimmer genießen.«

»Mir ist immer noch unbegreiflich, warum du nicht Küchenchef im *Brie* bleiben willst. Es ist eines der besten Restaurants in London – das sagen alle – und jede Menge Prominenz verkehrt dort.«

»Ich habe dort gearbeitet, weil der Chefkoch ein Genie ist. Aber jetzt will ich mein eigenes Restaurant. Nur so kann ich mir in der Kochszene einen Namen machen.«

»Klar, aber warum ausgerechnet am Ende der Welt?«

»Die Gegend ist sehr schön. Und es ist viel billiger als in London.«

»Jetzt fang nicht schon wieder an, über Geld zu jammern! Für dich gibt es nichts anderes mehr. Weißt du übrigens, dass du in dieser Jeans wie ein Penner aussiehst?«

Jake zuckte mit den Schultern. Er war nicht eitel – das konnte er sich auch nicht leisten. »Entweder ziehe ich mich gut an oder ich baue mir eine Existenz auf – beides geht nicht. Wenn ich eine Chance haben will, dann muss ich auf alles andere verzichten: Luxus, Schlaf und jede Art von Hobby.«

»Du willst also dein Leben aufgeben? Das hättest du mir sagen sollen, bevor ich mich in dich verliebt habe!« Georgia starrte ihn wütend an, allerdings auf so feurige Weise, dass jeder Fotograf sofort nach einer Kamera gegriffen hätte.

Jake konnte sie wahnsinnig machen. Georgia seufzte. Das Problem war nur, dass er unwiderstehlich war. Groß, schlank, mit dunklen Augen und einem ausgehungerten Blick. Denn obwohl er ständig am Herd stand, fand er nie Zeit, eine anständige Mahlzeit zu sich zu nehmen. Er hatte eine trendige Strubbelfrisur, was aber nicht am Schnitt lag, sondern daran, dass er sich wegen dieser dämlichen Hilfsköche ständig verzweifelt mit den Fingern durchs Haar fuhr. Sogar seine Hände waren sexy, auch wenn sie aussahen, als hätte er die letzten zehn Jahre in einem sibirischen Arbeitslager verbracht. Sie waren übersät mit Brandnarben und ein lebender Beweis, dass Messer tatsächlich scharf und Kochtöpfe schwer waren. Zu Beginn ihrer Beziehung hatte Georgia immer jeden einzelnen Finger zärtlich geküsst, bevor sie sie mit lustvollem Stöhnen in sich hineingleiten ließ.

Sie hatten sich auf einer Party kennengelernt. Jake war von irgendjemandem mitgeschleift worden. Sein Bier fest umklammernd war er ziellos durch den Raum geirrt, bis er Georgia erblickte.

Sie war eine außergewöhnliche Schönheit. Selbst morgens um halb fünf, wenn sie ungeschminkt in einem von Jakes verwaschenen T-Shirts durch die Wohnung tapste und sich bitterlich beklagte, dass nur Models mitten in der Nacht aufstehen müssen, war Georgia eine Wucht. Wenn sie perfekt gestylt und geschminkt war, vergaßen die Männer bei ihrem Anblick sogar, was sie sagen wollten. Auch Jake war bei ihrem Anblick ganz schön heiß geworden. Verliebt hatte er sich jedoch, weil Georgia so verletzlich und zerbrechlich wirkte.

»Einfache Leute haben nicht die geringste Vorstellung von den Schattenseiten meines glanzvollen Lebens«, hatte Georgia ihm mit ernster Stimme erklärt, als er schließlich vor ihr stand. Unter ihren langen Wimpern hindurch hatte sie ihn angesehen und ihm die Tragik ihres Lebens geschildert. »Mir ist völlig klar, warum Lady Di vor den Paparazzi fliehen musste. Die wissen einfach nicht, was es bedeutet, jedes Mal verfolgt zu werden – selbst wenn man nur das Haus verlässt, um sich eine Packung Tampons zu kaufen. Ich werde von Albträumen geplagt, in denen Millionen Blitzlichter aufflammen. Und wenn ich dann aufwache, fallen mir als Erstes die hässlichen Sachen ein, die andere Models hinter meinem Rücken über mich sagen.«

Jake hatte eifrig genickt. Er war selbst schon einmal Opfer einer Hetzkampagne geworden. Eigentlich hatte er nicht auf diese Party gewollt, aber jetzt wusste er, warum er hier war: um dieses zauberhafte Wesen kennenzulernen.

»Finden Sie diese Partys auch so entsetzlich?« Georgia war der Meinung, dass Champagner so was von out war – jetzt trank man doch Wodka –, und was das Essen anging … »Bilden die sich etwa ein, es sei originell, Mini-Burger in Mini-Brötchen zu servieren?« Bei 150 Kalorien pro Biss war es zudem kein Wunder, dass niemand zugriff.

»Aufgesetztes Getue«, stimmte Jake zu, der in puncto Catering nichts von kurzlebigen Trends hielt. Georgia schenkte ihm daraufhin ein sexy Lächeln, sodass er blinzeln musste.

Wie cool er ist, dachte Georgia. Sich über »Getue« aufzuregen, war total angesagt. »Der Anzug ist aber nicht neu?«, fragte sie.

Jake grinste. Es war ein Schnäppchen aus dem Secondhandladen. »Nein, ich …«

»Wie clever. Dieser Retro-Look lässt alle anderen hier so was von langweilig aussehen.«

»Nun ja, es ist …«

»Es tut so gut, jemanden zu treffen, mit dem ich mich richtig unterhalten kann. Alle anderen hier reden doch ständig nur über sich. Wissen Sie, eigentlich wollte ich gerade von der Party verschwinden. Es muss Schicksal sein, dass wir einander begegnet sind.«

Jake kam gerade von einer 18-Stunden Schicht, der vierten in dieser Woche. Er war vor Erschöpfung ganz benebelt, die grelle Beleuchtung blendete seine müden Augen und der Lärm all der Leute um ihn herum betäubte ihn. Er war kaum in der Verfassung, Verstand von Dummheit zu unterscheiden. Georgia kam ihm vor wie eine Oase der Gelassenheit und Ruhe – tatsächlich war ihre Fähigkeit, völlig reglos dazustehen, einer der Gründe, warum sie zum Topmodel aufgestiegen war. Aber trotz ihres Erfolgs war sie chronisch unsicher. Sie hatte ständig Nackenschmerzen, weil sie sich in einem fort verrenkte, um zu schauen, ob ihr vielleicht gerade jemand ein Messer in den Rücken stechen wollte. Sie wurde überall bewundert, aber das war wie ein Gericht ohne Kalorien – sie konnte noch so viel davon hinunterschlingen und wurde doch nicht satt.

Anfangs empfand Georgia Jakes Verliebtheit als frischen Wind, der durch die Schlangengrube des harten Wettbewerbs und der Gehässigkeit wehte, in der sie sich bewegte. Jakes Aufmerksamkeit war offen, ehrlich und bedingungslos – deshalb klammerte sie sich an ihn wie eine Liane. Jake brauchte eine Weile, um dahinterzukommen, dass Lianen einem die Luft abschnüren können.

Als Georgia ihm gestand, dass sie leidenschaftlich gerne las, hatte er innerlich gejubelt – er arbeitete so viel, dass seine Freundin unbedingt eigene Interessen brauchte. Allerdings vergaß Georgia zu erwähnen, dass sie lediglich Hochglanzmagazine und pseudopsychologische Selbsthilfe-Ratgeber konsumierte. Davon besaß sie fast so viele wie Jake Kochbücher. Bücher über Frauen, die zu sehr liebten – über Frauen, die es nicht taten – Frauen, die den falschen Mann liebten – und Frauen, die Katzen mehr liebten als Männer. Als Jake einmal nachts nicht schlafen konnte, hatte er ein Buch mit dem Titel *Co-Abhängigkeit – sprenge die Ketten* zur Hand genommen. Zwei Stunden später hätte er immer noch nicht sagen können, was zur Hölle Co-Abhängigkeit bedeutete, außer dass man in großen Schwierigkeiten steckte. Schließlich hatte er sogar den Fragebogen am Ende des

Buches ausgefüllt. Demnach war nicht nur er co-abhängig, sondern ausnahmslos jeder, den er kannte. Glaubte man diesem Buch, war es tatsächlich unmöglich, nicht co-abhängig zu sein. Wütend hatte Jake es in die Ecke gefeuert und sich lieber den tröstlichen und pragmatischen Gedanken der Kochbuchautorin Elizabeth David zugewandt.

Jake hatte keineswegs gelogen, als er Eric erzählte, dass seine Leidenschaft dem Essen gehörte. Kochen war sein Leben. Sonst gab es nicht viel Raum für anderes, nicht einmal für etwas so Reizvolles und Unwiderstehliches wie Georgia. Schuld daran war seine Großmutter. Als er ein kleiner Junge war, hatte sie ihm endlose Geschichten über ihre eigene Großmutter erzählt, die in einem Dorf in Polen gelebt hatte. Dort spielte sich das ganze Leben in der Küche ab. Manchmal schliefen die Kinder sogar neben dem Kachelofen, weil in dem einzigen Bett nicht genug Platz für alle war. Die Haustür war nie verschlossen und ständig kamen Leute auf einen Sprung vorbei. Es wurde geredet, diskutiert, gelacht, geweint – und immer wurde dabei gegessen. Was wurde denn gegessen, hatte Jake gefragt, völlig fasziniert von der Vorstellung einer ihm fremden Welt. Also kochte seine Großmutter für ihn die köstlichen Gerichte, die Teile ihrer Kultur waren – gehackte Leber, Kartoffelpuffer und Gulaschsuppe. Ihre Familie wanderte nach Deutschland aus, als Jakes Großmutter noch ein Kind war. Sie hatten auf ein besseres Leben gehofft. Am Anfang lief es gut. Seine Großmutter war das hübscheste Mädchen in der Klasse und das beliebteste – bis zu dem Morgen, als ihre beste Freundin sie mit »Heil Hitler« begrüßte und ihr Freund sich von ihr trennte, damit er der Hitler-Jugend beitreten konnte. Die dann folgenden Jahre waren furchtbar: Verfolgung, Flucht, Hunger. Als alte Frau hortete sie ständig Vorräte. Bei ihrer

Beerdigung hatte Jake keine Tränen mehr. Er hatte schon die ganze Nacht lang geweint, nachdem er unter ihrem Bett all die säuberlich gestapelten Dosen und Pakete mit längst abgelaufenen Lebensmitteln gefunden hatte.

Manchmal fragte Jake sich, ob er kochte, um seine Großmutter für die Jahre des Hungerns und des Terrors unter der Naziherrschaft zu entschädigen. Als er versucht hatte, Georgia das zu erklären, hatte sie ihn nur verständnislos angesehen. Essen war Georgias Feind – nicht ihr Freund. Sie führte einen ständigen, unbeirrbaren Krieg damit, hungerte tagelang, um sich dann vollzustopfen. Als Jake das erste Mal mitbekam, wie sie sich im Badezimmer übergab, wurde er so wütend, dass sie es von da an nur noch tat, wenn er weg war. »Was du deinem Körper antust, ist widerlich! Es ist falsch und ungesund. Wenn du so weitermachst, werden dir noch alle Zähne ausfallen.«

Er sah es als Herausforderung an, Georgia mit köstlichen, kalorienarmen Gerichten zu locken, aber sie rührte nichts davon an. Wenn sie aß, dann wollte sie Schokoriegel, Käse-Cracker und Mikrowellen-Chips. Das brachte ihn mächtig ins Grübeln, denn Seelenverwandte sollten doch wohl kaum unterschiedliche Kühlschrankfächer besitzen ...

Als er jetzt erschöpft auf dem Bett des teuren Hotelzimmers lag, bewunderte er geistesabwesend Georgias perfektes Hinterteil. Sie beugte sich gerade nach vorn, um die Minibar zu inspizieren. »Mir ist immer noch schleierhaft, wie du aus dieser widerlichen Imbissbude ein Restaurant machen willst«, grummelte sie.

Jake seufzte. Er wünschte, er könnte seine Visionen in Worte fassen, aber seine kreativen Fähigkeiten steckten nun mal in seinen Händen. »Ich bin nicht gut im Erklären, aber versuch dir vorzustellen, wie es nach einer Renovierung aussieht. Einer nicht zu teuren«, fügte er rasch hinzu.

»Kein Mensch wird dort essen wollen – du wirst dein ganzes Geld verlieren.« Als Jake zusammenzuckte, fuhr sie fort: »War nur ein Scherz!«

»Ich muss meinen Sinn für Humor wohl in London gelassen haben«, versuchte er zu witzeln, aber er war so müde und angespannt, dass er kaum klar denken konnte. Schuldbewusst fragte er sich, ob er wohl lange genug wach bleiben konnte, um Sex mit Georgia zu haben. Im nächsten Moment fühlte er sich noch schlechter, weil ihm klar wurde, dass er gar keine Lust dazu hatte – viel lieber würde er noch einmal seine Kalkulation durchgehen. Er musste sicher sein, dass er sich nicht verrechnet hatte und das Projekt finanzierbar war. Und dann wollte er weiterplanen. Vielleicht wäre genügend Platz für sechs weitere Gedecke. Es wäre dann zwar ein bisschen eng, könnte sich aber beträchtlich auf seine Einnahmen auswirken. Was sagten noch die Statistiken? Jedes zweite Restaurant ging innerhalb eines Jahres Pleite. »Aber ich werde zu den Gewinnern gehören!«, sagte er laut und schlug auf das Kopfkissen.

»Komisch, dass du das sagst. Der nette Typ, der mir auf der Zugfahrt hierher einen Kaffee spendiert hat, sprach auch davon, dass er ein Gewinner sei.« Georgia zog sich aus und ließ ihre Kleidungsstücke einfach auf den Boden fallen.

Normalerweise lief es immer nach dem gleichen Schema ab. Erst luden die Männer sie ein und dann wollten sie ihr an die Wäsche. Aber bei dem war es anders gewesen. Sie fuhr sich mit den Händen genüsslich über den Körper und dachte daran, wie dieser Typ sie angesehen hatte. »Er war charmant. Wie hieß er noch gleich?«

»Woher soll ich das wissen – ich war nicht dabei. Und

jetzt beeil dich und komm ins Bett, bevor ich einschl… es vor Lust nicht mehr aushalte.«

»Er hat behauptet, dich zu kennen. Ich glaube, er hieß Harold.«

»Ich kenne keinen Harold und es ist mir auch egal.«

»Ich Dummerchen! Jetzt weiß ich's wieder. Sein Name war Harry! Er sagte, ihr wärt zusammen aufs College gegangen und hättet danach im gleichen Restaurant gearbeitet, dieses eine, über das du nicht gern sprichst.« Sie blickte auf, denn aus Richtung Bett war ein erstickter Laut zu hören. »Was ist los? Du siehst aus, als wäre dir soeben ein Geist begegnet!«

Jake hatte sich mit einem Ruck aufgesetzt. »Harry? Bist du sicher?«, fragte er nach, und als sie nickte, fuhr er langsam fort: »Ich wünsche bei Gott, es wäre nur ein Geist.«

»Oh, er war ganz sicher aus Fleisch und Blut«, kicherte Georgia und dachte daran, was für attraktives Fleisch es gewesen war, genau die richtige Größe und Form.

Jake erschauerte. Er fühlte sich plötzlich schwach und zitterig, als hätte er sich einen gefährlichen Virus eingefangen.

»Lieber bekomme ich es mit der Pest zu tun, als noch einmal Mr Harry Hunter zu begegnen«, sagte er mehr zu sich selbst.

»Was? Sei nicht albern – er machte einen sehr netten Eindruck«, meinte Georgia, die Jakes Zustand verwirrte.

»Das verstehst du nicht«, stieß Jake zwischen zusammengebissenen Zähnen hervor. Aber sie war bereits ins Badezimmer verschwunden. Harry Hunter war Jakes Erzfeind. Das letzte Mal, als er mit diesem Kerl die Klingen gekreuzt hatte, war es für Jake nicht gut ausgegangen. Schlimmer noch: Wenn dieser jähzornige französische Küchenchef namens Louis nicht gewesen wäre, könnte Jake heute wahrscheinlich in einer Imbissstube Hamburger braten. Jetzt mach dich nicht lächerlich, sagte er zu sich. Reiß dich zusammen, Mann. Der Blitz schlägt nie zweimal an der gleichen Stelle ein, oder? Aber was zur Hölle wollte Harry Hunter in Easedale?

3. Kapitel

»Der Redakteur war von deinem Artikel begeistert. Ich zitiere: *Nur unsere Kate kann aus einem Haufen alter Knochen eine spannende Geschichte machen – aber wo zur Hölle bleibt ihre nächste Story?*«

»Es waren keine Knochen, Jonathan. Es waren Steine. Und ich wünschte, ich wüsste es.«

»Dieses Gespräch fand schon vor ein paar Tagen statt, halt dich also ran.« In den Räumen der Redaktion war er ihr gegenüber immer kurz angebunden, aber heute besonders.

Nachdem er ihr Büro verlassen hatte, wartete Kate, bis er außer Hörweite war, dann seufzte sie laut. Weder im Job noch im Privatleben lief es gut. Am Vorabend im Restaurant hatte Jonathan ihr ein bisschen zu detailliert die unerwartete Versöhnung mit seiner Frau beschrieben. Sprachgewandt wie er war, hatte er die Geschichte gut rübergebracht – bewegend und amüsant zugleich. Dennoch schloss das Restaurant, noch bevor er zum eigentlichen Thema vorgedrungen war – nämlich, was das für ihre Beziehung bedeutete. Aber das war aus Kates Sicht auch nicht nötig. Es war aus zwischen ihr und Jonathan. Zwar brach ihr das nicht das Herz, aber ein bisschen angeschlagen fühlte sie sich schon. Und sie brauchte eine Story.

»Vielleicht stimmt was nicht mit meiner Nase«, überlegte sie laut. Kate stand in dem Ruf, einen Riecher für Top-Storys zu haben.

»Dann benutz doch zur Abwechslung mal deinen Stift – so wie jeder andere auch!«, erwiderte Joe, der Fotograf. Als er jedoch ihren vernichtenden Blick bemerkte, konzentrierte er sich schnell wieder auf seine Unterlagen auf dem Schreibtisch.

»Deine Witze könnten eine Verjüngungskur vertragen«, sagte sie mit eisiger Stimme.

»Das behauptet meine Frau auch immer.« Als Kate zusammenzuckte, fuhr er rasch fort: »Ups, sorry – Ehefrauen sind momentan wohl nicht gerade unser Lieblingsthema.«

»Schon gut. Aber wieso wissen alle Bescheid?«

»Man hat es euch heute Morgen gleich angesehen. Nur ein Volltrottel hätte eure Körpersprache missverstanden. Ich finde übrigens, dass ihr beide sehr professionell und zivilisiert mit der Trennung umgeht. Du leidest nicht wirklich, oder?«, fügte Joe besorgt hinzu.

»Nein. Es ist nur … na ja, drei Monate war er mit mir zusammen und jetzt will er zu seiner Frau zurück.«

»Sieh es positiv. Du hast eine Ehe gekittet – statt sie endgültig zu zerstören!«

Kate schenkte ihm ein ironisches Grinsen. Man musste hart im Nehmen sein, um die Witze in der Redaktion ertragen zu können.

Sie seufzte und wünschte, wieder an der Ausgrabungsstätte in den Bergen zu sein. Dort war das Leben leichter. Die Archäologen verbrachten den ganzen Tag damit, an einem kahlen Hang mit Spateln im Boden herumzugraben. Nach Feierabend gingen sie ins Tal zum nächsten Pub, wo sie sich restlos volllaufen ließen. Wochenlang bestanden ihre Tage aus nichts anderem – und damit waren sie glücklich.

Auch Kate hatte sich dort wohlgefühlt. Ihr Auftrag als Reporterin der *Easedale Gazette* hatte darin bestanden, sich ein Bild von den Archäologen und deren Arbeit zu machen:

Der Indiana Jones des wirklichen Lebens. Eine solide Grundlage für eine zweiseitige Story. Die Jungs waren amerikanische Archäologen, denen die Zeit weglief. In wenigen Tagen wären die Ausgrabungen abgeschlossen und sie müssten mit leeren Händen nach Hause zurück. Und dann tauchte sie plötzlich zwischen dunklen Erdschichten auf: Die römische Siedlung, von der die übrige wissenschaftliche Welt nicht geglaubt hatte, dass sie je existierte.

Und als wäre es damit noch nicht genug, löste das Ganze einen Skandal aus. Es kam zu Auseinandersetzungen mit den hiesigen Behörden. Die Leute dort waren schon allein deshalb sauer auf die Amerikaner, weil sie sich in Easedale eingenistet hatten, und erhoben jetzt Besitzanspruch auf die Siedlung. Die Amerikaner vertraten jedoch den Standpunkt, dass die Briten nicht etwas zu ihrem Besitz erklären könnten, dessen Existenz sie immer bestritten hatten. Beide Seiten fuchtelten drohend mit ihren Spateln herum, ohne dass es zu einer Einigung kam. Trotzdem gab es nur strahlende Gesichter. Die Fotos zum Artikel wurden klasse – und Kate war begeistert.

Und dann war da noch Jim, der Ausgrabungsleiter, der ein bisschen so aussah wie die jüngere Ausgabe von Harrison Ford. Er konsumierte Whiskey wie andere Sauerstoff und wusste mehr über die Römer, als Julius Cäsar es wohl je getan hatte. Und jeder Mann, der seine Arbeit leidenschaftlich liebte, war in Kates Augen ohnehin unheimlich sexy. Aus diesem Grund hatte sie sich auch in Jonathan verliebt.

Da ihr Liebesleben gerade den Bach runterging, konnte sie sich eigentlich umso mehr auf ihre Karriere konzentrieren. Aber ihr Riecher für Top-Storys erschnupperte momentan nichts. Auch in der Redaktion war sie nicht fündig geworden. Kate war die aktuellen Meldungen durchgegangen und hatte sogar versucht, sich einzureden, dass eine

Demonstration von Weberinnen in South Lakeland eine vielversprechende Story sei. Dort ging ein Haufen ängstlicher Frauen auf die Straße und wollte einen Krieg gegen die Großunternehmen anzetteln. Kate fand zwar, dass die Weberinnen im Recht waren, aber das Ganze gab nicht viel her.

»Wenn wenigstens unser neuer Polizeipräsident uns nicht zuvorgekommen wäre, zu veröffentlichen, dass er als Student Marihuana geraucht hat«, sagte sie frustriert zu Joe und räumte gedankenverloren seinen Schreibtisch auf. Dabei stellte sie ein paar Dinge an Stellen, wo sie seiner Meinung nach nicht hingehörten. Kate war ein Ordnungsfanatiker, während Joe nur in seinem selbstgeschaffenen Chaos arbeiten konnte. Sie reichte ihm einen Stapel Fotos und Zeitungsausschnitte. »Kapiert er denn nicht, dass Leichen im Keller zu finden *unser* Job ist?«

»Er ist wirklich unerträglich ehrlich«, sagte Joe beschwichtigend. Sobald Kate wegschaute, packte er die Fotos wieder dorthin, wo sie vorher gelegen hatten.

Kate kaute grübelnd auf ihrer Unterlippe. Als ihr Handy klingelte, sprang sie erschrocken auf. Am anderen Ende der Leitung war ihr Lieblingspolizist vom örtlichen Revier, der ihr oft delikate Informationen zuspielte.

»Kate? Hi. Erinnerst du dich an diese Wanderer, die letztes Wochenende nicht aus den Bergen zurückgekehrt sind? Man hat sie gefunden.«

»Tot oder lebendig?« Kate war nicht herzlos – derartige Fragen gehörten zu ihrem Job.

»Sogar äußerst lebendig. Hör zu, ich kann jetzt nicht mehr dazu sagen. Ich muss los. Aber vielleicht möchtest du dir die Sache selbst ansehen.«

Dahinter musste mehr stecken, sonst hätte er sie nicht angerufen. Fünf Minuten später waren Joe und sie unterwegs.

»Joe, wann hast du eigentlich das letzte Mal dein Auto

entmüllt?« Kate setzte vorsichtig ihre Füße auf den Fahrzeugboden.

»Keine Ahnung. Jetzt wo du mich fragst – ich glaube noch nie.«

»Exakt.« Sie hielt ihm eine leere Verpackung unter die Nase. »Ich meine, dieses Teil schon gesehen zu haben, als ich zum ersten Mal in diesem Auto saß.«

»Kann gut sein. Wen interessiert's?«

»Mich – wenn ich darauf sitzen muss. Du bist eine Bedrohung für die Gesundheit.«

»So ein paar Keime tun einem doch nichts.«

»Manche schon – und wahrscheinlich viele von denen, die du in diesem Auto züchtest.«

Am Fuß des Hügels angekommen sah Kate eine Gruppe von Leuten, die in Decken gehüllt Tee tranken. Alle waren quicklebendig, wirkten aber irgendwie verlegen. Kate stieg aus und setzte eine mitfühlende Miene auf. Mitleid löste erfahrungsgemäß die Zunge.

»Ich sage ja immer, dass ein Hügel aussieht wie der andere. Es grenzt an ein Wunder, dass sich nicht jeder verirrt!«, rief sie und schüttelte den Kopf.

»Wir haben uns nicht verlaufen!«, meldete sich einer aus der Gruppe ungehalten zu Wort.

»Das Wetter kann hier wirklich erstaunlich schnell umschlagen«, versuchte Kate es noch einmal.

»Insbesondere wenn man gerade splitternackt ist …«, sagte einer der Polizisten grinsend.

»Das gehört dazu – wir sind Anhänger der Göttin Ceres«, erklärte einer der Männer.

»Für mich seid ihr ein Haufen Knallköpfe«, murmelte der Polizist. Joe schoss ein paar Fotos.

»Sofort aufhören! Unsere Religion verbietet das!«, rief einer aus der Gruppe.

»Lass sie in Ruhe!«, sagte Kate laut und energisch, sobald Joe ihr signalisiert hatte, dass er genug Aufnahmen im Kasten hatte. Sie wandte sich an den Anführer. »Ich entschuldige mich für meinen Kollegen. Er hat keine Ahnung von solchen Dingen. Ich dagegen habe mich schon immer für alternative Lebensweisen und Religionen interessiert. Befinden wir uns hier etwa an einem heiligen Ort?«, fragte sie so warmherzig und mitfühlend wie nur möglich.

Eine der Frauen nickte eifrig. Kate fiel auf, dass sie stark behaarte Beine hatte – sie würde gut zu den demonstrierenden Weberinnen passen. »Es geht um den Stein oben auf der Spitze des Hügels. Wir glauben, dass er jahrtausendelang für Rituale benutzt wurde. Aber ihr Einheimischen schenkt ihm schon lange keine Beachtung mehr.«

»Und was wollten Sie hier tun?«

»Das würden Sie doch nicht verstehen – es ist ein äußerst kompliziertes Ritual.«

Kate biss die Zähne zusammen. »Lassen wir es auf einen Versuch ankommen – vielleicht können Sie es für mich ja mit ganz einfachen Worten beschreiben.«

»Wir wollten mit uralten Zeremonien den Frühling einläuten.«

»Sie haben sich ausgezogen und sind um den Stein gerannt«, warf der Polizist ein, der es offensichtlich kaum erwarten konnte, nach Feierabend den gesamten Pub mit dieser Geschichte zu unterhalten.

»Der Regen wird das öde Land befruchten!«, rief die Frau.

»Das hat er den ganzen Winter über getan! Konntet ihr nicht Sonnenschein bestellen?«, fragte der Polizist.

Die Frau seufzte genervt, was Kate als ziemlich dreist empfand. Immerhin war ein riesiges Aufgebot der Bergwacht anmarschiert, um diese Leute zu retten.

»Sie konnten das Ritual also nicht erfolgreich abschließen?«

Die Frau nickte widerwillig. »Weil wir im entscheidenden Moment gestört wurden. Die Göttin ist nun erzürnt. Heftige Stürme werden jetzt auf uns zukommen.« Sie sah Kate vorwurfsvoll an, als würde sie ihr die Schuld geben.

Kate riss sich zusammen, bis sie wieder in Joes Wagen saß, dann lachte sie schallend los. »Gott, ich liebe diesen Job!« Diese Geschichte bot zwar Stoff für einen netten kleinen Bericht, aber mehr auch nicht. Und in diesem Geschäft war man immer nur so gut wie seine letzte Story.

Schon im Alter von zehn Jahren wollte Kate Journalistin werden. Damals mussten sie in der Schule einen Aufsatz darüber schreiben, was sie während der Ferien erlebt hatten. Kate gewann den ersten Preis – mit einer komplett erfundenen Geschichte. Als ihr Lehrer das herausfand, wollte er ihr den Preis wieder abnehmen. Aber Kate wies ihn darauf hin, dass niemand gesagt hätte, die Geschichte müsse den Tatsachen entsprechen. Folglich hatte sie gegen keinerlei Regel verstoßen.

Kate liebte das Schreiben – Wörter waren für sie kostbar und magisch. Das richtige Wort zu finden, war so entscheidend wie der korrekte Schritt beim Tanzen. Kate wurde Redakteurin der Schulzeitung – die spannendsten Themen reservierte sie immer für sich selbst. Sobald sie die Schule verlassen hatte, marschierte sie in die Redaktion der nächsten Tageszeitung. Trotz ihrer beeindruckenden Qualifikationen verbrachte sie ihre Arbeitszeit damit, Tee zu kochen und über die Treffen des örtlichen Frauenvereins zu berichten. Aber nach wenigen Monaten kam Kates große Chance. Sie nahm einen entscheidenden Anruf entgegen – und schrieb den Artikel selbst. Tatsächlich hatte sie vergessen, den Chefredakteur zu informieren, der den Job natürlich jemandem mit mehr Erfahrung übertragen hätte. Er hatte sie hinterher kräftig zusammengestaucht, aber da stand die

Story bereits auf der Titelseite. Die folgenden Jahre, in denen sie sich langsam hocharbeitete, hatten sie ein bisschen gezähmt, aber nach wie vor verfolgte sie jede Spur mit der gleichen Zielstrebigkeit.

Joe und Kate brauchten eine Weile für den Rückweg in die Stadt. Zwar hatte die Feriensaison noch nicht begonnen, aber die engen Straßen waren schon jetzt mit Touristen verstopft. Während sie an einer roten Ampel warten mussten, rutschte Kate unruhig auf ihrem Sitz hin und her. Der Abend mit Jonathan im Restaurant ging ihr nicht aus dem Kopf und dieses wenig ergiebige Interview mit den Nackten hatte ihre Stimmung nicht gerade gehoben. In diesem Moment fiel ihr Blick auf das Schild eines Cafés, das mit selbst gemachter Eiscreme warb.

»Seltsam – ich könnte schwören, dass am Hintereingang ein Lieferwagen steht, der gerade Eiscreme bringt!«

Joe klopfte ungeduldig aufs Lenkrad. »Wovon zum Teufel redest du?«

»Das Café da. Ganz schön dreist, findest du nicht?« Als er sie verständnislos ansah, zeigte Kate auf den Lieferwagen, der soeben aus der Ausfahrt fuhr. »Von wegen *selbst gemacht*! Das ist irreführende Werbung. Das Essensthema verfolgt mich gerade ohnehin. Uns werden ständig falsche Versprechungen aufgetischt. Wer weiß denn schon, was hinter der Küchentür eines Restaurants passiert?«, regte sie sich auf und schüttelte energisch ihre rote Mähne.

»Du bist hier in England, noch dazu im Norden von England – was erwartest du?«, fragte Joe.

Kate öffnete den Mund, um ihm die passende Antwort zu geben, aber dann nickte sie. »Entschuldige, du hast recht. Ich bin heute unausstehlich.«

Er lachte. »Sei nicht albern. Du steckst eben … in einer schwierigen Phase.«

Kate zuckte zusammen. »Ich weiß, ich weiß. Und ich komme mir vor wie die letzte Idiotin. Ich hätte niemals etwas mit einem verheirateten Mann anfangen sollen – und wenn er noch so oft behauptet, dass er sich scheiden lässt«, entgegnete sie sarkastisch. »Und das ganze Büro weiß Bescheid. Jedes Mal, wenn ich ein Zimmer betrete, verstummen alle, als hätten sie über mich geredet!«

»Haben sie wahrscheinlich auch.«

»Was ich jetzt brauche, ist eine Story, wegen der ich wochenlang unterwegs bin und erst wieder im Büro auftauche, wenn Gras über die Sache gewachsen ist.«

Joe nickte. Es war ja auch erst das zehnte Mal, dass sie ihm das heute sagte. »Und ich komme mit«, gähnte er. »Seit die Zwillinge da sind, ist mein Hirn wie ausgebrannt. Und von meinem Schlafdefizit rede ich erst gar nicht. Ich halte nur noch mit der Kamera drauf, drücke den Auslöser, geh nach Hause und versuche mich zu erinnern, welche Farbe der Inhalt einer vollen Windel haben soll. Mary ist das sehr wichtig«, fügte er entschuldigend hinzu.

»Diese Frau ist schon deshalb eine Heilige, weil sie dich geheiratet hat, ganz davon zu schweigen, dass sie bereit ist, deine Kinder zu bekommen«, lautete Kates trockener Kommentar.

Während der restlichen Fahrt schwieg sie und grübelte über mögliche Storys nach. Außerdem musste sie überlegen, wie sie die amüsante Geschichte mit den Nackten verpacken sollte. Aber es war ein anderes Thema, das ihr nicht mehr aus dem Kopf ging.

Nachdem sie sich von Joe verabschiedet hatte, kochte sie sich zu Hause eine Tasse Tee. Dann suchte sie sich ein paar Bücher aus dem Regal heraus und machte sich Notizen. Kate war so in ihre Arbeit vertieft, dass sie sogar den Tee vergaß. Als sie schließlich einen Schluck trank, war er eiskalt. »Igitt!«, fluchte sie und verzog das Gesicht. Sie wollte gerade einen neuen kochen, als es an der Haustür klingelte.

Es war Jonathan, der sie wie gewohnt herzlich begrüßen wollte, als wäre nichts gewesen. Aber Kate bremste ihn. »Ich habe bereits den Schluss zu unserem gestrigen Gespräch geschrieben: Es ist vorbei. Und zwar seit dem Moment, als du entschieden hast, deiner Ehe eine zweite Chance zu geben. Akzeptiert. Aber wir werden nicht *um der alten Zeiten willen* ein letztes Mal miteinander schlafen oder was auch immer du dir vorstellst …«

»Aber ich muss doch sicher sein, dass ich die richtige Entscheidung getroffen habe. Und wie soll ich das, wenn …«

»Vertrau mir«, entgegnete sie scharf und hielt für einen Moment die Luft an. Schließlich war er immer noch ihr Boss. Jonathan grinste.

»Na gut, aber es war einen Versuch wert. Es ist übrigens ein neues Buch erschienen, in dem bestätigt wird, dass Frauen ständig über Beziehungen grübeln, während Männer nur an Sex denken.«

»Das wissen die Frauen schon längst – dazu brauchen wir nicht erst so ein verdammtes Buch!« Gott, wo war ihr Sinn für Humor geblieben? Aber dann fiel ihr etwas ein. »Ich brauche deinen Rat. Es geht um eine mögliche Story.«

Jonathan spitzte die Ohren. »Okay, setz Teewasser auf und schieß los.« Erleichtert ließ sie ihn herein. Während der Arbeit trank Jonathan literweise Tee. Er behauptete, es helfe ihm beim Denken. Und zum Glück verhielten sie sich schon fast wieder wie ganz normale Kollegen.

»Dieses ungenießbare Essen im Restaurant – verkohlte Lammkoteletts und so weiter«, begann Kate, sobald sie beide mit Teebechern in der Hand auf dem Sofa saßen, »hat mich ins Grübeln gebracht.«

»Zu Recht. Die haben nur deshalb Geld von mir gesehen,

weil ich dieses Essen übers Spesenkonto abrechnen kann. Sonst hätte ich keinen Penny bezahlt.«

»Genau! Aber dass dem Gast miserables Essen vorgesetzt wird, ist nur die Spitze des Eisbergs! Was die Hälfte aller Restaurants in dieser Stadt serviert, ist nicht einmal in ihrer eigenen Küche entstanden. Es ist aufgewärmte Tiefkühlware. Jeder halbwegs intelligente Mensch ist in der Lage, etwas in die Mikrowelle zu schieben und dann auf einen Teller zu laden. Und trotzdem tun sie so, als sei das Kochen eine hohe Kunst. Die halten sich für einen exklusiven Club, zu dem der Normalsterbliche keinen Zutritt hat. Sie haben sogar eine eigene Sprache. Küchenfranzösisch – dass ich nicht lache.« Sie beugte sich vor und wühlte in ihren Unterlagen. »Ah hier: ein Fleuron – ich könnte schwören, dass die Aliens in der letzten Fernsehfolge von *Doctor Who* so hießen. Gemeint ist nichts weiter als ein simples Stück Blätterteig.«

»Dabei geht einem Koch nichts über seinen Ruf. Heutzutage kannst du keine Zeitung aufschlagen, ohne einen Bericht über irgendeinen gefeierten Koch vor dir zu haben, der sich für das größte Genie seit der Erfindung von Messer und Gabel hält«, nickte Jonathan. »Ich stimme dir zu – mit diesem Mist wird Zeitungspapier verschwendet.«

»Also«, Kate holte tief Luft. »Köche – wahre Kunst oder Aufschneiderei?«

»Hmm. Klingt nicht schlecht. Schillernde Persönlichkeiten, unseriöse Geschäftspraktiken und jede Menge Skandale, über die du auf deine unnachahmliche Weise berichten kannst. Ich vermute, du willst dich irgendwo undercover einschleichen, um Beweise zu sammeln?«

»Allerdings. Die Sache muss hieb- und stichfest recherchiert sein – sonst bringt es nichts.«

»Das sehe ich genauso. Allerdings wird dich niemand als Köchin einstellen.«

»Nein, aber ich könnte zum Beispiel als Kellnerin arbeiten. Die tun doch nichts außer herumstolzieren und hochnäsig gucken. Das kann jeder Trottel!«

»Auf die Fotos freue ich mich jetzt schon.« Er grinste Kate an, doch sie schaute schnell weg. Jetzt war nicht der Moment, um daran erinnert zu werden, wie sexy es war, wenn ein sonst so besonnener Mann wie Jonathan leidenschaftlich und wild wurde.

»Ich muss gehen. Ich habe meiner ...« Er zögerte.

»... Frau versprochen, schon vor Stunden wieder zu Hause zu sein«, beendete sie den Satz für ihn. »Na ja, du bist zwar spät dran, hast aber zumindest ein reines Gewissen.«

»Tut mir ehrlich leid. Alles.«

»Ich weiß.« Sie grinste verlegen, schob ihn durch die Tür nach draußen und klopfte ihm dabei freundschaftlich auf den Rücken. Sobald Jonathan gegangen war, streifte Kate ruhelos durch das Zimmer. Affären im Büro sind nie eine gute Idee, dachte sie. Als sie sich umschaute, wurde ihr bewusst, dass er genauso gut nie da gewesen sein könnte. Er hatte nichts zurückgelassen, das auf seine Anwesenheit hindeutete. Als hätte sie eine Affäre mit einem Geist gehabt.

Bei meiner nächsten Beziehung – und mir ist egal, wie lange ich bis dahin warten muss – darf es nur offen und ehrlich zugehen. Keine Geheimnisse, keine Lügen und vor allem keine Schuldgefühle.

Kate wanderte ziellos in ihrer Wohnung umher, las ihre Mails – eine war von ihrer Mom – und blätterte die Post durch. Eine verspätete Geburtstagskarte von ihrer besten Schulfreundin hob für einen Moment ihre Laune. Schließlich ließ sie sich ein Bad ein und streute großzügig eine ganze Handvoll teures Badesalz hinein. Danach würde sie sich besser fühlen – eine unabhängige Frau, bereit für den Neuanfang.

4. Kapitel

Als Harry Hunter geboren wurde, brachten seine strahlend blauen Augen sogar die gefühlsarme Hebamme zum Lächeln. Später in dieser Nacht versuchte er, sie zu beißen, und sie war froh, aus seinem Leben zu verschwinden, bevor er Zähne bekam.

Vielleicht hatte seine Großmutter ihn genauso geliebt wie Jakes Oma ihren Enkel. Doch gezeigt hatte sie es nie.

Niemand in Harrys Familie tat das.

Vor langer Zeit hatte sein Vorfahre Harold Hunter ein paar zwielichtige Aufträge für den gerissenen alten Geizhals Henry VII ausgeführt. König Henry war ihm dafür dankbar, aber für seinen Geschmack machte sich Harold selbst für damalige Verhältnisse ein bisschen zu gern die Hände schmutzig. Also übereignete er ihm ein Stück Land hoch oben im Norden. Mit ein bisschen Glück würde er von den Wölfen gefressen werden – oder von den Einheimischen.

Aber Harold schlug sich erfolgreich durch und vererbte seinen Nachkommen unter anderem die unbeirrbare Überzeugung, dass ein Hunter immer erreicht, was er will.

So kam es, dass die Hunters seit damals ihre Spuren in dieser Welt hinterließen. Ob Betrug oder Verrat – ihr Repertoire an Gemeinheiten war äußerst vielseitig. Es mochte auch nette Hunters gegeben haben, aber die blieben nie lange im Spiel. Wahrscheinlich starben sie einfach weg, so wie Blumen ohne Wasser verwelken.

In seiner Freizeit machte Harrys Vater am liebsten seinem Namen Ehre und ging auf die Jagd. Die Regierung versuchte es zwar zu unterbinden, war aber mit ihrem Sitz in

Westminster weit genug weg, um die Gewehrschüsse und das Kläffen der Jagdhunde nicht zu hören. Harrys Mutter liebte Gin und Bridge – in genau dieser Reihenfolge. Ansonsten war sie ständig mit ihrer Gesichtspflege beschäftigt, in der vergeblichen Hoffnung, die Leute würden sie immer noch für 35 halten.

Harry selbst sah aus wie ein Model und war so eitel, dass das einzige Foto in seiner Brieftasche ihn selbst zeigte. Groß und breitschultrig brillierte er in den Privatschulen, gewann Sporttrophäen, erhielt akademische Auszeichnungen und musste dafür nicht einmal betrügen. Schon früh beherrschte er die Kunst, über seine leicht gebogene Römernase auf jeden herabzublicken, der unter seiner Würde war.

Er fand bald heraus, wie viel Spaß er an der Mädchenschule haben konnte, die nur eine halbe Meile entfernt lag. Harry bezauberte jede Frau und verachtete sie dann dafür, dass sie so leicht zu täuschen war.

Die Ferien verbrachte er in Aspen oder in der Karibik, wo er seine Liebe für gutes Essen entdeckte. Aber Harry wäre nicht Harry, hätte er nicht schnell auch darin der Beste sein wollen. Er übte zu Hause heimlich, denn es gab immer noch Menschen, die fanden, Kochen sei nur etwas für Mädchen.

Nachdem er die Schule abgeschlossen hatte, wollten ihn etliche Universitäten mit Kusshand aufnehmen, aber das akademische Leben langweilte ihn. Er wollte kochen. Schnipseln und hacken, die Hitze und das Blut – da fühlte er sich zu Hause wie ein Hai im Ozean. Anderen mochte der ständige Druck zusetzen, aber Harry blühte dann erst richtig auf. Die weiße Kochjacke betonte vorteilhaft das Blau seiner Augen – und wie jeder wusste, waren Uniformen bei den Mädchen äußerst beliebt.

Für Harry gab es immer nur einen Weg, Dinge zu tun – als der Beste. Nachdem sein Entschluss feststand, bewarb er sich am führenden Catering College und zweifelte nicht einen Augenblick daran, dass man ihn aufnehmen würde.

Das Richmond College of Catering war das Oxford oder Cambridge der Kochwelt. Nur wenige gingen direkt nach der Schule dorthin – Harry schon. Seine mangelnde Erfahrung machte er durch Engagement und Enthusiasmus wett. Andere, wie Jake, hatten bereits jahrelang in einer Küche geschuftet. Beim Vorstellungsgespräch zeigte sich das Gremium tief beeindruckt von dem Wissen, das er sich bereits angeeignet hatte. Ihnen entging auch nicht seine eiserne Entschlossenheit.

Das College war auf der Suche nach Rohdiamanten, die mit intensiver Schulung und strenger Kritik geschliffen werden sollten. Wer das mit intaktem Selbstbewusstsein überstand, dem lag die Welt zu Füßen.

Am ersten Tag des Semesters war die Eingangshalle zum Bersten voll gewesen mit eifrigen Jungköchen in makellosen weißen Kochjacken und einem ganzen Arsenal scharfer Küchenmesser, die im Sonnenlicht glitzerten. An den Wänden hingen Porträts ehemaliger Studenten, einige von ihnen waren mittlerweile bekannte Fernsehköche. Und es hing ein verführerisches Aroma von gebratenen Zwiebeln und Knoblauch in der Luft, das von einer der Klassen herüberwehte, deren Unterricht bereits begonnen hatte.

Jake hatte damals seinen Laptop und seine halbe CD-Sammlung verkaufen müssen, um sich die Messer leisten zu können, die vom College als Arbeitsmittel verlangt wurden. Und seine Berufskleidung hatte er einem Hilfskoch abgekauft, der zur Armee ging – weil er eine Pause brauche, wie er sagte. Jake hatte eine ganze Flasche Fleckentferner gebraucht, um die Blutspritzer herauszubekommen. Als er sich jetzt umsah, wurde ihm klar, dass seine Ausrüstung wenigstens schon mal eine Küche von innen gesehen hatte. So wie das Zeug mancher Studenten aussah, war gerade erst die Plastikverpackung davon entfernt worden. Die Vorstellung, wie diese schneeweißen Jacken aussehen würden, nachdem sie zum ersten Mal mit der realen Welt einer Küche kollidierten, amüsierte Jake. Der eine oder andere würde vermutlich nicht einmal die erste Woche überstehen.

An den Gesprächsfetzen, die er um sich herum aufschnappte, konnte er hören, dass die meisten sich Unmengen an Theorie angeeignet hatten – aber keine echte praktische Erfahrung besaßen.

Einer der Vorteile, in Londons Süden aufgewachsen zu sein, bestand darin, dass man einen scharfen Instinkt für sich anbahnenden Ärger entwickelte. Auf dem Spielplatz gab es immer einen Jungen, der dich *Kumpel* nannte und dir dann dein Essensgeld klaute. Deshalb wusste Jake sofort, woran er bei Harry war. Harry stand selbstbewusst inmitten einer Gruppe, als wären die anderen seine Untertanen. Er wirkte entspannt und locker, nicht wie all die anderen hier, die nervös von einem Fuß auf den anderen traten. Harry erzählte ihnen einen Witz über einen Fernsehkoch und ließ es so klingen, als würde er ihn persönlich kennen.

Als er dann lachte, warf er den Kopf zurück und enthüllte seine perfekten Zähne. Er schaute sich um, ob ihm auch die Aufmerksamkeit aller Anwesenden gehörte. Für den Bruchteil einer Sekunde begegneten sich sein und Jakes Blick. Hinter dem Lachen waren Harrys Augen kalt und berechnend. Aber außer Jake schien das niemandem aufzufallen. Er zuckte mit den Schultern. Schließlich war er kein Schuljunge mehr und konnte auf sich aufpassen.

Von den diesjährigen Neuzugängen an Nachwuchs-Meisterköchen blieben nicht alle dabei. Ein Typ fand heraus, dass er kein Blut sehen konnte: Er musste sich fast übergeben, als er ein Steak englisch braten sollte. Ein paar waren schlichtweg zu faul für diese Schufterei und ein Mädchen wurde gebeten, die Schule zu verlassen, da sie nach einem Jahr immer noch Mühe hatte, die einzelnen Küchenkräuter zu unterscheiden.

Unter den Verbliebenen hoben sich sowohl Jake als auch Harry von den anderen ab wie der Rahm auf einer Kanne Milch. Harry machte das wütend. Während seiner Schulzeit war er es gewohnt gewesen, an der Spitze zu stehen – und zwar allein.

Harrys gefährlichste Waffe war sein Charme. Er lernte rasch, seinen affektierten Privatschulen-Wortschatz mit wohlklingenden Ausdrücken aus seiner Heimat, dem Lake District, zu erweitern. Er nannte seine Klassenkameraden »Marras«, eine Bezeichnung, die die anderen nie zuvor gehört hatten und die sie zum Lachen brachte. In seiner Funktion als Materialverwalter war Harry sehr großzügig, was das Verleihen von Küchengerät anging. Und die hübschen Mädchen waren in seinen Händen wie weiches Wachs: Die Kombination aus gutem Aussehen, Charisma und Einladungen, das Wochenende bei ihm zu Hause im Lake District zu verbringen, war einfach unwiderstehlich.

Jedes Mädchen glaubte, Harrys große Liebe zu sein – bis er sie fallen ließ. Jake erlebte so oft, dass sich ein hysterisch schluchzendes Mädchen an seiner Schulter ausweinte. Er kam sich manchmal schon vor wie im Film *Und täglich grüßt das Murmeltier*. Allerdings entwickelte er große Geschicklichkeit darin, am Herd zu stehen und gleichzeitig zu trösten. Sein Rat lautete immer in etwa so: »Ja, Pamela/Anne/Lyndsay, ich kann verstehen, wie schrecklich das für dich ist. Hier, nimm das Taschentuch und pass bitte auf, dass keine Tränen in meine Sauce/Suppe/Creme fallen. Natürlich ist er ein Scheißkerl, aber du wolltest ja nicht auf mich hören. Jetzt sei nicht albern. Du willst dich/ihn nicht wirklich umbringen, also leg bitte mein Messer/Nudelholz/Küchenbeil wieder hin.«

Sobald sie das Trauma überwunden hatten, ärgerten sich die Mädchen schwarz, nicht früher erkannt zu haben, wie sexy Jake war, mit seinen dunklen Augen, diesem Schlafzimmerblick und einem Lächeln, das je nach Situation taff oder zärtlich sein konnte.

Eine andere Sache, in der Jake viel Übung bekam, bestand darin, den Damen auf taktvolle Weise zu erklären, dass er niemals mit den abgelegten Freundinnen dieses Idioten ausgehen würde – er hatte schließlich seinen Stolz. Das machte ihn zu einem prinzipientreuen, aber vor allem nachts auch einsamen Mann.

Doch die meiste Zeit war er mit dem eigentlich wichtigsten Thema beschäftigt: Kochen. Jake eignete sich Wissen an, wie ein Schwamm Wasser aufsaugt. Er hörte aufmerksam zu, beobachtete, ahmte nach und experimentierte, bis er sich manchmal fühlte wie ein Huhn, in das jemand so viel Füllung gestopft hatte, dass es im Backofen explodierte. Aber je mehr er lernte, desto mehr entdeckte er, wie viel er noch lernen musste. Nach Praktika in Gourmettempeln wie *La Gavroche* und dem *Ritz* ging er dazu über, wie ein Mantra täglich einen bestimmten Satz herunterzubeten: »Ein Koch ist immer nur so gut wie seine letzte Kreation.«

Am letzten College-Tag gab es eine Abschlussfeier, und in einer Zeremonie wurden Auszeichnungen verliehen. Der Titel *Tollpatsch des Jahres* ging an einen Typen namens John, der mehr Teller als jeder andere fallen gelassen und es sogar geschafft hatte, ein silbernes Tablett zu zerbeulen. Jakes Kumpel Barney, der bereits seinen Wunschvertrag als Pâtissier auf einem Kreuzfahrtschiff in der Tasche hatte, wurde *Pudding des Jahres*. Seit Beginn des Studiums hatte er fast 25 Kilo zugenommen. »Wenn du weiter so zunimmst, müssen sie den Schiffsboden verstärken«, sagte der Schulleiter. Barney grinste nur und schielte auf Jakes Nachtisch.

»Spaß beiseite, ihr wart ein brillanter Jahrgang – im Großen und Ganzen. Erinnert sich noch jemand an das Mädchen, das während der ersten Woche heulend davonlief, weil sie Kutteln kosten sollte?«

»Geschmacklose Schlampe«, murmelte Harry so leise, dass es niemand hören konnte.

»Nun, jemand hat sie am nächsten Tag in einer Fastfood-Bude am Oxford Circus arbeiten sehen.«

Betroffenes, entsetztes Schweigen machte sich breit.

»Was die Auszeichnung *Herausragender Student des Jahres* betrifft, so wird es niemanden von euch überraschen, dass es ein Kopf-an-Kopf-Rennen gab. Während ihrer Zeit hier haben Jake Goldman und Harry Hunter ihr Talent und ihr Engagement immer wieder unter Beweis gestellt. Ich kann euch versichern, dass es bei der Diskussion über den Preisträger heftiger zuging als beim UN-Treffen. Aber am Ende – uns ging allmählich der Schnaps aus – fiel die Entscheidung. Weil wir glauben, dass er die Fähigkeit besitzt, mit Humor und Zielstrebigkeit eine Küche zu leiten – und außerdem kocht wie ein junger Gott –, geht die Auszeichnung an Jake.«

Alle jubelten und bewarfen ihn mit Brötchen. Jake war total überrascht. Er hatte in seinem ganzen Leben noch nie etwas gewonnen und war immer so damit beschäftigt gewesen, ein noch besserer Koch zu werden, dass er gar nicht dazu kam, sich etwas auf sein Talent einzubilden. Der Preis bestand aus einer kleinen silbernen Kochmütze.

Als Jake an seinen Tisch zurückkehrte, stand Harry demonstrativ als Erster auf und schüttelte Jake die Hand. Jeder sollte denken, sie seien die besten Freunde. Aber als Jake in Harrys Augen schaute, fröstelte es ihn.

Der Schulleiter klopfte mit dem Löffel an sein Glas, um sich Gehör zu verschaffen. »Alle mal zuhören. Ich sagte, Ruhe! Gott, ich freue mich wirklich darauf, an eurem ersten Arbeitstag dieses übermütige Grinsen aus euren Gesichtern verschwinden zu sehen. Und das bringt mich zu einer weiteren Bekanntmachung. Es ist mir eine große Freude, euch mitzuteilen, dass beide, Jake und Harry, heute Abend hier als Gewinner stehen. Das renommierte Restaurant *London,* in dem sich leider niemand von uns ein Essen leisten kann, hat – und das gab es noch nie – beiden Jungs einen Job angeboten. Gut gemacht ihr zwei. Eine bemerkenswerte Leistung!«

Jake spürte, wie sich ein breites Lächeln auf seinem Gesicht ausbreitete. Er hätte vor Freude platzen können. Das war die Chance seines Lebens. Harry grinste und nickte, aber innerlich kochte er vor Wut, Entsetzen und einem nie gekannten Gefühl von Demütigung. An der Spitze zu stehen, Preise zu gewinnen – das war der ihm zugedachte Platz in dieser Welt. Aber außer ihm gehörte niemand dort hin. Schon gar nicht Jake.

Während Harry lächelnd mit dem einen oder anderen plauderte, suchte sein Hirn fieberhaft nach Möglichkeiten, Jake eine Lektion zu erteilen. Und ihm fiel so einiges ein. Alles, was er brauchte, war die passende Gelegenheit. Aber er konnte warten. Und in der Zwischenzeit …

»Lass mich dir noch einmal die Hand schütteln, Jake, mein Kumpel. Ich denke, wir werden gut zusammenarbeiten!«

»Der hat wirklich Stil!«, rief irgendjemand. Nur Jake verging sein freudiges Strahlen schnell. Seine Hand schmerzte so sehr, dass er nicht überrascht gewesen wäre, wenn Harry ihm einen oder zwei Knochen gebrochen hätte.

5. Kapitel

Das Restaurant *London* war so angesagt, dass angeblich sogar Gwyneth Paltrow eines Abends keinen Tisch mehr bekam. Die Musiker hipper Rockbands verkehrten hier ebenso wie Fernsehmoderatoren, die gern genauso berühmt gewesen wären. Jake hätte einen Kleinkredit aufnehmen müssen, um dort zu essen – so gepfeffert waren die Preise.

Der Koch, der diesem Restaurant zu seinem Ruf verhalf, kurierte schon eine Weile seinen Nervenzusammenbruch aus. Die Vertretung hatte sein Bruder übernommen, der zwar nicht gut kochte, aber mit der Frau des Inhabers schlief.

Jake hatte den starken Eindruck, dass es mit dem Restaurant abwärts ging. In der Küche herrschte oft so schlechte Stimmung, dass Jake unweigerlich daran dachte, wie die Ratten das sinkende Schiff verlassen. Auch er hatte keine große Lust zu bleiben, musste aber dringend sein Konto ausgleichen. Er hatte Geld gebraucht für eine wunderbare, aber kostspielige Woche in Italien. Dort lernte er bei einem Meister des Fachs die Zubereitung von Pasta – und jetzt war sein Konto hoffnungslos überzogen. Aber es war die Sache wert gewesen. Die Frau des Kochs hatte ihn in ihr Herz geschlossen: Jeden Morgen wurde er mit einer kraftvollen, nach Knoblauch und Kräutern duftenden Umarmung begrüßt, mit Unmengen Essen vollgestopft und konnte sich anhören, dass er viel zu dünn sei. Er arbeitete dort hart, aber das gute Essen, der wunderbare Rotwein und die Sonne hatten dafür gesorgt, dass er sich topfit fühlte.

Harry war richtig enttäuscht, dass Jake keinen Flugzeugabsturz erlitten hatte oder wenigstens mit den Fingern in die

Nudelmaschine geraten war – er würde insgeheim weiter an seinem eigenen Plan arbeiten müssen.

In seiner Freizeit erholte sich Harry in der Wohnung seines Cousins in Hampstead. Durch dreifach verglaste Fenster vom Straßenlärm abgeschirmt döste er auf Laken aus feinster ägyptischer Baumwolle. Wenn er hungrig wurde, fand sich immer ein Filetsteak oder Räucherlachs im Kühlschrank.

Jake dagegen hatte das billigste möblierte Zimmer in ganz London gemietet. Es lag über einem indischen Supermarkt. Gegenüber war ein Pub, dessen Kundschaft offenbar der Meinung war, dass zu einer gelungenen Partynacht eine Schlägerei gehörte. Jake lag dann frierend unter seiner dünnen Decke und hörte, wie Glasflaschen auf Schädeln zersplitterten.

Seine magere Kost hatte sich zuerst auf Gemüsesuppe beschränkt, aber zum Glück freundete er sich mit Mr Patel an, der das Geschäft im Erdgeschoss besaß. Jener hatte Bombay vor 25 Jahren verlassen, litt aber immer noch an Heimweh und freute sich umso mehr über Jakes Interesse an indischer Küche. Es ging so weit, dass Jake fast jeden Abend eine Portion Curry vom Familienessen vor die Tür gestellt bekam. Jake war meistens nach der Arbeit so müde, dass er es kalt und im Stehen aß, bevor er sich hinlegte und in einen unruhigen Schlaf fiel. Sein Bett war so unbequem, dass er mehr als einmal versucht war, die Matratze hochzuheben, um zu sehen, ob sich darunter ein Nagelbrett verbarg.

Wenn er dann immer noch müde zur Arbeit erschien, musterte Harry ihn spöttisch und sagte: »Siehst reichlich mitgenommen aus. Wieder wild gefeiert?«

Obwohl es an Jakes Arbeit nie etwas zu beanstanden gab, verbreitete Harry mit seinen Worten den Eindruck, dass Jake ein Partylöwe sei. Das brachte ihren ständig gestressten Chef dazu, Jake misstrauisch zu beobachten.

In Küchen geht es meist hektisch zu und es kommt immer wieder vor, dass sich Leute anrempeln. Aber Jake brauchte nur ein scharfes Messer oder einen heißen Topf in die Hand zu nehmen – und schon wurde er geschubst. Und wenn er sich dann geschnitten oder verbrüht hatte, fluchte er lautstark, während Harry entschuldigend grinste und mit den Schultern zuckte. Jake hatte bald den Ruf weg, völlig humorlos und griesgrämig zu sein.

Und wenn nach der Arbeit alle zusammen etwas trinken gingen, war Harry bei jeder Runde mit dabei, während Jake (dem seine Bank im Nacken saß) den ganzen Abend lang an einem kleinen Bier nippte. Niemand warf ihm offen vor, dass er geizig sei, aber die unausgesprochenen Worte hingen in der Luft wie Zigarettenrauch.

Oft war Jake zu müde, um sich an der Unterhaltung zu beteiligen, aber er saß aufmerksam daneben. Harry hingegen verhielt sich wie ein Raubtier: den Blick hungrig auf die Beute gerichtet. Die anderen mochten ihn für einen netten Kerl halten, aber Jake hatte nicht vor, zwischen diese perfekten weißen Zähne zu geraten. Merkten die anderen denn nicht, mit was für einem Schlitzohr sie sich anfreundeten?

Sein einziger Lichtblick war Jill, eine der Kellnerinnen im *London*. Sie war sommersprossig, humorvoll und eine miserable Bedienung. Wenigstens erschien sie pünktlich zur Arbeit – doch nicht aus Pflichtbewusstsein, sondern lediglich um bei Jake zu sein.

Sie gingen erst eine Woche miteinander aus, da gestand sie ihm: »Ich sollte das nicht sagen, aber ich habe mich in dich verliebt. Wahrscheinlich willst du mich jetzt nie wieder sehen …«

»Ich bin noch nicht damit fertig, die Sommersprossen auf deiner Nase zu zählen, ganz zu schweigen von denen auf deinem übrigen Körper. Aber ich lasse es dich wissen, wenn ich damit durch bin«, zog er sie auf. »Außerdem geht es mir nicht anders – du bist schön, bringst mich zum Lachen und das Wichtigste: Es scheint dich nicht zu stören, dass meine Matratze hart wie ein Brett ist und so kurz, dass unsere Füße unten raushängen.«

Jill war ebenfalls ständig knapp bei Kasse. Wenn sie beide kein Geld mehr hatten, gingen sie in eine Ausstellung mit freiem Eintritt oder sie lagen im Bett, aßen kaltes Curry und hatten Sex.

Jake war mit der Situation so zufrieden, dass er sie nicht verderben wollte, indem er Jill zu früh seinen Eltern vorstellte. Seine Eltern waren nämlich ziemlich verrückt. Mrs Goldman konnte nie etwas mit einem Wort sagen, wenn noch mindestens 50 weitere zur Verfügung standen. Und sie hatte die Gabe, aus wirklich jeder Mücke einen Elefanten zu machen. Jake war davon überzeugt, dass sein Vater nur deshalb gern Vögel beobachten ging, weil er dann das Haus verlassen konnte.

In diesem Monat waren vier Leute vom Küchenpersonal gefeuert worden oder hatten gekündigt. Die übrigen bekamen deshalb nur selten frei. Als Jake zum ersten Mal seit drei Wochen zusammen mit Jill einen freien Nachmittag hatte, war er zwar fix und fertig, hatte aber ihre Verabredung bereits bis ins kleinste Detail geplant. Zuerst würden sie kostengünstig mit dem Bus zu einer Ausstellung mit freiem Eintritt fahren, wodurch ihm gerade genug Geld blieb, um sie hinterher beim Italiener an der Ecke zu einer Portion Spaghetti einzuladen. Sie beendeten gerade ihre Schicht im Restaurant, als er Jill seinen Plan vorstelllte. Doch dann rief Jakes Mutter an.

»Auf dem Speicher flattert ein riesiger Vogel herum – ich kann ihn hören!«

»Okay. Und wo ist Dad?«

»Unterwegs.«

»Bist du sicher?«

»Natürlich bin ich sicher – ist doch immer das Gleiche. Ich frage mich, warum er das hier überhaupt sein zu Hause nennt. Und nimmt er vielleicht sein Handy mit? Selbstverständlich nicht. Es liegt vor mir auf dem Tisch. Ich habe ihm gesagt, dass er das Dachbodenfenster schließen soll. Hat er wohl vergessen. Wer weiß, was jetzt alles auf die Kisten da oben tropft. Wie das stinken wird! Womöglich legt dieses Vieh Eier. Ehe wir uns versehen, ist es eine ganze Schar. Auf dem Speicher steht auch die Kiste von deiner Großmutter – alles, was uns von ihr geblieben ist!«

»Ich bin schon unterwegs, Mum.« Das ersparte ihm zumindest 20 weitere Minuten ihrer Nörgelei.

Nachdem Jake aufgelegt hatte, seufzte er. »Es dauert Stunden, um bis ans andere Ende von London zu fahren. Außerdem lässt sie mich nicht wieder aus ihren Klauen, bevor ich mindestens zwei Tassen Tee getrunken und mir sämtlichen Klatsch und Tratsch über die Nachbarschaft angehört habe. Dabei weiß sie genau, dass ich die meisten Leute nicht einmal kenne.« Er lächelte Jill bedauernd an. »Darauf folgt ein Verhör über die letzten sechs Monate meines Lebens, gefolgt von Analyse, Kritik und unerwünschten Ratschlägen.« Wenig verlockend, aber Jake war ein guter Sohn. Doch sein freier Nachmittag löste sich gerade in Rauch auf. Da hätte er genauso gut arbeiten können.

»Ist schon gut«, sagte Jill einigermaßen gefasst. »Tut mir wahrscheinlich ganz gut, mich ein bisschen hinzulegen.« Sie küsste ihn und versuchte sich die Enttäuschung nicht anmerken zu lassen. Es würde eine Ewigkeit dauern, bis sie wieder gleichzeitig freihätten.

»Du bist ein Schatz«, sagte Jake und eilte davon.

Nachdem er weg war, blieb Jill noch in der Restaurantküche. Sie war zwar müde, aber sie musste ausnutzen, dass sie laut Dienstplan erst in frühestens zehn Tagen wieder einen freien Nachmittag haben würde. Und draußen schien die Sonne. Das nicht zu genießen, wäre eine Schande gewesen!

Harry war ebenfalls noch in der Küche und nur scheinbar ganz darin vertieft gewesen, seine Messer zu schärfen. Aber wenn sich etwas zu seinem Vorteil entwickelte, funktionierte sein Gehör ausgezeichnet.

»Mich hat man auch versetzt. Meine Freundin hat Migräne«, log er. Harry hatte im Moment gar keine Freundin. »Ausgerechnet bei dem tollen Wetter. Am späten Nachmittag soll im Hyde Park eine Jazzband spielen. Hey, hättest du vielleicht Lust, hinzugehen? Ich spendier dir auch einen von diesen Mokka-Karamel-Shakes, die du so magst.« Er grinste sie entwaffnend an.

Jill überlegte. Sie wusste, dass Jake Harry nicht mochte, obwohl sie nie verstanden hatte, warum. Zu ihr war Harry immer nett und an seiner Einladung konnte sie nichts Schlimmes finden. Außerdem müsste sie es Jake auch nicht auf die Nase binden.

6. Kapitel

In der folgenden Woche fiel der Freitag auf den 13. Aber Jake war nicht abergläubisch und erschien fröhlich pfeifend zur Arbeit. Es war Zahltag und er wollte für Jill ein fantastisches Abendessen kochen. Am Morgen hatte er im Blumengeschäft an der Ecke einen Strauß Rosen anschreiben lassen. Dann war er bei Mr Patel im Laden gewesen und hatte eine Flasche seines besten Weins besorgt. Es war kein wirklich guter Tropfen, aber bei Mr Patel konnte er seine Einkäufe auf Rechnung setzen lassen. Jill hatte während der letzten Tage irgendwie bedrückt gewirkt, was sonst gar nicht ihre Art war. Als er sie darauf ansprach, hatte sie nur mit den Schultern gezuckt und gesagt, sie bekomme wohl eine Erkältung. Kein Wunder, denn normalerweise war es in seinem Zimmer viel zu kühl. Aber heute Abend erstrahlte der Raum in Mr Patels komplettem Kerzenvorrat. Dadurch würde es im Zimmer bestimmt so warm sein, dass sie nackt essen müssten – was sich Jake durchaus amüsant vorstellte.

Als er die Restaurantküche betrat, hatte Jills Dienst bereits begonnen und sie polierte gerade Weingläser. Jake schlich sich von hinten an sie heran und küsste sie auf den Nacken.

»Hallo, meine Schöne.«

Jill zuckte erschrocken zusammen und ließ das Glas fallen.

»Ach, verdammt.«

»Hey, ist doch nicht schlimm – war außerdem meine Schuld. Du bist ganz schön schreckhaft heute Morgen.« Er wollte sie küssen, aber Jill wandte den Kopf ab, so dass er lediglich ihr Kinn erwischte. Es schien nicht der richtige Moment zu sein, es noch einmal zu versuchen.

»Geht es dir gut?«

»Natürlich«, sagte sie fast schnippisch und lächelte ihn dann matt an.

»Entschuldige, Jake. Ich habe fürchterliche Kopfschmerzen.«

»Du Ärmste. Versuch, bis heute Abend durchzuhalten. Dann werde ich dich verwöhnen. Lass das Glas liegen – ich räum die Scherben gleich weg.« Er ging hinaus, sodass er Jills schuldbewussten, aber auch wütenden Blick nicht sehen konnte.

Musste er denn immer so fürchterlich nett sein, fragte sie

sich und vergaß dabei, dass sie sich genau deshalb in ihn verliebt hatte.

Am Abend sah sich Jake zufrieden in seinem Zimmer um. Zugegeben, die meistens dieser Kerzen würde man nur bei Stromausfall benutzen und die Duftkerzen verströmten ein leichtes Curryaroma. Aber dafür kaschierte das flackernde Licht die Wasserflecke in der Ecke.

Als Jill die Rosen sah, lächelte sie kläglich. Dann setzte sie sich an den Tisch und legte das Gesicht in beide Hände.

»Jake – wir müssen reden.«

Er wurde ganz ruhig. Dieser gewichtige kurze Satz verhieß nie etwas Gutes. Nach seiner Erfahrung war mit »wir müssen reden« auch kein normales Gespräch gemeint, sondern: »Ich muss dir etwas sagen, das du lieber nicht hören willst, aber wie auch immer deine Meinung dazu ist – es ändert nichts.«

»Ich lege nur eben die Steaks zurück in den Kühlschrank. Wir werden sie wohl nicht essen«, erwiderte er kühl.

»Oh bitte, lass das jetzt und setz dich hin.«

»Ganz bestimmt nicht. Was auch immer du zu sagen hast, kann nicht Grund genug sein, Lebensmittel vergammeln zu lassen.« Er hantierte ein paar Minuten in der Küche, um den unangenehmen Moment hinauszuschieben. Außerdem verschaffte es ihm eine kleine Genugtuung, Jill warten zu lassen.

Als er zurückkam, saß sie am Tisch und riss nervös eine Papierserviette in winzige Fetzen.

»Zwischen uns ist es in letzter Zeit nicht gut gelaufen«, begann sie.

»Tatsächlich?« Das war ihm neu.

Jill schluckte und wünschte, er würde die Weinflasche öffnen, aber Jake saß einfach nur da und wartete.

»Ich war mit einem anderen Mann aus.«

Als er nichts erwiderte, sondern sie nur mit ausdruckslosem Gesicht ansah, wurde Jill wütend.

»Oh bitte, jetzt mach es nicht noch schwerer, als es schon ist!«

»Für dich oder für mich? Für mich ist es schon schlimm genug. Aber lass mich dir helfen. Ich nehme mal an, das heißt, dass du mit ihm geschlafen hast. Es tut dir unendlich leid. Es war nie deine Absicht, dass es dazu kommt, und du wolltest ganz sicher niemandem wehtun.«

Genau das hatte sie sagen wollen, aber aus Jakes Mund klang es irgendwie anders.

»Wer ist es?«

»Das willst du nicht wissen.«

»Was bedeutet, dass du Angst hast, es mir zu sagen.«

Sie holte tief Luft. Jake war kein brutaler Typ, aber vielleicht ließ ihn ja gerade diese Sache ausrasten.

»Es ist Harry.«

Jake blieb ganz ruhig und konzentrierte sich darauf, sein Gesicht unter Kontrolle zu halten. Er wollte ihr auf keinen Fall zeigen, wie schockiert und aufgebracht er war.

»Das war sehr dumm von dir.« Das war gut. Er hatte ganz ruhig geklungen, beinahe beiläufig, und trotzdem hatte es sie getroffen, denn sie war zusammengezuckt.

»Ich wusste, dass du das sagen würdest, aber …«

»Noch bevor wir beide eine Beziehung miteinander hatten, habe ich dich davor gewarnt, mit ihm auszugehen. Er ist ein verlogenes, gemeines Stück Mist, das eine Weile mit dir ins Bett steigen wird und dich dann fallen lässt. Ich will dir ja nicht zu nahe treten, aber er benutzt dich lediglich, um mir eins auszuwischen.«

»Vielen Dank! Übrigens hat er mich vorgewarnt, dass du genau das sagen würdest.«

Jake lehnte sich in seinen Stuhl zurück und fixierte sie

mit finsterem Blick. Er war so wütend, dass er sich wie betäubt fühlte. Für den Moment war das gut, aber er wusste, dass der Schmerz noch kommen würde.

»Lass mich raten. Er hat dich irgendwo auf einen Drink eingeladen und dann kam eines zum anderen – erspar mir die Details.«

Das hatte sie sowieso vorgehabt. Es würde Jake wehtun, wenn sie ihm sagte, wie viel Spaß sie an jenem Nachmittag gehabt hatte. Sie hatten nichts Unrechtes getan, sich einfach nur die Musik angehört – die sie beide nicht sonderlich mochten – und geredet, viel geredet. Es stellte sich heraus, dass sie sehr viel gemeinsam hatten, so viel, dass es ganz natürlich schien, sich wieder zu verabreden. Zugegeben, dieses Mal in einer dieser Cocktailbars, in die sie schon immer mal ausgeführt werden wollte (welche Frau wollte das nicht?), und ja, sie hatten Champagner getrunken, genau genommen Bollinger, den sie bisher nur aus der Fernsehserie *Absolutely Fabulous* kannte. Und wie er auf sie mit diesen durchdringenden blauen Augen herabgesehen hatte (er war ja so groß!) … Mit Harry zusammen zu sein war, als würde die Mittelmeersonne auf sie scheinen. Und es war völlig undenkbar, zu erzählen, wie perfekt sein riesiges Bett für fantasievollen Sex gemacht war. Würden sie das Gleiche auf Jakes Matratze versuchen, liefen sie Gefahr, sich ernsthaft zu verletzen.

Also konzentrierte sich Jill lieber darauf, sich zu entschuldigen. Sie sagte es auf so viele Arten, dass Jake sich fragte, ob sie vorher im Lexikon nachgeschlagen hatte.

»Das reicht! Bist du fertig?«

Sie nickte niedergeschlagen.

»Geh bitte.«

Nachdem sie weg war, legte sich Jake auf das Bett, sah zu, wie von den 32 Kerzen Wachs auf den Teppich tropfte, und versuchte, nicht daran zu denken, dass Jill wahrscheinlich schnurstracks zu Harry marschierte. Vielleicht erlebte der gerade den Sex mit ihr, den sich Jake für heute Abend vorgestellt hatte.

Jill war tatsächlich auf direktem Wege zu Harry gegangen und bekam einen Schock, als die Tür von einem wunderschönen Mädchen geöffnet wurde, das nichts außer einem dieser Handtücher trug, die Jill selbst mit Genuss benutzt hatte. Als sie noch vor Schreck wie erstarrt vor der Tür stand, tauchte auch Harry auf, auf schamlose und kränkende Weise splitterfasernackt – und es machte ihm nicht das Geringste aus.

»Ups«, war alles, was er sagte. Aber das genügte.

Schweigend sah Jill ihn lange an, während ihr allmählich dämmerte, was für ein Idiot sie gewesen war. »Du bist und bleibst ein Verlierer, Harry. Ich weiß nicht, warum du Jake etwas wegnehmen willst. Aber du wirst nie das bekommen, was dir wirklich fehlt – Persönlichkeit.«

Für eine Sekunde lang ließ Harry seine Maske fallen und zeigte ein vor Zorn verzerrtes Gesicht, dann grinste er dreckig. »Verlierer? Mit all dem hier? Das denke ich nicht, Kleines!«

Am nächsten Tag war die Restaurantküche ein brodelnder Hexenkessel voller Emotionen und in etwa so einladend wie einer von Mrs Goldmans Aufläufen – eine Zubereitung, mit der sie ihre Familie von Zeit zu Zeit plagte und die auf der simplen Annahme beruhte, man müsse lediglich in etwa gleicher Menge Zutaten aus Speisekammer und Kühlschrank zusammenschütten und in den Ofen schieben, dann käme etwas Essbares dabei heraus.

Jake war so traurig und wütend, dass er sich kaum auf die Arbeit konzentrieren konnte. Er bemühte sich zwar sehr, alles Persönliche *draußen vor der Küchentür* zu lassen und

Profi zu sein, aber er lief mit finsterer Miene herum und war äußerst einsilbig. Eine ähnlich unglückliche Mischung aus Scham und Verzweiflung ließ Jill ungeschickter denn je sein. Und Harry war mit seiner betonten Fröhlichkeit schlichtweg unerträglich. Er wartete, bis die Küche voller Leute war, dann hielt er Jake die Hand hin und sagte unnötig laut: »Nichts für ungut, Kumpel. Nimm's nicht persönlich.«

»Warum nicht? Wir wissen doch beide, dass es genau das ist«, erwiderte Jake bissig und stolzierte erhobenen Hauptes davon. Er ließ Harry alle Zeit der Welt, jedem zu erzählen, dass es im Grunde nicht Jakes Fehler war, ein Versager zu sein.

Zu allem Übel hatte der Chefkoch einen Kater, der selbst für seine Verhältnisse gewaltig war.

Es war ein Morgen geronnener Saucen, zerbrochenen Geschirrs und Messern, die in Finger schnitten statt in Gemüse. Als Jill den dritten Teller fallen ließ, glaubte der Chefkoch, ihm platze bei dem Klirren der Schädel. Er wankte zum Erste-Hilfe-Kasten. »Verdammter Mist! Keine einzige Kopfschmerztablette mehr da!« Sein blutunterlaufener Blick wanderte von einem zum anderen und verharrte bei Jill. Deren Augen waren vom vielen Weinen so geschwollen, dass sie nicht mal sah, wie sie sämtliche Messer in das Gabelfach räumte.

»Hör sofort auf, meine Küche in ein Chaos zu verwandeln, du dämliches Weib! Geh und besorg mir Aspirin – und zwar die extra starken«, brüllte er und warf ihr seine Geldbörse zu.

Jill schoss davon. Als sie sich ihren Mantel holen ging, sah sie zufällig, wie Harry gerade mit einer der anderen Kellnerinnen schäkerte und versuchte, sie in den Hintern zu kneifen. Als sie im Drugstore ankam, wusste sie nicht mehr, was sie da eigentlich wollte, und irrte eine Ewigkeit orientierungslos durch die Gänge. Zurück im Restaurant war der Chefkoch bereits nach Hause gegangen, er war die Warterei leid gewesen.

Mühsam stand Jill ihre Schicht durch, gab ständig Bestellungen falsch weiter und hörte sich die darauf folgenden Beschwerden mit ausdruckslosem Gesicht an. Während des Mittagsgeschäftes bekam sie kein Trinkgeld. Als sie den letzten Teller zurück in die Küche brachte, schaute Jake kurz von seiner Arbeit auf. Seine dunklen Augen wirkten traurig und Jill musste daran denken, wie viel Spaß sie miteinander gehabt hatten. Sie konnte unmöglich weiter mit ihm zusammenarbeiten. Aber sie hatte von dem Job ohnehin die Nase voll. Sie würde nach Hause fahren zu ihrer Mum. Und zwar auf der Stelle. Es brachte auch nichts, auf ihren Lohn zu warten, da sie wahrscheinlich wegen all des zerbrochenen Geschirrs mehr schuldig war, als ihr zustand.

Als sie in ihrer Tasche nach dem Handy suchte, stellte sie fest, dass sie immer noch die Geldbörse ihres Chefs hatte. Nur Jake war noch da und polierte wie besessen Oberflächen.

»Ich werde für eine Weile nach Hause fahren. Könntest du das hier zurückgeben?«

»Meinetwegen«, sagte er mit einstudierter Gleichgültigkeit. Sie warf ihm die Geldbörse zu – welche unbemerkt in seiner Messerbox landete.

Er achtete nicht darauf. Heute war sein freier Abend und er verbrachte ihn mit zwei Flaschen miesem Rotwein aus dem Supermarkt, die bei Mr Patel übrig geblieben waren. Die einzigen CDs, die er noch besaß, waren Coldplay und Leonard Cohen, aber das passte perfekt zu seiner trüben Stimmung.

Nachdem er sich dreieinhalb Stunden lang Texte über die Trostlosigkeit des Lebens angehört hatte, kam Jake erstaunlicherweise zu dem Fazit, dass die Situation gar nicht so schlimm war. Er hatte eine Frau verloren – also hatte er noch viele andere vor sich. Und vor allem hatte er das Kochen. Das zu verlieren wäre eine wahre Tragödie.

Während Jake zu Hause Musik hörte, war der Chefkoch im *London* wieder aufgetaucht und bekam einen Wutanfall, weil er jetzt eine Kellnerin weniger hatte. Grundsätzlich war Jills Verschwinden vielleicht nicht das Schlechteste, was ihm passieren konnte, da sie die miserabelste Bedienung gewesen war, die er je beschäftigt hatte – aber anscheinend hatte sie seine Geldbörse mitgehen lassen.

»Ich bin sicher, Jill hat sie in Ihr Büro gelegt, Chef«, versicherte Harry, hilfsbereit wie immer.

»Da ist sie aber nicht.«

Harry wusste genau, wo die Geldbörse lag. Er hatte sie zufällig in Jakes Messerbox gesehen und sofort unter einem Geschirrtuch versteckt. Nun musste er nur noch den richtigen Moment abpassen.

An diesem Abend herrschte Hochbetrieb. Als in der Hektik das Messer des Chefkochs zerbrach, bot Harry ihm eines von seinen an. »Eine Sekunde – Jake hat seine ja auch hier gelassen.«

»Dieser Blödmann. Er weiß doch, dass er das nicht soll. Dann werde ich mir eines von seinen nehmen – geschieht ihm recht, wenn er sie nicht mit nach Hause nimmt.«

Harry beugte sich über die Box und setzte eine überraschte und ungläubige Miene auf. Seine Rache würde perfekt werden. Der Chefkoch schaute ungeduldig in das Besteckfach und hielt inne.

»Was zum Teufel macht der mit meiner Geldbörse?«, brüllte er.

»Dafür gibt es bestimmt eine ganz einfache Erklärung«, heuchelte Harry.

»Darauf gehe ich sogar jede Wette ein – er ist ein verdammter Dieb!« Der Chefkoch war ein Mann mit primitiven Gefühlen und gewaltigem Groll. Und Letzterem gab er immer nach.

Als Jake am nächsten Tag zur Arbeit kam, wurde er auf der Stelle gefeuert. Was blieb ihm übrig? Vor Gericht gehen? Als hätte er Geld für einen Prozess. Zu allem Übel rückte er auch noch auf höchst unliebsame Weise ins Interesse der Presse. »College-Star klaut in Spitzenrestaurant« war die schlimmste Schlagzeile, in die Welt gesetzt, um auf einen Schlag Jakes College und das Restaurant gleichzeitig in den Dreck zu ziehen. Als er Jill endlich ausfindig machen konnte, um zu versuchen, seinen Namen wieder reinzuwaschen, war sein Ex-Chef bereits – samt seiner Geldbörse – auf und davon. Er hatte eine Stelle am Mittelmeer angetreten. Das verschaffte der Presse wieder Stoff für Schlagzeilen. Jetzt schoben sie Jake auch noch die Verantwortung für den Weggang des Chefkochs in die Schuhe. Die Situation spitzte sich so zu, dass Jake sogar Geld in eine dunkle Sonnenbrille investieren musste. Während seiner unfreiwilligen und von Armut geprägten Freizeit hatte Jake viel Zeit, herumzusitzen und zu fantasieren. Seine Träume waren:

1. Das Mittelmeer war voller Haie.
2. Eines Nachts fällt der Chefkoch betrunken über Bord eines Schiffes. Seine fette weiße Wampe würde für jene Haie einen schmackhaften Happen abgeben.
3. Jill siecht dahin und wird Nonne, weil sie die einzig wahre Liebe ihres Lebens verloren hat.
4. Sämtliche Journalisten werden nach ihrem Tod in der Hölle am Spieß gebraten.

Während er darauf wartete, dass diese Dinge eintraten, und

Hunderte von Bewerbungen schrieb, verbrachte er seine Tage damit, bei Mr Patel Regale einzuräumen. Dieser brauchte nicht wirklich jemanden dafür und er konnte es sich nur leisten, Jake mit gerade abgelaufenen Lebensmitteln zu bezahlen. Aber niemand sonst wollte Jake einen Job geben. Trotz der Referenzen seiner Lehrer vom College, die bestätigten, dass er hochtalentiert und grundehrlich sei, hatte die Sache in dem Restaurant *London* seinen Ruf ruiniert. In der verrückten Welt, in der er arbeiten wollte, hatte niemand die Zeit, sich seine Version der Geschichte anzuhören.

Das beinahe Schlimmste an dieser Erfahrung war die Langeweile. Weil er kein Geld hatte, konnte er nicht einmal für sich selbst zu Hause kochen. Nach einer Weile musste er es auch aufgeben, in die Buchläden zu gehen und in Kochbüchern zu stöbern. Die Verkäufer bei *Waterstone's* fingen an, ihm böse Blicke zuzuwerfen, weil er in den Büchern blätterte und die Sofakissen abwetzte, aber nie etwas kaufte. Und da er nicht singen konnte, blieb ihm nicht einmal die Möglichkeit, Straßenmusiker in der U-Bahn zu werden.

Er verbrachte so viel Zeit damit, herumzuhängen und Menschen zu beobachten, dass er mit dem Gedanken spielte, seine eigene Imbissbude zu eröffnen, die zusätzlich eine Ernährungsberatung anbot. Für 20 Pfund würde er den Leuten sagen, wie ungesund sie sich ernährten, und ihnen stattdessen vernünftige Kost anbieten. Er war immer überrascht, wie viel Mist die Leute in sich reinstopften – grell gefärbte Süßigkeiten, mit Schokoladenaroma getränktes Zeug, Gesundheitsriegel voller Zucker, Sandwiches, die laut Hersteller mit Käse belegt waren, der nach Jakes Ansicht nur ein Molekül weit von Kunststoff entfernt war.

Es gab auf dieser Welt zu viele Menschen, die Essen in sich hineinschaufelten, ohne darüber nachzudenken. Und es machte sie offenbar auch nicht glücklich, nicht einmal für eine Minute. Sie schienen von einem Ort zum nächsten zu hetzen und kaum wahrzunehmen, was sie eigentlich aßen. Jake hatte bei der Arbeit auch oft keine Zeit gefunden, sich hinzusetzen und in Ruhe etwas Anständiges zu essen. Aber wenn er sich einen Happen in den Mund schob, dann nahm er Geschmack und Konsistenz immer ganz bewusst wahr. Ein Leben ohne feine Geschmacksempfindungen war für ihn unvorstellbar.

Vielleicht sollte er Nahrungs-Gangster werden, ein Pirat des Kulinarischen. Er würde Menschen entführen und sie zwingen, ihm Geld zu geben, damit er für sie kochen und ihnen zeigen konnte, was ihnen fehlte. Er würde die kulinarisch Armen um Geld erleichtern und sie reich machen an Essensgenüssen. Sie würden anfangen, auf ein anständiges Frühstück zu bestehen und – wie die Franzosen – auf eine zweistündige Mittagspause, damit sie ein richtiges Essen, serviert auf einem Keramikteller, zu sich nehmen konnten – und nicht nur ein Stück Pappe. Das ganze Land würde um die Mittagszeit zum Erliegen kommen, aber er wäre ein Nationalheld. Mist, wenn er nicht bald einen Job fand, würde er vollständig verrückt werden. Offenbar war er schon auf dem besten Wege dazu.

Nachdem sich Jake bereits mit dem Gedanken angefreundet hatte, sich mit seinen frisch erworbenen Regalpackkenntnissen bei Sainsbury zu bewerben – die zahlten immerhin bar auf die Hand –, fand er eine Anstellung in einem schäbigen Hotel nahe Waterloo. Nach ein paar Tagen war offensichtlich, dass einige Leute nicht zum Essen herkamen, sondern um dort ihre zwielichtigen und illegalen Geschäfte abzuwickeln. Der einzige Grund, warum Jake auf dem Heimweg nicht ausgeraubt wurde, lag darin, dass er den Gangstern ihr Abendessen kochte.

Eines Tages kam Jill bei ihm zu Hause vorbei, um ihn zu

sehen. Sie trug zwar keine Ordenstracht, aber er freute sich insgeheim, dass sie blass und unglücklich aussah.

»Was dir passiert ist, ist so ungerecht und alles Harrys Schuld. Du kannst ihn nicht damit durchkommen lassen!«, weinte sie.

»Richtig. Ich zerre ihn vor Gericht. Kein Problem, abgesehen davon, dass ich pleite bin und der Prozess Jahre dauern kann. Außerdem gibt es keine Garantie, dass die Wahrheit tatsächlich ans Licht kommt.«

»Und was hast du jetzt vor?«

Jake zuckte mit den Schultern. »Nichts. Wahrscheinlich einfach versuchen, eine anständige Arbeit zu finden.«

Sie blieb eine Weile. Es kam ihm vor, als warte sie darauf, dass er sie einlud, mit ihm etwas trinken zu gehen. Das tat er aber nicht. Sie hatte ihn betrogen und er war stur wie die Hölle. Man bekam bei ihm immer nur eine Chance und sie hatte ihre vertan.

So ging es zwei Jahre lang weiter.

Jakes Familie hatte mehr Höhen und Tiefen durchlaufen als ein Jo-Jo. Wenn du unten bist, rappelst du dich auf, klopfst den Staub ab und fängst von vorn an. Genau das tat er erneut, aber auf wachsamere, weniger arglose Weise. Doch es war nicht zu leugnen, dass er immer wieder am Boden landete.

Es folgten ein paar wahrhaftig fürchterliche Jobs, gegen die das Hotel nahe Waterloo wie das *Ritz* wirkte. Aber da musste er durch: Er hatte nichts mehr außer dem Kochen. Wenn es ganz schlimm wurde, biss er die Zähne zusammen – bis ihm einfiel, dass er nicht genug Geld hatte, um zum Zahnarzt zu gehen. Trotzdem: Wäre ihm nicht Louis zu Hilfe gekommen, hätte er es am Ende vielleicht nicht geschafft.

Louis Challon hatte sein Handwerk in jenen Bistros von Paris erlernt, die mittlerweile nur noch als schwache Erinnerung existierten – und zwar in den Köpfen der Glücklichen, die einst dort gegessen hatten. Bistros, in denen die Böden mit Sägemehl betreut waren, der Koch eine Baskenmütze trug und riesige Salamiwürste von der Decke hingen. Manchmal bestand die Speisekarte nur aus dem Tagesgericht, dieses war aber dafür von solch erlesener Qualität, dass die Leute die halbe Straße entlang Schlange standen, um einen Platz zu bekommen.

Louis zog mit seiner französischen Frau Maria nach London und eröffnete das *Brie*, das schnell zu einem der besten Restaurants der Stadt wurde. Louis hatte es nicht nach dem Käse benannt, sondern nach einer alten französischen Provinz irgendwo östlich von Paris, wo er aufgewachsen war. Obwohl sich ohnehin alles, was er berührte, in eine Köstlichkeit verwandelte, war er berühmt für sein *Oreiller de la Belle Aurore*, ein Gericht bestehend aus Fasan, Waldschnepfe, Hase, Schwein, Kalb, Gänsestopfleber, Trüffel und Geflügelleber – benannt nach Brillat-Savarins Mutter. Diese Spezialität war von feinstem Geschmack, aber äußerst kalorienreich. Louis verbrachte täglich 18 Stunden in der Küche und kostete alles, verbrauchte aber ähnlich viele Kalorien wie ein olympischer Sprinter. Er schrie, feuerte seine Leute an und förderte sie, bis er das beste Küchenteam der ganzen Stadt hatte.

Jeder Hilfskoch, der dort arbeiten wollte, wurde bei einer Prüfung in die Mangel genommen, die in etwa so begann:

»Ich gebe keinen Pfifferling darauf, wie alt du bist, wie dein zweiter Vorname lautet oder wie viele Zeugnisse du als Koch hast!«, brüllte Louis. »Geh in die Küche und zeig mir, was du draufhast!« Am Ende zählte, ob man sich den ganzen Tag lang in der Küche bewähren – und abends noch auf den Beinen stehen konnte. Einige sehr talentierte Köche schafften das nicht und wurden vor die Tür gesetzt, die sie nur noch auf allen vieren erreichten.

Die einzig freie Stelle war die einer Küchenhilfe. Jake hatte entschieden, dass ein Ende mit Schrecken in einer guten Küche immer noch besser war als ein seelischer Schrecken ohne Ende in einer miserablen. Drei Wochen lang wusch er ab wie ein Besessener, ohne sich zu beklagen, bis Louis eines Tages während der Pause der Nachmittagsschicht in den Personalraum kam und Jake bei einem Nickerchen überraschte – mit einer Ausgabe von Larousses *Gastronomique* als Kopfkissen. Sein Gesicht ruhte auf folgendem Zitat:

»Wenn die Fähigkeiten des Kochs versagt hatten und er ein schlecht zubereitetes Gericht servierte, wurde er auf der Stelle in Ketten gelegt.«

Der Larousse war Jakes einziger Trost geworden – durch das Buch konnte er in eine Welt flüchten, die ihm versperrt blieb. Dabei war es die einzige, in der er sein wollte.

»Sorry«, murmelte er, als Louis ihn weckte, und stand auf, um sich nach diesem Fauxpas von seinem großen Meister zu verabschieden. Aber Louis schenkte dem keine Beachtung.

»Ich werde jetzt die Fischmousse zubereiten. Da du zufällig hier bist, kannst du mir helfen.« Jake ging los, um seine Spülschürze holen.

»Nein, nein«, fuhr Louis auf. »Habe ich was von Abwaschen gesagt?«

»Natürlich nicht, Chef.«

»So, und jetzt möchte ich sehen, was du kannst.« Er reichte Jake ein Brett mit Fisch und ein Filetiermesser.

Obwohl Louis herumbrüllte, schimpfte und sich alle fünf Minuten verzweifelt die Haare raufte, wurde es ein wunderbarer Nachmittag. Da Jake sich bei einfachen Aufgaben als äußerst kompetent erwies, teilte Louis ihm kompliziertere Tätigkeiten zu und bedankte sich sogar, wenn Jake mit der Arbeit fertig war.

»Nein, ich habe zu danken, Chef – das war wie Unterricht

in der Meisterschule.« Er ging zurück, um abzuwaschen, während Louis ihm nachdenklich hinterherschaute. Er erkannte Talent, wenn es ihm über den Weg lief, und er hatte keinesfalls vor, es zu verschwenden.

Jake stellte fest, dass er ab dann immer mehr zum Kochen statt zum Spülen herangezogen wurde, manchmal gemeinsam mit Louis' Neffen und Stellvertreter. Pierre war ein großer, wortkarger Mann von etwa 30 Jahren mit einem üppigen roten Vollbart, der ihn aussehen ließ wie ein Pirat und die Tatsache verschleierte, dass er ziemlich schüchtern war. Und dann schien es immer häufiger der Fall zu sein, dass er mit dem großen Meister selbst arbeitete.

Eines Abends nach Dienstende, als Jake sich gerade fertig machte, um nach Hause zu gehen, kam Maria vorbei. »Komm mit nach oben. Ich habe viel zu viel Casserole gekocht und du musst uns beim Aufessen helfen – wie du weißt, hasst Louis Verschwendung.«

Irritiert folgte er ihr die Treppe nach oben. Louis entkorkte gerade eine Flasche Rotwein. »Nun wird gegessen. Danach besprechen wir, welches Kaninchengericht wir nächste Woche auf die Speisekarte setzen.«

Während des Essens lauschte Louis aufmerksam Jakes Vorschlägen und lehnte sie dann alle ab. Aber das machte Jake nichts aus – er hatte einen wunderbaren Abend. Und als dieser sich dem Ende zuneigte und Jake gedrängt wurde, im Gästezimmer zu übernachten, weil um diese späte Stunde die U-Bahn nicht sicher sei, versuchte er gar nicht erst, zu widersprechen. Und nachdem dies in den nächsten Wochen so weitergegangen war, gab er jeden Widerstand auf und zog ganz in das Gästezimmer ein. Das hielt Louis jedoch nie davon ab, Jake bei der Arbeit kübelweise mit Kritik zu überhäufen, wenn er es für nötig hielt. Nur wenn Maria Jakes Wäsche holen wollte, um sie mitzuwaschen, dann protestierte er doch.

»Das kann ich selbst tun.«

»Ja, aber ich weiß besser als du, wie man Blutflecke aus den Sachen herausbekommt.«

»Tun Sie mir den Gefallen, so etwas nie in der Öffentlichkeit zu sagen«, grinste Jake sie an.

»Hoffentlich stört es dich nicht, dass meine Frau so viel Wirbel um dich macht«, sagte Louis eines Tages ziemlich barsch zu Jake.

»Natürlich nicht – ich finde sie toll«, antworte Jake schlicht und einfach. »Es ist schwer zu erklären, aber bevor ich Ihnen begegnete, hatte ich das Gefühl, etwas sehr Kostbares verloren zu haben. Sie gaben es mir zurück. Ich schulde Ihnen viel.«

»Ganz sicher jedenfalls die Erklärung, wieso ein talentierter junger Mann wie du als Tellerwäscher hier anfing. Aber nicht jetzt! Dieses Topinambur-Risotto kocht sich nicht von allein, auf was wartest du also?«

7. Kapitel

In der Woche vor der Eröffnung des *Cuisine* lief bei Jake einfach alles schief. Das Hotelzimmer kostete ein Vermögen, und als er einmal im Whirlpool eingeschlafen war, schreckte er aus einem Albtraum hoch, in dem er in einem Pizzaofen den Kanal zu überqueren versuchte. Jake wankte hinüber ins Schlafzimmer und fand Georgia tief schlafend im Bett vor, mit weit geöffnetem Mund – eine Position, in der nur sie bezaubernd aussehen konnte.

Der neue Herd, den er bestellt hatte, wurde drei Tage zu spät geliefert und dieser Verrückte, den sie mitgeschickt hatten, um ihn anzuschließen, verursachte in der ganzen Straße einen Stromausfall. Jedes Mal, wenn Jake einen Schritt vor die Tür setzte und jemandem begegnete, musste er sich für dieses Fiasko entschuldigen.

Der Hilfskoch, der beim Vorstellungsgespräch behauptet hatte, so zuverlässig und engagiert zu sein, dass ihm das Kochen wichtiger sei als Essen, Schlafen oder Sex, verschwand während seiner ersten Schicht für drei Stunden. Und das Vokabular einer der Kellnerinnen, die von der Stellenvermittlung geschickt worden waren, schien sich auf drei Wörter zu beschränken – eines davon war »Fuck«. Zum Glück erwies sich die andere, Kirsty, als tüchtig und aufgeweckt. Und sie fluchte nur in Ausnahmefällen. Ihr einziger Nachteil bestand darin, dass sie ständig lange, komplizierte Geschichten über Leute erzählte, die niemand kannte. Wenn Jake endlich die Personen zugeordnet hatte, stellte er fest, dass er den Sinn des Ganzen nicht begriff – falls es überhaupt einen gab.

Sein Lieferant, der ihm überirdische Qualität versprach, brachte eine Ladung Brokkoli, der so alt war, dass er problemlos als mumifiziert durchgegangen wäre. »Was soll ich damit anfangen – ihn kochen oder in einem Museum ausstellen? Frisch geerntet? Wann? Das Zeug sieht aus, als käme es auf direktem Wege aus Tutanchamuns Grab«, knurrte er.

Der einzige Lichtblick war der Ersatz für den Hilfskoch.

Tess hatte eine blonde Igelfrisur, sechs Piercings in einem Ohr und einen Stecker in der Nase. Sie war klein, dünn und zäher als der vergammelte Brokkoli.

Das Vorstellungsgespräch mit ihr war das schlimmste, das Jake je erlebt hatte. Sie sagte so gut wie kein Wort und strahlte dennoch so viel Energie aus, dass Jake die Heizung runterschalten musste. Die Schule hatte sie ohne Abschluss, aber dafür mit einem Baby verlassen. Das hatte Tess jedoch nicht davon abgehalten, sich in diversen Jobs durchzuschlagen.

Jake hatte nichts dagegen, dass sie so redselig war wie ein

Mönch mit Schweigegelübde. Entscheidend war: Konnte Tess kochen?

Und wie sie das konnte. Und nicht nur das, sie war organisiert, effizient und arbeitete sehr sauber. Sie mochte zwar aussehen, als wäre es ihr einziges Hobby, Leute in den Hals zu beißen, aber das störte ihn nicht. Besonders wenn Tess die inkompetenten Lieferanten so behandelte, war das nicht die schlechteste Lösung.

Das einzige kleine Problem war Angelica, ihre Tochter. Angel, wie sie genannt wurde, war eine mittlerweile sechs Jahre alte, pummelige, hübsche Blondine, die unwiderstehlichen Charme mit eisernem Willen vereinte.

Tess arbeitete wie eine Verrückte und machte bei Jake Punkte, indem sie sogar anbot, an ihrem freien Tag zu arbeiten.

»Das Problem ist nur, dass ich niemanden habe, der auf Angel aufpasst.«

Jake dachte nach. Er wusste mittlerweile, dass in Tess eine Leidenschaft brannte, die fast so stark war wie seine eigene. Sie war ein echter Küchenjunkie.

»Bring sie doch einfach mit. Was für Probleme kann ein einzelnes kleines Kind in einer Küche schon verursachen?«

Tess schnaubte verächtlich über die Dummheit der Männer.

Angel kam mit einem pinkfarbenen Plastikkoffer, in dem sich Barbie, Barbies komplette Garderobe und ihr Pony befanden. Die Puppe besaß mehr Kleidungsstücke als Georgia.

Angel war glücklich damit, im Büro zu sitzen und Barbie zu zeigen, wie man auf Jakes Computertastatur tippte, oder mit all den Kochbüchern einen Hindernisparcours für das Pony aufzubauen. Dann erklärte sie Jake zu ihrem Onkel – was Tess rot anlaufen ließ – und folgte ihm auf Schritt und Tritt. Währenddessen unterrichtete sie ihn über den Stand der Dinge in der Küche.

»Kim hat eine große Pfütze gemacht, Onkel Jake.«

Er ging dem nach. Kim, die vokabelmäßig minderbemittelte Kellnerin, stand wie angewachsen vor der Geschirrspülmaschine, aus der Wasser lief.

Als Kim Jake sah, hörte sie auf, Kaugummi zu kauen, um die hohe Kunst der Kommunikation in Angriff zu nehmen. »Ist kaputt. Das Wasser läuft auf den Boden.«

Jake überlegte. Sie roch nach Zigarettenqualm und war offenkundig erst kürzlich vor der Tür gewesen, um sich eine Kippe anzustecken. Das war bereits ihre dritte heute Morgen – er hatte mitgezählt. Wenn sie noch öfter Pause machte, würde sie vergessen, wie man überhaupt arbeitete, falls sie das jemals gewusst hatte. Statt einen Lappen zu holen, stand sie einfach nur da und kaute weiter Kaugummi.

Jake ging im Kopf verschiedene Möglichkeiten durch, entschied sich aber wie immer für seinen Favoriten – die ungeschminkte Wahrheit. »Verdammt noch mal! Du bist faul, unfähig und riechst wie ein voller Aschenbecher. Du bist gefeuert!«

Jemand atmete tief ein, aber es war nicht die einfältige Kellnerin.

»Onkel Jake, du hast wieder dieses Wort benutzt. Du hast gesagt, du gibst mir 50 Pennys, wenn du es noch einmal tust.«

Jake war empört. »Ich sagte 20 Pennys.«

Angelica fing an zu lachen, wobei ein paar Krümel Zitronenkuchen aus ihrem Mund geschossen kamen und direkt auf Kims Pullover landeten.

»Ich werde Sie verklagen: ungerechtfertigte Kündigung und Klamotten ruiniert. Saftladen!«

»Das einzig Ungerechtfertigte war, dich einzustellen«, rief Jake ihr nach.

»Wenn Onkel Jake sagt, du sollst verschwinden, dann hältst du dich besser daran«, tat Angel es ihm gleich.

Jake floh in sein Büro. Aber er hatte nur zehn Minuten Ruhe, bis Angel hereinmarschiert kam, um ihm die nächste Katastrophenmeldung zu überbringen. »Gott ist hier.«

»Er ist hoffentlich gekommen, um mich zu erlösen«, murmelte Jake.

Gott war in Wahrheit Godfrey, der heute ein Vorstellungsgespräch bei Jake hatte. Er kam in so verdreckten Stiefeln von der Schafsfarm seines Vaters, dass Jake ihn anwies, sie draußen auszuziehen, zehn Meter vor dem Hintereingang. Godfrey war mindestens 1,90 Meter groß und knallrot im Gesicht, weil er gerannt war, um pünktlich zu sein.

»Ich bin es einfach leid, durch Schafmist zu waten. Zu Hause erledige ich ohnehin die ganze Kocherei, dann kann ich auch Koch werden. Wenn Sie mir eine Chance geben, tue ich alles, was Sie wollen.«

»Das wirst du auch, glaub mir. Und vielleicht wirst du sehen, wie nützlich dir deine Erfahrungen auf der Farm sind, wenn du 20 Hühner füllen musst. Da du der einzige Bewerber bist, den die Agentur geschickt hat, und außerdem Englisch sprichst, hast du den Job. Allerdings«, fuhr Jake fort, »geht es in der Gastronomie wie in der Landwirtschaft zu: Die Bezahlung ist miserabel, die Arbeitszeiten fürchterlich und die Gäste können mächtig viel Scheiße von sich geben – du wirst dich also ganz wie zu Hause fühlen.«

»Und wie lautet meine Stellenbezeichnung?«

»Sklave«, erwiderte Jake, ohne zu zögern. »Vor allem, weil du tun wirst, was ich von dir verlange. Dazu werden ekelhafte Jobs gehören, von denen du nicht einmal ahnst, dass es sie gibt. Aber als Belohnung bekommst du Erholungspausen. In denen hast du nicht mehr zu tun, als Tonnen von Gemüse zu schrubben und zu schälen, bis dir die Finger bluten. Im Grunde besteht dein erstes Anliegen darin, im Brustton der Überzeugung zu sagen: *Ja, Chef.* Mehr will ich nicht hören. Wenn ich es mal nicht höre, könnte mich das verstimmen, sodass ich das Bedürfnis verspüren würde, mich laut und politisch inkorrekt über dich zu äußern.«

Godfrey war so groß, dass er in ständiger Gefahr schwebte, sich an der Abzugshaube den Kopf einzuschlagen. Er war eine Frohnatur, sehr willig und verlor nie die Geduld, was ihn für eine Küche unbezahlbar machte.

Angel verliebte sich auf der Stelle in ihn und verlagerte den Großteil ihrer Zuneigung für Jake auf Godfrey. Sie lieh ihm ihr Pony und schlang die Arme so fest um seine Beine, dass er sie mit einem Eis am Stil bestechen musste, um überhaupt arbeiten zu können.

Vervollständigt wurde Jakes Team schließlich durch Hans, den Barkeeper. Ein dünner Kerl aus München, der sein Auslandsjahr mit Reisen verbringen und sich von Schottland aus langsam weiter nach Süden vorarbeiten wollte. Erfreulicherweise war er im Lake District hängen geblieben und zeigte kein wirkliches Bestreben, sich wieder wegzubewegen.

Georgia war wegen Modeaufnahmen unterwegs. Für diese große Gnade dankte Jake Gott, denn er musste sich auf den Eröffnungsabend konzentrieren. Die zahlende Öffentlichkeit gab einem Restaurant nur eine einzige Chance. Jeder Penny steckte in diesem Projekt – und zusätzlich noch ein Riesenkredit.

Aber bevor es ans Kochen ging, mussten erst einmal sämtliche Utensilien ausgepackt werden. Die befanden sich in Kisten, mit denen jede freie Fläche in der Küche zugestellt war. Das Problem war nur, dass keine der Kisten korrekt beschriftet war, wodurch sich alle Beteiligten wie an Ostern fühlten. Von Zeit zu Zeit erklang triumphierendes Freudengeheul:

»Ich habe das Besteck gefunden. Es war in der Kiste mit

der Aufschrift *Bratpfannen*. Aber wo zur Hölle sind dann die Bratpfannen?« Und so weiter.

Da sich Jake keinen Restaurantmanager leisten konnte, half er Kirsty dabei, die Tische und Stühle zu arrangieren. Das Kommando in der Küche vertraute er währenddessen Tess an.

»Wir sollten diesen Tisch nicht hierher stellen«, riet Kirsty, »weil es von der Tür aus zieht. Meine Großmutter ist einmal mit ihrer besten Freundin Mary zum Abendessen ausgegangen. Die beiden waren Freundinnen, seit ihre Kinderwagen zusammenstießen – da waren die beiden zwei Monate alt. Jedenfalls ist Mary mit dem Burschen verheiratet, dem das Gartencenter gehört – das in Easedale natürlich, nicht das an der Straße nach Ambleside. Sie müssen ihn kennen, Jake, er hat einen verstümmelten Arm. Ist kurz vor der Hochzeit passiert. Oder war es kurz danach? Ach wie dumm von mir, natürlich kurz vorher – das ist ja der Witz an der Geschichte ...«

»Kirsty, ich schlage hier gleich Wurzeln.« Während die beiden den Gastraum wie ein riesiges 3D-Puzzle zusammensetzten, hörte Jake mit einem Ohr Kirstys Anekdoten zu und mit dem anderen dem Gespräch in der Küche.

»Godfrey, warum hast du die Pfannen da hingestellt?«

»Äh, weiß nich.«

»So müssen wir uns jedes Mal, wenn wir eine Pfanne brauchen, quer durch die volle Küche kämpfen. Und sieh doch nur. Direkt neben dem Rost ist ein Regal. Was meinst du, sollten wir da vielleicht die Weinflaschen lagern?«

»Das ist nicht dein Ernst – die werden doch warm.«

Jake hörte, wie Tess ihm eins mit dem Trockentuch überzog, die sie immer um die Hüfte gebunden trug.

»... und genau deshalb sollte man nie im Durchzug sitzen!«, schloss Kirsty zu Jakes großer Überraschung. Zum ersten Mal hatte eine ihrer Geschichten eine Pointe gehabt, und nun hatte er sie verpasst.

»Genau. Du hast vollkommen recht«, stimmte er vage zu.

Godfrey stellte mit Entsetzen fest, dass alle Kochutensilien zuerst gespült werden mussten. »Aber die Sachen kommen frisch aus der Kiste, die können doch noch gar nicht schmutzig sein!«

Tess wies ihn lautstark zurecht: »Du bist eine Gesundheitsgefahr für deine Umwelt, du Trottel!«

Und obwohl es anfangs unmöglich zu sein schien, fand schließlich alles seinen Platz.

Als Jake später in die Küche kam, fand er Godfrey auf einem Stapel Kartons liegend vor. Der angehende Koch brauchte eine Pause und hatte gleichzeitig herausgefunden, wie man Pappe platzsparend zusammendrücken konnte.

»Komm, Bursche, jetzt fängt die Arbeit erst *richtig* an.«

Im Vorratsraum standen noch mehr Kisten, alle voller Lebensmittel, mit denen ab jetzt jeweils 60 hungrige Gäste verwöhnt werden sollten.

»Ein Restaurant zu führen hätte zu den Aufgaben des Sisiphos gehören können«, erklärte Jake lachend. »Wenn wir Feierabend haben und die Gäste zufrieden – hoffentlich jedenfalls – nach Hause gegangen sind, müssen wir am nächsten Tag wieder von vorne beginnen. So geht es immer weiter, bis wir tot sind oder verrückt oder beides. Und dann, wenn du viel Glück hast, gebe ich dir einen Tag frei.«

Als sich Godfrey durch einen Berg Gemüse gearbeitet hatte, wurde er dazu abbestellt, den nächsten anzugehen. Die glänzenden Pfannen wurden aus den Regalen gezogen, auf die Kochfelder geknallt, dann zum Spülen abgestellt, für einen kurzen Moment wieder zurück ins Regal befördert und wieder herausgezogen.

Der Lärmpegel in der Küche schwoll an: Kommandos,

Tipps, erbitterte Diskussionen zwischen Jake und Tess – und über all dem schwebte eine himmlische Duftmischung. Gedünsteter Knoblauch, geröstetes Gemüse, gebratenes Hühnchen, gebackene Pastete und Biskuitrollen.

Das Wunderbarste für Godfrey war jedoch, dass es ihm erlaubt war – befohlen sogar –, alles zu probieren, einschließlich vieler Dinge, die er noch nie in seinem Leben gekostet hatte. Es störte ihn nicht einmal, dass er eine mit Früchten gefüllte Pastete und im nächsten Augenblick Muscheln essen musste, die in einer köstlichen Sauce geköchelt hatten.

Godfreys Leben als Bauernsohn war bisher nicht reich an Konversation gewesen – tatsächlich konnte sein Dad problemlos durch den Tag gehen, ohne ein einziges Wort mit jemandem zu wechseln. Umso überraschter war Godfrey, dass es Jake anscheinend nicht störte, ständig etwas gefragt zu werden. Jake machte sich auch nie über ihn lustig. Und da Godfrey neugierig und immer hungrig war, hatte er den Eindruck, den perfekten Job gefunden zu haben.

Jake und Tess schrieben die Speisekarte immer wieder um, bis ihnen die Finger wehtaten, und Godfreys Schultern schmerzten so sehr, dass er meinte, für immer in der gebückten Haltung eines alten Mannes bleiben zu müssen.

»Nervös, Chef?«, fragte Tess, die einen Stapel Karotten so schnell in Scheiben schnitt, dass ihre Hände kaum mehr erkennbar waren.

»Panisch«, erklärte Jake.

Es war nicht so sehr das Essen – doch, natürlich war es das, darum ging es schließlich immer –, aber auch die Frage, was die Zeitungen nach der Eröffnung über ihn verbreiten würden. Es spielte keine Rolle, wie viele Auszeichnungen er hatte – irgendjemand würde immer wieder diese alte Geschichte ausgraben, dass er wegen Diebstahls aus dem *London* geflogen war.

Tess schien seine Gedanken lesen zu können.

»Die Kritiken werden großartig sein. Und falls sie doch in dem alten Mist wühlen – es ist klar, dass du es nicht getan hast.«

Jake sah sie überrascht an. »Du *weißt* davon?«

»Ich habe mich informiert.«

»Verdammte Journalisten«, murmelte Jake und hackte wütend einen Kohlkopf in der Mitte durch. »Sie sind nichts weiter als eine Horde Märchenerzähler, die es einen Dreck schert, dass es einen Unterschied gibt zwischen Tatsachen und Erfundenem!«

»Was hast du denn verbrochen, Chef? Jemanden mit einem Tranchiermesser erstochen?«, fragte Godfrey neugierig.

»Ha! Ich wünschte, das wär's gewesen. Es war nur ein unbedeutender Zwischenfall vor langer Zeit, in den jemand verwickelt war, dessen Namen ich nie wieder hören möchte, geschweige denn ihn jemals wiedersehen. Aber, Godfrey, ich bin nicht gemeingefährlich. Stimmt zwar, dass ich, wenn ich sauer bin, – sehr selten – Küchengeräte durch den Raum schleudere, aber …«

Er sah Godfrey an. »Kümmere dich jetzt um Schrubber und Wischeimer und lass meine farbenfrohe Vergangenheit da, wo sie hingehört.«

Jake hatte flüchtig darüber nachgedacht, eine Eröffnungsparty zu veranstalten, weil sein Bankmanager ihm das geraten hatte. Als ihm sein Gefühl jedoch davon abriet, wurde ihm klar, dass dieser Mr Biggins nicht einmal dann ein Restaurant leiten könnte, wenn sein Leben davon abhinge. Jake wollte, dass sein Essen für sich selbst sprach. Zur Sicherheit schaute er Godfrey streng an.

»Übrigens: Wenn ich in der Nähe des Restaurants auch nur einen einzigen Luftballon oder eine Luftschlange sehe, unterziehe ich dich einer Leibesvisitation.«

»Oh bitte – keiner von uns will ihn nackt sehen«, rief Kirsty und schüttelte sich demonstrativ.

»Warum willst du denn keine Feier?«, wollte Godfrey wissen, der sich immer für Partys und Freibier begeistern konnte.

»Restaurants – die guten jedenfalls – wollen ein erhabenes Ess-Erlebnis bieten und genau darauf werden wir uns konzentrieren. Es wird hier keinen Schnickschnack geben!«

Das *Cuisine* eröffnete still und leise an einem Freitagabend, ganz ohne Aufsehen. Jake sorgte im Vorfeld lediglich dafür, dass die Speisekarte vorher ausgehängt wurde. Leute wurden dabei beobachtet, wie sie sich beim Studieren der Karte die Lippen leckten, und gerade weil Jake keine Vorankündigung in die Lokalzeitung gesetzt hatte, machte der Hauch des Geheimnisvollen, der diesen Ort umgab, alle neugierig.

Am ersten Abend waren sie quasi ausgebucht, aber Jake war trotzdem nicht richtig zufrieden.

»Ich denke, dass es allen gefallen hat, aber soweit ich gesehen habe, waren die meisten Gäste Touristen. Die sehen wir vielleicht nie wieder.«

»Da wo die herkommen, gibt es noch jede Menge, Chef«, versicherte Tess.

»Ja, aber dieser Laden kann sich nur halten, wenn wir eine Stammkundschaft aufbauen, und das bedeutet, wir müssen die Einheimischen herlocken.«

»Die sind ein überaus vorsichtiger Haufen, wenn's ums Essen geht«, sagte Godfrey. »Gib ihnen Zeit. Ich richte meinem Vater aus, es ein bisschen herumzuerzählen«,.

»Wo denn? Auf den Feldern? Hast du nicht gesagt, er wäre schon mal eine ganze Woche da draußen gewesen, ohne einem einzigen Mensch zu begegnen?«, spottete Kirsty.

»Genug jetzt«, unterbrach sie Jake. »Rom wurde schließlich auch nicht an einem Tag erbaut. Ihr habt heute alle gute Arbeit geleistet!« Dann machte Jake vor Schreck einen Satz und fing an zu fluchen – Godfrey hatte eine Konfettibombe knallen lassen.

Mr Thomas, der Inhaber des *London*, in dem Harry als Chefkoch arbeitete, war kein Koch, sondern Geschäftsmann. Er wartete ständig mit neuen Ideen auf, wie mehr Geld zu verdienen wäre – gewöhnlich auf Kosten des Essens.

Er war an jenem Morgen vorbeigekommen, um Harry in seinem Büro aufzusuchen und mit ihm darüber zu sprechen, wie man der Speisekarte eine neue Ausrichtung geben könnte.

»Neu?«, wiederholte Harry und verzog den Mund in unverhohlenem Spott. »*Fusion Cuisine*? Das ist genauso unpassend wie Truthahn im Januar! Wer kombiniert denn heute noch wild Elemente aus Küchen aller Länder?«

»Einige unserer weiblichen Gäste haben angemerkt, dass das Essen, obwohl es natürlich erstklassig ist, eine Nuance zu mächtig sei. Ich hatte deshalb an ein paar leichte Alternativen gedacht. Eine Speisekarte, die den Sonnenschein des Südens und den gesunden Lebensstil des Mittelmeers auf die Teller zaubert.«

Mr Thomas hoffte, dass sich diese Leichtigkeit vor allem auf die Lebensmittelrechnungen niederschlug.

»Unsere weiblichen Gäste kommen nicht zum Essen her, und wenn sie es doch tun, dann kotzen sie es eine halbe Stunde später wieder aus«, zischte Harry.

Mr Thomas, der Harrys Zorn insgeheim fürchtete, rutschte unbehaglich auf dem harten Stuhl herum. Harry war zweifellos ein brillanter Chefkoch, aber er lief ständig Gefahr zu vergessen, dass er nicht der Boss war. Das *London* war ein Erfolg – man musste zwei Monate im Voraus einen Tisch reservieren. Dennoch hatte Mr Thomas' Buchhalter ihn an diesem Morgen erst daran erinnert, dass die Gewinne nach wie vor nicht üppig waren. Mr Thomas interessierte es nicht, ob seine Gäste ihr Abendessen wieder von sich gaben – solange sie wiederkamen und ihr Geld bei ihm ließen.

Harry starrte ihn an – in seinem Kopf brodelten die Beleidigungen. Genau das passierte, wenn man angestellt war. Man war das Opfer jeder noch so dämlichen Idee dieser Leute. Und einige dieser Widerlinge waren ohne jeden Zweifel schwachsinnig.

Warum konnte Mr Thomas Harry nicht einfach so weitermachen lassen? Mindestens einmal wöchentlich präsentierte er ihm eine weitere »glänzende Idee«, um mehr Geld aus dem Restaurant zu holen. Er tarnte seine Spar-Ideen natürlich als »modern« und »trendig«, entnommen aus zehn Fernsehminuten Jamie Oliver, während er mit seiner Geliebten im Bett war – die sich dabei wahrscheinlich vorstellte, er *sei* Jamie Oliver.

Harry interessierte sich nicht die Bohne für andere Leute, aber er gab eine Menge aufs Essen. Mit Zutaten ging er zärtlich, verständig und respektvoll um – es waren diese sprechenden Tiere, mit denen er ein Problem hatte.

Harry lächelte und entblößte seine perfekt überkronten Zähne, was Mr Thomas noch nervöser machte. Das sollte es auch. Harry kokettierte gerade mit der reizvollen Fantasie, diesen Scheißkerl mit dem Kopf voran in den größten Suppentopf der Küche zu stopfen. Wenn dieser Wichser mit ihm über Essen reden wollte, sollte er es auch hautnah miterleben.

Als Harry später durch die Doppeltür in seine Küche ging, lächelte er immer noch – in Erwartung, jemanden zu finden, auf dem er herumhacken konnte. Wie Caligula, der den Senat nach einem Opfer absucht, das er in die Arena werfen kann, ließ er den Blick nachdenklich über die Reihen gesenkter Köpfe schweifen. Sämtliche weiße Kochmützen neigten sich wie Schneeglöckchen im Wind. Für Harry zu arbeiten bedeutete: Man machte alles richtig und hatte trotzdem gute Chancen, so zusammengeschissen zu werden, dass einem die Zähne klapperten.

Harry hatte im Geiste die Zehn Gebote überarbeitet, die ihm bei seiner Karriere als Orientierung dienen sollten. Er hatte überhaupt herausgefunden, dass man sie auf zwei reduzieren konnte:

1. Verwende grundsätzlich nur die besten Zutaten.
2. Herrsche durch Schrecken.

Wie ein hungriger Panther lauerte er hinter dem Rücken des Personals. Sie zitterten in ihren Kochlatschen.

Sein Blick blieb schließlich auf dem Chef-Pâtissier ruhen, der gerade exquisite kleine Zitronentartes zubereitete, dessen Hand aber so zitterte, dass er ausrutschte und die Creme auf die Arbeitsplatte kleckste. Harry schlug mit der Faust so fest auf die Platte, dass alle dachten, ihnen würden die Füllungen aus den Zähnen springen. »Was soll das? Leidest du etwa an Parkinson?«, erkundigte er sich in verächtlichem Ton.

»Ja, Chef. Ich meine, nein, Chef«, jammerte der arme Kerl.

Ein Hilfskoch war gerade damit beschäftigt, die Sauce zum Filetsteak vorzubereiten. Das Rezept war ihm vor einer Woche eingebläut worden. In Harrys Küche befolgte man die Anweisungen des Chefs bis aufs Pfefferkorn. Hier gab es keinen Raum für Verzögerung, Abweichung oder Fantasie.

Ärgerlicherweise gelang dem Hilfskoch die Sauce. Harrys Augen funkelten wie die eines wütenden Bullen. Er wusste, dass er sich nur dann besser fühlte, wenn er irgendjemandem einen Anschiss verpasst hatte.

Harry nahm sich ein frisch gebackenes Brötchen aus dem Ofen und biss hinein. Er kaute schweigend, bis er den Bäcker am Kragen packte und ausspuckte, wobei er den Mann auf die Nase traf. »Das schmeckt wie Hundescheiße, du Wichser – die machst du neu.« Er warf die Brötchen, einschließlich des Backblechs, in den Mülleimer und stolzierte hinaus.

Hinter ihm streichelten alle liebevoll über ihre Kochmesser und überlegten, wo sie die gerne hineinstechen würden.

Harry, der sich unwesentlich besser fühlte, klingelte nach Kaffee und machte es sich mit der neuesten Ausgabe von *Hotel and Caterer* bequem. Er überflog zuerst die Stellenanzeigen, aber niemand war bereit, die räuberische Summe zu zahlen, die er aus Mr Thomas herausgeholt hatte. Dann blätterte er zurück zur Klatschspalte. Häufig gab es dort Nachrichten über ihn.

Nichts, außer Geschwätz über noch so einen Chefkoch, der jetzt eine Fernsehserie hatte. Er verzog verächtlich den Mund über diese Leute, die bereit waren, sich auf diese Weise zu prostituieren. Noch ärgerlicher war jedoch, dass bisher niemand mit einem solchen Angebot an ihn herangetreten war. Er wäre wesentlich fotogener als dieser Bursche hier, und zudem ein besserer Koch. Harry kam zu dem Schluss, es konnte nur daran liegen, dass dieser Typ mit irgendeiner B-Prominenten verheiratet war, die in irgendeiner idiotischen Seifenoper mitspielte. Wenn sie da gemäß Drehbuch abtreten musste, würde sie wahrscheinlich nie wieder eine Rolle bekommen.

Sein Blick huschte ruhelos über die Magazinseite.

»Gerüchten zufolge ziehen sich immer mehr Gastronomen die Gummistiefel an und kochen auf dem Land. Allen voran ist Jake Goldman verantwortlich für diesen Abwandererstrom. Goldman hat bis vor Kurzem noch die Gaumen im *Brie* beeindruckt. Bedauerlicherweise fährt die Londoner

U-Bahn nicht bis zu seinem neuen Restaurant *Cuisine*, das ein ganzes Stück weit im Norden liegt, in einem kleinen Ort namens Easedale. Wahrscheinlich haben Sie bislang noch nie davon gehört, aber schon bald wird es vermutlich genauso bekannt sein wie der Badeort Bray. Wir haben letzte Woche im *Cuisine* gegessen und können nur eines sagen – sublime. Jake hat eine wechselhafte Karriere hinter sich, aber …« Harry konnte es nicht ertragen, noch weiter zu lesen.

Sein wütendes Gebrüll war so laut, dass der Chef-Pâtissier auf der Stelle kündigte.

Harry schleuderte die Tasse gegen die Wand. Seine Laune war so schwarz und bitter wie der lauwarme Kaffee, der nun am Dienstplan für den kommenden Monat hinunterrann.

»Dieser Bastard! Dieses schleimige Stück Scheiße! Dieser –« Ihm gingen die Schimpfwörter aus. Er glühte vor Wut und spürte, wie sich seine Nackenhaare aufrichteten.

Harry musste nur Jakes Namen hören und er fühlte sich zurückversetzt in die Zeit seiner größten (nun ja, einzigen) Demütigung. Obwohl es so lange her war, konnte er sich noch gut an das Gefühl erinnern, nur Zweiter zu sein. Es war wie eine chronische Krankheit – es würde niemals besser werden. Was auch immer er gegen Jake unternahm, der Bursche tauchte wieder auf, wie ein unzerstörbares Stehaufmännchen. Und jetzt, um der Verletzung noch eine Kränkung hinzuzufügen, besaß der Kerl die Frechheit, sich mitten in Harrys Heimat breitzumachen! Er musste tief durchatmen, um den Schock zu überwinden.

Dann schoss ihm ein Gedanke durch den Kopf, der ihn noch lauter mit den Zähnen knirschen ließ. Jake war jetzt sein eigener Chef. Er müsste sich nie mehr vor den unausgegorenen Ideen eines Trottels verbeugen, der etwas vom Scheiß-Fusion-Cooking faselte! Er würde zwangsläufig völlig pleite sein und am Rande eines Nervenzusammenbruchs, aber er war sein eigener Herr – der König der Küche. Harry spürte, wie ätzender Neid durch seine Venen strömte. Er konnte zwar seine Mitarbeiter dazu bringen, sich vor Angst in die Hose zu machen, aber er war immer noch den beleidigenden Ideen seines Chefs ausgeliefert.

Er wurde ganz ruhig, zwang sich, die Wut verschwinden zu lassen, damit er klarer denken konnte. Gerührt erinnerte er sich an seine Tante Agnes – nicht, weil er sie liebte, sondern weil die Alte letzten Monat das Zeitliche gesegnet und ihm eine hübsche Summe Geld hinterlassen hatte. Davon hatte er sich einen Porsche kaufen wollen, aber vielleicht gab es ja einfallsreichere Möglichkeiten, um das Geld einzusetzen?

Er lächelte. Was Jake konnte, das konnte er besser.

8. Kapitel

Sie war einer heißen Story auf der Spur, dachte Kate, als sie bis zum Hals im Badeschaum lag und über ihre Geschichte sinnierte. Dass Jonathan ihr den Rücken stärkte, ließ ihre Aufregung ansteigen. Als Erstes musste sie sich einen Job als Kellnerin besorgen. Aber das sollte nicht allzu schwierig werden. Die Stadt war voller Restaurants und für diesen Job brauchte man keine besondere Qualifikation.

Schließlich trieb sie der Hunger aus der Badewanne. Sie tapste in die Küche ihrer hellen, luftigen Wohnung und spähte hoffnungsvoll in den Kühlschrank. Eine Menge Recherche würde nötig sein, um jemanden davon zu überzeugen, dass sie etwas vom Kochen verstand. Weit hinten erspähte sie einen gammligen Pilz, der für alle Zeiten mit der Eisschicht der Rückwand verschmolzen war. Daneben ruhte eine Packung Frühstücksspeck. Lag es an der Kühlschrankbeleuchtung oder schimmerte der Speck grünlich? Und wie alt mochten eigentlich diese Eier sein? Kate war sicher, dass es eine Methode gab, um die Frische von Eiern zu testen, aber sie erinnerte sich nur vage an die Einzelheiten. Wenn sie im Wasser an die Oberfläche trieben, waren sie faul – oder war es genau umgekehrt? Ihre kulinarische Erfahrung in Sachen Haltbarkeit bestand aus einer flüchtigen Bekanntschaft mit Salmonellen.

Kate spielte mit der Idee, sich eine Pizza zu bestellen, aber dem Stapel leerer Pappschachteln neben dem Mülleimer nach zu urteilen hatte sie das in letzter Zeit ziemlich oft getan. Doch im Grunde war eine Pizza nichts weiter als Brot mit Käse, oder? Wahrscheinlich sollte man hin und wieder seine Ernährung mit ein paar anderen Nahrungsmitteln anreichern … Während sie in T-Shirt und Rock schlüpfte, wurde ihr klar, dass sie nicht nur ein Abendessen, sondern auch Gesellschaft brauchte. Also rief sie Lydia an.

Lydia war die Sekretärin des Herausgebers und Kates beste Freundin. Gut 1,50 Meter groß, manchmal blond, manchmal, je nach Laune, auch nicht, trank am liebsten Pints und rauchte schachtelweise Marlboro Lights. Lydia zweifelte stark daran, dass Männer sich wie anständige menschliche Wesen benehmen konnten. Aber obwohl sie von ihr so schlecht behandelt wurden, umschwärmten die Männer Lydia wie paarungsbereite Lemminge.

Kate und Lydia waren seit einer fürchterlichen Büroparty befreundet, während der sie sich hemmungslos betranken und ihre gemeinsame Abneigung gegen Leute entdeckten, die es lustig fanden, den eigenen Hintern zu fotokopieren.

Lydia verfasste außerdem die »Ratgeberseite« der Zeitung. Niemand sonst in der Redaktion hatte diese Aufgabe übernehmen wollen, mit der Begründung, so etwas habe nichts mit echtem Journalismus zu tun. Andere meinten, das sei unter ihrer Würde. Lydia hingegen erklärte, dass sie damit kein Problem habe: »Wenn Journalist zu sein bedeutet, so gammelig auszusehen wie ihr, dann bin ich froh, nicht dazuzuzählen.« Sie schrieb gut, mit Vorstellungskraft und Elan – was daran lag, dass sie sich die meisten Anfragen selbst ausdachte.

»Ehrlich, Süße, was würdest du beim Frühstückskaffee denn lieber lesen: langweiligen Mist darüber, wie man Flecken aus einem Geschirrtuch bekommt, oder die wirklich aufregende Lebensgeschichte eines Transvestiten-Farmers, der darauf besteht, beim Füttern der Kühe den Slip seiner Frau zu tragen?«

»Du hast recht ...«, lachte Kate und wurde dann ernst. »Ganz ehrlich, ich weiß, dass du uns Journalisten für einen heruntergekommenen Haufen hältst, aber bei deinem Talent solltest du darüber nachdenken, den Sekretärinnen-Job an den Nagel zu hängen und deinen Lebensunterhalt nur mit Schreiben zu verdienen.«

»Was? Und am Wochenende arbeiten? Du machst Witze!«, entgegnete Lydia, die immer behauptete, sie brauche geregelte Arbeitszeiten, um ihre Nägel pflegen zu können und Männer auszunutzen.

Lydia hob beim dritten Klingeln ab.

»Ich störe dich doch nicht etwa bei etwas Wichtigem ... wie zum Beispiel Hausarbeit?«, fragte Kate und sie prusteten beide los. Lydia war jederzeit erstaunlich gut gekleidet, während ihre Wohnung aussah, als hätte jemand eingebrochen. Kate sagte immer, falls dort je wirklich eingebrochen würde, müsse der Eindringling viel zu lange suchen, um irgendetwas in dem Chaos zu finden, so dass genügend Zeit bliebe, die Polizei zu alarmieren.

»Wie kannst du nur so leben?«, hatte Kate gefragt, als sie zum ersten Mal bei Lydia zu Besuch war.

»Wenn es zu schlimm wird, nehme ich einfach meine Kontaktlinsen raus.«

Eine halbe Stunde später klopfte Lydia an Kates Tür. Kate öffnete mit einem Grinsen – denn Lydias Kleidungsgeschmack war schon etwas Besonderes.

Heute präsentierte er sich mit 15-Zentimeter-Absätzen, schwarzen Leggings und einem Top von *Topshop*, das sich bei Lydia so sexy an die Oberschenkel schmiegte, dass einem die Spucke wegblieb. Zudem war es knallpink.

»Dein Outfit beißt sich fürchterlich mit meiner Haarfarbe«, beschwerte sich Kate und folgte Lydia ins Wohnzimmer.

»Mein Gott – ich sage dir doch ständig, dass es im Leben nicht darum geht, aufeinander abgestimmt zu sein!« Lydia sah sich missbilligend im Zimmer um.

Jeder andere hätte Kates Wohnung als ansprechend empfunden: in freundlichem Hellblau gestrichene Wände, behagliche Parkettböden und alles ordentlich aufgeräumt – abgesehen von den mit Büchern vollgestopften Regalen. Lydia jedoch fühlte sich wie in einem Kloster. Die Wohnung zeigte ihrer Meinung nach, dass Kate etwas Lebenswichtiges in ihrem Gefühlsleben unterdrückte. »Wie ich sehe, hast du hier immer noch nichts verändert. Du solltest eine Therapie machen. Du hast ernste Probleme.«

»Wegen dieses Stapels alter Ausgaben des *Guardian*? Ganz im Ernst, ich glaube, du redest Quatsch. Ich kann kein Chaos um mich herum ertragen – und schon gar nicht darin arbeiten.«

»Ja, aber so sollte das Leben nicht sein – nicht in deinem Alter. Es gehört zum Leben dazu, dass mal etwas aus der Kontrolle gerät und gefährlich wird«, erklärte Lydia mit glänzenden Augen.

Kate setzte sich, um ihre Stiefel anzuziehen. Dann begutachtete sie ihre sommersprossige Nase im Spiegel und entschied, dass sie nicht zu sehr glänzte. Kate war ausgehfertig.

»Du weißt, dass du eine Laufmasche hast?«, informierte Lydia sie.

Kate verdrehte den Hals so weit nach hinten, dass sie beinahe das Gleichgewicht verlor. »Wie ärgerlich! Also, ich kann sie nicht sehen. Dann kann ich auch so tun, als wäre sie gar nicht da. Sehr viel dringender als einen Garderobenwechsel brauche ich einen Drink und etwas Essbares.«

Lydia seufzte. »Was mich wirklich daran aufregt, ist, dass dir diese selbstgefällige Haltung auch noch steht. Du bist viel zu pflegeleicht.«

»Ich bevorzuge es ohnehin, mich selbst zu pflegen«, erklärte Kate.

Sie gingen die Straße hinunter und in die erste Bar, auf die sie stießen. Kate nahm einen großen Schluck Wein und sagte: »Also, erzähl: Wessen Leben bringst du gerade durcheinander?«

Lydia zog einen Umschlag und eine Brille aus ihrer Tasche.

»Seit wann bist du kurzsichtig?«

»Bin ich nicht – aber es steht mir.«

»Du siehst aus, als würdest du dich bereit machen, jemandem den Hintern zu versohlen.«

»Ich weiß«, sagte Lydia selbstbewusst. »Aber nun zum Geschäft. Ich denke darüber nach, eine Frau zu erfinden, die eine Affäre mit drei Männern gleichzeitig hat. Damit sind so viele Probleme verbunden, dass es ein Dauerbrenner werden könnte.«

»Wie wird es enden?«

»Oh, die arme Frau wird sich nach allem, was ich sie

durchstehen lasse, so ausgelaugt fühlen, dass sie wahrscheinlich lesbisch wird.«

»Hat deine Sorgenkolumne eigentlich *jemals* Bezüge zur Realität?«

»Lustig, dass du das fragst – ich gebe auch einer Frau Ratschläge, die eine Affäre mit einem verheirateten Kollegen hat.«

»Spar dir deine Tinte – es ist vorbei«, erklärte Kate.

»Das freut mich für dich, sehr sogar. Es ist nicht so, dass ich Jonathan nicht ausstehen kann – tatsächlich finde ich ihn sogar nett, aber das ist irrelevant. Ich denke nur, dass ihr beide einander nicht gut tut. Wie geht es dir damit?«

Vorsichtig lauschte Kate in sich hinein, wie sie sich seit ihrem Bad fühlte. »Eigentlich befreit«, sagte sie dann langsam. »Ein bisschen allein, aber nicht auf unangenehme Weise. Außerdem habe ich wahrscheinlich ein neues Projekt. Das wird mich ablenken.« Sie erzählte Lydia von der Undercover-Story über Köche.

»Brillant. Man sagt, dass Köche mit ihren Händen sehr geschickt sein sollen.« Sie zwinkerte Kate vielsagend zu.

»Mit einem Koch ins Bett zu gehen, ist momentan so ziemlich das Letzte, woran ich denke, Lydia.« Kate seufzte.

»Das ist die falsche Haltung. Natürlich sollte es bei einer Karrierefrau und Feministin nicht an erster Stelle stehen – aber Thema sein muss es schon. Sozusagen als ständiger Vermerk für einen selbst – du weißt schon, ein Punkt auf der To-do-Liste.«

»Werde ich mir merken.«

»Und setz dir dieses Mal höhere Ziele. Jonathan ist ein cleverer Mann. Aber du brauchst etwas Intelligenteres.«

»Es war echt ätzend, dass es nach dem Sex nur einen Gesprächsgegenstand gab: das unerschöpfliche, faszinierende Thema *Jonathan*«, gestand Kate reumütig. »Ich glaube, er wirkte auf mich deshalb so anziehend, weil wir beide karrierebesessen sind. Aber vielleicht war das auch unsere einzige Gemeinsamkeit.«

Lydia bestellte zwei Tequila. »Ein Toast – auf den Neuanfang!«

»Toast?! Das erinnert mich an etwas – ich sterbe vor Hunger!«

»Halt den Mund und trink. Essen können wir später.«

»Komm schon, lass uns etwas suchen, wo man essen kann.«

Leider war genau das auch in der nächsten Bar nicht der Fall. Während Kate vergeblich die Speisekarte suchte, hatte Lydia eine Karaoke-Maschine entdeckt und bestand darauf, dass sie blieben, bis sie an der Reihe war.

»Aber kein Schnaps mehr. Ich sollte beim Wein bleiben, das ist vernünftiger«, erklärte Kate.

Sie trafen ein paar Bekannte und unterhielten sich eine Stunde lang nett. Dann erhob sich Lydia, setzte ihre Brille auf, schraubte das Mikro runter und bescherte der Bar zwei einzigartige Interpretationen von Shirley-Bassey-Songs.

»Wunderbar!«, kommentierte Kate, nachdem sich Lydia unter Riesenapplaus gesetzt hatte. »Du hast zwar nicht jeden Ton getroffen, aber dank deiner Beine wird das keinen gestört haben.« Sie lachte dabei so herzhaft, dass sie sich verschluckte.

»Das war übrigens nicht dein Glas Wasser, das du gerade ausgetrunken hast«, sagte Lydia.

»Ich weiß!« Kate prustete schon wieder los. »Komm schon, es ist Zeit für einen Ortswechsel.« Sie verabschiedeten sich von den anderen Mädels, und während sie sich zwischen den Tischen durchschlängelten, fiel Kate auf, dass sie immer noch nichts gegessen hatte. Als Gesellschaft beim Essen war Lydia leider eine Niete. Ihre Vorstellung von gesunder Ernährung beschränkte sich auf täglich drei Gin

Tonic und eine Tüte Cracker. Wenn sie zum Essen ging, verbrachte sie die meiste Zeit damit, zu rauchen und die Kellner zu begutachten. Denn zu ihrer Vorstellung von einem guten Restaurant gehörten ein Aschenbecher und ein Mann, dem eine Schürze steht.

»Ich übernehme jetzt die Führung«, erklärte Kate und schwankte, als die frische Luft mit ihrem starken Alkoholkonsum kollidierte. »Wir müssen jetzt wirklich was zum Fressen auftreiben – ich meine zum Essen.« Verdammter Mist! Wie viel hatte sie eigentlich getrunken? Sie begann, ihre Drinks mit den Fingern zu zählen, vergaß aber ständig, bei welchem Getränk sie gerade war. Mit verschwommenem Blick suchte sie die Straße ab. »Schau mal: Restaurant auf zehn Uhr!« Sie zerrte an Lydia, die gerade ihren Lippenstift erneuerte.

»Ups, sorry. Du wolltest ihn sicher nicht auf dem Kinn verteilen.«

Lydia sah sie streng an. »Manchmal bist du echt ....«

»Ich habe gerade ein halbes Fass Weintrauben auf nüchternen Magen getrunken. Glaubst du, ich kann das auf meine fünf Früchte- oder Gemüseportionen pro Tag anrechnen?«, fragte Kate und stolperte über den Bordstein. Ihre Stiefel schienen ihr plötzlich viel zu groß zu sein und sie kicherte erneut.

Die Speisekarte draußen vor jenem Restaurant, das sich *Cuisine* nannte, schien in einer ihr unbekannten Sprache verfasst zu sein. Außerdem tanzten die Buchstaben übers Papier.

»Schau mal da. Dover-Scholle gebacken mit Sch ... pinat. Nein, das kann nicht stimmen, ich meinte – Sch ... polle – ach, lass uns reingehen.«

Sie wollten sich drinnen an die Bar setzen, was Kate jedoch nicht einwandfrei schaffte. Schließlich gelang es Lydia, ihre Freundin auf einen Hocker hochzuziehen.

»Wo ist der Manager?«, fragte Kate den Barkeeper. »Ich habe eine Beschwerde vorzubringen – diese Stühle sind rutschig!«

Der junge Bursche hinter der Theke stellte sich als Hans vor und fragte dann, womit er ihnen dienen könnte. Aber Kate hatte ihre Beschwerde bereits vergessen und versuchte, sich auf die Speisekarte zu konzentrieren.

»Meine Güte – ist das teuer hier!«

»Das liegt daran, dass du alles, einschließlich der Preise, doppelt siehst«, erklärte Lydia geduldig. Ihre aus Gin und Crackern bestehende Diät hatte sie gegen Alkohol so resistent gemacht, dass sie einfach nicht betrunken wurde.

Hochkonzentriert versuchte Kate, einen Aushang zu lesen, der hinter der Bar an der Wand hing.

»*Maushilfe gesucht*«, brachte sie mühselig hervor. »Was wollen die denn damit? Das kann doch nicht schmecken!«

»Aushilfe, nicht Maushilfe.« Lydia fiel auf, dass Kate sehr laut redete – wie alle Betrunkenen. Die anderen Gäste fingen schon an zu gucken.

Kate nickte feierlich. Sie beugte sich zum Barkeeper und sagte in einem Ton, den sie für leise hielt: »Hallo Hänsel … Gretel … oder wie du heißt. Weißt du eigentlich, dass du riesige Pupillen hast? Ich wette, du hast vor der Arbeit einen riesigen Joint geraucht. Aber warum? Ist dein Boss ein Monster? Sorgt er mit dem Nudelholz für Zucht und Ordnung? Macht er dir das Leben zur Hölle?« Fahrig suchte sie in ihrer Tasche nach dem Notizbuch.

»Nein. Das behalte ich mir alles für durchgedrehte Kunden vor«, sagte eine eisige Stimme hinter ihr.

Kate drehte sich auf ihrem Barhocker um, was keine gute Idee war. Ein Glas stürzte zu Boden und sie verlor das Gleichgewicht. Aber kurz bevor ihre Nase Kontakt mit dem Fussboden hatte, fing der Mann sie auf und zog sie hoch.

Einen Moment lang waren sich ihre Gesichter so nah, dass Kate ihn hätte küssen können. Küssen wollen, entschied sie. Na gut, seine Augen funkelten wütend, aber es waren dennoch hübsche Augen, auch wenn sie müde aussahen. Wütend, aber hinreißend … eine umwerfende Mischung. Oh Gott … hatte sie das etwa laut gesagt?

»Ich darf annehmen, dass Sie ohne Widerstand mein Restaurant verlassen – oder soll ich Ihnen den Weg zeigen?«, fragte der Typ streitlustig.

Kate griff nach Lydias Arm. »Hilf mir!«, sagte sie.

»Klar«, erwiderte Lydia, die Kates Nachricht verstand als: »Ich bin sternhagelvoll – bring mich hier raus! Sofort!«

Kate wendete sich wieder an den Fremden. »Vielen Dank – tolle Speisekarte – wunderbares Ambiente – wir kommen bestimmt wieder. Oder auch nicht, was Ihnen lieber ist – ich meine, es liegt ganz bei Ihnen«, murmelte sie, während sie von Lydia nach draußen gezerrt wurde.

Dort klammerte sich Kate kurzerhand leidenschaftlich an den nächsten Laternenpfahl. »Mir ist schlecht – zu viel Alkohol. Er war ernst, aber sexy – ich mag solche Männer. Findest du nicht? Warum eigentlich?«

»Ich sag dir was: Morgen komme ich bei dir vorbei und dann erkläre ich es dir – das wird dich ablenken, wenn du ständig über der Kloschüssel hängst.«

9. Kapitel

Godfreys Gesicht war fast so rot wie die Rote-Beete-Suppe, die er gerade zuzubereiten lernte. Er selbst und sämtliche Küchenoberflächen im Umkreis von einem Meter waren vollgespritzt. Der Fußboden war Jake egal und dass Godfrey mit Petersilie im Haar ziemlich albern aussah auch – das galt jedoch nicht für die Arbeitsplatte.

»Der Knoblauch liegt zu dicht am Teig, der schon vor einer Stunde in den Kühlschrank sollte. Und diese Karottenschalen gehören längst in den Mülleimer. Du bist fertig mit der Brühe – jetzt RÄUM AUF!«

Es war immer dasselbe. Sie wollten nur kochen, dabei mussten sie erst einmal lernen, sich zu organisieren.

»Schau dir dieses Chaos an! In dem Durcheinander weißt du nicht einmal mehr, wie weit du gerade bei der Zubereitung bist! Was habe ich dir gesagt? Nach jedem Arbeitsschritt wischt du die Platte und sämtliche Messer ab – so wie du dir nach dem Kacken den Hintern abwischst!« Jetzt grinste Jake.

Alle lachten. Der arme Godfrey, dem alles außer Kontrolle geraten war, sah dankbar zu, wie Jake mit wenigen Handgriffen Ordnung in das Chaos brachte – das Ergebnis jahrelanger Übung.

»Aber du sitzt mir ständig im Nacken und treibst mich an – das bringt mich durcheinander«, protestierte Godfrey. Zu Hause war das Kochen anders gewesen.

Jake lächelte verständnisvoll. »Natürlich kommst du durcheinander – du bist Anfänger. Aber das sollte dich nicht davon abhalten, es zu versuchen. Arbeite daran und es wird sich finden. Zugegeben – in deinem Fall wird es wahrscheinlich so lange dauern, dass ich bis dahin unter der Erde bin, aber es geschehen durchaus Wunder. Ich habe auch mal so angefangen wie du jetzt.«

Das Küchenpersonal rief wie aus einem Munde fröhlich: »Niemals, Chef. Du bist schon perfekt auf die Welt gekommen!«

Godfrey seufzte glücklich. Es gefiel ihm hier, die Hitze, herumgescheucht zu werden, das wahnwitzige Arbeitstempo. Und zum Glück hatte er nicht wirklich ein Problem damit, eins übergebraten zu bekommen. So oft, wie das der Fall war, hätte er sonst mit Schutzhelm zum Dienst erscheinen müssen. Aber er hatte schon mehr gelernt als in seiner gesamten Schulzeit auf der hintersten Bank im Klassenzimmer, wo er durch alle Prüfungen gefallen war. Jetzt waren so viele Informationen in seinem Kopf gespeichert, dass er fürchtete, sein Schädel könne platzen. Letzte Nacht wäre es beinahe wirklich passiert, aber nur, weil er sämtliche Speisen gekostet hatte – zusätzlich zu den drei ausgiebigen Mahlzeiten, die er sowieso jeden Tag bekam.

Irgendwie war es paradox: Obwohl Jake Koch war, konnte er sich nicht daran erinnern, wann er das letzte Mal in Ruhe an einem Tisch gesessen und eine ordentliche Mahlzeit gegessen hatte. Er probierte natürlich die ganze Zeit und trug ständig drei Probierlöffel in seiner Tasche mit sich herum, so wie er es auf dem College gelernt hatte, aber eine ganze Mahlzeit – so wie normale Menschen?

Dabei wäre es eine feine Sache, dachte er und goss sich eine Tasse Kaffee ein. Die würde wahrscheinlich das gleiche Schicksal ereilen wie alle anderen zuvor – sie wurde kalt, bevor er dazu kam, sie zu trinken. Er ging durch die Küche zu seinem Büro. Das Personal räumte auf und gönnte sich eine Pause, bevor die Abendschicht begann. Aber er selbst musste einen Stapel Unterlagen durcharbeiten, etwas, das er hasste und immer so lange wie möglich vor sich herschob. Das war die nervige Seite der Selbstständigkeit.

Er durfte nicht vergessen, Weingläser nachzubestellen, um die zu ersetzen, die den Weg aller Glaswaren gegangen waren. Als Barkeeper hätte Hans sich eigentlich darum kümmern müssen, aber der war heute zu nichts zu gebrauchen, führte Bestellungen falsch aus und verbummelte Rechnungen.

»Was du in deiner Freizeit rauchst, ist deine Sache. Aber

wenn du noch mal so verstrahlt zur Arbeit erscheinst, fliegst du auf der Stelle raus. Kapiert?«

»Klar«, antwortete Hans zerknirscht. Er arbeitete gern für Jake und wollte das nicht vermasseln. Hans war ein Möchtegern-Hippie und Jake musste andauernd die Plakate mit angekündigten Protestmärschen abreißen, die Hans überall aufhängte.

»Aber Chef, die Not der Kaffeebauern in Brasilien ist unvorstellbar!«, hatte er erst vor wenigen Tagen geklagt.

»Völlig richtig, aber die Demo ist schon längst vorbei! Sie fand letzten Samstag statt, in London. Als wir alle zu tun hatten. Keiner von uns hätte hingehen können. Warum verbringst du deinen Nachmittag nicht damit, Fairtrade-Kaffee auszusuchen, den wir im Restaurant anbieten können?«

Ebenfalls im Clinch mit Hans' Hippie-Überzeugung lag sein deutsches Bestreben nach Sauberkeit und Ordnung. Normalerweise standen alle Gläser funkelnd hinter der Bar wie eine Armee und die Rechnungen der Gäste waren aufgereiht wie bei einer Parade. Aber jetzt war Hans so durch den Wind, weil er fürchtete, seinen Job zu verlieren, dass seine Mittagsschicht zu einer einzigen Katastrophe wurde. Ihm passierten so viele Fehler, dass er fest davon überzeugt war, Jake würde ihn nun auf jeden Fall rausschmeißen. Und dann wurde er tatsächlich ins Büro beordert.

»Ich habe dich heute Morgen in den Hintern getreten und das hattest du auch verdient. Aber ich bin nicht nachtragend, also entspann dich wieder, Mann.«

Hans grinste erleichtert und marschierte hinaus.

Was stand für Jake sonst noch an? Ach ja, die Spülung auf dem Herrenklo verweigerte leider regelmäßig den Dienst. Er konnte einen Klempner beauftragen, aber billiger war es, selbst Hand anzulegen. Jake gähnte und streckte sich. Das Leben eines Chefs war schon glanzvoll.

Außerdem musste er für Godfrey eine Übungsliste zusammenstellen. Es war zwingend nötig, Anfänger zu Beginn ihrer Schicht mindestens zehn Dinge gleichzeitig tun zu lassen. Das trainierte ihre Konzentration und lehrte sie, schnell zu arbeiten. Bisher trampelte Godfrey noch herum wie ein Nilpferd. Vor ihnen lag ein weiter Weg.

Tess steckte den Kopf durch die Tür. »Jemand will dich sprechen, Chef.«

Es war der betrunkene Rotschopf vom Vorabend, leichenblass und mit riesengroßer dunkler Sonnenbrille. Jake war bisher nie aufgefallen, wie attraktiv rote Haare sein konnten. Er verwarf den Gedanken jedoch ärgerlich, stöhnte und blaffte die Unbekannte dann an: »Ich gehe davon aus, dass Sie hier sind, um sich zu entschuldigen. Allerdings bin ich nicht sicher, ob ich das jetzt brauchen kann.«

»Ganz richtig. Tut mir leid, wenn ich Ihnen auf die Nerven gehe, aber Sie müssen mir einfach erlauben, zu Kreuze zu kriechen.«

»Wird mir ein Vergnügen sein.« Er winkte sie ungeduldig herein.

Oje. Er war nicht gerade erfreut, sie zu sehen. Schade. Sie hatte es für einen exzellenten Plan gehalten. *Aushilfe gesucht*. Und hier war sie. Und trotz ihres hämmernden Schädels freute sich Kate, Jake zu sehen. Er sah genauso müde aus wie sie. Warum nur? Jede Wette, dass er sich zumindest nicht die ganze Nacht übergeben hat, dachte sie.

»Ich bin neugierig, auf wie viele Arten Sie sich für gestern Abend entschuldigen können. Aber kotzen Sie ja nicht auf diesen kostbaren Teppich oder ich werde Ihnen wehtun müssen.«

Der Teppich war total verschlissen und keinen Penny mehr wert, aber Kate verspürte einen Hoffnungsschimmer. Offenbar hatte dieser Mann Humor, es konnte also klappen.

»Ich kann nichts weiter sagen, als dass ich mich schäme. Entsetzlich schäme. Ich habe mich fürchterlich benommen.«

»Das haben Sie. Sie haben sich aufgeführt wie eine Furie und dabei gewirkt, als hätten Sie darin eine Menge Übung.« Er legte ein paar Unterlagen auf seinem unordentlichen Schreibtisch übereinander, um ein von Angelica gemaltes Bild zu verstecken, das die Küche bei der Arbeit zeigte.

»Das ist keine Entschuldigung, aber ich hatte zu viel Wein und zu wenig gegessen. Es wird nicht wieder vorkommen, versprochen. Ich bin sonst nicht so.«

»Wird es auch nicht. Leute haben in Restaurants schon Hausverbot bekommen, weil sie um Salz gebeten haben. Ich denke, es wäre angebracht, davon auszugehen, Sie hier nie wiederzusehen.« Jake hoffte, dass er so aussah, als wäre das sein voller Ernst.

»Keine Chance auf einen Job also?«

Jake fiel die Kinnlade herunter.

»Ja, ich weiß, dass es ganz schön frech ist, aber ohne Dreistigkeit erreicht man nichts. Oder?« Sie nahm die Sonnenbrille ab und sah ihn mit einem, wie sie hoffte, ehrlichen, offenen Blick an.

»Möchten Sie die Antwort sofort hören? Wie wäre es mit: Eher hacke ich mir den rechten Fuß ab.«

»Klar, und niemand kann es Ihnen verübeln.«

Denk nach, Kate. Essen – was wusste sie darüber? Nichts. Aber sie hatte heute Morgen die Biografie eines Chefkochs überflogen – während sie darauf wartete, sich das nächste Mal zu übergeben.

»Sie sind müde«, sagte sie möglichst besänftigend. »Ihre Kopfschmerzen sind womöglich schlimmer als meine. Sie haben seit Wochen nicht mehr richtig geschlafen – und wenn doch, dann werden Sie von Albträumen geplagt. Sie wissen ganz genau, dass der Lieferant die Pilze vergessen wird, Sie es aber erst heute Abend erfahren, wenn die Pilze zubereitet werden sollen. Ihre Gäste beschweren sich, dass das Tatar zu roh sei, und Ihr Hilfskoch findet es witzig, die Kellnerin im Kühlraum einzuschließen.

Sie möchten nichts weiter als zu kochen und Ihr Personal anzuschreien, aber irgendjemand hat den Flaschenöffner verbummelt und Ihre Kellnerin verwechselt immer noch *Concasse* und *Consommé*. … Nun, Sie mögen es vielleicht nicht glauben, aber ich bin Ihre Rettung. Ich spreche fließend Englisch, wenn ich nüchtern bin – und das werde ich für den Rest meines Lebens bleiben, das versichere ich Ihnen. Ich bin intelligent, fleißig und zuverlässig. Mit der Zeit werden Sie vergessen, dass es die letzte Nacht je gegeben hat.«

Seinem eigenen Willen zum Trotz war Jake fasziniert. Diese Beschreibung hatte nichts mit seiner Küche zu tun – und doch … Er zeigte auf ihre Gucci-Sonnenbrille und sagte: »Wenn Sie sich so was leisten können, warum wollen Sie dann hier arbeiten, wo Ihr Lohn so gering sein wird, dass Sie vielleicht eine verschreibungspflichtige Brille brauchen, um Ihr Gehalt überhaupt sehen zu können?«

Ausgezeichnet. Sie hatte bereits den Fuß in der Tür. Der Rest sollte ein Kinderspiel sein. Nur nicht an Essen denken …

»Gutes Argument. Während der letzten fünf Jahre habe ich in einer PR-Agentur gearbeitet und wahrscheinlich mehr verdient als alle Ihre Mitarbeiter zusammen. Dann habe ich meinen Job verloren. Ich bekam zwar einige Angebote, aber mir schien jetzt der richtige Zeitpunkt gekommen, endlich an dem Roman zu arbeiten, den ich schon seit dem Studium schreiben wollte. Ich habe mir ein Jahr Zeit dafür gegeben, aber ohne zusätzliche Einkünfte werden meine Ersparnisse nicht so lange reichen.« Sie hatte ja auch wirklich vor, eine Story zu schreiben.

»Wovon handelt es?«

»Wovon handelt was?«

»Ihr Buch«, antwortete er ungeduldig.

»Oh.« Verdammt. Diesen Punkt hatte sie nicht durchdacht. »Es ist, nun ja, ein historischer Roman über Schmuggler im Lake District.«

»Gibt es so etwas nicht schon?«, erwiderte er freundlich.

So ein Mist! Er sollte zu beschäftigt sein, um sich mit Literatur auszukennen.

»Aber es gibt wohl immer Platz für einen zweiten«, fügte er hinzu.

Jake hatte den Verdacht, dass diese Frau Hintergedanken hegte, fand aber nicht heraus, was es war. Andererseits war Kellnern ein Job, den viele Leute nebenbei ausübten. Er hatte schon mit angehenden Ballerinen gearbeitet, mit Schauspielerinnen und sogar einem Typen, der überlegte, Priester zu werden. Die meisten von ihnen arbeiteten immer noch in dem Metier, schufteten zwischen schmierigen Pfannen und träumten von etwas anderem – mit Ausnahme des Priesters. Der war Berater geworden. Jake brauchte eine Kellnerin – und zwar so schnell wie möglich. Sie wirkte eigentlich ganz clever und konnte gerade gehen – wenn sie nüchtern war. Außerdem war sie ziemlich hübsch. Aber wieso zum Teufel spielte das für ihn eine Rolle?

»Sie sehen aus, als könnten Sie Essen servieren, ohne es zu verschütten. Oder?«, fragte er und bemühte sich, widerwillig und wenig interessiert zu wirken. »Wenn Sie für mich arbeiten, werden Sie sich ordentlich anziehen und nüchtern bleiben. Ihre Schicht endet, wenn die Gäste gegangen sind – die entscheiden, wann Feierabend ist, nicht Sie. Ich toleriere kein Gejammer über das Arbeitspensum, die Bezahlung oder rührselige Entschuldigungen, warum Sie zu spät zur Arbeit erscheinen. Gleiches gilt für Fernbleiben. Krankheit, Tod, Seuchen – das habe ich alles schon zu hören bekommen und nichts davon rührt mich auch nur im Geringsten. Zusammengefasst: Den Gästen gegenüber zeigen Sie sich pausenlos höflich und was die Arbeit angeht, die ich Ihnen aufbürde, verlange ich unerschöpflichen Einsatz. Ach – und noch etwas: Zerbrochenes Geschirr wird Ihnen vom Lohn abgezogen. Noch Fragen?«

Sie überlegte sich, ob er wohl wusste, wie sexy er war, wenn er so finster dreinschaute. Seine Angestellten verbrachten die Ferien wahrscheinlich in einem sibirischen Arbeitslager, um sich zu erholen.

»Der einzige Grund, warum ich Ihnen einen Job gebe, besteht darin, dass ich Sie für letzte Nacht bestrafen will. Sie können heute Abend um halb sechs anfangen. Ihre Probezeit beträgt eine Woche. Bezahlt werden Sie erst am Ende dieser Zeit, für den Fall, dass Sie sich doch als Verrückte entpuppen.«

»Ich bin Ihnen sehr dankbar!«

»Das bleibt abzuwarten«, entgegnete Jake grimmig.

Kate stand auf, um schnell zu verschwinden, und ließ prompt ihre Handtasche fallen. Der Inhalt, einschließlich eines Tampons, verteilte sich über den Fußboden. Jake hob ihren Terminkalender auf, eines von jenen Exemplaren, die für jeden Tag einen angeblich aufmunternden, in Wirklichkeit jedoch nervenden Spruch auf Lager haben. Lydia hatte ihn ihr aus Spaß geschenkt.

»Heute spüren Sie, wie der Geist der Veränderung Ihren Körper durchströmt«, las er spöttisch vor.

Wieder draußen entschied Kate, dass das *Einzige*, das durch ihren Körper strömte, in Alkohol getränkte Blutkörperchen waren. Nicht weiter schlimm. Ein Nickerchen sowie Schonkost – und schon wäre sie wieder völlig in Ordnung. Sie war sehr zufrieden mit sich. Dieser Typ hatte sie von dem Moment an, als sie ihn das erste Mal erblickte, fasziniert – in rein professioneller Hinsicht natürlich. Schade, aber wenn ihre Mission vorbei war und Jake herausgefunden hatte, dass seine Küche einen Verräter beherbergt hatte, würde er sich wünschen, sie in einem Mixer zu pürieren. Aber das war nun mal der Preis dafür, ein Spion zu sein.

Den Nachmittag verbrachte Kate mit Dösen und dem Eintauchen in Anthony Bourdains Kochmemoiren, welche sich als zunehmend unglaubwürdig erwiesen. Köche schienen ihre Zeit damit zu verbringen, Unmengen an Drogen zu konsumieren, den Kollegen üble Streiche zu spielen und jedes Weib in Reichweite zu vögeln. Sie kicherte. Klang beinahe, als wäre von Journalisten die Rede.

Während Kate winzige Bissen trockenen Toasts aß, loggte sie sich ins Internet ein, um Websites von Kellnern zu suchen. Die Methoden, mit denen die sich an unangenehmen Gästen rächten, konnten einen davon abschrecken, je wieder essen zu gehen. Sie brachen jede Gesundheits- und Sicherheitsvorschrift, und bei dem Gedanken, was sie mit dem Essen anstellten, bevor sie es den Leuten servierten, hätte sie fast schon wieder gewürgt. Manches davon konnte man unmöglich in einer Tageszeitung abdrucken. Sie könnte höchstens ein paar Anspielungen machen. Stattdessen ließen sich solche Informationen gut an überregionale Boulevardzeitungen verkaufen.

Es wurde Zeit, sich für die neue Arbeit umzuziehen. Sie warf einen sehnsüchtigen Blick auf ihr Bett und konzentrierte sich dann auf den Inhalt ihres Kleiderschranks. Es war wichtig, keinen Fehler zu begehen. Bloß nicht auffällig schick auftreten, aber dennoch beeindrucken. Jake sollte sie respektieren und Vertrauen zu ihr aufbauen. Ihr langärmeliges Wolltop war schmeichelhaft und lenkte den Blick auf ihre Brüste (was nie verkehrt war). Dazu der enge Rock, der ihre Figur betonte, ohne vulgär zu wirken. Nun zu den Schuhen. Die extrem sexy Stilettos kamen nicht in Betracht. Aber die spitzen Schuhe mit dem nicht zu hohen Pfennigabsatz, die sie auch in die Redaktion anzog, würden gehen.

Zuletzt schob sie noch ein kleines Notizbuch in die Handtasche. Bestimmt konnte sie zwischendurch auf die Toilette verschwinden und sich Vermerke machen.

Als sie ankam und überraschend nervös war, wimmelte es in der Küche bereits von Leuten. Jake, der gerade wie besessen hackte, blickte auf.

»Alle mal herhören, das ist Kate. Kate, das bei den Vorspeisen ist Tess. Sally ist zuständig für die Desserts. Godfrey ist unser Lehrling, Tom spült und Kirsty ist die Oberkellnerin, denn bevor du kamst, war sie die einzige Bedienung. Sie wird dich einweisen – Godfrey, erklär mir doch mal, warum du dieses Messer mit der Spitze nach oben in die Spülmaschine steckst? Planst du, dich früher oder später umzubringen? Tu mir den Gefallen und warte damit, bist du die Salattheke aufgefüllt hast.«

Godfrey sah nur noch verwirrt aus.

»Komm mit«, sagte Kirsty zu Kate. Verblüfft beobachtete diese, wie Kirsty auf dem Weg nach draußen geschickt ein Brötchen mitgehen ließ.

»Hier, bitte!« Kirsty warf Hans das Brötchen zu, der gerade Gläser spülte.

»Danke, Süße. Ich hatte nichts zum Tee.«

Dann entdeckte er Kate. Aber bevor er etwas sagen konnte, redete sie schon los. »Entschuldige wegen gestern Abend.

Ich war nicht gut drauf. Tut mir echt leid, falls ich dich in Schwierigkeiten gebracht habe.«

Er zuckte mit den Schultern und lächelte dann. »Hast du, aber ich hatte es auch verdient und jetzt ist alles wieder in Ordnung.«

»Toll. Mir gefällt übrigens dein Ohrring.«

»Stimmt – wo hast du das gleich noch mal machen lassen, Hans? Egal, erzähl es mir lieber später«, sagte Kirsty. »Also gut, wir haben folgendes System: Hauptteil – Tische 1 bis 8; dann der Anbau – Tische 9 – 12; und hinten – 12a, ich bin abergläubisch, bis 18. Der Tisch in der Mitte heißt einfach nur Mitte.«

Kate sah Kirsty verständnislos an. Wovon redete sie nur? Die Verwirrung musste ihr ins Gesicht geschrieben stehen, denn Kirsty erklärte alles extra geduldig.

»So markieren wir die Laufzettel, damit wir wissen, wen wir gerade bedienen. Schätze, in Wirklichkeit hast du das noch nie vorher gemacht, stimmt's? Die Laufzettel sind die Bestellungen. Bring sie durcheinander und du bist erledigt. Wir schreiben eine Nummer auf den Laufzettel, damit wir wissen, an welchen Tisch wir das Essen bringen müssen – du denkst zwar, du würdest dich auch so erinnern, aber glaub mir, wenn viel Betrieb ist, kannst du das nicht. Achte immer darauf, dass das Licht über der Veranda brennt – Jake bekommt einen Anfall, wenn wir das vergessen. Vorsicht mit der Kante hier, der Tisch steht ein bisschen vor.« Kate rieb sich jedoch schon den Oberschenkel. Das würde einen fetten blauen Fleck geben.

»Das hier ist die Speisenausgabe, wo Jake dir das Essen übergibt und dich in den Hintern tritt, wenn du es nicht schnell genug servierst. Laufzettel kommen hierhin – die Bestellung musst du außerdem laut durch die Küche brüllen, bevor du sie ablegst, sonst geht Jake …«

»Die Wände hoch. Hab schon kapiert«, sagte Kate. Wie fand dieser Kerl nur Zeit zum Kochen, wenn er ständig mit Wutanfällen beschäftigt war?

»Jake ist ein bisschen so wie der Vater meiner Kollegin Amy«, vertraute Kirsty ihr an. »Er heißt eigentlich Bernhard, aber wir nennen ihn Yogi, wegen seiner tiefen Stimme, die einen sofort an ...«

»Und warum ist er wie Jake?« Kate war Profi darin, Gefasel abzuschneiden, um zu den Fakten zu kommen. Kirsty hatte bei ihr keine Chance.

»Was? Ach so, ja – er gibt sich gerne härter, als er wirklich ist. Er ist gut darin, grimmig auszusehen, aber unter der Oberfläche verbirgt sich ein weicher Kern.«

Kates erste Aufgabe bestand darin, Brot in Scheiben zu schneiden: einen Laib mit Walnüssen sowie einen mit Zwiebeln und Rosmarin. Das Brot duftete himmlisch und ihr lief das Wasser im Mund zusammen.

Noch herrschte eine ruhige, beinahe entspannte Atmosphäre. Die Leute schnitten und rührten und Sally bereitete irgendetwas Kompliziertes mit Vanilleschoten und Himbeeren zu. Alles duftete köstlich und sah höchst appetitlich aus. Jake und Tess scherzten freundschaftlich miteinander. Sie wirkte echt zäh und konnte bestimmt gut auf sich selbst aufpassen.

Kate beobachtete Jake unauffällig. Er bewegte sich mit fließender Anmut, selbstsicher und trotz des Herumalberns auf seine Arbeit konzentriert.

Als die ersten Gäste eintrafen, setzte Kate gerade die Kaffeemaschine in Betrieb. Kirsty begrüßte die Neuankömmlinge, nahm ihnen die Mäntel ab und die Getränkebestellungen entgegen. Mit der Routine langjähriger Berufserfahrung reichte sie ihnen dann die Speisekarten. Der erste Laufzettel traf in der Küche ein und schon bald folgte der nächste. Kate versuchte, sich Kirstys gleitendem Tempo anzupassen, und fand, dass sie ihre Sache ganz gut machte.

»Die acht Leute, die für acht Uhr reserviert hatten, sind da, und außerdem noch zwei ohne Vorbestellung«, sagte Kirsty.

Kate stolzierte mit einem weiteren Brotkorb hinaus. Meine Güte, die Leute verschlingen dieses Zeug geradezu, dachte sie ärgerlich und vergaß, dass sie genau das Gleiche tat, wenn sie essen ging.

Ups. Wo waren nur all diese Leute plötzlich hergekommen? Sie musste sich durchquetschen, um das Brot abliefern zu können. Einmal am Tisch angekommen, blieb sie eine Minute und plauderte kurz mit den Leuten. Anscheinend waren Jakes Kellnerinnen nicht nur fürs Bedienen, sondern auch für die Werbung zuständig. Wir müssten besser bezahlt werden, dachte sie mürrisch.

»Wo zum Teufel hast du gesteckt?«, fuhr Jake sie an, als sie in die Küche zurückkam. Kate runzelte grimmig die Stirn. Sie war gerade mal eine Minute weg gewesen. Ihr war bisher nicht klar gewesen, dass in dieser Zeit in einer Küche eine Menge passieren konnte. Als sie sie verlassen hatte, herrschten noch Ruhe und Ordnung – aber jetzt schien die Hölle ausgebrochen zu sein. Ganze Stapel fertiger Bestellungen warteten darauf, von ihr serviert zu werden, und ein übel gelaunter Jake stampfte ungeduldig mit dem Fuß auf.

»Zwei Suppen – Hauptteil drei; vier Hauptgänge – Anbau sieben. Und was ist aus den Vorspeisen von Tisch zwei geworden? Die hast du vor Stunden serviert. Komm in die Gänge, diese Teller stehen dort schon viel zu lange rum. Und übrigens: Du schreibst lediglich Laufzettel und nicht *Krieg und Frieden*. Du brauchst also nicht die ganze Karte abzuschreiben. Ich weiß, was drauf steht – ich habe sie nämlich geschrieben!«

Dann ging es in der Küche richtig los:

»Godfrey – die Sautierpfanne, bitte.«

»Sally, der Kuchen muss aus dem Ofen raus. JETZT! Tess, wie ist der Parmaschinken?«

»Godfrey – wo bleibt die verdammte Pfanne?«

»Gut, Chef, schöne Scheiben. Aber die Rauke ist Mist.«

»Zu spät, kann ich jetzt nicht mehr ändern – nimm stattdessen Feldsalat und sag mir nächstes Mal früher Bescheid, verstanden?«

»Ja, Chef.«

»In Ordnung – zweimal Lamm – Tisch sieben, raus damit!«

»Au, Mist!«

»Ach ja, Kate, vergiss nicht, den Gästen zu sagen, dass die Teller heiß sind. Wofür glaubst du eigentlich, sind die Serviertücher gedacht?«

Sie konnte sich nicht mehr erinnern, welcher Tisch welche Nummer hatte, was sie da gerade servierte und von welcher Seite man den verdammten Teller auf den Tisch stellte.

»Godfrey – hör auf zu keuchen und trink einen Schluck Wasser, bevor du noch austrocknest. Sally, wenn du weiterhin so großzügig mit den Himbeeren bist, werden wir um neun Uhr keine einzige mehr haben. Sautierpfanne bitte – war etwas mit dem Essen nicht in Ordnung? Kann doch gar nicht sein, dass was nicht gestimmt hat!«

Alle hielten den Atem an.

»Nichts, Chef. Die Gäste sind schon älter und haben nicht alles aufgegessen – sagten aber, es sei köstlich gewesen«, antwortete Kirsty gelassen.

»Okay«, erwiderte Jake besänftigt und goss einen kräftigen Schuss Brandy in die Pfanne, sodass eine Flamme bis zur Decke schoss. Als Kate das zum ersten Mal sah, war sie kurz davor, die Feuerwehr zu rufen.

Der Rest des Abends verschwamm später in ihrer Erinnerung. Sich heimlich Notizen machen – ha! Was für ein Witz, wenn sie Zeit gehabt hätte, darüber zu lachen. Sie kam ja nicht einmal dazu, sich die Nase zu putzen, hatte ja kaum die Zeit, zu atmen. Die Küche rotierte im Schnellgang. Und von ihr wurde nicht nur erwartet, sich diesem irrsinnigen Tempo anzupassen, sondern auch noch übernatürliche Kräfte zu entwickeln und vorauszusehen, was gesagt oder verlangt werden würde. Aber das schaffte sie nicht. Sie war einfach nicht schnell genug. Als würde sie versuchen, in Gummistiefeln beim Eisschnelllauf mitzuhalten. Sie hatte sich immer etwas auf ihre Fähigkeit eingebildet, mit dem Stress in einer Redaktion klarzukommen und nicht aus der Ruhe zu geraten. Aber jetzt stellte sie fest, dass in ihrem Kopf gar nicht genug Fächer für die vielen Szenarien waren, in denen sie eine kleine, aber wichtige Rolle spielte. Jeder Gast befand sich in einer anderen Phase seines Menüs und sie musste mit allen Schritt halten – so wie Kirsty es schaffte. An dem einen Tisch den Kaffee servieren, an einem anderen die Weinkarte erläutern. Kirsty schien sogar den Namen des verflixten Schafes zu kennen, das eine Keule zu der Gesellschaft am Tisch in der Ecke beigesteuert hatte!

Kate fing an, die Gäste zu hassen. Jake und jeden anderen, der ihr einen weiteren Teller zum Servieren in die Hand drückte, hatte sie schon wer weiß wie oft verflucht.

In Gottes Namen, entscheide dich endlich – Lachs oder Steak. Es geht nicht um eine Gehirnoperation! Merkt ihr Arschlöcher eigentlich nicht, dass ich drei Tische abräumen muss, während ihr hier rumhängt? Sechs Kaffee bringen und, oh Gott, ich habe vergessen an Tisch acht zu fragen, wie sie ihre Steaks wollen – welcher ist noch mal Tisch acht?

In diesem albernen Wolltop schwitzte sie sich zu Tode. Und als sie Kirsty fragte, warum die Fenster alle geschlossen seien, hatte die nur gelacht.

»Dir mag ja zu warm sein, aber den Gästen nicht. Zieh dich nächstes Mal vernünftiger an.«

Diese dämlichen Gäste. Musste denn alles nach deren Nase gehen!

Das Tempo in der Küche grenzte mittlerweile an einen Wirbelsturm. Pfannen wurden auf die Kochfelder geknallt, Backofentüren aufgerissen und zugeschlagen, überall blitzten Messer und Löffel. Es sah aus wie eine bizarre Ballettimprovisation. Alle duckten und streckten sich und stießen – erstaunlicherweise – dabei nicht zusammen. Jeder machte zehn verschiedene Dinge gleichzeitig. Kate kam sich komplett unfähig vor.

Kirsty dagegen war brillant. Nichts brachte sie aus der Ruhe; nicht einmal ihre Nase glänzte, während Kate spürte, wie ihr der Schweiß auf der Stirn stand und ihr den Rücken hinunterrann.

Kate hatte sich nicht mehr so hilflos und eingeschüchtert gefühlt seit ihrem ersten Tag an der Grundschule.

Sie spielte gerade mit dem Gedanken, wie schön es wäre, still und heimlich zu versterben, wenn es denn irgendwo einen ruhigen Platz dafür gäbe, da war der Trubel plötzlich vorbei und die Küche, die wie ein Band auf Vorspulen gelaufen war, schaltete zurück auf Normalgeschwindigkeit.

»Kein schlechter Abend, Leute. Ein bisschen ruhig, aber am Wochenende werden wir so richtig auf Touren kommen«, sagte Jake und wischte in einem Wahnsinnstempo die Arbeitsflächen sauber. Er wirkte entspannt.

Kate blieb stehen und wünschte kurz darauf, es nicht getan zu haben, denn sie merkte auf einmal, dass ihre Füße brannten wie Feuer und die Beine höllisch schmerzten. So lange sie in Bewegung geblieben war, hatte sie das nicht gespürt. Ihre Schuhe, die ganz wunderbar waren, um damit durchs Büro zu stolzieren, fühlten sich an wie ein Folterinstrument, das die spanische Inquisition eingesetzt haben könnte, um an Informationen zu kommen. Ihre Füße waren um mindestens zwei Größen angeschwollen. Jeden Moment würden sie ihre Schuhe sprengen.

»Du hast … ähm … wie soll ich sagen? Oh ja, du warst – ziemlich schlecht, aber ich denke, morgen wird es besser sein«, sagte Kirsty hoffnungsvoll zu Kate.

»Wieso – haben wir dann geschlossen?«

Kirsty lachte.

Und dann dämmerte Kate die grausame Wahrheit: Oh Gott, morgen würde sie all das noch einmal durchstehen müssen! Das war kein Job, sondern Jakes Version von Dantes Hölle – sie waren dazu verdammt, für alle Zeiten fortwährend Horden klaffender Münder zu füllen – Amen. Es gab keine Atempause. Selbst jetzt, nachdem diese fordernden, pingeligen Gäste weg waren, mussten sie alles für die nächste Horde vorbereiten. Kate war so müde, dass sie sich nur mit Mühe erinnern konnte, wie rum Messer und Gabel liegen mussten. Und nachdem sie das endlich geschafft hatte, fing sie sich noch einen Anschiss von Kirsty ein: Anscheinend war sie der Meinung, es wäre nicht umweltbewusst und arbeitssparend, die Flecken auf den Tischtüchern mit Gläsern und Salzstreuern zu kaschieren, statt neue Tücher zu holen, – sondern faul, schlampig und NICHT die Art und Weise, wie es in diesem Restaurant üblich war.

»Würdest du ein kleines Vermögen für Essen ausgeben wollen, wo so schlampig gearbeitet wird?«

Nein, natürlich nicht … aber das war noch zu der Zeit gewesen, als sie keinen Gedanken an die Leute verschwendet hatte, die in Restaurants arbeiten.

Endlich war die Küche wieder in ihren glänzenden, makellosen Originalzustand versetzt. Aber Kate sah mit blankem Entsetzen, dass Jake schon wieder die Pfannen rausholte.

»Was zum Teufel tust du da? Wir haben doch keine Mitternachtsschicht, oder? Bitte, sag nein!«

»Ich koche für uns«, erwiderte Jake überrascht. »Das tue ich immer. Alle haben hart gearbeitet und sind hungrig.«

Kate stand wie angewurzelt da und schaute ihm dabei zu, wie er Zwiebeln und Knoblauch hackte und zusammen mit ein paar Tomaten und schwarzen Oliven in die Pfanne warf. Sie war zwar nicht hungrig, aber ihre Beine streikten. Außerdem war es faszinierend, wie sich Jake von einem bissigen Tyrannen zurückverwandelt hatte in ein nettes menschliches Wesen.

»Mein Dad hat gesagt, wenn du versprichst, den Knoblauch wegzulassen, kommt er abends mal zum Essen vorbei«, erklärte Kirsty, während sie Schüsseln und Besteck rausholte. »Er behauptet immer, du würdest ihn sehr an jemanden von früher erinnern. Allerdings weiß ich nicht, wie er das beurteilen will, da er nie seine Brille aufsetzt, und wir wissen doch alle, dass er so blind wie ein Maulwurf ist. Aber gerade erst gestern …«

»Kann mich nicht erinnern, deinem Dad je begegnet zu sein. Woher weiß er denn, wie ich aussehe?«

Kirsty starrte ihn an. »Du lebst jetzt schon seit Ewigkeiten hier – genauer gesagt seit Monaten! Natürlich kennt er dich. Er weiß, wie alt du bist und dass du keine Geschwister hast …«

»Das muss ja komisch sein«, mischte sich Godfrey ein, der vier Schwestern und deshalb zu Hause keine Sekunde seine Ruhe hatte. »Du bist hier auf dem Land, Jake. Hier weiß jeder längst alles über dich«, erklärte er.

»Das kapiere ich einfach nicht«, brummte Jake. »In London konnte ich den ganzen Tag durch die Straßen spazieren, ohne einem einzigen Menschen zu begegnen, den ich kenne.«

»Meine Tante Mary, du weißt schon, die zuerst mit dem Mann verheiratet war, dessen Bruder Godfreys Dad bei der Trockenmauer geholfen hat. Also, nachdem sie sich getrennt hatten, was in unseren Augen keinen Tag zu früh passierte, da fing sie etwas mit diesem John an, mit dem sie mittlerweile verheiratet ist – jedenfalls, diese Frau, die in dem Häuschen lebt, das sie nach der Geburt von Baby John kauften, meinem Cousin …«

Jake hatte angefangen zu lachen. »Entschuldige, erzähl ruhig weiter. Es ist nur so verwirrend. Ist aber mein Fehler, ich bin ein bisschen müde.«

Kirsty warf ihm einen eindringlichen Blick zu und fuhr dann in einem Tempo fort, als würde sie mit einem Kleinkind sprechen: »Jedenfalls sagte sie immer, sie kenne den Namen von jedem aus dem Ort …«

»Das ist ja auch keine große Kunst!«, spottete Tess. »In Hawsgill leben 20 Leute – es gibt nur eine einzige Straße mitten im Nirgendwo!«

»Als ich klein war, wusste ich nicht einmal, wer zwei Türen weiter lebte – aber diese Leute waren auch mitten in der Nacht von der Polizei abgeholt worden«, mischte sich Jake ein, um erst gar keinen Streit aufkommen zu lassen.

»Du bist also ein Stadtjunge. Deshalb arbeitest du in diesem Wahnsinnstempo«, sagte Kate.

»Nein, das tue ich, weil ich Chefkoch bin«, grinste Jake. »Okay, Essen ist fertig!«

Als Kate später aufstand, um nach Hause zu gehen, waren ihre Beine so wackelig, dass sie fürchtete, sie könnten ihr wegklappen. Tatterig wie ein altes Weib ging sie ihren Mantel holen, als sich Jake an sie wendete: »Wir sehen uns morgen pünktlich und in alter Frische – oh sorry, heute natürlich!« Sie sah das Funkeln in seinen Augen. Dieser Bastard hatte es genossen, sie leiden zu sehen! Einzig der Gedanke an ein langes, heißes Bad ließ sie den Heimweg durchstehen.

»Entspannung für schmerzende Muskeln« stand auf der Flasche mit dem Badeschaum. Das genügte nicht. Was sie brauchte, war ein Paar neuer Beine. Vorsichtig ließ sich Kate ins Wasser gleiten. An ihrem Oberschenkel entwickelte sich ein riesiger blauer Fleck. Im Geiste machte sie sich Notizen, nicht für die Story, die konnte ihr in diesem Moment gestohlen bleiben. Es ging vielmehr ums nackte Überleben.

1. Weglaufen. Ich wünschte, ich könnte.
2. Eine leichte Baumwollbluse kaufen, damit ich mir nicht den ganzen Abend vorkomme wie ein tropfendes Eis am Stiel.
3. Praktische Schuhe kaufen, egal wie scheußlich die aussehen. Sie müssen bequem sein und nicht zwangsläufig schön. Die Kellnerin scheint sowieso niemand richtig wahrzunehmen, es spielt also keine Rolle.
4. Eine Quelle für professionell nutzbares Deo auftun.
5. Eine Quelle für professionell einsetzbares Schmerzmittel finden …

Dann waren ihr die Augen zugefallen.

10. Kapitel

Am nächsten Morgen schmerzten Kates Füße unglaublich. Sie hatte riesige Blasen an den Fersen und sie hatte ihr Haar dreimal gewaschen, um den Essensgeruch rauszubekommen. Sie würde sich wohl damit abfinden müssen, bis in alle Ewigkeit wie eine Bratpfanne zu riechen.

Alles tat ihr so weh, dass sie sich nicht in der Lage sah, ihren Laptop einzuschalten.

»Quatsch. Was ist denn das für eine Entschuldigung?«, sagte Kate zu sich selbst. »Du schreibst mit den Händen und nicht mit den Füßen. Außerdem kannst du dabei sitzen. Jetzt nimm ein paar Aspirin und mach dich an die Arbeit«, befahl sie sich streng.

Sie musste die Eindrücke von letzter Nacht notieren, bevor sie alles wieder vergaß. Dabei würde sie genau das am liebsten tun.

Eigentlich hatte sie vorgehabt, letzte Nacht noch zu arbeiten. Aber als sie in dem abgekühlten Badewasser erwachte, war ihr klar, dass dieses Vorhaben zu ehrgeizig gewesen war. Morgen, hatte sie sich gesagt und war ins Bett gefallen.

Aber als Journalist stand man ständig unter Zeitdruck. Abgabetermine, Drohungen des Redakteurs oder schlichtweg Geldnot – eines davon bringt dich am Ende dazu, den Stift in die Hand zu nehmen.

Sie hasste diesen Moment, auf den leeren Bildschirm zu starren, der mit Worten gefüllt werden wollte.

Wie viel Uhr war es jetzt? Verdammt, erst zehn Minuten waren vergangen, seit sie das letzte Mal die Uhrzeit gecheckt hatte. Fiel ihr irgendeine Verzögerungstaktik ein? Die Fenster müssten wirklich mal geputzt werden. Kate konnte sich nicht daran erinnern, ob sie das überhaupt schon mal getan hatte. Ihre Topfpflanzen waren ziemlich hinüber. Sie hatten schon vor langer Zeit lernen müssen – wie Kamele in der Wüste –, dass sie nicht oft Wasser bekamen. Aber sie jetzt zu gießen, bedeutete, aufzustehen, und das würde sie erst tun, wenn es sich absolut nicht mehr vermeiden ließ. Außerdem, wenn sie erst einmal damit anfing, die Blumen zu gießen, dann würden die erwarten, dass sie es auch in Zukunft öfter tat.

Aber was sollte sie schreiben? Was für eine miese Kellnerin sie abgegeben hatte?

Sie war nicht auf die Hektik und den Stress vorbereitet gewesen, der nötig war, um ein paar Leute sattzubekommen. Und bis auf Kate hatten sich alle auf das Tempo einstellen können. Jake stand im Zentrum, im Auge des Sturms sozusagen. Ihm entging nichts, er sah jeden Fehler, kochte und brüllte Kommandos. Allein bei der Vorstellung wurde Kate schon wieder müde. Aber es war auch fesselnd, wie ein Film oder Buch, von dem man nie gedacht hätte, wie spannend es sein könnte.

Jake selbst war beeindruckend, auch wenn er zweifellos ein Masochist war. Das musste man sein, um unter so scheußlichen Bedingungen arbeiten zu können. Aber sie mochte diesen Humor, der zwischen seinen Wutanfällen ans Tageslicht kam, und es gefiel ihr, dass er so bedingungslos motiviert war. Wenn er Frauen auf die gleiche Art ansah wie dieses Steak letzte Nacht, musste das sehr aufregend sein. Aber so faszinierend diese Vorstellung auch sein mochte, bei den Lesern der *Easedale Gazette* würde sie damit auf taube Ohren stoßen. Sie könnte höchstens einen kurzen Aufreißer zum Thema: »Vögeln mit dem Chef« an die Boulevardpresse verkaufen.

Mit Steaks beschäftigte sich auch Jake an diesem Nachmittag. Er klemmte den Hörer mit der Schulter fest, um eine frische Blase an seiner linken Hand zu inspizieren, und beschimpfte währenddessen seinen Lieferanten.

»Mr Bleasdon, es ist mir völlig egal, ob Sie dieses Filet selbst aus der Kuh geschnitten haben, und es interessiert mich auch nicht, ob Sie das Tier eigenhändig in Ihrem Garten großgezogen haben. Das Fleisch, das Sie mir gestern geliefert haben, war zäher als das Suspensorium eines

Rugby-Spielers. Um es zu essen, brauchen Sie Zähne aus Stahl und ein Verdauungsorgan, über das meine Gäste – da es sich um Menschen handelt – schlichtweg nicht verfügen. Allerdings muss ich so mit Ihnen reden. Offen gesagt überrascht es mich, dass Sie das zum ersten Mal zu hören bekommen … Na ja, es gibt für alles ein erstes Mal … Ich würde vorschlagen …«

Jake wartete geduldig, bis das Toben am anderen Ende abgeebbt war.

»Nein, Mr Bleasdon, wir machen das folgendermaßen: Sie schicken mir ein neues Filet. Innerhalb der nächsten halben Stunde will ich es in meiner Küche haben. Kostenlos, als aufrichtige Entschuldigung dafür, dass Sie versucht haben, mich mit diesem ungenießbaren Zeug übers Ohr zu hauen. Dann könnte es eventuell sein, dass wir weiterhin im Geschäft bleiben.«

Danach legte er auf und beendete auf diese Weise sein Gespräch mit der Familienmetzgerei Bleasdon und zuckte zusammen. Die Blase war jetzt aufgeplatzt und zu einer offenen Wunde geworden, aus der Blut auf die Speisekarte der nächsten Woche zu tropfen drohte. Jake ging in die Küche, um sich ein Pflaster zu holen und seinen Ärger an jemandem auszulassen.

Normalerweise bot sich Godfrey dafür immer an, obwohl er enorme Fortschritte beim Kochen machte. Aber das würde Jake ihm noch nicht sagen. Auch deswegen, weil Godfreys Begeisterung und sein Wissen weit auseinanderklafften. Er hatte ein Rezept für Tintenfisch entdeckt, das er um jeden Preis ausprobieren wollte, also ließ Jake ihn gewähren. Godfrey hatte den Tintenfisch 25 Minuten in der Pfanne schmoren lassen, während er Gemüse klein hackte. Das Ergebnis war so zäh, dass alle sagten, wenn sie je Appetit auf Schuhsohlen hätten, würden sie Godfrey Bescheid geben.

Gerade klärte Godfrey Sally darüber auf, dass Austern vor Schmerz schreien, wenn sie mit Zitronensaft beträufelt werden. »Wenn sie nicht schreien, weißt du, dass sie nicht frisch sind«, verzapfte er weiter Blödsinn, während ihn die arme Sally entsetzt anstarrte. Sie war so zart und grazil wie die köstlichen Zuckerwerke, die sie fürs Dessert herstellte, und konnte nicht hinsehen, wenn die Hummer ins Wasser kamen.

Glücklicherweise wurde Jakes Aufmerksamkeit durch Tess abgelenkt, die aussah, als wäre sie in eine Schlägerei geraten. Sie hatte eine geschwollene Wange und offensichtlich Schmerzen.

»Was ist denn mit dir passiert?«

»Zahnschmerzen. Heute Morgen war es noch nicht so schlimm«, stieß sie mühsam aus dem Mundwinkel hervor.

»Geh zum Zahnarzt, Mensch. So kann ich mit dir nichts anfangen.«

»Kann nicht.«

»Falls es wegen des Geldes ist, ich kann dir was leihen«, sagte Jake, obwohl er selber nichts hatte. Aber er würde es schon auftreiben.

»Das ist es nicht – es ist wegen Angel. Hab keinen, der auf sie aufpasst. Mitnehmen geht nicht. Beim letzten Mal hat sie den Zahnarzt gebissen und er musste ins Krankenhaus.«

Jake dachte daran, wie viel er im Büro zu tun hatte. Er musste die mageren Einnahmen so verteilen, dass er die Löhne der kommenden Woche und die Rechnungen der letzten Woche bezahlen konnte.

»Weißt du was, lass sie einfach hier. Ich passe auf sie auf. Sie wird schon keinen Unsinn machen.«

»Du hast immer noch nichts über Kinder gelernt, nicht wahr, Chef?«

Angel war hochzufrieden, bei Jake zu sein. Und nachdem

Tess weg war, fand er auch heraus, warum. Sie klemmte Barbie und Ken unter den Arm und baute sich vor ihm auf.

»Barbie hat Hunger, Onkel Jake.«

»Das überrascht mich nicht. Mit der Figur sieht sie aus, als hätte sie noch nie im Leben eine anständige Mahlzeit zu sich genommen.«

»Dann müssen wir ihr etwas kochen, Onkel Jake. Ich will so arbeiten wie Mummy.«

Jake sah sich in seiner blitzblanken Küche um und seufzte. »Wir können ja etwas Einfaches kochen.«

»Was?«

»Äh … wir könnten einen Überraschungs-Zitronenpudding backen.«

»Was ist die Überraschung?«, fragte Angel misstrauisch.

»Na ja … die Zitrone eben«, gestand er.

»Das ist keine Überraschung. Ich will Donuts machen. Mit Marmelade. Mit viel Marmelade.«

Ihm wurde klar, dass dieser Plan bereits seit längerem in ihr gereift war. »Okay, aber unter einer Bedingung: Du bleibst weg von der Fritteuse.«

»Aber ich will sie reinplumpsen lassen. Bei Mummy darf ich das«, fügte sie gerissen hinzu.

»Mummy ist aber nicht hier, sondern ich. Und das ist meine Küche. Hier tust du das nicht. Oder wir lassen es.«

Er wartete, während Angel mit sich rang, ob sie nachgeben oder sich schreiend auf den Boden werfen sollte. Der Heißhunger siegte.

»Na gut. Aber ich will rühren.«

Angesichts der Körpergröße der jungen Köchin schien es angebracht, auf dem Boden zu arbeiten, wo sowieso der größte Teil des Mehls landen würde. Er konnte nur hoffen, dass ihm das Gesundheitsamt nicht ausgerechnet heute einen Überraschungsbesuch abstattete. Der war nämlich fällig.

Seine Vermutung hinsichtlich des Mehls erwies sich als korrekt. Angels leuchtendrote Sandalen waren schon bald unter einem Mehlberg verschwunden und eine beträchtliche Ladung staubte hoch bis zu ihrer Nase. Sie nieste kräftig in die Rührschüssel.

»Ist doch nicht schlimm, oder Onkel Jake?«

»Gott bewahre, dass mich jemand hört – nein, dieses eine Mal ist es nicht schlimm.«

Angel rührte mit Feuereifer und rief dazu mit hoher Stimme »Gott bewahre«, bis Jake sie bat, aufzuhören.

»Jetzt kommt der schwierige Teil – das Einfüllen der Marmelade. Nein, nicht mit den Fingern! Hier ist ein schöner sauberer Löffel.«

»Er ist nicht sauber genug, ich lecke ihn lieber noch mal ab. Oh. Jetzt ist er runtergefallen. Auf meiner Hose ist Marmelade.«

»Nicht schlimm. Wenn wir fertig sind, werde ich dich mit dem Schlauch abspritzen. Setz dich jetzt auf den Stuhl und bleib da. Das Ausbacken übernehme ich. Halt, Angelica – welchen Teil von *Bleib da* hast du nicht verstanden?«

»Alles?«

»Sei nicht albern.«

»Sind sie jetzt fertig?«

»Nein, sie brauchen noch ein bisschen.«

»Darf Barbie zugucken?«

»Ja, aber nicht von da, sie könnte in die Fritteuse fallen.«

»Sie kann doch schwimmen.«

»Nicht in siedendem Öl. Angel, warum hat Ken das eben getan?«

»Er ist vor Hunger gestorben.«

»Immer das Gleiche mit den Gästen – können einfach nicht warten. Nein, beerdige ihn nicht, hol ihn lieber wieder raus aus dem Mehl … Ja, es sieht wirklich aus wie ein

Schneesturm, wenn du ihn schüttelst, also tu das bitte nicht … hatschi!«

Als Jake aufhörte zu niesen, rieb er sich die tränenden Augen und sah, dass Tess hereinkam, als Angel einen halbfertigen Donut vom Fußboden aß. Sprachlos und mit vor Entsetzen weit aufgerissenen Augen fuchtelte sie mit den Armen durch die Luft.

Ihm war klar, wie die Situation auf sie wirken musste. Sie ließ ihre Tochter in seiner Obhut, ihren kostbaren Sprössling, der sich gerade emsig Keime vom Fußboden in den Mund stopfte und dabei ganz in der Nähe von siedendem Fett herumturnte. Jake war ein zäher Bursche, aber sein Mut sank. Wahrscheinlich würde Tess ihn umbringen, nachdem sie ihre Kündigung eingereicht hatte.

Sie hatte ganz offenbar Mühe, Worte zu finden und stieß schließlich ein gequältes »Oh mein Gott« hervor.

»Ich weiß, ich weiß – ich bin unfähig, auf deine Tochter aufzupassen …«

»Nein, das ist es nicht!«

Da erst verstand er.

Direkt hinter Tess, in einem schicken Armani-Anzug (bestimmt nicht aus dem Secondhandladen, dachte Jake säuerlich) und seine Überzeugung demonstrierend, dass er sich hier unters gemeine Volk mischte, betrat Harry den Raum.

Jake starrte ihn an und sein Mund war plötzlich sehr trocken. Dieser Mensch hatte alles getan, um seine Karriere zu ruinieren. Folterfantasien schossen Jake durch den Kopf. Sie drehten sich alle um Harrys Demütigung. Und bei allen flehte dieser um Gnade. Mit leisem Bedauern verdrängte Jake die Bilder in seinem Kopf. Er musste sich der Realität stellen. Er war jetzt ein erfolgreicher Geschäftsmann und Harry konnte ihm nichts tun.

»Arbeitest du nebenbei als Babysitter, um deine Einnahmen aus dem Restaurant aufzubessern?«, fragte Harry und lachte.

»Wir haben geschlossen. Verschwinde«, entgegnete Jake frostig. Als hätte das schon mal jemanden in dieser verdammten Stadt abgehalten.

»Behandelt man so einen alten Freund? Ich traf zufällig auf deine entzückende Hilfsköchin …«

»Das stimmt nicht! Er ist mir den ganzen Weg vom Zahnarzt bis hierher nachgelaufen!«, fauchte Tess wütend.

»Ich bin in meinem ganzen Leben noch keiner Frau nachgelaufen, das habe ich nicht nötig«, schnauzte Harry sie an, wobei ihm sein breites Lächeln für einen Moment entglitt.

»Ich wollte dich schon seit Tagen anrufen, aber wie es dann so ist …« Während er redete, wanderte sein Blick die ganze Zeit durch die Küche. Harry sammelte Informationen, urteilte und kritisierte.

Und es gab viel zu bemängeln. Einen Großteil der Küche bedeckte eine feine Mehlschicht, hier und da mit Marmeladenklecksen verziert, während die Donuts gerade bis zur Unkenntlichkeit verbrannten. Jake wurde bewusst, dass er in diesem Moment kein vorteilhaftes Bild abgab. Aber das tat er im Vergleich mit Harry ohnehin nie.

Angel marschierte auf Harry zu und streckte ihm etwas Klebrig-Matschiges entgegen.

»Möchtest du einen Donut?«

Harry wich entsetzt zurück und hielt abwehrend die Hände vor sich, um seinen Anzug zu schützen.

Aus der Distanz betrachtete er seinen Rivalen mit unverhohlenem Vergnügen. Unter der Mehlschicht waren Löcher in Jakes Jeans zu sehen, die garantiert nicht vom Designer stammten, und sein Haar hatte er sich vor einer Woche wohl selbst geschnitten. Er erinnerte ein bisschen an Edward mit den Scherenhänden. Jake dachte daran, dass Harry all das als Zeichen von Schwäche deuten würde, und vielleicht hat er sogar recht. Er war wie ein Blutegel, der das ganze Selbstvertrauen aus anderen heraussaugte.

»Ich dachte, ich schau einfach mal vorbei – wo wir doch jetzt Nachbarn sind. Aber wie ich sehe, bist du gerade beschäftigt.«

»Schwachsinn – du hast in deinem ganzen Leben noch nichts aus reiner Freundlichkeit getan!« *Und was meinte er eigentlich mit Nachbarn?*

Harry seufzte, betrübt, aber nicht überrascht angesichts der fürchterlichen Manieren der Unterschicht.

»Ich lass dich mal weiterarbeiten. Ach übrigens, meine besten Grüße an deine hübsche Freundin. Wir haben uns prächtig verstanden, als wir uns kürzlich begegneten. Wie mag sie wohl das alles hier finden? Ich hab dir noch was zum Lesen mitgebracht – interessiert dich vielleicht.« Er warf eine Zeitschrift wie einen Fehdehandschuh auf den Tisch und verschwand aus der Küche.

Tess hielt Angel die Ohren zu, während Jake seinem Ärger freien Lauf ließ.

Nachdem er damit fertig war, schnappte sie sich die aufgeschlagene Zeitschrift und las den Artikel laut vor, bevor Jake die Zeitung ins siedende Öl werfen konnte.

»Wissen Londons Chefköche mehr als wir über die Hauptstadt?

Kaum kehrte Jake Goldman der Stadt den Rücken, da ereilt uns die Nachricht, dass es seinen einstigen Kollegen Harry Hunter ›nach Hause‹ *zieht.*

Kürzlich erwarb er ein nobles kleines Objekt im Lake District. Direkt am See und unweit des Bahnhofs ist es fantastisch gelegen. Man kann in Euston den Zug besteigen und pünktlich zum Dinner dort sein.

›Diese Region zählt zu den schönsten Flecken der Welt. Ich habe dort eine sehr glückliche Kindheit verbracht und möchte etwas davon jetzt zurückgeben‹, *erklärte Mr Hunter.* ›Dort fehlt bislang nur eines: erstklassige Restaurants. Ich habe das Ziel, Easedale einen Platz im Restaurantführer zu verschaffen.‹«

Jake wusste, von welchem Objekt die Rede war. Es hatte so weit außerhalb seiner finanziellen Möglichkeiten gelegen, dass er es sich nicht einmal angesehen hatte. Er schlug mit der Faust so fest auf den Tisch, dass Ken wieder ins Mehl stürzte.

»Was ist los mit diesem Kerl? Warum kann er mich nicht in Ruhe lassen? Was habe ich ihm nur getan?«

»Ich glaube, er hasst dich einfach dafür, dass du existierst, Chef.«

»Dieses verdammte Land muss doch groß genug sein für uns beide! Aber er würde mir auch nach Alaska folgen. Ich wusste nicht, dass er hier in der Gegend aufgewachsen ist – ich habe nie zu diesem Pack gehört, das ihm am College auf Schritt und Tritt folgte und jedes seiner Worte aufsaugte! Sag mir, wie groß war die Chance, dass ich ausgerechnet hier ein Restaurant eröffne, wenn es überall hätte sein können – zum Beispiel im Schottischen Hochland …«

»Zu kalt für dich – du bist ein verweichlichter Londoner!«

»Dann vielleicht ein Torfmoor in Irland …«

»Du kannst Guinness nicht ausstehen!«

»Also gut, Alaska. Da ist genug Platz …«

»Auch zu kalt. Und voller sexhungriger Pelztierjäger. Du bist viel zu attraktiv – sie würden dich bei lebendigem Leib verspeisen.«

»Ist sowieso egal, welches Land ich mir ausgesucht hätte – er hätte eine Begründung gefunden, mir zu folgen«, sagte Jake finster.

»Sieh – es ist doch nur Wettbewerb. Damit kannst du umgehen – du wirst daran wachsen!«

»Ja, wenn es nur das wäre. Aber hier geht es um etwas anderes, viel Hässlicheres. Es geht um Rache. Du kennst diesen Kerl nicht. Er ist nachtragend bis zum bitteren Ende. Er hat die Zähne in mich geschlagen und hört nicht auf zu kauen, bis ich zerfleischt bin!«

»Ich will nicht, dass dich jemand isst!«, heulte Angel.

»Na großartig – damit hätten wir das monatliche Thema für Albträume festgelegt«, murmelte Tess.

»Entschuldige.« Er hob Angel hoch. »Niemand wird mich essen – ich habe nur dummes Zeug geredet.«

»Wenn es einer tut, dann stampfe ich ihm auf die Zehen und trete ihn …«

»Besser nicht …«

»Und dann boxe ich ihn in den Bauch, so!«

»Au!«

»Entschuldige, Chef. Angelica, komm her. Sieh, was du getan hast!«

»Nein – ich bin in Ordnung, wirklich … Es ist nichts, was eine kleine Operation nicht wieder richten könnte. Außerdem sollte ich sowieso härter im Nehmen werden.« Er dachte an Alaska. »Um Harry niemals wiederzusehen, würde ich bis nach Anchorage gehen. Aber es würde nichts ändern. Er würde mir folgen – das weiß ich – und am Ende prügeln wir uns irgendwo in der vereisten Tundra.«

»Ich glaube, dass du etwas überreagierst.«

»Tu ich nicht. Ich bin fest davon überzeugt, wenn außer ihm und mir nur noch ein Mensch auf der Welt am Leben wäre – dann würden Harry und ich darum kämpfen, wer demjenigen seine verdammte Henkersmahlzeit überreichen darf!«

11. Kapitel

Die Handwerker, die das ehemalige *Lakeside* in ein erstklassiges, todschickes Restaurant verwandeln sollten, entdeckten schnell, dass bestimmte Wörter nicht zu Harrys Vokabular gehörten. Begriffe wie Teepause, Zwischenfall und Verzug duldete der Bauherr nicht. Erwähnte man diese Wörter Harry gegenüber, so starrte er den Betreffenden mit dem Einfühlungsvermögen eines riesigen Eisbergs an, aber nicht mit dessen Geduld.

Dass diese Begriffe einen Großteil der Handwerkersprache ausmachten, hätte zu Problemen führen können. Deshalb stellte Harry schnell etwas klar.

»Meine Familie ist eine der einflussreichsten der Region. Baut Mist und ihr könnt dankbar sein, wenn ihr danach noch irgendwo einen Wasserhahn auswechseln dürft«, sagte er und wünschte sich, es würden noch die Zeiten herrschen, in denen die unteren Klassen Leute wie ihn mit *Sir* anredeten.

Nachdem die Botschaft einmal angekommen war, verlief die Kommunikation mit beispielloser Effizienz. Hinter seinem Rücken nannten sie ihn *Mr Stalin*, aber alle erkannten schnell, dass sie umso eher wieder in ihren normalen Alltag zurückkehren konnten, je rascher der Job erledigt war.

Die Kücheneinrichtung wurde geliefert, installiert und sorgfältig getestet. Das mit dem Umbau beauftragte Team reiste im Morgengrauen an und fuhr erst wieder weg, als die Straßenbeleuchtung brannte. Maler und Innenausstatter wirbelten mit Pinseln, bis ihre Hände blau waren – nicht nur von der Farbe. Harry weigerte sich nämlich, die Heizung anzustellen, solange keine Gäste da waren, auf die er die Kosten abwälzen konnte.

Nachdem der Lieferwagen mit dem Geschirr im Straßengraben landete, weil der Fahrer einem Schaf ausweichen musste, eilte Harry ins Krankenhaus. Aber nicht etwa, um sich nach dem gebrochenen Bein des Fahrers zu erkundigen, sondern um zu fragen, wie viel Geschirr zu Bruch gegangen war.

Er ging die Bewerbungsschreiben durch wie eine Sense Korn schneidet, sortierte Dummköpfe, Lügner und Unfähige mit brutaler Gründlichkeit aus. Er hatte fest vor, Jake diejenigen seiner Leute abzuwerben, die gut genug waren, um für ihn selbst zu arbeiten. Aber dafür war es noch zu früh.

Seine Kellnerinnen, Tara und Annabelle, waren Freunde der Familie. Frisch von einer Saison als Zimmermädchen in Chalets in Val-d'Isère zurückgekehrt, sprachen sie fließend Französisch, waren sonnengebräunt und völlig pleite. Bereits durch ihre Erfahrungen als Schulsprecherin und Mannschaftskapitän während der Schulzeit waren sie gewohnt, mit Leuten umzugehen. Beide waren sich einig, dass Harry ein totales Miststück war, aber umwerfend sexy. Deshalb nahmen sie sich vor, mit ihm zu schlafen und sich so die Zeit zu vertreiben, bis sie wieder zurück in die Alpen konnten. Harry war sich darüber im Klaren, aber es interessierte ihn nicht. In dem Becken schwammen noch reichlich Fische.

Ronnie, stellvertretender Chefkoch in Harrys Küche, war ein junger Mann mit ausgezeichneten Kochkünsten und null Sozialkompetenz. Er war klein, dick und hatte ein völlig ausdrucksloses Gesicht. Beleidigungen prallten an ihm ab wie Pingpongbälle. Ronnie würde niemals ungefragt Vorschläge einbringen. Aber das war in Ordnung, denn davon hatte Harry selbst reichlich. Sein Restaurant würde gut genug sein, um Jakes beschissenen Laden vernichtend zu schlagen.

Nachdem er sich davon überzeugt hatte, dass seine Lakaien in mörderischem Tempo schufteten, ließ er sich in seinem frisch gestrichenen und mit Teppichboden ausgelegten Büro hinter einem topmodernen Computer nieder und begann zu planen. Er hatte eine von Jakes Speisekarten geklaut, die er jetzt durchging und dabei verächtlich schnaubte. Tournedos Choron – Rinderfilet auf mit Spargelspitzen gefüllten Artischockenherzen –, wie originell, dachte er ironisch und knirschte insgeheim mit den Zähnen, weil es eines seiner Lieblingsgerichte war.

Er würde das Filet sautieren und in kleinen, mit Erbsenpüree gefüllten Törtchen anrichten.

Sein Hühnchengericht bekäme eine Füllung aus Lammbries, Trüffeln und Pilzen, angerichtet mit einer leichten Rahmsauce. Zu seinen Desserts würden Fruchtsoufflees mit einer Haselnusspraline oder frischem Aprikosenpüree zählen. Die waren verdammt mühsam in der Zubereitung und trieben dem Personal den Angstschweiß auf die Stirn, weil sie so leicht zusammenfallen konnten. Aber die Soufflees sahen beeindruckend aus, wenn sie serviert wurden.

Sich die Speisekarte anzusehen war nicht der richtige Weg, um der Konkurrenz auf den Zahn zu fühlen. Der wahre Test bestand darin, dort zu essen. Jake konnte es sich wahrscheinlich nicht erlauben, Gäste vor die Tür zu setzen, selbst wenn er sie nicht ausstehen konnte. Was sollte er schon unternehmen, wenn Harry dort als Gast auftauchte? Aus der Küche gestürzt kommen und mit dem Brotmesser auf ihn einstechen? Nein, er musste gute Miene zum bösen Spiel machen, auch wenn sein Blut wahrscheinlich den Siedepunkt erreichte. Und was für eine fabelhafte Gelegenheit für Harry, gleichzeitig ein bisschen Werbung in eigener Sache zu betreiben!

Während der nächsten Stunde ging er mit versteinertem Gesicht umher und kontrollierte, wie es mit der Arbeit in seiner eigenen Küche voranging. Alle hielten den Atem an und wünschten, sehr weit weg zu sein. So in etwa musste man sich am Jüngsten Tag fühlen. Schließlich gestattete Harry sich ein Lächeln, öffnete eine Flasche billigen Wein, ließ sie herumgehen, und alle fanden, dass er eigentlich doch ein toller Kerl sei.

Ein neuer Tag und eine neue Horde verdammter Gäste, zu denen man nett sein muss, dachte Kate, während sie an diesem Abend das Restaurant betrat. Wieder Tonnen von Brot in Scheiben schneiden und servieren, eine Runde Beleidigungen, die man lächelnd ertrug, und eine Sammlung frischer Blasen an den Füßen. Sie hatte bereits eine Großbestellung für Pflaster bei ihrem Apotheker in Auftrag gegeben. Das Leben als Undercover-Kellnerin war nicht leicht. Sie hätte sich doch für den Reportagejob in Bagdad melden sollen. Und wenn diese Geschichte hier vorbei war, würde sie das auch tun.

Jake sah noch schlechter gelaunt aus, als er war. So wie er gerade Zwiebeln hackte, schien er sich zu wünschen, etwas anderes – beziehungsweise jemand anderen – unter dem Messer zu haben. Tess rührte in einer Sauce und hatte die Augenbrauen so fest zusammengezogen, dass sie über der Nasenwurzel zusammenstießen. Und Sally hörte sich an, als würde sie leise beten, während sie Himbeercoulis zubereitete.

Jake war an diesem Morgen früh aufgestanden, um sich ein bisschen kostbare Zeit allein zu gönnen, in der er über Lachsgerichte nachdachte. Wäre es besser, frittierten Lachs am Spieß auf die Karte zu setzen oder Lachs à la Florentine – mit Blattspinat und geriebenem Parmesan? Mitten in seinen Überlegungen rief Georgia aus Mailand an.

Sie hatte Schreckliches durchzustehen. Bei der Modenschau hatte sie ein Kleid mit Straußenfedern vorgeführt. Mitten auf dem Laufsteg bekam sie einen Niesanfall und später noch heftigen Ausschlag. Ihre Periode ließ auf sich warten *(oh bitte nicht, lieber Gott, flehte Jake)* und sie konnte nirgendwo ein Thunfisch-Mais-Sandwich auftreiben. Jake wusste, dass sie vor einer Modenschau nichts anderes essen konnte, um ihre Nerven zu beruhigen.

»Ich hoffe, du hast dran gedacht, mir die letzte Folge von Nip/Tuck aufzunehmen? *(Mist! Wusste ich doch, dass ich irgendetwas mit dem Fernseher hätte tun sollen!)* Du klingst nicht gerade fröhlich – vermisst du mich? *(Ich weiß, dass ich das sollte – aber tatsächlich habe ich seit Tagen nicht mehr an dich gedacht.)* Wenn ich wieder zurück bin, möchte ich, dass wir übers Wochenende wegfahren.« *(Hast du den Verstand verloren, Weib? Ich fühle mich momentan wie eine Mutter mit einem Neugeborenen. Nicht einmal eine Minute möchte ich meine Küche aus den Augen lassen.)*

Dann bekam Jake ein schlechtes Gewissen, weil er die Arbeit immer über das Privatleben stellte. Allerdings kannte er keinen erfolgreichen Chefkoch, bei dem das anders war.

Morgens war er so müde, dass er seine Boxershorts verkehrt herum anzog und es erst mittags merkte. Er stieß am Schreibtisch die Tasse mit kaltem Kaffee um, der sich über die Tastatur ergoss. Daraufhin hatte sein Computer ein eigentümliches Klickgeräusch entwickelt. Er rang gerade mit sich, ob er seiner Gereiztheit nachgeben und das Ding aus dem Fenster werfen sollte, als er Brandgeruch in die Nase bekam. Dieser rührte von einer Ladung Brot, die Godfrey im Ofen vergessen hatte. Als er die Laibe herausholte, hatten sie zwar noch die Form von Brot, waren aber so verkohlt wie ein Überrest der Ruinen von Pompeji.

Als Jake feststellte, dass Harry einen Tisch reserviert hatte, wäre er fast explodiert. Zwar brachte jeder Gast Gewinn – und es wäre ein Vergnügen, diesem hier das Geld aus der Tasche zu ziehen –, aber Harry war wie eine glitschige Nacktschnecke. Wo immer er hinkroch, da hinterließ er eine Schleimspur.

Godfrey war es gewohnt, angebrüllt zu werden. Für ihn war es ein ganz normaler Arbeitstag. Und Tess wusste, dass es nicht persönlich gemeint war. Aber Sally balancierte heute auf dem schmalen Grat zwischen Kreativität und Zusammenbruch und Jake wollte nicht derjenige sein, der sie über die Kante stieß. Sie trug keine Schuld an seiner miesen Laune. Es war ganz allein sein Problem, das er nicht an anderen auslassen sollte. Das war gut gemeint, aber Jakes finsteres Schweigen machte die anderen noch nervöser als seine Wutausbrüche.

Kate tat so, als würde sie gar nicht merken, dass er wie ein hungriger Panther durch die Küche streifte. Er war viel zu überheblich, um ihre Aufmerksamkeit zu verdienen, entschied sie, blickte hoch und begegnete unerwartet seinem Blick.

»Binde in Gottes Namen deine Haare zusammen – meine Gäste zahlen nicht dafür, sie in ihrem Essen zu finden«, knurrte er.

»Was ist denn heute Abend mit ihm los?«, flüsterte sie Kirsty zu.

»Ein Mann namens Harry Hunter. Er eröffnet ein Restaurant unten am See. Jake hasst ihn.«

»Warum?«

»Na ja, das ist so …« Kirsty klärte sie auf.

Kate riss vor Entsetzen die Augen weit auf, besser gesagt vor Begeisterung. Der arme Jake tat ihr leid, keine Frage, aber es war eine fantastische Story. Und jetzt waren die beiden hier in dieser Stadt und duellierten sich wie zwei Cowboys im Wilden Westen, nur nicht mit Revolvern, sondern mit Kochtöpfen. Mit ein bisschen Glück war Harry genauso fotogen wie Jake – gute Bilder rundeten eine Story immer hübsch ab.

Zwei Stunden später kam Harry ins *Cuisine* stolziert wie ein Berufsboxer zu einem wichtigen Kampf. Er verspätete sich natürlich, gut kalkulierte 15 Minuten, um Jake noch länger im eigenen Saft schmoren zu lassen.

Dieser war nervös wie vor einer Premiere und Kate und Kirsty fanden das ansteckend. Dabei mussten sie so tun, als würden sie Jakes Rat befolgen, obwohl er selbst ihn sich zu Herzen nehmen sollte:

»Wie sehr dieser Kerl euch auch aufregt – und das wird er –, ihr dürft den Köder nicht schlucken. Ihr werdet höflich und entgegenkommend bleiben. Dieser Typ wird die höchste kulinarische Erfahrung seines widerlichen und unwürdigen Lebens machen – ob es ihm passt oder nicht.«

»Wir werden also nicht in sein Essen spucken?«, fragte Godfrey grinsend und wurde dafür mit einem so vernichtenden Blick gestraft, dass er sich vorsorglich beim Geschirrspüler in Sicherheit brachte.

»Hört mir ganz genau zu«, presste Jake zwischen zusammengebissenen Zähnen hervor. »Wir sind Profis, keine Schwachköpfe – und das hier ist ein Restaurant und kein Fußballstadion. Wie sehr wir auch provoziert werden, wir werden NIEMALS auf das Niveau einer drittklassigen Kantine herabsinken. Genau darauf wartet dieser Idiot nämlich, und genau deshalb wird er es nicht bekommen. Er wird platt sein in Anbetracht der exquisiten kulinarischen Erfahrung, die er hier macht. Habt ihr das alle kapiert?«

»Ja, Chef«, antworteten alle im Chor. Aber sobald er außer Hörweite war, zischte Kate: »Wahnsinn! Ich dachte, das hier wäre ein Restaurant und nicht der Schauplatz von *Gladiator*.«

Kirsty arbeitete seit ihrem 14. Lebensjahr in der Gastronomie und kannte sich aus. »Chefköche sind alle verrückt. Sie sind genauso begabt wie irre. In dem Geschäft geht es ganz schön hinterhältig zu. Jake ist dabei sogar einer von den Guten, und wenn er sagt, dieser Typ sei ein Mistkerl, dann glaube ich ihm das.«

Aber als Journalistin war Kate entschlossen, objektiv und unparteiisch zu bleiben. Und sie würde auch von Harry noch ein paar Zitate brauchen.

Harry hatte ein sehr hübsches Mädchen dabei, dem er jedoch kaum Beachtung schenkte. Er war viel zu sehr damit beschäftigt, den Raum nach Mängeln abzusuchen, wie eine Wärme suchende Lenkrakete, die ihr Ziel anpeilt. Da Kirsty mehr Erfahrung als Kate hatte, sollte sie bei ihm am Tisch bedienen. Aber sie wurde von einem Pärchen an einem anderen Tisch aufgehalten, das mit ihr die ganze Speisekarte persönlich durchgehen wollte.

Vorsichtig ging Kate auf Harrys Tisch zu und ärgerte sich über ihre Nervosität. Herrgott noch mal, der Mann war schließlich kein gesuchter Verbrecher. Allerdings regte es Kate auf, dass er sie ansah, als würde er sie am liebsten anspringen und verschlingen. Gütiger Himmel, noch so ein unverbesserlicher Hengst, dachte sie.

Aber dann lächelte er und bekam sympathische Lachfältchen um seine blauen Augen. Und statt sich wie ein Mistkerl aufzuführen, überschlug er sich vor Höflichkeit. Es war eine nette Abwechslung, mit jemandem die Speise- und die

Weinkarte durchzugehen, der wusste, wovon man redete. Genau genommen kannte er sich sogar besser aus als sie, überspielte das jedoch auf nette Art.

»Nun, was nimmt er?«, knurrte Jake, als Kate mit der Bestellung in die Küche kam.

Deinen Kopf auf einem silbernen Tablett, dachte Kate und sagte laut: »Kalbslebersalat und danach zwei Filetsteaks, blutig.«

Sie hielt es für keinen guten Zeitpunkt, um Jake zu sagen, dass Harry sie besorgt am Arm gefasst und gefragt hatte: »Die kriegen das hier doch hin, ein anständiges Filet, englisch gebraten?« Als wäre Jake irgendein unerfahrener junger Spund frisch vom Catering College.

Trotz des Glaubens an seine Fähigkeiten war Jake so nervös, als würde er für eine Menge Restaurantkritiker und einen Trupp Michelin-Tester gleichzeitig kochen. Jake war klar, dass Harry mit Bedacht ein schlichtes Steak gewählt hatte, denn da konnte man nichts kaschieren. Jake wusste auch, dass seine Mannschaft gut war, was ihn aber nicht davon abhielt, jeden ihrer Handgriffe so besorgt zu überwachen wie eine Hebamme eine schwierige Geburt.

Jedes einzelne Salatblatt der Brunnenkresse wurde inspiziert, und die Kalbsleber, nachdem sie kurz die Bekanntschaft mit der Pfanne gemacht hatte, wurde so zärtlich obenauf gelegt, als handelte es sich um ein Baby. Jake verwarf die Fantasie, klein gemahlene Glassplitter unterzumengen, und ließ Kirsty das Essen servieren. Darüber ärgerte sich Kate, denn sie fühlte sich durchaus in der Lage, zwei kleine Teller zu einem Tisch zu tragen, ohne das gesamte Restaurant um seinen guten Ruf zu bringen.

Aber es waren noch jede Menge andere Gäste da, um die man sich kümmern musste, während die Zeit dahinraste. Das ist das einzig Gute an dem Job, dachte sie. Man schaffte es nicht einmal, darüber nachzudenken, wie schrecklich es eigentlich war. Erst hinterher.

Harry bestand darauf, sich nach dem Essen persönlich bei Jake zu bedanken. »Bemühen Sie ihn nicht, ich schau einfach rasch in der Küche vorbei«, ließ er Kirsty ausrichten.

»Kommt nicht infrage«, knurrte Jake und zog sich eine saubere Kochjacke an. Die Küche war sein Reich und nur über seine Leiche würde Harry hier noch einmal einen Fuß hineinsetzen. Er würde ihm in der Arena beziehungsweise dem Speiseraum gegenübertreten, wo Harry seine Zunge im Zaum halten musste.

Die anderen Gäste waren sehr erfreut, Jake zu sehen. Er war normalerweise zu zurückhaltend, um diese Rundgänge durchs Restaurant zu machen, an denen sich manche Köche geradezu weideten. Aber es war schön, so viele Komplimente zu hören. Chefköche saugten Lob auf wie ein Schwamm – sie konnten nie genug davon bekommen. Jake biss die Zähne zusammen, nahm die Hände aus den Hosentaschen und schob sie wieder hinein, weil es lässiger wirkte. Dann schlenderte er hinüber zu Harrys Tisch und murmelte leise zu sich selbst: »Denk dran, wir sind in der Öffentlichkeit.«

»Hallo, wie geht es dir?« *Als würde mich das interessieren.*

»Ein nettes kleines Lokal hast du hier.« *Himmel, die Farbe dieser Wände war schon vor zehn Jahren unmodern. Auf was für einen Stil wolltest du denn hinaus? Wirkt wie eine Arztpraxis Anfang der 1970er.*

»Ich hoffe, es hat euch beiden geschmeckt.« *Ich weiß, dass es fantastisch war, und wette, dass dir jeder Bissen förmlich in der Kehle stecken geblieben ist.*

»Ganz ausgezeichneter Fraß, nicht wahr Liebling?« *Wahrscheinlich ein kleines bisschen besser als in der Frittenbude ein Stück die Straße runter.*

Fraß?! Du herablassender kleiner Scheißkerl! »Wie schön, dass du dir heute freinehmen konntest.« *Verdammter Teilzeitarbeiter – so kann man kein Restaurant leiten.*

Harry zuckte lässig mit den Schultern. »Das war ein Kinderspiel – es könnte nicht entspannter laufen.« *Du siehst echt Scheiße aus – die ganze Nacht kein Auge zugetan und über die Finanzen gegrübelt, oder?*

»Aber die Arbeit geht ja auch erst nach der Eröffnung richtig los, nicht wahr?« *Dann wird dir das Grinsen schon vergehen – bei dir bleibt kein Mitarbeiter länger als einen Tag.*

»Ich bin bereit – und habe ausreichend Stehvermögen.«

Dir wird Hören und Sehen vergehen. Ich werde dich tot umfallen sehen und dir jeden einzelnen Gast abspenstig machen, du Bastard.

Kate lauschte schamlos. Sie konnte all das Unausgesprochene so laut und deutlich hören, als wäre es durch den Raum geschrien worden. Wie zwei Löwen beim Kampf um ein Territorium in einem Tierfilm. Sie konnte förmlich den Begleitkommentar hören: »Diese beiden herrlichen Tiere umkreisen einander und warten auf den richtigen Moment, um zuzuschlagen. Wenn sie es tun, ist es ein Kampf auf Leben und Tod.« Oh nein, auf gar keinen Fall würde sie den Rest der Nacht auf den Knien verbringen, um Blutflecken aus dem Teppich zu reiben. Kate eilte in die Küche, wartete ein paar Sekunden und ging dann rasch in den Gastraum zurück.

»Entschuldigung, tut mir leid, Sie zu unterbrechen, aber da ist ein Anruf für Sie, Jake.« Sie folgte ihm zu seinem Büro. Er starrte auf das Telefon, das in der Station steckte.

»Sorry. Ich habe das nur erfunden. Aber ich dachte, du brauchst vielleicht Hilfe, um dich da zu verdrücken.«

Einen Moment lang war er wütend über ihre Einmischung. Dann grinste er. »Das hast du gut gemacht. Cleverer Schachzug.« Dann betrachtete er Kate genauer. »Du hast dunkle Ränder unter den Augen.« Er strich mit dem Finger sanft über ihre Wange. »Nein – dieses Mal ist es keine verschmierte Wimperntusche, sondern Müdigkeit. Komm, wir räumen schon mal auf, während vorne so langsam auch Feierabend ist. Danach soll Godfrey uns was kochen und Hans ein paar Flaschen Wein öffnen.« Jake wollte heute nicht allein sein, obwohl er hundemüde war. Dann würde er doch nur wie besessen nachdenken, wie sehr er Harry hasste, und sich damit quälen, was Harry wohl als Nächstes aushecken würde. Denn das tat er zweifellos. Er sah Kate an und wünschte, sie beide könnten allein ein Glas Wein trinken. Rasch schob er die Vorstellung beiseite. Er hatte kein Recht, so etwas zu denken.

Kate folgte ihm langsam zurück in die Küche. Ihre Wange brannte an der Stelle, wo er sie berührt hatte. Verdammt, solche Gefühle kann ich jetzt gar nicht gebrauchen, schoss es ihr durch den Kopf.

Als sie nach Feierabend alle an der Bar herumlümmelten, sah Kate sich um und sagte: »Aufgeräumt und ohne Gäste gefällt es mir hier besser.«

Jake bog sich vor Lachen. »Ist die beste Tageszeit – die Ruhe nach dem Sturm und das Geld in der Tasche«, stimmte er zu.

Godfrey hatte sich in ein Mädchen verguckt, das ein Stück die Straße runter wohnte, und wollte nun an seiner Flirt-Technik feilen. Dabei stellte sich heraus, dass er gar keine Technik hatte. »Wie sieht das aus?«, fragte er und setzte ein Gesicht auf, das wohl verführerisch wirken sollte.

»Als hättest du dir den Schwanz im Reißverschluss geklemmt«, kommentierte Jake lachend.

»Hast du eigentlich außer Kochen noch andere Hobbys?«, fragte Kate. Sie wollte Jake besser kennenlernen.

»Ja – atmen. Für mehr habe ich keine Zeit.«

Er lehnte sich gegen die Wand und schwenkte das Whiskeyglas in der Hand. Vor Müdigkeit hatte er die Augen nur noch einen Spalt weit geöffnet. Er sieht verführerisch aus, obwohl er es gar nicht darauf anlegt, dachte Kate und verglich sein Auftreten mit dem Jonathans in der Zeitungsredaktion. Der Journalist genoss es, zu zeigen, dass er erfolgreich war. Sein Haar war immer perfekt geschnitten und er benutzte teures Aftershave. Jake dagegen sah aus, als müsste er sich nicht sonderlich bemühen. Auch er hatte dunkle Schatten unter den Augen und seine Hände wiesen zwei neue Brandblasen auf, zusätzlich zu den vielen schon abgeheilten Brandwunden. Aber Kate hatte gesehen, wie gefühlvoll diese Hände Zutaten zum Leben erwecken konnten.

Die Unterhaltung wandte sich dem Essen zu. Dachten diese Leute jemals an etwas anderes?

»Die beste Methode, eine Frau zu verführen, ist mit einer Mahlzeit«, sagte Jake verträumt. »Zartes Frühlingslamm, rosa und delikat, und vorher frischen Spargel, den man mit den Fingern essen muss.«

»Kochst du so was für deine Freundin?«, fragte Godfrey und suchte nach einem Stift, um sich Notizen machen.

»Um Gottes willen! Für Georgia ist nicht durchgebratenes Fleisch noch lebendig«, sagte Jake mit finsterer Miene. Wo war sie gerade noch mal? Er erinnerte sich an ihren Ausschlag, aber nicht an die Stadt. Mist – er hatte schon wieder vergessen, den Videorekorder zu programmieren! Er musste sich anstrengen, sonst würde diese Beziehung den gleichen Weg gehen wie alle vorherigen und ein Opfer seiner Arbeit werden. Wenn er nicht aufpasste, würde er alt, einsam und mürrisch enden, mit einer zerfledderten Ausgabe von *Larousse Gastronomique* als einziger Gesellschaft.

»Harry und du, warum seid ihr so verfeindet?«, fragte Kate, die zwar einen Großteil der Geschichte bereits von

Kirsty erfahren hatte, es aber aus Jakes Mund hören wollte.

Aber Jake verschloss sich wie eine Auster. »Er ist ein Mistkerl. Mehr brauchst du nicht zu wissen.«

»Auf mich wirkte er eigentlich ganz nett«, sagte sie scheinbar arglos, denn sie wusste genau, dass ein bisschen Provokation manchmal die Zunge löst.

»Das tun Tiger auch, wenn sie ruhig in der Sonne dösen. Sein Charme ist seine größte Waffe. Eigentlich müsste er einen Stempel auf der Stirn tragen: *Glaub mir kein Wort*. Er hat keine guten Seiten. Von wo aus man ihn auch betrachtet, er ist ein Mistkerl.«

»Du versprühst beim Kochen auch nicht gerade Charme«, entgegnete Kate, die immer noch unter einigen, wie sie fand, ungerechtfertigten Anpfiffen an diesem Abend zu knabbern hatte.

Jake zog die Augen zu schmalen Schlitzen zusammen. »Warum interessiert dich das so? Suchst du nach einem Bösewicht für deinen Roman? Harry würde vermutlich einen perfekten Piraten oder Schmuggler abgeben. Worüber genau schreibst du noch mal?«

Das war nicht fair. Er drehte einfach den Spieß herum. Und sie war mitten in der Nacht zu müde, um sich Handlungsstränge für nicht existente Bücher auszudenken.

»Bei dir klingt es nach einem Mantel- und Degen-Roman«, begann sie kraftlos und wurde dann von Tess gerettet, die gerade mit ihrer Mutter telefoniert hatte, die auf Angelica aufpasste.

»Sie ist aufgewacht und will nicht zurück ins Bett, bevor sie nicht mit dir gesprochen hat.«

Jake nahm pflichtbewusst das Telefon entgegen. »Hallo Angel. Warum schläfst du denn nicht?«

»Weil meine Puppen böse waren und ich sie ausschimpfen musste!«

»Verstehe. Was haben sie denn angestellt?«

Es folgte eine Pause, während der Angelica ins Telefon atmete und offenbar angestrengt überlegte.

»Sie haben Pipi ins Bett gemacht«, sagte sie schließlich. Jake war baff. Dann fiel ihm ein, dass Angel manchmal noch ins Bett nässte.

»Das war das erste Mal, dass ich dich ratlos erlebt habe«, zog Kate ihn danach auf.

»Kinder können einem echt Angst einjagen. Lieber koche ich für ein paar hundert schlecht gelaunte Gäste.«

Er beobachtete Godfrey, der versuchte, zu Übungszwecken Sally anzumachen. Da Sally krankhaft schüchtern war, redete er die ganze Zeit und merkte gar nicht, wie ihr vor Langeweile fast die Augen zufielen. Um sie zu retten, redete Jake einfach dazwischen. Sally war am Herd brillant, aber sie hatte so wenig Selbstbewusstsein, dass sich das manchmal auf ihre Arbeit auswirkte.

»Ich mag ja bellen, wenn es hektisch zugeht, aber ich habe noch nie jemanden gebissen«, scherzte er, doch sie lachte nicht. Das Problem war, dass Sally alles sehr ernst nahm und zu viel grübelte.

»Deine Arbeit ist klasse, aber du solltest mittlerweile wissen, dass in der Küche keine Zeit bleibt, jemanden zu hätscheln, der in einer Selbstwertkrise steckt. Vielleicht solltest du dir jedes Mal vor Dienstantritt sagen: *Ich bin gut, und deshalb bin ich hier.* Das könnte helfen.«

Kate hatte nichts übrig für Frauen, die im Job nicht auf sich selbst aufpassen konnten, trotzdem rührte es sie, wie fürsorglich Jake mit seinem Personal umging. Viele Chefs, egal in welchem Job, würden einfach sagen: *Friss oder stirb.*

»Mir ist klar, dass es für Frauen in dieser Branche hart sein kann. Dieses Gewerbe zieht degenerierte Typen an. Wenn du ein paranoider kleiner Scheißer bist mit dem dicken Fell eines Nashorns und der Sensibilität von Attila dem Hunnenkönig, fühlst du dich in der Küche richtig zu Hause. Oder wenn du ein richtiger Volltrottel bist«, fügte Jake mit Seitenblick auf Godfrey hinzu, der gerade versuchte, einen brennenden Sambuca zu trinken, und sich fast die Nase ankokelte. »Man muss hart sein, um die Hitze und die Kritik auszuhalten. Ist Tess etwa zusammengebrochen, als ich ihre Sauce Hollandaise gestern nicht gut fand?«

»Nicht gut fand? Du hast gesagt, Chef, ich zitiere: *Das Zeug sieht aus, als gehöre es in ein Krankenhauslabor. So etwas scheiden Leute aus, aber sie essen es nicht.*«

»Oh, tatsächlich. Das habe ich gesagt?«

»Ja, aber du warst direkt viel netter, als ich die Sauce dann hinbekommen hab.«

Jake grinste und gähnte.

»Vielleicht sollte ich mich zukiffen, so wie Hans. Ob ich dann witziger wäre?«, fragte Godfrey. Alle Blicke richteten sich auf Hans. Der schlief mit offenem Mund und schnarchte leise.

»Ich kannte einmal jemanden ...«, wollte Kirsty beginnen.

»Jetzt geht das schon wieder los«, murmelte Tess. »Solltest du je deine Memoiren schreiben, muss der halbe Regenwald abgeholzt werden, so viel Papier ist nötig.«

»Das macht nichts – dafür reicht bei dir nämlich die Rückseite einer Briefmarke«, konterte Kirsty und grinste, als alle lachten. »Jedenfalls, dieser Typ hatte eine Affäre mit der zweiten Cousine des Schwagers meiner Schwester, aber um den geht es gar nicht. Er arbeitet in der Autowerkstatt draußen an der Windermere Road, von der mein Vater immer sagte, dass die meisten Autos es nicht tun, wenn sie da waren – nicht funktionieren, meine ich, also ...«

»Was? Ja! Wo?« Hans' Schnarchen war so laut geworden, dass er selbst davon erwachte.

»Sei ruhig! Ich erzähle gerade etwas!« Kirsty holte tief Luft. »Oh Mist! Jetzt habe ich vergessen, wo ich war.«

»Wir sind alle müde. Kate schläft auch schon ein.«

»Ich habe zwar die Augen zu, bin aber geistig hellwach und habe nur nachgedacht.«

»Wohl eher nachgedöst«, zog Jake sie auf. »Und woran hast du gedacht?«

Sie öffnete die Augen und begegnete Jakes Blick. Er hat diese Art, jemanden anzusehen, als wäre man die einzige Person im Raum, dachte sie. An dich, wollte sie sagen. Ich habe über dich nachgedacht. »Ach nichts, nur daran, was wir morgen zu tun haben«, log sie.

»Ja, es gibt viel vorzubereiten. Nach Hause mit euch, ich brauche meinen Schönheitsschlaf.«

»Davon brauchst du aber jede Menge«, witzelte Tess.

Kate schleppte Godfrey mit raus, indem sie ihn einfach am Gürtel packte und mitschleifte. »Ich nehm dich im Auto mit, aber nur, wenn du diese verdammten Streichhölzer hier lässt!«

12. Kapitel

Kate war schlecht gelaunt. Vor allem wegen einer E-Mail von Jonathan.

»Hi, Babe (Für wen hielt er sich – Austin Powers?)! Warum haben wir noch nichts von dir gehört? Du bist doch nur ein paar Meilen weit weg und nicht unterwegs zu einer Höhle in Afghanistan. Könnte ich mal was von deinem Artikel zu sehen bekommen – und dich heute Abend auf einen Drink?«

Kate tippte »Nein und nein« und fügte hinzu: »Verpiss dich, du sarkastischer Scheißkerl«. Dann löschte sie es wieder. Jonathan war ihr Vorgesetzter, woran er sie auch immer wieder gern erinnerte. Sie drückte auf *Senden*, schaltete ihren Computer aus und direkt wieder ein, um nachzusehen, ob sie den Zusatz wirklich gelöscht hatte.

Am Vorabend hatte Jake geradezu lächerlich viel Zeit damit zugebracht, Godfrey zu zeigen, wie man ein Omelette zubereitet.

»Gütiger Gott – es sind doch nur ein paar Eier in einer Pfanne«, murmelte sie jetzt, während sie jene gerade aus dem Kühlschrank holte. Sie würde es ihm zeigen. Jeder fähige Mensch war in der Lage, ein Omelette zu braten. Wütend schlug sie die Eier, schüttete die Masse in eine beschichtete Pfanne und ging ins Bad, um ein bisschen Wimperntusche auflegen.

Als sie zurückkam, schien sich die Pfanne untrennbar mit der Unterseite ihres Omelettes verbunden zu haben, das aussah und schmeckte, als könne man damit die Fliegen von ihrer Windschutzscheibe putzen. Also keine Eier zum Frühstück.

Dieser verdammte Jonathan! Wusste er eigentlich, wie hart Kellnerinnen arbeiten? Und dabei meinte sie nicht nur die langen Schichten. Wenn sie nach Hause kam, duschte sie und fiel ins Bett. Sie hatte mittlerweile einen ganzen Stapel Folgen ihrer Lieblingsserie aufgezeichnet, war aber zu müde, sich auch nur eine einzige anzusehen. Sie schaffte es gerade mal, die Nachrichten anzuschalten und sich über die lebensbedrohlichen Katastrophen zu informieren, mit denen die Welt derzeit konfrontiert war.

Aber nachdem sich Kate wieder abgeregt hatte, gestand sie sich ein, dass Jonathan nicht ganz unrecht hatte. Sie ließ zu, dass dieser Job ihrer eigentlichen Arbeit in die Quere kam, und sie hatte bereits reichlich Stoff, um loslegen zu können. Im Internet hatte sie ein paar pikante Skandalgeschichten über Jake und Harry gefunden. Eines der Vorurteile – wie Küchenchefs an allen Ecken und Kanten sparten, um mehr Geld abzusahnen – traf auf das Restaurant, in dem sie arbeitete, nicht zu. Sie wusste, dass Jake knapp bei Kasse war, trotzdem kaufte er aus Überzeugung nur die besten Zutaten. Er war einer der kritischsten und aufbrausendsten Menschen, denen sie je begegnet war. Aber sie begann, ihn gerade deshalb zu respektieren. Er war außerdem sehr nett zu Sally, die einfach nur mitleiderregend war, auch wenn sie toll backen konnte. Doch Kate hatte keine Geduld mit schwachen Frauen. Das Leben ist nun mal ein hartes Geschäft. Man musste die Zähne zusammenbeißen und sich durchboxen.

Jake konnte vor Wut platzen, wenn ein Tropfen Sauce auf dem Teller an der falschen Stelle landete, aber er schuftete wie ein Hund, ohne sich zu beklagen, sogar am Vorabend, nachdem er sich beinahe die Fingerspitze abgesäbelt hatte. Er hatte zwar hemmungslos geflucht, sich jedoch gefasst einen Verband um den Finger gewickelt und es geschafft, Sally aschfahl im Gesicht anzugrinsen, als jene hysterisch drohte, einen Krankenwagen zu rufen.

Dann hatte er seine Arbeit wieder aufgenommen, bis sein Finger erneut zu bluten begann und er sich entschuldigte, den anderen gegen Feierabend nicht beim Aufräumen helfen zu können.

Er war übellaunig … mutig … sah gut aus – oh bitte, konzentrier dich, Kate. Aber es funktionierte nicht, sie brachte hier einfach nichts aufs Papier. Sie würde ins Restaurant fahren. Zwischen den Öffnungszeiten herrschte dort Ruhe, vielleicht würde dort der Funke der Inspiration überspringen.

Die Sonne drang hier und da durch die Wolken, und es waren überraschend viele Touristen unterwegs. Vor allem Paare mit Kindern, die noch zu klein waren, um mit ihnen in den Hügeln zu wandern. Kate war noch nie in ihrem Leben freiwillig einen Hügel hinaufgestiegen. Und bis vor kurzem hatte sie die Überzeugung vertreten, dass Schuhe, die dafür gemacht wurden, um zu Fuß längere Strecken zurückzulegen, die Investition nicht wert waren.

Um den scheußlichen Geschmack des Omelettes wieder loszuwerden, kaufte sie sich ein paar Donuts und aß sie unterwegs.

Draußen vor der Küchentür stand eine Kiste mit Hummern. Kate hatte keine Ahnung, wer die hier abgestellt hatte, aber Jake würde ausrasten, wenn er das sah. Es war für die Nerven aller besser, wenn sie die Box in den Kühlraum schaffte.

Sie nahm die Kiste hoch, stieß die Tür mit dem Fuß auf und taumelte hinein. Ihre Knie wackelten unter dem Gewicht. Kate setzte die schwere Kiste ab und betrachtete sie zweifelnd. Der letzte Hummer, den sie zu Gesicht bekommen hatte, war zubereitet gewesen. Diese hier waren es nicht. Und ob diese Viecher noch am Leben waren?

Was sollte sie jetzt tun? Den Suppentopf mit Wasser füllen, damit sie fröhlich darin herumtollen konnten, bis sie ermordet wurden? Oder würden sie ohnehin sterben, weil es kein Salzwasser war? Sie wollte fachkundig damit umgehen, um Jake zu beeindrucken, aber wie? Und bildete sie es sich nur ein oder versuchte der größte gerade, aus der Kiste herauszuklettern?

Sie schlich sich mit dem Nudelholz in der Hand an, um das Tier notfalls bewusstlos zu schlagen, da ging die Restauranttür auf und eine umwerfend schöne Frau trat ein.

Sie hatte endlos lange Beine, die in einer wie Seide glänzenden Hose aus weichem Leder steckten. Sie saß so angegossen, als wäre sie aufgesprüht. Dazu trug sie ein winziges pinkfarbenes Oberteil, das einem entgegenschrie: »Ich mag ja aus nur 25 Quadratzentimetern Stoff bestehen, aber ich bin ein Designerstück und liege weit über deiner Preisklasse, Kleine!« Ihr Gesicht sah so aus, wie man sich ein retuschiertes Foto vorstellte. Dieses volle, goldblonde Haar hatte mit Sicherheit nicht eine einzige gespaltene Spitze und dieser geschwungene Schmollmund war ein Werk der Natur und nicht künstlich. Aber was zum Teufel tat diese Frau hier?

»Äh … wer sind Sie?«, entschied sich Kate für einen unverfänglichen Einstieg.

»Ich bin Georgia«, antwortete die Erscheinung, als wäre damit alles gesagt. »Wo ist Jake? Warum haben Sie Marmelade an der Nase?«

Kate erinnerte sich an die Donuts und war plötzlich der festen Überzeugung, mindestens zwölf Kilo zu viel auf die Waage zu bringen, obwohl sie sich normalerweise für dünn hielt. Das war also Jakes Freundin! Irgendwie verdarb ihr diese Erkenntnis die Laune. Doch das war absurd. Es ging sie schließlich nichts an, mit wem Jake zusammen war.

Sie schaute auf ihre Armbanduhr. »Er wird oben in seiner Wohnung sein und wahrscheinlich schlafen. Sie müssen laut an die Tür klopfen, sonst hört er es nicht.«

»Habe ich«, sagte Georgia und betrachtete ihre Fingernägel, die aussahen, als hätten sie noch nie etwas Anstrengenderes getan, als den Deckel einer Chanel-Puderdose aufzuklappen.

»Tja, ich weiß auch nicht, wie ich Ihnen da helfen kann«, sagte Kate. Ganz sicher würde sie nicht an diese Tür hämmern, um sich erst den Zorn eines müden Mannes zuzuziehen und dann mitanzusehen, wie er sich in die Arme dieser Frau stürzte.

»Ich könnte es noch mal probieren«, sagte Georgia skeptisch.

»Ja, tun Sie das«, antwortete Kate schnell und wandte sich ab, für den Fall, dass von ihr erwartet wurde, wie ein Bediensteter Gepäck nach oben zu schleppen. Sie warf die Hummer in den Kühlschrank, verließ das Restaurant und stampfte zum nächstgelegenen Café. Während sie diese Brühe schlürfte, die hier als Kaffee durchging, zückte sie ihr Notizbuch, knabberte an ihrem Stift und starrte vor sich hin. Es war zwecklos. Sie musste immerzu daran denken, wie hübsch Jakes Freundin war. Es war einfach nicht fair, dass der liebe Gott Georgia einen schlanken Körper und riesige Titten geschenkt hatte. Aber mit ein bisschen Glück hatte er dafür am Hirn gespart. Kate peilte runter auf ihre Hüften. Bildete sie es sich nur ein oder gingen die in die Breite?

Reiß dich zusammen, ermahnte sie sich streng. Mein nächster Freund wird sich wegen meines Verstands in mich verlieben und nicht wegen meines Körpers. Das Problem war nur, dass dies ein längeres Zölibat bedeutete. Wenn sie sechs Männer kennenlernte, so würden mindestens fünf von ihnen versuchen, sich mit ihren Brüsten zu unterhalten. Kate war so deprimiert, dass sie aufatmete, als sie zur Arbeit musste.

Sie war kaum eingetreten, da kam Kirsty auf sie zugeschossen. »Weißt du was? Jakes Freundin ist aufgetaucht und die beiden hatten oben gerade einen heftigen Streit – ich konnte jedes Wort verstehen. Sie haben herumgeschrien und Türen geknallt. Als er sie beruhigen wollte, hat sie ihn angebrüllt, er würde doch nur Sex von ihr wollen, und er hat geantwortet, nein ganz bestimmt nicht, denn dazu sei er viel zu müde. Dann fing sie an zu heulen, weil er sie nicht mehr liebe, und wollte sich umbringen, indem sie den Kopf in den Backofen steckte. Er hat gesagt, da könne sie lange warten, es sei nämlich ein Elektroherd und nicht einmal angeschlossen, und sie solle aufhören, sich so albern aufzuführen, und wusstest du, dass wir für heute Abend eine Reservierung für 20 Personen haben, und Godfrey kann keine saubere Schürze finden, und – oh mein Gott, wer ist denn das?«

Soeben war ein Mann in weißem Overall eingetreten. Er hatte ein Papierklemmbrett dabei und wirkte beängstigend offiziell.

»Wo finde ich Jake Goldman, den Inhaber?«

»Wer will das wissen?«, fragte Jake, der eben auf der Bildfläche erschien und ein Messer schwenkte, mit dem er die Hummer bearbeiten wollte.

»Geoff Brown, Gesundheitsamt. Uns ist zu Ohren gekommen, dass es hier in der Küche Ratten geben soll. Ich muss Sie darüber in Kenntnis setzen, dass wir das Restaurant umgehend schließen müssen, bis die Untersuchung abgeschlossen ist. Das wird mindestens zwei Wochen dauern.«

Es herrschte fassungsloses, entsetztes Schweigen.

Albträume schossen Jake durch den Kopf. Er war lahmgelegt, nein, er war ruiniert. Zwei Wochen – er war als Koch erledigt. Ratten? Die einzige Ratte, die sein Küche je betreten hatte, war …

»Haha – reingelegt! Ich bin zwar wirklich beim Gesundheitsamt, aber ich bin von der Gruppe, die für heute Abend reserviert hat. Mein Freund Harry Hunter sagte, Sie seien für einen Spaß zu haben. Hoffentlich habe ich Ihnen keinen so großen Schrecken eingejagt, dass Sie uns jetzt kein anständiges Essen mehr kochen!«

»Überhaupt nicht! Ja, wirklich lustig! Ich lach mir einen Ast – geht doch nichts über einen guten Witz. Aber der hier …« Schon hatte Kate Jake die Hand auf den Mund gelegt, nur für den Fall, dass er etwas sagen wollte, was er womöglich später bereute.

Nachdem der Mann wieder gegangen war, musste sich Jake an der Wand abstützen. Ihm zitterten die Knie.

»Wasser! Schnell! Ich glaube, er wird ohnmächtig!«, schrie Godfrey.

»Sei nicht albern«, fuhr Jake ihn an. Er ärgerte sich, dass er darauf hereingefallen war. Aber der Gedanke, dass sie ihm den Laden dichtmachten … Nur ein Mistkerl wie Harry konnte sich so einen Witz ausdenken … Und was die Leute vom Gesundheitsamt anging …

»Nein, ich denke nicht, dass du heute Abend da rausgehen und denen sagen solltest, was du von ihnen hältst. Vergiss nicht: Sie – sind – Gäste«, erklärte Kirsty langsam und deutlich wie einem Begriffsstutzigen und wedelte mit einem Geschirrtuch vor Jakes Gesicht herum.

»Denk nur an das viele Geld, das wir an ihnen verdienen«, sagte Godfrey aufmunternd.

»Sie werden begeistert sein und es überall weiterempfehlen«, fügte Kate hinzu und hoffte, dass sie von niemandem erkannt werden würde. Sie würde in gebeugter Haltung herumlaufen und das Haar vors Gesicht hängen lassen. Besser nicht, sonst sah sie aus wie Quasimodo.

»Ich weiß, wie dir zumute ist«, beruhigte Godfrey seinen Chef. »Mein Dad kann Beamte auch nicht leiden. Er hat mal einen Kerl vom Ministerium für Umwelt, Ernährung und Landwirtschaft in den Kuhstall gesperrt und eine Stunde lang da drin schmoren lassen. Der war danach so benebelt von dem Gestank, dass er alle Schafe zweimal zählte – wir bekamen dann eine Riesen-Subvention.«

»Aber dein Dad hält doch gar keine Kühe«, sagte Jake, der versuchte, dem Gespräch zu folgen.

»Richtig, halten wir auch nicht. In dem Stall war nichts außer zwei gigantischen Camemberts, die meine Mum aus Frankreich mitgebracht hat.«

»Camembert?«

»Pont-l'Évêque. Die stinken bestialisch. Ihr wurde verboten, sie in die Küche zu bringen.«

»Was steht ihr eigentlich alle herum und gafft? Seht ihr nicht, dass es was zu tun gibt?« Jake stand auf und schob ärgerlich das Geschirrtuch weg.

Dann schaltete er das Tempo hoch und brachte alle zur Verzweiflung.

Er verfuhr mit den Hummern auf die simple Methode, sie in zwei Hälften zu teilen. Der sensiblen Sally erklärte er kurzerhand, wenn sie damit ein Problem hätte, könne sie ja mitsamt ihrer Erdbeermousse in eine andere Küche verschwinden.

Tess' Sauce zum Schweinefleisch fand Jake so fürchterlich, dass er sie anfauchte, wenn er Spachtelmasse wolle, würde er das schon sagen.

Kate hatte verstohlen ausgekundschaftet, ob irgendjemand unter den Gästen war, der sie verpfeifen könnte. Als sie in die Küche zurückkam, gratulierte Jake Godfrey gerade mit eisiger Stimme zu dem Salat, der aussah, als hätte ihn ein Blinder in Boxhandschuhen arrangiert.

»Jake, beruhige dich«, rief Kate. »Das da draußen sind echt nette Leute, und bei der Menge Wein, die sie bestellt haben, wird das eine ziemlich hohe Rechnung geben. Du setzt uns allen so zu, dass uns zwangsläufig Fehler unterlaufen.« Sie sah ihm in die Augen und forderte ihn geradezu heraus, ihr einen Anschiss zu verpassen.

Alle zuckten zusammen und warteten auf das Donnerwetter. Jake öffnete den Mund, dachte nach und schloss ihn wieder. Dann grinste er sie entschuldigend an. »Okay, du hast recht. Genieß diesen Moment. Du wirst das nicht oft erleben.«

Niemand hatte sie je zuvor so angelächelt, nun ja, vielleicht doch, aber es war ihr egal gewesen.

Nachdem er den Raum verlassen hatte, atmeten alle erleichtert auf, außer Kate, die plötzlich so angespannt war, dass sie einen Moment allein sein musste. Auf der Toilette spritzte sie sich kaltes Wasser ins Gesicht. Als Jake sie so anlächelte, hatte sie plötzlich die Hochspannung zwischen ihnen beiden gespürt. »Beherrsch dich«, ermahnte sie ihr Spiegelbild. »Du kannst diese Verwicklung nicht gebrauchen.«

Als sie in die Küche zurückkehrte, lockerte Godfrey gerade seinen Kragen. »Puh, ich war schon ganz durcheinander.«

»Ach, komm schon – was könnte er dir denn Schlimmes antun?«, erwiderte Tess.

»Eine Menge. Seit ich hier arbeite, habe ich einen komischen Ausschlag bekommen.«

»Hast du jemanden gevögelt, von dem du besser die Finger gelassen hättest?«, kicherte Tess.

»Schön wär's«, gestand Godfrey bedrückt und fuhr fort: »Der Arzt meint, es sei nervöse Anspannung.«

»Na ja, solange dir nichts abfällt, würde ich mir keine allzu großen Sorgen machen.«

Godfrey sah sie beunruhigt an. »Aber wenn ich nach Feierabend nach Hause komme, bin ich so kaputt, dass ich nicht mal mehr Energie habe, durch die Sender zu zappen, bis ich *Baywatch* gefunden habe.«

»Du frisst alles in dich hinein, das ist noch schlimmer«, lautete Tess' Kommentar.

»Glücklicher Jake. Er ist ein brillanter Chefkoch und hat eine klasse Freundin, wenn sie auch viel herumschreit«, sagte Godfrey. Danke, dass du mich dran erinnerst, dachte Kate.

Sie hatte richtig vermutet, was die Typen vom Gesundheitsamt anging. Sie feierten Geburtstag, und nach 14 Flaschen Wein hätte es diese Typen nicht einmal mehr gejuckt, ein kleines Säugetier im Salat zu finden. Sie beendeten ihr Menü mit einer besorgniserregenden Anzahl Kaffee mit Schuss und holten ihren mitgebrachten Geburtstagskuchen raus – in Form zweier Riesenbrüste.

Die Männer ließen nicht ab, Kate zum Strippen aufzufordern, und sie schluckte mühsam die fiesen Sprüche runter, mit denen sie normalerweise geantwortet hätte. Was in einer Redaktion gut ankam, wurde aus dem Mund einer Kellnerin nicht akzeptiert. Sie bewunderte Kirsty, die nicht nur effizient und organisiert war, sondern auch dumme Kommentare von Gästen wegsteckte, ohne dass ihr Selbstwertgefühl Risse bekam. Dieser Job knebelte einen buchstäblich und das war Kate nicht gewohnt.

Außerdem war sie heute mit Aufräumen dran. Sie hatte mit Kirsty abgesprochen, dass immer nur eine von ihnen bis zum Schluss blieb, wenn sie nicht unbedingt beide gebraucht wurden. Jake kam die Treppe herunter, als Kate gerade den letzten Tisch neu eindeckte. »Auch Lust auf einen Gute-Nacht-Trunk?«, fragte er und schenkte sich einen Whiskey ein. Kate zögerte, aber er schien keine Eile zu haben, wieder nach oben zu gehen.

»Georgia schläft. Jetlag.«

»Aber sie war doch nur in Italien, oder?«

»Ja, aber Georgia ist davon überzeugt, einen Jetlag zu bekommen, sobald sie einen Fuß ins Flugzeug setzt«, grinste er.

Was findet er nur an einer solch dummen Frau, fragte sie sich. Aber Kate, sei nicht albern. Er ist ein Mann und ihre Qualitäten sind doch nicht zu übersehen.

Ihr tat der Rücken weh und ihre Klamotten und das Haar rochen nach dem Essen, das sie den ganzen Abend lang serviert hatte. Dieser Duft mochte köstlich sein, wenn er von einem Teller ausging, aber er war kein Ersatz für eine Dusche und ein paar Tropfen Chanel. Sie war auch Journalistin und einen Drink hatte sie noch nie ausgeschlagen.

Jake gähnte herzhaft und versuchte, eine Position zu finden, in der er seine schmerzenden Knochen nicht zu sehr spürte. Leute mit Schreibtischjobs, die ständig unter Verspannungen litten, wussten gar nicht, wie gut sie es hatten.

»Auf dein zweiwöchiges Jubiläum.« Jake hob sein Glas.

»So lange bin ich jetzt hier? Kommt mir vor wie ein ganzes Jahr«, erwiderte sie trocken.

»Um ehrlich zu sein, glaube ich nicht, dass du so lange durchhältst.«

Das kränkte Kate. Sie warf nie einen Job hin, schon gar nicht, wenn es um eine Story ging. »Es ist härter, als ich dachte«, räumte sie jedoch ein.

»Besonders für die Füße«, stimmte er zu.

»Schon, aber nicht nur das. Offen gesagt ist es eine Qual, immer nett zu den Leuten zu sein, aber – sorry, Jake, ich weiß, es sind Gäste und wir sind auf sie angewiesen – einige von denen sind so was von dämlich.«

»Deshalb braucht man die Küche als Rückzugsbereich. Ich weiß, bei Hochbetrieb geht es da auch nicht gerade geruhsam zu, aber du gehörst jetzt zum Team.«

Seine Anteilnahme rührte Kate, aber sie wünschte, er hätte das nicht gesagt. Es machte ihr ein schlechtes Gewissen.

»Bleibt dir noch genug Zeit für die Arbeit an deinem Roman?« Sie hatte allmählich die Nase gestrichen voll von diesem sagenhaften Roman, an dem sie angeblich schrieb. »Spät ins Bett gehen, früh aufstehen, ein Notizbuch im Badezimmer – so in der Art. Ist doch gewissermaßen Tradition, dass sich Schriftsteller abstrampeln.«

»Da kenne ich mich nicht aus. Das Einzige, was ich

schreibe, sind Einkaufslisten. Sogar in meinen Bewerbungen stand nicht viel drin. Jeder gute Chefkoch weiß schließlich, dass nur Können zählt und nicht irgendwelches Gerede.«

»Haben sich denn deine Erwartungen erfüllt? Heutzutage wechseln Leute ja nicht selten ihren Beruf.«

Er sah sie überrascht an. »Kochen ist das Einzige, was ich wirklich will. Das war schon immer so.«

»Aber langweilt es dich nicht, tagtäglich das Gleiche zu machen?«

»Nie. Ich probiere ständig neue Rezepte aus und versuche, die bewährten zu verbessern. Manches bekomme ich nie so hin, wie ich will, dabei weiß ich, dass ich es eigentlich kann.«

»Dann bist du also glücklich?«

Er dachte nach. »Dem jagen wir immer hinterher, nicht wahr? Ständig auf der Jagd nach etwas, von dem wir denken, es würde uns glücklich machen. Oder wir träumen von einer Zukunft mit allem, das wir nicht besitzen. Ich denke nicht oft über die Zukunft nach – habe noch keine Pläne für meine Rente, finanziell gesehen. Ich bin froh, wenn ich die nächsten Wochen geregelt bekomme. Aber wenn ich koche … wenn mein Kopf, meine Hände und die Zutaten alle ihr Bestes geben, um einen Augenblick der Perfektion zu schaffen, dann bin ich wunschlos zufrieden.«

»Ich weiß, was du meinst«, sagte Kate und wählte ihre Worte sorgfältig. »So geht es mir, wenn ich das Wesen eines Menschen auf dem Papier eingefangen habe.«

Sie hatte den Eindruck, dass er ihr Bedürfnis zu schreiben besser verstand als irgendjemand sonst, denn wie beim Kochen gab es immer die Überzeugung, es beim nächsten Mal noch besser hinzubekommen. Wie schade, dass sie ihm nichts davon sagen konnte. Wahrscheinlich würde er nie wieder ein Wort mit ihr reden, wenn er herausfand, dass es bei ihrer Geschichte um ihn ging.

13. Kapitel

Das *Café Anglais* stand beispielhaft für eine Markteinführung, bei der Geld keine Rolle spielt, man keinerlei Skrupel an den Tag legt und die Konkurrenz zu wenig Geld hat, um einen zu verklagen.

Die Worte »erstes«, »bestes« und »einziges« wurden großzügig in den Umlauf gebracht, sehr zum Ärger der Dame von der noblen PR-Agentur, die Harry beauftragt hatte.

»Solche Wörter kann man nicht benutzen. Sie unterstellen, dass Sie der Beste sind … was ja auch so ist«, fügte sie schnell hinzu, da ihr Harrys Gesichtsausdruck nicht behagte.

»Aber es könnte ein strittiger Punkt sein«, wandte sie ein. Zunächst war Lisa von dem Projekt begeistert gewesen. Ein Wochenende auf dem Land mit einem prominenten Chefkoch – das war die perfekte Entschuldigung, London und der dort herrschenden Hitzewelle zu entkommen. Sie genoss es auch, auszusehen wie Gwyneth Paltrow in dem Film *Sie liebt ihn – sie liebt ihn nicht*, obwohl sich die zwölf Zentimeter Absätze als klarer Fehlgriff entpuppten. Lisa hatte ja nicht geahnt, dass sie den ganzen Tag und einen Großteil des Abends hinter Harry hertrippeln musste, während er verwirrende und manchmal sich widersprechende Kommandos herumbrüllte.

Er sah sie mit eisigem Blick an. »Ich *bin* der Beste. Warum sollte ich Tausende von Pfund an Ihre Firma bezahlen, wenn Ihnen nicht mehr einfällt als – *sehr nett*?«

Das war gemein. Sie hatte hart gearbeitet, um die Gästeliste zusammenzustellen, zu der eine ansehnliche Zahl Prominenter gehörte. In überregionalen Tageszeitungen und einigen Hochglanzmagazinen wurde über das Ereignis berichtet. Sie hatte gründlich recherchiert, im Umkreis von 50 Meilen jeden Bewohner mit Einfluss und Geld ausfindig gemacht und fast eine Woche lang nach den perfekten Luftballons für die Eröffnungsparty gesucht. Bisher hatte sie gar nicht gewusst, dass es so viele verschiedene Luftballonformen gab und wie viele Läden diese Dinger verkauften. Und wie weit weg die zum Teil waren. Und dass sie jeden persönlich aufsuchen musste. Und wie sehr sie Luftballons jetzt hasste. Sie hatte von dem ganzen Projekt die Nase voll, wollte nur noch nach Hause und eine Sitzung mit ihrem Therapeuten vereinbaren. Dabei hatte Harry zuerst so charmant gewirkt – bis sie anfing, für ihn zu arbeiten.

»Ich hoffe doch, dass Sie sich umziehen, bevor die ersten Gäste eintreffen«, fügte er hinzu und musterte ihr Donna-Karan-Kleid, als wäre es ein billiger Fummel aus dem Schlussverkauf.

Es war absolut gesellschaftsfähig, als ich es heute Morgen anzog, um dann zwölf Stunden lang darin zu schuften, wollte sie ihn anschreien. Lisa hatte jedoch gelernt, dass es keine gute Idee war, freche Antworten zu geben.

»Also …« Harry blickte auf die Liste in seiner Hand. »Wer ist dieser Billy Martin, den Sie mir da angedreht haben? Ich hatte ausdrücklich gesagt, dass im Haus meiner Eltern nur echte Berühmtheiten untergebracht werden – der Rest kann ins Hotel gehen.«

»Er hat gerade bei *Make Me a Star* gewonnen. Der Typ ist total angesagt«, protestierte Lisa, die sich riesig darüber gefreut hatte, ihn zu bekommen.

»Eine Eintagsfliege. Hält sich wahrscheinlich für einen

Gourmet, weil er Mayonnaise statt Remoulade sagt«, höhnte Harry und ging hinunter in die Küche, um zu überprüfen, wie weit die Canapés waren.

Die Küche im *Café Anglais* war französisch mit einer englischen Note – die Sahne-Apfelsauce zur Blutwurst war aus besten englischen Äpfeln zubereitet und die Hirschsteaks waren noch vor nicht allzu langer Zeit über die heimischen Felder gesprungen.

Der Bürgermeister mit seiner Frau zählten zu den Gästen, beide in der glücklich-irrenden Annahme, sie seien die Ehrengäste – was tatsächlich alle taten. Es war mit so viel Gedränge um die besten Plätze zu rechnen, dass Lisa Steigeisen brauchen würde, um in aufrechter Position zu bleiben. Nachdem Harry sein Personal zusammengestaucht hatte, das ohnehin glaubte, schon bis zum Umfallen zu schuften und alles genau so zu tun, wie Harry es sich vorstellte, schickte er noch rasch eine E-Mail an Jake. Gordon Ramsay drehte gerade eine Fernsehsendung über Restaurants in Not. Vielleicht sollte Jake sich da bewerben, schlug er vor. Harry kicherte. Das würde Jake zur Weißglut treiben und vielleicht dazu bringen, mit dem Messer unvorsichtig zu werden. Dass er diese Art von Schuljungenstreichen längst lassen sollte, kam Harry nicht in den Sinn.

Jake ließ sich trotz besseren Wissens von diesem pubertären Quatsch provozieren und brüllte unflätige Schimpfwörter durch die Küche. Er konnte froh sein, dass Angelica nicht da war, sonst wäre er ein Vermögen losgeworden.

Er war sowieso nicht in guter Stimmung. Georgia, die übers Wochenende nach Hause gekommen war, wollte unbedingt, dass er mit ihr zum Shoppen fuhr. Warum ihr daran so viel lag, nachdem sie die letzten Wochen in Mailand, Paris und London verbracht hatte, war ihm schleierhaft.

Er würde höchstens in Geschäfte für Kochzubehör gehen, hatte aber kein Geld mehr übrig. »Ich habe zu viel zu tun«, behauptete er, was eine komplette Lüge war. Für mittags hatten sie so gut wie keine Reservierungen. Alle hatten ihm zugunsten des *Café Anglais* den Rücken gekehrt.

Er hatte die Art Kopfschmerzen, die zu einer Migräne anwuchsen, wenn er im *Harvey Nichols* in Leeds stehen würde – und genau dort wollte sie hin. Außerdem musste er unbedingt mit Sally ein Brandteigrezept ausprobieren. Sie hatte schon ein paar Mal versucht, ihn mit einer Creme aus Schokolade und Rum zu füllen, aber die Masse wollte nicht halten.

Nicht zum ersten Mal sagte er zu Georgia: »Ich wünschte, du würdest endlich den Führerschein machen.«

Sie starrte ihn zornig an. »Hast du vergessen, dass mein letzter Fahrlehrer sagte, manche Leute seien einfach zu sensibel zum Autofahren?«

»Mag sein, aber dein Problem besteht wohl eher darin, dass du zu dämlich bist«, sagte Kate sehr leise, kopfüber in eine Gemüsekiste gebeugt.

»Sie können den Bus nehmen«, schlug Kirsty vor. »Mit der Linie 24 bis Windermere, oh, da geht heute Vormittag keiner mehr – nein, den 06 bis Carlisle, der fährt alle zehn Minuten nach der vollen Stunde. Wenn Sie sich in Carlisle auskennen, schaffen Sie es, den Zug zu erwischen – ich bin allerdings nicht sicher, ob der durchfährt oder ob Sie umsteigen müssen. Sie sollten vielleicht besser nach …«

»Meint diese Person das im Ernst?«, fragte Georgia.

»Was sollte Georgia besser tun, Kirsty?«, fragte Jake freundlich.

»Nach Manchester fahren.«

»Danke für deine Hilfe. Godfrey?«

»Sorry, Chef, aber ich musste heute Morgen mit dem Traktor zur Arbeit kommen.«

»Okay, das würde nicht funktionieren«, sagte Jake ernst und versuchte, bei der Vorstellung nicht zu lachen.

»Warum kann die mich nicht fahren?«

Kate tauchte wütend aus der Gemüsekiste auf. Wen zur Hölle meinte sie mit *die*?

»Stimmt eigentlich. Für die paar Gäste, die wir heute wahrscheinlich haben, brauchen wir keine zwei Kellnerinnen«, meinte Jake.

»Ich soll dafür bezahlt werden, shoppen zu gehen?«, fragte Kate.

»Du weißt nicht, wie es ist, mit Georgia shoppen zu gehen. Du brauchst feste Schuhe, Sauerstofftanks und eine ganze Tafel Kendal Mint Cake, um eine Chance zu haben, in einem Stück zurückzukommen.«

»Jake, das ist *nicht* lustig«, entgegnete Kate mit einer Stimme, die heiße Teigtaschen schockfrosten würde.

Als Georgia Kates Auto sah, zog sie die perfekt geschwungenen Augenbrauen hoch und setzte sich erst hinein, nachdem Jake den Beifahrersitz mit einem Küchentuch abgedeckt hatte.

»Ich weiß, dass Sie mich für pingelig halten, aber dieser Mantel war sehr teuer.«

Kate grinste. »Wahrscheinlich hat er mehr gekostet als dieses Auto«, stimmte sie ohne Groll zu. In ihrem Beruf war es nicht nötig, sich fahrzeugtechnisch zu verbessern. Eine schäbige Kiste, die aber schnell fuhr, war genau das, was sie brauchte. Manchmal musste sie rasch von irgendwo verschwinden und so ungepflegt wie der Wagen war, machte es auch nichts, wenn ihr etwas hinterhergeworfen wurde. Das war ihr passiert, als sie die Story über einen Stadtrat recherchierte, der die minderjährigen Schulfreundinnen seiner Tochter vögelte.

Als sie in Richtung Autobahn davonschossen, zeigte Kate kein Pardon mit Touristen, die mit 30 Stundenkilometern vor ihr hertuckerten. Unterwegs fragte sie Georgia schamlos über ihr Leben als Model aus.

»Meine Eltern hätten einen Anfall bekommen, wenn ich ihnen gesagt hätte, ich wolle Model werden. Nicht, dass ich überhaupt die Möglichkeit gehabt hätte«, lachte Kate.

»Richtig«, stimmte Georgia zu. »Ich habe zum Glück das Aussehen und Mum hat mich immer darin unterstützt.«

»Ist doch aber ein harter Job, oder?« Kate dachte an junge Mädchen, lüsterne Kerle und Drogen.

»Stimmt. Die Leute können so gehässig sein, das ist absolut unfair. Ich kann doch nichts dafür, dass ich so aussehe. Einmal musste Mum mit mir zum Therapeuten gehen, weil mir eines der anderen Mädchen eingeredet hatte, ich hätte ein Pfund Übergewicht.«

»Wie schrecklich!«

»Welche Größe haben Sie? 38, oder?«, sagte sie so vorwurfsvoll, als würde sie von Kate erwarten, zu lügen.

»So in etwa, meistens jedenfalls.«

»Nervt Sie das nicht?«

»Nicht so sehr, wie es anscheinend sollte«, entgegnete Kate trocken. »So lange mir meine Klamotten noch passen, denke ich nicht viel drüber nach.«

»Natürlich kenne ich einige Mädchen, die krankhaft besorgt sind um ihr Gewicht. So war ich zum Glück nie. Ich muss mich nicht öfter als zweimal täglich wiegen.«

Und diese Macke verhilft dir dazu, so auszusehen! »Ich habe meine Waage weggeworfen.«

»Warum?«

»Eines Abends waren meine Freundin und ich betrunken und wollten Reis kochen. Ich konnte die Küchenwaage nicht finden, also holte Lydia die aus dem Bad. Aus irgendeinem Grund hielten wir es für eine gute Idee, uns gemeinsam draufzustellen, aber ich muss wohl zu fest draufgesprungen sein, jedenfalls ... sie war hinüber«, schloss sie lahm. Es war schwierig, eine alberne Geschichte jemandem zu erzählen, dessen Gesicht so ausdrucksvoll war wie ein Sicherheitszaun. »Ich weigere mich jedenfalls, einem Vorbild zu entsprechen, das magersüchtige amerikanische Schauspielerinnen geprägt haben«, endete Kate mit fester Stimme.

»Ja, aber was für Vorbilder gibt es denn sonst?«

»Es muss hart für Sie sein, streng auf Ihr Gewicht zu achten, wenn Sie mit einem so fantastischen Koch zusammenleben.«

»Ist er das? Ich kann mit dem Zeug, das er kocht, nichts anfangen. Außerdem denke ich so gut wie nie ans Essen.« Sie fuhr damit fort, zu erläutern, wie gedankenlos Jake war, weil er ständig diese Kochsendungen im Fernsehen sehen wollte.

»Ich konnte mich wirklich gut mit der armen Prinzessin Diana identifizieren. Wir sind zu dritt in dieser Beziehung, nur dass einer davon keine Person ist – sondern sein fürchterlicher Job. Er versteht einfach nicht, wie stressig meine Arbeit ist, und wissen Sie was ...« Sie senkte die Stimme, als würde sie jetzt ein großes Geheimnis verraten. »Ich bin ein sehr sensibler Mensch. Mummy sagt immer, dass ich viel Aufmerksamkeit brauche.«

»Oh, wie schrecklich für Sie«, sagte Kate in dem beruhigenden Bewusstsein, dass Sarkasmus weit außerhalb von Georgias Wahrnehmungshorizont lag.

»Ja, Mummy sagt immer, ich hätte eine dünnere Haut als andere Menschen. Dass Jake momentan so egoistisch ist, trifft mich sehr.«

»Ehrgeizig und besessen von seiner Arbeit ist er ganz sicher.«

»Ich wünschte, er wäre es. Ich meine, wer wird ihn denn hier am Ende der Welt überhaupt bemerken? Zum Glück ist er so unempfänglich für seine Umgebung, ganz anders als ich. All diese entsetzlichen Felder und Tümpel zerreißen mir die Nerven.« Sie starrte verständnislos hinaus in eine wunderschöne Landschaft, die der Dichter John Ruskin ehrfurchtsvoll als *Tor zum Paradies* beschrieben hatte.

Georgia beschrieb in aller Ausführlichkeit ihre außergewöhnliche Sensibilität. »Wenn ich noch sehr viel länger in Jakes scheußlicher Wohnung bleibe, bekomme ich wieder Depressionen. Es ist wirklich ein Jammer, aber ich gehöre zu den Menschen, die nur glücklich sein können, wenn sie von schönen Dingen umgeben sind. Mein Arzt Win Ko Lon – oh, Sie müssen von ihm gehört haben, kürzlich war eine ausführliche Reportage über ihn im Modeteil der *Mail on Sunday* –, er sagt jedenfalls, ich hätte eine sehr anfällige Psyche. Das gibt es offenbar nur selten – er hat bisher nur einen einzigen Patienten gehabt, dessen Psyche noch zerbrechlicher war als meine. Er sagt, sie sei schlichtweg nicht stark genug«, sie senkte die Stimme, »um mit Jakes Verrücktheiten umzugehen.«

Kate schoss dabei alles Mögliche durch den Kopf: War Jake Transvestit? Praktizierte er okkulte Rituale? Hätte sie ihm gar nicht zugetraut.

»Letzte Nacht hat er mir solche Angst eingejagt, als er sich im Schlaf hin- und hergeworfen hat. Er sagt, er hätte Albträume von einem Restaurantkritiker gehabt, der ihm die Hölle heiß machte, weil Salz in der Butter war! Dabei weiß er nun wirklich, dass ich kein Mensch bin, dem man solch verrückte Dinge erzählen sollte! Ich wage nicht einmal, es Mummy zu berichten – sie würde vor Sorge um mich ganz krank werden.«

Es lag Kate auf der Zunge, diesem Mitleid erregenden Wesen vorzuschlagen, sie schnurstracks zu ihrer Mummy zu bringen, aber sie waren fast schon in Leeds und Kate wollte nur noch aus diesem Auto raus.

Dort angekommen steuerte Georgia *Harvey Nichols* an wie eine Wärme suchende Rakete, die ihr Ziel erfasst hat. Drinnen seufzte sie wie ein Pilger, der Mekka erreicht hat. Ihr Einkaufs-Credo war simpel: Alles auf Kreditkarte – achte nicht auf Preise.

Kate wartete, bis Georgia außer Sichtweite war. Dann zückte sie ihr Handy.

»Hi Lydía, bist du gerade sehr im Stress?«

»Nun … das hängt davon ab, wie du Stress definierst.«

»Also gut … führst du gerade eine Tätigkeit aus, die dich berechtigt, Gehalt zu beziehen?«

»Sei nicht albern, natürlich nicht – es ist Mittagspause, aber ich bin gerade erst von der Maniküre zurück und muss unbedingt noch die neue Ausgabe des *Heat*-Magazins lesen, bevor der Chef wieder da ist. Wieso?«

»Weil ich es total vermasselt habe. Irgendwie bin ich auf einem Shoppingtrip durch die Hölle gelandet, mit einer Geisteskranken, die zum Frühstück einen halben Rice Krispy isst – wenn sie sich mal etwas gönnen will.«

Sie hielt das Handy vom Ohr weg, bis Lydia zu Ende gelacht hatte. Kates Vorstellung von einem schönen Einkaufsbummel war eine Tour durch sämtliche Buchläden, gefolgt von einem Mittagessen.

»Wo bist du denn jetzt?«, fragte Lydia endlich.

»Draußen vor *Harvey Nichols*.«

»Ich bin überrascht, dass du das überhaupt kennst.«

»Haha.«

»Letztes Jahr hast du deine komplette Garderobe für eine Saison bei *Primark* gekauft.«

»Und was willst du damit sagen? Ich finde, ich sah ziemlich gut aus!«

»Hast du, aber das schaffst auch nur du.«

»Das liegt an meiner Chuzpe«, erklärte Kate selbstgefällig.

»Wie bitte? Wer hat dir das denn beigebracht?«

»Mein neuer jüdischer Freund.«

»Hm. Lass mich raten – männlich und vom Kochen besessen?«

»Ja – und leider der Freund dieser einkaufssüchtigen Tussi. Warum nur landen intelligente Männer immer bei dummen Frauen?«

»Weil sie, selbst wenn sie clever sind, immer noch primitiv bleiben. Sie sind unfähig, weiter als bis zur nächsten Ecke zu denken.«

»Lydia, ich werde mich für die nächsten Stunden nicht von dieser hirntoten Barbie loseisen können. Vielleicht werde ich vor Langeweile verrückt und erdolche sie mit einem Kleiderbügel.«

»Okay, ich kann die Verzweiflung in deiner Stimme hören. Dein Auftrag – und den wirst du verdammt noch mal ausführen, also hör auf zu jammern – sieht vor, dass du die folgenden Codes lernst und anwendest: Die Farbe dieser Saison – blau; die aktuelle Länge – so kurz, dass wir schon fast von obszön sprechen; der derzeit angesagte Stil – geradlinig. Alles aus der letzten Saison – Rüschen, lila, verspielt –, alles, was raschelt, ist so out, dass du ein Teleskop brauchst, um es überhaupt noch zu sehen. Die Codewörter sind: kantig und männlich – denk an Marlene Dietrich. Stell dir Marlene Dietrich vor, wie sie Doris Day mit einer schwarzen Seidenkrawatte erwürgt – aber die muss schwarz sein, auf keinen Fall blau.«

»Was für ein Haufen ….«

»Sei still! Wage nicht, nahe des heiligen Tempels des Einzelhandels so etwas Profanes zu sagen!«

»Schon gut, ich werde es versuchen.«

»Es kann nicht schlimmer sein, als sich als Kellnerin auszugeben!«

»So übel ist das gar nicht. Jake hat gesagt ...«

»Seltsam, wie oft er schon in unseren Gesprächen auftaucht. Hör zu, meine Liebe – nicht zu viel Zeit mit Fantasien verbringen, wie du und dein neuer bester Freund durch die Küche tanzen!«

»Warum sollte ich das tun?«

»Das herauszufinden ist deine Sache. Ich muss Schluss machen, Sweetie – bye!«

Da Kate derzeit zwei Gehälter bekam, eins von der Zeitung und eins von Jake, konnte sie sich tatsächlich eine kleine Shopping-Therapie gönnen. Wenn sie nur besser wüsste, was gerade im Trend lag ... Wie konnte jemand bei der Entscheidung zwischen einem Rock mit Stickereien auf der Tasche oder auf dem Saum in helle Aufregung geraten?

»Nimm dich zusammen, Mädchen – Stickereien sind ohnehin out«, murmelte sie und ging Georgia suchen. Wenn ihr jemand einen Meisterkurs im Einkaufen geben konnte, dann wohl sie.

Es war erstaunlich, wie viel Platz eine so schlanke Frau brauchte. Sie hatte bereits zwei Umkleidekabinen und drei Verkäuferinnen in Beschlag genommen.

Zu ihrem Glück haben sie Georgia erkannt, dachte Kate.

»Sogar dieser Schatz Julian weiß, dass meine Aura allergisch auf grün reagiert. Deshalb hat er mir ganz fest versprochen, dass ich diese Farbe niemals tragen muss«, sagte sie gerade zu einer der Verkäuferinnen, die entzückt nickte. Die drei saugten jedes Wort auf, während Georgia wie eine Göttin unter ihnen weilte.

»Lila, nein – jetzt ist doch blau angesagt, oder?«, mischte sich Kate ein und hoffte, nichts durcheinandergebracht zu haben. Alle hielten inne und starrten Kate an. Die steckte daraufhin möglichst selbstbewusst die Hände in ihre Jeans.

»Echt schlabberig«, sagte eine der Verkäuferinnen ehrfurchtsvoll. Kate wollte gerade protestieren, als ihr klar wurde, dass es ein Kompliment war. Das war Jonathans Jeans, bequem und so schlabberig, dass sie sie nur angezogen hatte, weil sie heute mit Kücheputzen dran gewesen war.

»In der nächsten Saison werden sie noch weiter sitzen«, sagte eines der Mädchen.

»Ja, ich kann jetzt schon beide Hände in den Bund stecken … oh, jetzt verstehe ich …«

»Dieser Look ist natürlich vorteilhaft für Frauen, die nichts Hautenges tragen können«, schnaubte Georgia.

Sie probierte Kleidung mit der Gelassenheit eines Menschen an, der es gewohnt ist, nackt vor anderen herumzustolzieren. Und wenn Kate ihre Abneigung gegenüber Georgia mal beiseiteschob, dann bewunderte sie doch, wie die Kleider an diesem hageren Körper herabhingen, ohne dass sich der Stoff irgendwo ausbeulte. Ich muss sie fragen, wie es ist, für Tausende magersüchtiger Teenager eine Kultfigur zu sein, dachte Kate.

Aber nachdem Georgia zwei Stunden lang Outfits anprobiert hatte, verschwamm vor Kates Augen allmählich alles. Es lag mittlerweile so viel Zeug herum, dass es aussah, als hätte Angel Farbe ausgeschüttet.

»Bitte – ich bin am Verhungern! Können wir nicht eine Kaffeepause einschieben?«, begann Kate zu jammern. »Ehrlich gesagt«, fuhr sie fort und zerrte eine unwillige Georgia in Richtung Restaurant, »haben Sie doch jetzt schon Dutzende von Kleidern anprobiert. Wann fangen Sie an, welche zu kaufen?«

»Gar nicht. Jedenfalls nicht hier und heute. Ich bekomme stapelweise kostenlose Klamotten von den Designern. Ich probiere einfach nur gern Sachen an. Ich weiß nicht, warum Sie mich hier hinschleppen«, grummelte sie und schaute sich um. »Tagsüber esse ich nie etwas.«

Kate bestellte einen großen Milchkaffee, dazu Scones mit Marmelade und Schlagsahne. Dann beobachtete sie fasziniert, wie Georgia nach qualvollem Ringen sich schließlich Tee bestellte. Vorsichtig, auf den Tropfen genau bemessen, gab sie ehrfurchtsvoll einen halben Teelöffel entrahmter Milch hinzu.

»Wie halten Sie es aus, so zu leben?«, konnte sich Kate nicht zurückhalten.

»Wie denn?«

»Sich obsessiv vor dem Essen zu drücken.«

»Na ja, Jake ist doch genauso besessen.«

»Ja, aber … das liegt daran, dass das Essen perfekt schmecken soll.«

»Und ich muss darauf achten, dass mein Körper perfekt aussieht.«

»Na meinetwegen.«

»Sie haben nicht die geringste Vorstellung«, fuhr Georgia fort und nippte vorsichtig an ihrem Tee. »Ich stehe unter einem fast unerträglichen Druck, immer gut auszusehen. Ich wünschte, ich wäre wie alle anderen Menschen, aber das bin ich nicht. Ich muss ständig damit rechnen, dass ich fotografiert werde. Es gibt Leute, die hängen morgens um fünf am Flughafen herum, in der Hoffnung, dich zu erwischen, wenn du mal fertig aussiehst.«

Ups. Kate erinnerte sich, dass sie als Volontärin zusammen mit dem Fotografen nach Heathrow geschickt wurde, um genau das zu tun. Stundenlang hatten sie in schmuddeligen Abflughallen gesessen, widerlichen Kaffee getrunken und fürs Rauchen einen Anschiss vom Personal bekommen. Und sobald eine Maschine landete, rasten sie wie verrückt die langen Flure entlang. Wenn es um eine echte Berühmtheit ging, dann gab es ein Riesengedränge von Reportern, die sich alle fürchterlich aufführten. Sie traten sich gegenseitig vors Schienbein und wedelten anderen mit dem Mikro vor der Nase herum, wenn die gerade eine Frage stellen wollten.

Es war irritierend, vor jemandem zu essen, der das demonstrativ nicht tat, und Kate war froh, als sie sich für eine Weile trennten und sie ein bisschen in einem Buchladen stöbern konnte. Sie kaufte sich zwei Bücher mit den Memoiren von Journalisten und bat die Verkäuferin, sie besonders blickdicht einzupacken. Auch wenn es vielleicht paranoid wirkte – niemand sollte sie als Reporterin enttarnen können. Während der Rückfahrt nickte sie Georgia, die vor sich hin monologisierte, gelegentlich geistesabwesend zu und freute sich auf ein Schaumbad, Wein und die Lektüre eines der beiden Bücher.

Als Georgia in Jakes Wohnung zurückkehrte, betrachtete dieser die bescheidene Tütensammlung mit einer gewissen Erleichterung. »Du warst ja richtig abstinent«, zog er sie auf. Er hatte einen netten Nachmittag gehabt und versuchte, nicht darüber nachzudenken, dass es daran gelegen hatte, dass er ihn nicht mit Georgia verbracht hatte.

»Was heißt das? Gibt es dieses Wort wirklich oder ist das eines von diesen ausländischen, die du immer benutzt? Mehr bekamen wir einfach nicht ins Auto rein. Der Rest wird geliefert. Ich habe nämlich dieses fantastische Möbelgeschäft entdeckt – es wird Zeit, endlich die Wohnung zu verschönern.«

Jake wurde blasser als weißer Trüffel. »Wie viel hast du ausgegeben?«

»Nicht viel, wenn man bedenkt, dass ich ein neues Sofa, einen Couchtisch und einen entzückenden handgewebten Teppich aus Indien – oder war es China? – in deinem Namen gekauft habe. Du solltest dich jedenfalls freuen. Deine Wohnung ist die reinste Müllhalde und ich bin sicher, dass dein Sofa voller Flöhe ist. Schau doch nur – ich habe dir zwei hübsche Seidenkrawatten mitgebracht.«

Jake konnte sich gar nicht mehr daran erinnern, wann er das letzte Mal eine Krawatte getragen hatte. Wahrscheinlich während der Schulzeit. Und er konnte sich nicht vorstellen, dass er je wieder eine brauchen würde, geschweige denn zwei. Und warum um Himmels willen hatte sie ein neues Sofa gekauft? Wo er doch sowieso keine Zeit hatte, darauf zu sitzen.

Er war müde und spürte, wie er wütend wurde. Aber er versuchte, sich zurückzuhalten. »Ich habe schlicht und ergreifend kein Geld für so etwas.«

»Aber du hast doch gesagt, es läuft gut!«

Er holte tief Luft. Wie sollte Georgia, die oft an einem einzigen Nachmittag 20000 Pfund verdiente, verstehen, dass »gut laufen« bedeutete, dass man seine Rechnungen bezahlen konnte?

»Du denkst, wenn ein paar Gäste 100 Pfund für ein Abendessen bezahlen, ginge das alles in meine Tasche, nicht wahr? Ich werde dir sagen, wohin dieses Geld verschwindet. Zuerst muss ich die Hypothek bezahlen. Und die Kreditraten. Dann Gas und Strom, wir können nämlich nicht bei Kerzenlicht kochen. Und ohne Personal kann ich kein Restaurant betreiben und alle müssen bezahlt werden. Wenn ich Essen kochen und Wein servieren will, muss ich die Sachen zuerst einkaufen – das hier ist kein Wohltätigkeitsverein, weißt du, die Sachen werden uns nicht gespendet.«

»Das weiß ich auch – ich bin ja nicht blöd!«

»Ich sag dir was, Georgy – wenn ich ganz viel Glück habe, reichen diese hundert Pfund und all die anderen, die ich im Schweiße meines Angesichts verdient habe, gerade aus, um meine Rechnungen zu bezahlen. Und wenn das bedeutet, dass ich in einer Woche ganze zehn Minuten auf einem abgewetzten Sofa sitze – oder gar kein Sofa habe –, dann ist mir das egal!

Vielleicht kann ich mit den Seidenkrawatten morgen die Hühner dressieren! Oder ich gebe sie meiner Bank – statt einer Ratenzahlung. Glaubst du, die werden sich darüber freuen?«

Er war jetzt so richtig in Rage und hielt sich nicht länger zurück. Gerade erst hatte er es geschafft, seine Angst in den Griff zu bekommen, dass er die Rechnungen nicht bezahlen konnte. Jetzt versuchte Georgia, sein ohnehin mageres Konto zu plündern.

Ihre Augen füllten sich mit Tränen. »Sei nicht so ekelhaft zu mir. Ich hasse es, wenn du so gemein wirst! Seit du hier wohnst, bist du unheimlich böse und langweilig geworden.«

»Ich versuche, ein Geschäft zu leiten – das ist anstrengend!«

»Oh ja – und du machst das lieber, als Zeit mit mir zu verbringen.«

Nun schwieg Jake. Georgia hatte recht. Sie war zwar nicht gut im Umgang mit Fremdwörtern, aber wie alle Frauen konnte sie Schweigen zuverlässig deuten. Sie schluchzte laut und stürmte aus dem Raum.

»Wo willst du hin?«, rief er ihr ärgerlich hinterher.

»Egal. Hauptsache weg von dir! Du weißt genau, dass mich niemand anschreien darf – das ist schlecht für meine Nerven!«

Obwohl es nicht ihr erster Streit war, bei dem sie davonlief, entschied er spontan, dass er ihr zum ersten Mal nicht nachlaufen würde. Es wurde Zeit, dass sie verstand, dass Leute manchmal unterschiedlicher Meinung waren und es trotzdem überlebten.

Draußen auf der Straße stellte Georgia fest, dass es nicht leicht war, auf hohen Absätzen zu rennen. Aber da sie niemand verfolgte, konnte sie genauso gut langsam gehen ohne sich zu quälen. Wie konnte Jake es wagen, ihr nicht nachzulaufen! Woher wollte er denn wissen, dass sie nicht vor ein vorbeifahrendes Auto sprang? Sie seufzte jämmerlich angesichts all der Ungerechtigkeit, musste sich jedoch eingestehen, dass sie ein außergewöhnlich attraktives Unfallopfer wäre – im Liegen kamen ihre langen Beine so richtig gut zur Geltung. Sie stellte sich vor, wie sie ganz ruhig dalag, gespenstisch blass, und Jake kniete neben ihr, mit gesenktem Kopf, ein zitterndes Häufchen voller Bedauern und Schuldgefühlen.

Georgia ging weiter und genoss die Vorstellung, wie er litt. Er musste dafür bezahlen, dass sie sich jetzt so schlecht fühlte. Ihre Beziehung musste wieder in die richtige Bahn gelenkt werden – er sollte sie bewundern, während sie die Kontrolle hatte. Hoffentlich hatte sich seine Wut schon in Sorge gewandelt. Panische Angst um sie wäre noch besser. Aber wie konnte sie ihm die einjagen? Am See angekommen blieb sie stehen und sah sich um. Hier gab es nichts als Bäume, Wasser und ein Stück weiter ein anderes Restaurant, geschmückt mit Lichterketten. Die winzigen weißen Lämpchen wirkten sehr hübsch, was ihre Laune zusätzlich verschlechterte. Sie hatte gewollt, dass Jake sein Restaurant genau so dekorierte. Aber er hatte nur gelacht und behauptet, er könne es sich nicht leisten, sie Tag und Nacht brennen zu lassen – geschweige denn sie überhaupt zu kaufen. Diese Lichterketten waren entsetzlich teuer, aber ein unheimlicher Blickfang. Ein Taxi fuhr vor, um Leute abzuholen, die in diesem Moment aus dem Restaurant geströmt kamen. Es wurde viel gelacht und es gab jede Menge Luftküsschen. Georgia seufzte – alle schienen sich toll zu amüsieren. Und wer war eigentlich dieser Mann dort? Den hatte sie doch schon mal gesehen? Sie fixierte ihn, ermahnte sich aber gerade noch rechtzeitig, nicht die Augen zusammenzukneifen, denn das gab Falten. Er hatte sie ebenfalls entdeckt und drehte sich ihr zu, um sie besser sehen zu können. Diese selbstbewusste Art, sich zu bewegen erinnerte sie an jemanden – natürlich! Das war Typ aus dem Zug – den Jake überhaupt nicht leiden konnte! Was aber nichts hieß, denn Jake hatte ja bereits unter Beweis gestellt, wie miserabel sein Urteilsvermögen war.

Harry kam auf sie zu und strahlte übers ganze Gesicht. Keinesfalls konnte sie unhöflich zu jemandem sein, der eine so angenehme Erscheinung war und sich derart freute, sie zu sehen.

»Die schöne Fremde aus dem Zug! Was für ein wunderbarer Anblick, besonders am Ende eines so anstrengenden Tages.«

Warum konnte Jake nie so etwas sagen?

»Ich fürchtete schon, Sie nur noch auf dem Cover einer Zeitschrift wiedersehen zu dürfen.«

Georgia konnte natürlich nicht wissen, dass Harry nur Wirtschaftsmagazine und Zeitschriften mit toten Fasanen oder Rehen auf dem Cover las, aber das brauchte sie ja nicht zu interessieren. Es hatte Harry entsetzlich gewurmt, dass Jake bei einer solch attraktiven Frau gelandet war. Das war so, als wäre ein struppiger Kater mit einer geschmeidigen, reinrassigen Perserkatze liiert.

»Hallo. Ich war gerade spazieren«, sagte Georgia zurückhaltend.

Falls Harry es merkwürdig fand, dass jemand auf 10 Zentimeter hohen Manolo Blahniks mit kleinen Diamantblüten um die Zehen durch die Landschaft stolzierte, so ließ er es sich jedenfalls nicht anmerken. Auch nicht, dass er sofort die Anzeichen erkannte, wenn eine Frau sich gerade mit ihrem Freund gestritten hatte.

»Ich würde Sie gern zu einem Drink einladen, aber Sie wissen, dass Jake und ich nicht sonderlich gut miteinander auskommen. Und ich möchte Sie nicht in Schwierigkeiten bringen.«

»Das bin ich bereits«, antwortete Georgia niedergeschlagen.

»Sie wissen doch, was man über Champagner sagt, nicht wahr?«

»Dass er teuer ist?«

»Ja, das auch, aber ich meinte eigentlich etwas anderes – er tut einem in jeder Stimmung gut, egal, ob man glücklich oder traurig ist. Ich sehe ihn gern als eine köstliche Medizin an, die ich Ihnen auf der Stelle verordne.« Ohne sich zu vergewissern, dass sie ihm folgte, machte er kehrt und ging zurück ins Restaurant.

Georgia zögerte. Durfte sie denn mit dem Feind flirten? Aber dann erinnerte sie sich daran, wie abscheulich und gefühllos Jake sie behandelt hatte. Und sagte Dr Ko Lon nicht immer zu ihr, sie müsse wie ein Delfin im Wasser in der Liebe und Bewunderung anderer Menschen planschen? Oder so etwas in der Art jedenfalls. Ganz sicher wollte sie momentan nicht in Jake Nähe planschen.

Perfektes Timing, dachte Harry. Seine wichtigen Gäste waren alle gegangen, um die restlichen konnte sich Lisa kümmern und in seinem Kühlschrank standen immer ein oder zwei Flaschen Champagner bereit. Noch wusste er nicht, wohin das hier führen würde, aber er war sicher, dass es in jedem Fall zu seinem Vorteil war.

»Was für eine wunderschöne Wohnung«, schwärmte Georgia ein paar Minuten später, als sie die luftigen hellen Räume mit den trügerisch schlichten Möbeln sah.

»Ein bisschen einfach, aber ganz gemütlich«, sagte Harry. »Mir fällt gerade auf, dass meine Wände genau in der Farbe Ihrer Augen gestrichen sind«, fuhr er fort.

»Ich trage getönte Kontaktlinsen«, erklärte Georgia. Er lachte, als hätte sie etwas Witziges gesagt, und nahm eine Flasche Champagner aus dem Kühlschrank, die mit handbemalten Blumen verziert war.

Georgia setzte sich und sank in die weichen Kissen eines Sofas zurück, das wie geschaffen war, um sich zu entspannen und zu beruhigen. Das entsprach schon eher der Art, wie man mit ihr umgehen sollte. Sie nahm einen Schluck köstlichen Champagner.

»Na also – ich sehe Ihrem Gesicht an, dass Sie sich bereits besser fühlen. Ich werde Sie nicht fragen, warum Sie geweint haben, nicht mal im Traum würde ich so neugierig sein.« Das war auch gar nicht nötig, denn Harry war mehr als begabt darin, eine Frau zum Reden zu bringen. »Ich weiß, wie hart es ist, mit einem Chefkoch zusammenzuleben.« Harry seufzte, als wäre er selbst das Opfer zahlloser gescheiterter Beziehungen.

»Nicht sein Job ist das Problem, sondern dass er mich nicht versteht«, beklagte sich Georgia, für die Diskretion ein Fremdwort war. Ihre Augen füllten sich mit Tränen, was sie nur noch schöner machte. »Ich habe es immer wieder versucht – Sie haben ja keine Vorstellung davon, was er mir in den letzten Monaten zugemutet hat. Und wissen Sie was? Er gibt mir die Schuld an allem!«

Im nächsten Moment spürte sie, wie ihr ein frisch duftendes, weißes Taschentuch in die Hand gelegt wurde, die Harry daraufhin in einer gänzlich unaufdringlichen, aber mitfühlenden Weise hielt. Er sagte kein Wort, aber sein freundliches Lächeln bat sie, ihm Vertrauen zu schenken.

»Ich sollte nicht hier sitzen«, gestand Georgia. »Jake hasst Sie.«

»Ich weiß, dabei habe ich schon oft versucht, unsere Unstimmigkeiten aus der Welt zu schaffen. Wie lächerlich mir unsere dummen Streitereien heute vorkommen! Als wir uns das letzte Mal sahen, sagte ich ihm, dass wir nun alt und klug genug seien, das alles hinter uns zu lassen. Aber – und es tut mir leid, das sagen zu müssen – er ist unglaublich nachtragend.«

»Sie haben ja so recht! Er kann einfach nicht aufhören!«, stimmte Georgia zu und dachte an ihren Streit.

»Das ist eine sehr ungesunde Haltung«, erklärte Harry scheinheilig. »Bestimmt hat er Ihnen erzählt, ich sei ein Mistkerl, nicht wahr?« Harry zuckte mit den Schultern und war die Aufrichtigkeit in Person. »Also, um ehrlich zu sein, das bin ich auch – bei der Arbeit. Aber ich bin der festen Überzeugung, dass man seine Arbeit nicht mit nach Hause nehmen sollte.«

»Jake nimmt sie sogar mit ins Bett«, erklärte Georgia verbittert. Es war eine Erleichterung, mit jemandem zu reden, der so viel Einfühlungsvermögen besaß.

»Vielleicht hat er sich übernommen. In dieser Branche ist das Burn-out-Syndrom sehr verbreitet.«

»Das ist es auch in meiner. Oft stehe ich den ganzen Tag lang unter Stress und Anspannung, während er nichts tut, als in seiner kleinen Küche herumzutüfteln. Ganz ehrlich, was führt er doch für ein einfaches, leichtes Leben! Oh je! Ich sollte das alles gar nicht sagen – und schon gar nicht Ihnen.«

»Aber ganz offensichtlich müssen Sie es sich von der Seele reden.« Harry sah sie bewundernd an. Dann näherte er sich ihrem Gesicht und triefte förmlich vor Mitgefühl. »Was Sie da gerade gesagt haben, ist sehr tiefsinnig.«

»Tatsächlich?«

»Ich denke – und das sage ich als gänzlich selbstloser Beobachter der menschlichen Natur –, dass Jake im Grunde primitiv ist – nein, sorry – schlicht in seinen Anschauungen. Sie dagegen, nun, ich würde sagen, Sie besitzen eine tiefe, vielschichtige Persönlichkeit.«

»Genau das sagt Dr Ko Lon auch!«

Nach drei Gläsern Champagner auf leeren Magen ergab das alles absolut Sinn. Georgia erzählte immer weiter – schließlich war Harry so nett und ein unheimlich guter Zuhörer. Sie konnte absolut nicht nachvollziehen, was Jake gegen ihn hatte. Auf einmal wurde ihr bewusst, dass sie gerade genau die Art Abend verbrachte, den sie immer mit Jake haben wollte.

Selbstlos wie immer bot Harry an, Georgia nach Hause zu fahren und versprach, außer Sichtweite des Hauses zu parken. Er war wirklich rücksichtsvoll.

Als Georgia die Treppe zu Jakes Wohnung hinaufstieg, löste sich das angenehm warme Gefühl, hervorgerufen durch den Champagner und Harrys Art, in Luft auf. Ein muffiger Geruch hing in den Räumen. Sie kam sich vor, als sei sie gerade aus dem Paradies vertrieben worden.

Jake hockte auf dem Sofa und starrte den schwarzen Bildschirm des Fernsehers an. Als Georgia eintrat, sprang er auf. »Ich wollte schon die Bergwacht anrufen«, sagte er und bemühte sich zu lächeln.

»Ich habe Zeit zum Nachdenken gebraucht«, antwortete sie würdevoll und hoffte, dass er nicht nachfragte, wo sie das getan hatte. Jake ging zu ihr. »Tut mir leid, wie ich mich aufgeführt habe«, sagte er und wunderte sich, dass sie nach Alkohol roch.

Er sah entsetzlich müde aus und hatte dunkle Schatten unter den Augen. Georgia fragte sich, ob Harry vielleicht recht hatte und Jake wirklich unter dem Burn-out-Syndrom litt. »Ich nehme deine Entschuldigung an. Lass uns einfach ins Bett gehen – ich werde dich massieren, dann fühlst du dich besser.«

Jake versuchte, bei dem Gedanken nicht zusammenzuzucken. Georgias Massagen waren nichts für Weicheier.

Im Schlafzimmer umsorgte sie ihn liebevoll und hob sogar das Hemd auf, das er einfach auf den Boden geworfen hatte. Dabei fiel ein Zettel aus der Brusttasche. Es war die Quittung für ein paar atemberaubend teure Küchenmesser. Selbst für Georgias Verhältnisse war das viel Geld. Sie stand wie vom Donner gerührt da und starrte auf den Zettel.

»Lass das doch jetzt und komm ins Bett.« Jake gähnte.

»Du gibst so viel Geld für *Messer* aus«, sagte sie langsam.

Er seufzte. Sein Schädel hämmerte wie verrückt, wahrscheinlich weil er den ganzen Tag über nichts gegessen hatte.

»Das ist für dich also okay?«, fragte sie vorwurfsvoll.

»Natürlich. Ich brauche gute Messer – aber ich weiß, dass du das nicht verstehst.«

»Tue ich auch nicht!« Georgias kreischende Stimme fuhr wie eine Säge durch seinen Kopf.

»Ohne anständige Messer kann ich nicht arbeiten – Godfrey hat mein bestes letzte Woche in der Spülmaschine übel zugerichtet. Damit kann ich nicht einmal mehr Bananen schneiden, geschweige denn Fleisch filetieren.«

Georgias Blick wurde finster. »Ständig arbeitest du – und wenn du es mal nicht tust, dann erwartest du von mir, meine Zeit hier zu verbringen, in diesem … feuchten Loch! Und du gestattest mir nicht, ein paar Pfund dafür auszugeben, es ein wenig netter zu gestalten! Aber du kaufst, was du willst! Wie sieht denn dieses Messer aus, Jake? Ist es vergoldet und mit Diamanten besetzt?«

»Sei nicht albern! Siehst du – du verstehst es nicht …«

»Oh doch, ich verstehe verdammt gut! Offenbar gelten für dich andere Regeln als für mich!«

»Es tut mir leid«, sagte er müde. Warum nur fühlte er sich, als würde in seinem Kopf jemand Schlagzeug spielen? »Ich weiß, dass du mich für scheinheilig hältst, aber das bin ich nicht. Komm her, Georgy, und hör auf, mich so anzusehen. Ich werde es wiedergutmachen.«

»Ich wüsste nicht wie.« Sie verließ das Schlafzimmer und kam eine Minute später wieder zurück. »Du kaufst Zeug für dein ekelhaftes Restaurant – als wäre es deine Geliebte!«

Sie hatte recht. Was das Restaurant brauchte, beschäftigte Jake mehr als Georgias Bedürfnisse. Er würde seine Küche mit all seiner Kraft hegen und pflegen. Mit einem Anflug von schlechtem Gewissen stellte er fest, dass er sich nicht damit aufhalten konnte, auch noch Georgia zu umhegen. Er wollte, dass sie unabhängig und nicht auf ihn angewiesen war, aber so zuwendungsbedürftig, wie sie sich gab, würde das nie der Fall sein.

»Was hast du vor?«, fragte er, als sie den Kleiderschrank öffnete und eine Tasche herauszerrte.

»Packen. Ich gehe zurück nach London«, schluchzte sie.

»Red keinen Unsinn – wie willst du denn mitten in der Nacht dahinkommen?«

»Mit dem Taxi. Ich habe mir soeben eins bestellt. Ich ertrage es nicht, auch nur eine Minute länger mit jemandem zusammen zu sein, für den ich nicht an erster Stelle stehe.« Sie schluchzte jetzt in einem fort und merkte nicht, dass sie statt ihrer Pants seine Boxer Shorts in die Tasche stopfte.

»Äh – das ist die falsche Schublade, Georgy.«

»Sei still! Ich hasse dich!« Georgia schnappte sich die Nachttischlampe und warf sie nach ihm. Sie zielte daneben – und die Lampe flog aus dem offenen Fenster. Verdammt, jetzt hatte sie bestimmt sämtliche Nachbarn geweckt.

»So! Von jetzt an kannst im Dunklen hocken. Dann sparst du wenigstens Stromkosten!«, fügte sie wütend hinzu, verließ die Wohnung und klapperte die Treppe hinunter.

14. Kapitel

Am nächsten Morgen kam Godfrey aus der Küche auf Kate zugeschossen und signalisierte Gefahr. »In der Küche ist ein Irrer unterwegs – beängstigend! Ich wünschte, ich wäre verreist, im Gefängnis oder sonst wo, Hauptsache nicht hier«, zischte er ihr zu und eilte davon, um sich im Kühlraum zu verstecken.

Kate schob vorsichtig den Kopf durch die Tür und trat dann zögernd ein.

Stille. Das einzige Geräusch kam von Jake, der irgendetwas klein hackte. Er war leichenblass und säbelte Paprika in feine Streifen.

Was hatte Godfrey denn gemeint? Es war doch alles völlig normal. Sie wagte sich weiter hinein, um die Situation genauer in Augenschein zu nehmen. Da sah sie, wie Jake zitterte, und zwar so sehr, dass es an ein Wunder grenzte, dass er sich noch nicht die Hand abgehackt hatte. Er ist kein Kandidat für Sallys typische Nervenzusammenbrüche – also muss er krank sein, sagte sich Kate.

Jake war letzte Nacht irgendwann in einen unruhigen Schlaf gefallen, doch als er erwachte, schien sein Kopf förmlich zu glühen. Er hatte allein eine Viertelstunde gebraucht, um sich anzuziehen. Jetzt fühlte er sich, als würde er 15 Zentimeter über dem Küchenboden schweben. Es war sonderbar, aber nicht unangenehm. Er arbeitete einfach weiter, wie im Wahn, und merkte gar nicht, welche Auswirkungen dieses Verhalten auf sein Personal hatte.

»Möchtest du vielleicht eine Tasse Kaffee?«, fragte Kate und dachte, dass er sich besser hinsetzen sollte.

Jake schüttelte den Kopf und zuckte dann zusammen. »Wasser bitte, mit viel Eis«, verlangte er mit heiserer Stimme.

Nachdem sie ihm ein Glas gebracht hatte, fragte sie: »Bist du sicher, dass es dir gut geht? Du siehst, nun ja, schrecklich aus.« Sie legte die Hand auf seine Stirn. Er glühte regelrecht und hatte den glasigen Blick eines Kranken mit hohem Fieber.

Jake wünschte, die Leute würden aufhören, ihn ständig etwas zu fragen. Das Kopfschütteln schmerzte ihn entsetzlich. Sein Rachen fühlte sich an, als würde ihm jemand mit einem rostigen Messer die Kehle durchschneiden.

»Das wird schon«, erwiderte er gereizt und fügte dann hinzu. »Aber ein paar Aspirin wären nicht schlecht.«

Die folgenden Stunden waren die reinste Hölle. Jake weigerte sich stur, aufzugeben und sich ins Bett zu legen. Als Konsequenz waren alle den ganzen Vormittag über damit beschäftigt, aufzupassen, dass er sich nicht verletzte. Kirsty schaffte gläserweise Wasser heran, um das Fieber zu senken, und Godfrey stellte sich so unfähig an, dass Jake seine eigene Arbeit einstellte und ihm mit heiserer, brüchiger Stimme erklärte, was er zu tun habe. Sich inkompetent zu geben fiel Godfrey nicht schwer, und es hielt Jake von den scharfen Messern fern, die man mit zitternden Händen nie benutzen sollte.

Anfangs war Kate gerührt, wie sehr er offensichtlich litt. Als Jonathan das letzte Mal Grippe hatte, schien er von ihr zu erwarten, sich auf der Stelle in eine Krankenschwester zu verwandeln und ihn endlos mit Taschentüchern, Mitleid und fiebersenkenden Mitteln zu versorgen. Jake war da anders – in geradezu stoischer Haltung litt er still vor sich hin. Trotzdem ging er allen fürchterlich auf die Nerven.

Eine Stunde später, als er eine Pause machte, um seine glühend heiße Stirn auf der Arbeitsplatte zu kühlen, entschied Kate, nicht mehr auf Zehenspitzen um ihn herumzuschleichen. »Jake, du führst dich auf wie ein Idiot. Du bist hier überhaupt keine Hilfe – im Gegenteil, du behinderst alle anderen bei der Arbeit. Jetzt verpiss dich endlich ins Bett, bevor du noch echten Schaden anrichtest.«

Als er sich nicht rührte, fasste Kate ihn fest am Arm und führte ihn nach oben in seine Wohnung. Er sank wie ein Stein auf das ungemachte Bett und protestierte nur schwach, als sie die Knöpfe seiner Kochjacke öffnete.

»Aber ich friere.«

»Weil du wahrscheinlich über 40 Fieber hast. Sobald das Fieber sinkt, wirst du dich besser fühlen«, erklärte sie energisch.

Jake versuchte, sich die schwere Bettdecke über den Kopf zu ziehen, aber Kate zog sie weg. Murrend rollte er sich zusammen wie ein kleines Kind. Dann deckte sie ihn mit einem Laken zu, kippte das Fenster, schloss die Vorhänge und brachte ihm ein Glas Wasser. Damit waren ihre medizinischen Kenntnisse erschöpft.

Das Schlafzimmer wirkte wie ein schäbiges Zimmer in einem heruntergekommenen Hotel, das die Bewohner fluchtartig verlassen hatten. Der Kleiderschrank stand offen. Auf dem Fußboden verstreut lagen zusammengeknüllte Papiertaschentücher und auf der Frisierkommode stand nichts außer einer leeren Flasche Nagellack. Der Spiegel war alt und hatte einen Sprung.

Jake öffnete ein Auge und blinzelte Kate schläfrig an. »Georgia und ich haben uns gestritten.«

Sie setzte sich auf die Bettkante und tupfte seine Stirn mit einem kühlen Lappen ab. »Das tut mir leid«, sagte sie betreten. Vielleicht hatte er keine Grippe, sondern war vor Liebeskummer krank.

»Meine Erfolgsbilanz hat ein größeres Defizit als der Staatshaushalt. Aber irgendwie werde ich es schon schaffen. Kann jetzt nicht klar denken. Muss mich auf die Arbeit konzentrieren.«

»Du fantasierst. Halt den Mund und schlaf ein bisschen.« Sie stand auf und wollte gehen, aber er griff nach ihrer Hand und hielt sie fest.

»Rede mit mir.«

»Ich werde bestimmt nicht über die Arbeit sprechen, dann willst du nur wieder aufstehen.«

»Erzähl mir von deinem Roman. Das ist, als würdest du mir eine Gutenachtgeschichte vorlesen.«

Mist. Aber wahrscheinlich würde er sich hinterher an nichts mehr erinnern und sie konnte erzählen, was sie wollte. »Es geht um einen Mann, der nach einer langen Reise zurückkehrt und feststellen muss, dass sein Bruder seinen Besitz übernommen und seine Verlobte geheiratet hat.« War das nicht die Handlung von *Poldark*? Hoffentlich las Jake nicht viel.

»Er ermordet seinen Bruder. Seine Ex-Verlobte verfällt dem Wahnsinn und muss eingesperrt werden. (Anscheinend habe ich mich jetzt zu *Jane Eyre* verirrt, oh Mann.) Das Anwesen brennt ab und er wird zum Schmuggler.« Nun hoffte Kate, nie ihren Lebensunterhalt mit dem Schreiben von Literatur verdienen zu müssen.

»Mit der Idee wirst du noch sehr lange Zeit für mich kellnern«, krächzte Jake mit einem Hauch von Lachen in der Stimme.

»Das ist doch erst der Rohentwurf! Es wird noch sehr poetisch werden«, erwiderte sie gereizt.

»Was für ein Typ ist der Held?«

»Er heißt Edward, ist groß und dunkelhaarig. Sein Gesicht ist gebräunt und rau von den vielen Wochen auf hoher See. Sein jüngerer Bruder wurde immer bevorzugt, während er selbst eine harte Kindheit und Jugend voller Enttäuschungen und Zurückweisungen erlebte. Seine Ex-Verlobte ist ein flatterhaftes Luder und hat ihn nie wirklich geliebt. Die temperamentvolle Tochter des Kapitäns dagegen ist eine Frau, die ihn versteht und ihm dabei hilft, sich ein neues Leben aufzubauen.«

Jake schien eingeschlafen zu sein. Das war gut, und wahrscheinlich das Gleiche, was jeder Literaturagent, der etwas taugte, ebenfalls tun würde, wenn er diesen zusammengeklauten Mist lesen musste. Sie stand auf und schlich sich auf Zehenspitzen aus dem Zimmer.

Während des Mittagessens kamen sie in der Küche recht gut ohne Jake zurecht, es waren allerdings auch kaum Gäste da. Kate betete insgeheim, dass sich das bald ändern würde. Sie dachte an Jake, der oben im Bett lag. Sie war jetzt lange genug hier, um zu wissen, dass er alles, was er besaß, in sein Restaurant gesteckt hatte. Der Gedanke, dass er scheitern könnte, machte sie ganz krank.

Als am Abend alle mit Aufräumen fertig waren und nach Hause eilten, zögerte Kate jedoch, ebenfalls zu gehen. Was war, wenn es Jake noch schlechter ging und er nun ganz allein war? Sie schlich sich noch einmal nach oben. Er schien fest zu schlafen, obwohl er immer noch erbarmungswürdig zitterte, wie ein Rassepferd nach einem mörderischen Rennen. Hoffentlich schlief er sich ja gesund.

Es war draußen warm genug, um sich ans offene Fenster zu setzen, also machte sie sich eine Tasse Kaffee und nahm ihr Notizbuch. Doch die Story, die sie ursprünglich hatte schreiben wollen, existierte nicht mehr. Sie war weggewischt worden von der bulligen Hitze und dem Stress in einer echten Küche – und von einer Gruppe Menschen, die alles andere waren, als ein Haufen fauler Taugenichtse. Kate mochte sie! Tess war bewundernswert, wie sie mit ihrer Mutterrolle und einem anspruchsvollen Job jonglierte; Godfrey hatte Humor und echtes Talent; und Kirsty war in ihrem Job besser, als Kate es je sein würde.

Und dann war da noch Jake. Er war kein rücksichtsloser, geldgieriger Typ, der Essen zusammenpantschte und auf Kosten ahnungsloser Gäste möglichst viel Profit machte. Er stand voll hinter seiner Arbeit, engagiert und leidenschaftlich. Er war so wie sie selbst. Er war zum Helden ihres imaginären Romans geworden, was sie ziemlich beunruhigte. Er würde unheimlich wütend sein, wenn er herausfand, was sie wirklich vorhatte. Wahrscheinlich wären seine Worte schärfer als seine Messer und ganz sicher würde er sie nie wiedersehen wollen. Und genau das wollte Kate nicht.

Der Kaffee wurde kalt, während sie herauszufinden versuchte, wie sie ihrem eigentlichen Job nachkommen könnte, ohne den anderen aufs Spiel zu setzen. Irgendwie musste sie die Story schreiben, die Jonathan von ihr erwartete – aber ohne Jakes Respekt zu verlieren, der ihr wichtig geworden war, sehr wichtig sogar. Die Situation war ganz schön kniffelig. Nein – sie war regelrecht unlösbar. Kate steckte in einer Sackgasse.

Es war beinahe erleichternd, das Notizbuch zuzuklappen und wieder nach Jake zu sehen. Als er aufwachte, ging es ihm schlechter. Er war so heiser, dass er nur noch krächzte, schaffte es aber immerhin, sie grimmig anzustarren, als sie darauf bestand, einen Arzt anzurufen.

»Ich habe nichts«, flüsterte er und versuchte erfolglos, sich aufzurichten. »Nur eine Erkältung – kein Grund, die Zeit eines Arztes zu verschwenden.«

»Der Arzt wird mich wahrscheinlich darauf hinweisen, dass ich nicht Florence Nightingale bin, und mich dann fragen, warum ich nicht schon früher angerufen habe.«

»Sie hätten mich früher anrufen sollen«, sagte die Ärztin später, nachdem sie Jake erklärt hatte, dass er unter einer üblen bakteriellen Infektion mit einem langen lateinischen Namen litt. »Ein paar Stunden später, und er wäre kollabiert. Er ist erschöpft, leidet unter Flüssigkeitsmangel und hat wahrscheinlich unzureichend gegessen. Typisch Mann. Er sollte mindestens eine Woche lang nicht arbeiten, wahrscheinlich wird er sich aber nicht daran halten. Zum Glück ist es nicht ansteckend. Wenn er allein wäre, würde ich ihn ins Krankenhaus einweisen, aber Sie werden sich schon gut um ihn kümmern.«

Die Ärztin stellte ein Rezept aus. »Er muss mit der Einnahme der Tabletten sofort beginnen. Und behalten Sie seine Temperatur im Auge. Zögern Sie nicht, mich noch einmal anzurufen, wenn Sie sich Sorgen machen. Und sollte er aufstehen wollen, schlagen Sie ihn notfalls mit dem Nudelholz k.o. Männer! Entweder gehören sie zu der Sorte, die sich wegen einem blauen Fleck ins Bett legen, oder sie wissen nicht, wann es Zeit ist, aufzugeben.« Sie lächelte Kate an und ging.

Schwierige Situation. Die Ärztin schien zu denken, dass sie beide zusammenlebten, und Kate hatte es nicht geschafft, den Irrtum aufzuklären. Eigentlich wollte sie das auch nicht.

Als sie später mit den Medikamenten zurückkam, konnte Jake gar nicht mehr sprechen. Er bewerkstelligte ein schwaches, aber dankbares Lächeln, schluckte mühsam die Pillen hinunter und sank in einen, wie Kate hoffte, erholsamen Schlaf – und nicht ins Koma. Es musste ihm wirklich mies gehen: Er hatte nicht einmal nach der Abendschicht gefragt.

Als seine Vertretung übernahm Tess das Kommando. Zum Glück war es am nächsten Abend recht ruhig. Trotzdem geriet sie mächtig ins Schwitzen und hatte einen feuerroten Kopf. Sie fluchten alle deutlich mehr als sonst, bekamen es aber hin. Und nach dem Ende der Schicht merkte Tess auf einmal, dass es ihr irgendwie sogar gefallen hatte.

Godfrey musste sich erst einmal hinsetzen, nachdem die letzte Bestellung raus war, so sehr zitterten ihm die Knie.

»Du warst großartig – und dieser Typ hatte auch kein Problem damit, dass sein Steak blutig war statt medium. Er sagte sogar, er würde es von nun an immer so essen«, versicherte Kirsty ihm. »Trotzdem werde ich dich bei Jake verpfeifen, sobald es ihm wieder besser geht – es sei denn, du gibst mir auf dem Nachhauseweg noch ein Bier aus.«

»Was machen wir eigentlich mit ihm? Glaubt ihr, er kommt allein zurecht?«

»Ich habe dieser Ärztin gesagt, dass ich bei ihm bleibe«, sagte Kate. Tess warf ihr einen nachdenklichen Blick zu, stimmte jedoch zu, dass es wahrscheinlich das Beste sei.

Als Kate nach oben kam, war es stockdunkel. Während sie nach dem Lichtschalter suchte, fiel sie über Jakes Schuhe. Er wachte auf und blickte sich mit wirren, glasigen Augen um.

»Warum hast du mit ihm geschlafen, Jill? Er mag ja einen größeren Schwanz haben als ich, aber sein Ego ist so groß, dass in seinem Bett kein Platz für zwei ist.«

»Ich bin nicht Jill – wer auch immer das ist –, ich bin Kate und ich habe noch ein paar von diesen Pillen für dich.« Sie setzte sich auf die Bettkante und entschied, dass es absolut legitim war, ihm über die Stirn zu streichen und dabei seine Temperatur zu checken. Als sie aufstand, um ihm frisches Wasser zu holen, hielt er sie zurück.

»Mir ist so kalt. Wenn du mir schon die Bettdecke wegnimmst, musst du mich wärmen.«

Sie versuchte sich einzureden, dass es nichts mit Erotik zu tun hatte, sich neben einem kranken Mann ins Bett zu legen. Er fantasierte im Fieber, wusste nicht einmal, wer sie war, und das hier gehörte eindeutig nicht zu ihrem Aufgabenbereich. Dennoch legte sie sich neben ihn.

»Ich halte dich für eine Lügnerin, Kate, aber ich mag dich. Ist das nicht seltsam?«

Sie hatte plötzlich einen ganz trockenen Mund, aber bevor sie etwas erwidern konnte, stieß er sie weg und setzte sich auf. »Mein Gott! Ich muss verrückt geworden sein! Was ist mit meinem Restaurant passiert?«

»Nichts. Alle sind prima ohne dich zurechtgekommen. Alles bestens.«

Er legte sich wieder hin und sie blieb ebenfalls, wohl wissend, dass sie eigentlich aufstehen sollte.

Jake fing an, von Essen zu reden. Ob er je an etwas anderes dachte? »Ich habe von diesem Typen gelesen – er hatte drei Michelin-Sterne. Diese Mistkerle haben ihm einen wieder aberkannt und daraufhin hat er sich selbst übertroffen. In diesem Geschäft zu sein, ist grausam. Du darfst nicht eine Minute nachlassen, sonst haben sie dich sofort. Ob du und ich wohl auf der gleichen Wellenlänge liegen? Georgy und ich tun es nicht. Ist eher so, als rasten wir auf dem Highway in entgegengesetzte Richtungen. Alle meine Beziehungen waren so. Weißt du, da gibt es dieses Restaurant in Frankreich. Georgia würde es hassen. Es ist das einzige, das vom *Gault Millau* die volle Punktzahl erhalten hat. Es ist ein umgebauter Bauernhof mit Glasfußböden, sodass man die Schafe und Schweine im Stall darunter sehen kann. Der Koch – kann mich nicht an seinen Namen erinnern – bereitet ein *Menu Symphonie* zu. Es ist ihm egal, wenn die Gäste nicht elegant angezogen sind. Essen ist Essen, sagt er, auch wenn du nackt bist. Ich würde gern nackt mit dir essen.«

Ich mit dir auch, dachte Kate. Aber wenn du nackt wärst, würde ich ernsthaft in Erwägung ziehen, das Essen auszulassen.

Er seufzte und schlief ein. Kate löste sich vorsichtig von ihm und schlich durch den Raum ans Fenster. Dort setzte sie sich hin und hoffte, dass der Luftzug sie abkühlen und zur Vernunft bringen würde. Sie würde die Nacht in diesem unbequemen Sessel verbringen. Und sie würde nicht an all das denken, was er im Fieberwahn zu ihr gesagt hatte. Und schon gar nicht würde sie sich vorstellen, mit ihm im Bett zu liegen, einander mit Erdbeeren zu füttern und Champagner zu schlürfen aus des anderen – sie kniff sich ganz fest, um diesen Gedanken zu stoppen, bevor er noch weiter ging und gefährlich wurde.

Um sich abzulenken und weil sie sich kein bisschen müde fühlte, stand sie auf und schlich hinüber ins Wohnzimmer. Sie konnte ein Buch lesen oder Fernsehen gucken, um sich die Zeit zu vertreiben. Oder du könntest ein bisschen herumschnüffeln, sagte eine Stimme in ihrem Kopf. Das führt schließlich oft zu Sensationsnachrichten, fuhr diese fort. Stimmt schon, aber seine Nase in die Angelegenheiten anderer zu stecken, würden manche Leute eher als Übertretung statt Recherche ansehen, hielt eine andere Stimme in ihr dagegen. Halt die Klappe, schnitt Kate der zweiten das Wort ab.

Diese Wohnung legte unübersehbar Zeugnis davon ab, dass zwei völlig unterschiedliche Persönlichkeiten heftig aufeinandergeprallt waren. Es schien überhaupt keine gemeinsame Grundlage zu geben. Der unordentliche Stapel Hochglanzmagazine auf dem klapprigen Sofa war von Georgia. Die Kochbücher gehörten zweifellos Jake. Sie waren säuberlich aufgereiht, aber die Buchrücken waren durchgebogen und die Umschläge fehlten. Als sie eines davon hochhob, duftete es leicht nach Knoblauch und Rosmarin.

Der Fernseher musste Georgia gehören, denn er war nur auf Sender eingestellt, die nichts außer Seifenopern brachten. Im Badezimmerschränkchen standen auf der einen Seite Badeöle und teure Seife, hinter der anderen Tür war nichts außer starken Kopfschmerztabletten und Pflastern.

Wer von beiden wohl das Buch über den Umgang mit Stress gekauft hat, war unklar. Es war unmöglich zu sagen, da es unbenutzt aussah.

In der Küche entdeckte sie Illy-Espresso und irgendein Instantpulver. Ein dunkles Brot und Weißbrotscheiben. Im Kühlschrank zwei Tüten Schokoriegel und einen runden Camembert in einer Holzschachtel.

Jake lag quer auf dem Bett ausgestreckt und träumte. Er hatte Unmengen an Geld verdient, aber der Bankmanager strich alles ein und es reichte immer noch nicht. Wie viele Scheine Jake ihm auch zuwarf, er schrie nach mehr. Dann verwandelte sich der Bankmanager in Harry und sagte: »Das Restaurant gehört jetzt mir«. Dann streifte er eine Schürze über seinen Armani-Anzug.

»Halt!«, schrie Kate in seinem Traum. »Mein Roman wird uns alle retten!« Aber sie schien zwei unterschiedliche Gesichter zu haben, die ineinander verschwammen.

Kate fuhr erschrocken hoch und hatte einen steifen Nacken. Draußen war es hell und Jake stand vor ihr, blass, aber bei klarem Verstand. Er schien immer noch wackelig auf den Beinen zu sein, denn er setzte sich abrupt hin und hielt den Kopf in den Händen.

»Mein Schädel fühlt sich an, als hätte er meinen Körper verlassen. Danke, dass du nach mir gesehen hast.« Er schaute Kate durch seine Finger hindurch an und wirkte verlegen. »Alles, woran ich mich von letzter Nacht noch erinnere, ergibt irgendwie keinen Sinn. Ich muss totalen Blödsinn geredet haben.«

»Vielleicht ein bisschen. Du hast angefangen mit einem mysteriösen, aber faszinierenden Restaurant in Frankreich und bist dann eingeschlafen. Die Ärztin meinte, jemand solle bei dir bleiben, also hab ich das übernommen.« Sie bemühte sich, nebensächlich zu klingen.

Das war alles gewesen? Dann schien er aber verdammt lebhaft geträumt zu haben, denn er hätte schwören können, sie hätten nebeneinander im Bett gelegen – was äußerst angenehm gewesen war. Doch das hatte er sich wohl eingebildet. Zum Glück, denn so etwas durfte niemals in dem Zimmer, das er mit Georgia teilte, passieren. Tat er das denn noch? Oder hatte sie ihn endgültig verlassen?

15. Kapitel

Kate erschien an den folgenden Tagen immer früh zur Arbeit, als könnte sie es kaum erwarten, anzufangen. Außerdem war in ihrem Kopf der winzige Keim einer Story entstanden und musste sorgsam gehegt werden, damit er sich zu einem kräftigen Spross entwickelte. Allerdings musste sie sich eingestehen, dass sie wahrscheinlich ein Gewächshaus brauchte. Die Zeitung saß ihr im Nacken und die Redaktion wurde so langsam ungemütlich.

»Was zum Teufel ist los?«, hatte Jonathan an diesem Morgen ärgerlich gefragt. »Du bist doch sonst nicht so schüchtern, wenn es darum geht, einen Text zu schicken.«

»Für diese Sache brauche ich mehr Zeit, als ich dachte. Hast du kein Vertrauen mehr zu mir? Habe ich jemals nicht geliefert?«

»Schon gut«, brummte er missmutig.

Nie zuvor hatte Kate einen derartigen Widerspruch gespürt zwischen dem, was sie schreiben sollte, und dem, was sie sagen wollte. Diese Mission entwickelte sich zu einem Drahtseilakt.

Sie war höchstens zwei Minuten in der Küche, da kam Jake herunter. Er ging langsam, quälte sich beinahe voran, und sie sah, wie die Grippe ihn ausgezehrt hatte. Die Bänder seiner Schürze hatte er zweimal um die Hüfte schlingen müssen, damit sie überhaupt hielt.

»Du bist aber eifrig«, sagte er überrascht.

»Ich wollte ein paar Rezepte für meine Mum raussuchen – sie kocht so gern«, log sie.

»Verrate ihr aber nicht mein Geheimrezept. Das ist nur auf mich zugelassen.«

»Welches ist das denn?«

»Keine Ahnung.« Er grinste. »Ich bin immer noch wie benebelt. Ich brauche was Nahrhaftes.«

»Du solltest wieder ein bisschen zulegen. Im Kühlschrank sind Steaks.«

»Davon gehe ich aus! Nein, ich brauche jetzt *jüdisches Penicillin.*« Er lachte, als er ihren verständnislosen Gesichtsausdruck sah. »Noch nie gegessen? Dann hast du nicht gelebt. Ist brillant, aber nicht in der Apotheke zu bekommen.

Der gängige Name ist Hühnersuppe – mit Matzenbrot-Bällchen, du neugieriger Vogel.«

»So wie deine Mutter sie gekocht hat.«

»Oh nein – meine Mutter ist eine fürchterliche Köchin. Meine Großmutter hat sie zubereitet, kanisterweise, um uns bei Kräften zu halten, während Mum arbeiten war.«

»Bist du in einem orthodoxen Elternhaus aufgewachsen?«

Jake lachte. »Wohl kaum. Wir haben sämtliche Feste gefeiert, egal welcher Religion – Chanukka, Weihnachten und am 1. Januar sogar das Chinesische Neujahr, weil das Wetter so trüb war und Oma meinte, wir müssten uns aufheitern. Sie sagte immer, die beste Rache an den Nazis für den Holocaust sei, wenn die Überlebenden so viel Spaß wie möglich hätten. Sie glaubte, jedes Mal, wenn Hitler von der Hölle aus einen Juden lachen hörte, würde es dort ein bisschen heißer. Und sie war sicher, dass Gott das verstehen und billigen würde. Sie sprach immer von Gott, als wäre er einer ihrer Lieblingsnachbarn.«

»Klingt nach einer großartigen Frau … Warte, lass mich das tragen. Das schaffst du im Moment nicht – was ist das?«

»Sie war die tollste Frau, die ich je gekannt habe. Das hier nennt sich Matzomehl – es bindet alle anderen Zutaten gewissermaßen. Du formst kleine Knödel, so etwa, und gibst sie in die Suppe, die ich jetzt koche. Eigentlich muss man dafür ein Hühnchen zubereiten, aber so lange kann ich nicht warten, also greifen wir auf Godfreys Vorräte zurück, die wahrlich nicht schlecht sind.«

Kate zog eine Schürze an. Sie genoss es, Jake bei der Arbeit zuzusehen. Er tat alles mit so viel Würde und Zuversicht.

Da das Gericht sie zu interessieren schien, fuhr er fort. »Es wurde auch das *goldene Brot* genannt, weil es bernsteinfarben ist, mit goldenen Fetttropfen, die an der Oberfläche glitzern. Heutzutage schöpfen viele Leute das Fett ab – wir sind ja alle so gesundheitsbewusst. Ein Hochzeitsfest ohne dieses goldene Brot ist jedoch undenkbar. Das wäre wie eine Trauerfeier … Dann gäbe es einen Aufstand.« Er schnitt Scheiben von dem Brot ab, das Sally gebacken hatte. »Möchtest du?«

»Oh ja – es duftet köstlich.« Und wen interessierte es, wenn sie bald ihre Röcke eine Nummer größer kaufen musste?

Jake füllte die Suppe in zwei Schalen und sie aßen schweigend. Er ist so unangestrengt großzügig, dachte Kate. Sie konnte ihn unmöglich hintergehen – nicht, nachdem sie gemeinsam das Brot gebrochen hatten. Oh Gott, jetzt klinge ich schon wie die Bibel! Sie verschluckte sich und hustete. Jake klopfte ihr auf den Rücken. Als das nicht half, holte er ihr ein Glas Wasser.

»Vielleicht wirkt die Suppe bei Nicht-Juden anders.«

Sie musste lachen und hustete noch stärker. Sie prustete immer noch und Tränen liefen ihr über die Wangen, als Godfrey hereinkam. »Was hast du mit ihr gemacht?«, fragte er Jake mit strenger Stimme.

»Sei nicht albern. Lass uns lieber direkt zur Sache kommen. Was hast *du* mit meiner Küche angestellt, während ich nicht da war?«

Godfreys katastrophale Schullaufbahn lag noch nicht lange zurück. Immer noch schaute er schuldbewusst drein, wenn ihm jemand eine Frage stellte. Fieberhaft ging er in Gedanken die letzten Tage durch und blickte sich suchend um, was er Schreckliches verbrochen hatte. Aber alles war sauber und aufgeräumt. Er hatte weder die Backofentür aufgelassen noch irgendetwas kaputt gemacht. »Äh, ich habe ein Steak zu kurz gebraten.«

»Besser als zu lange«, brummte Jake. Insgeheim freute er

sich, dass alles in bester Ordnung zu sein schien, obwohl er doch etwas enttäuscht war, wie gut alle ohne ihn zurechtkamen.

»Wie oft habe ich dir schon erklärt, wie du den Gar-Test machst?«

»Etwa eine Million Mal. Ich habe ja auch dran gedacht, aber dann war ich zu sehr im Stress.«

»Tatsächlich? Aber das ist der Normalstand in einer Küche – gewöhn dich dran.« Jake fühlte sich von Minute zu Minute besser. »Du solltest mittlerweile wissen, dass eine Küche kein Ort ist, an dem man sich Aussetzer erlauben kann. Wir sind nicht hinter den Kulissen einer Oper, in Gottes Namen.«

Godfrey schob trotzig die Unterlippe vor und stellte sich vor, dass Jake irgendwo gefesselt und geknebelt wurde, während er selbst in der Küche die Leitung übernahm. Aber dann fiel ihm ein, dass er Jakes Rat wegen einer Béchamelsauce brauchte.

Ich sollte ihm die Wahrheit sagen, dachte Kate. Ist doch nicht zu übersehen, dass wir uns mögen – und wollen, dass es weitergeht. Ich muss das jetzt klären, bevor es noch schwieriger wird. Sie folgte ihm in sein Büro.

»Könnte ich kurz mit dir reden?«

»Sicher.«

Beide standen still und schauten sich an. Da sie etwa gleich groß waren, blickten sie einander direkt in die Augen. Das ist gut, dann weiß er, dass ich die Wahrheit sage. Wie gut er aussieht, obwohl er so blass ist. Komm zur Sache, du Feigling! Nein, ich kann ihn doch nicht jetzt damit konfrontieren, womöglich erleidet er einen Rückfall. Mir ist klar, dass ich diese Sache bereinigen muss, aber ich werde den richtigen Moment abpassen!

»Ich … ich wollte mich nur dafür bedanken, dass du mir

von deiner Familie erzählt hast. Ich fand das spannend und es bedeutet mir viel.«

»Das erzähle ich tatsächlich nicht jedem – ich will nicht, dass es klingt wie eine rührselige Geschichte. Aber ich wusste, dass du es verstehen würdest. War's das?«

»Ja. Danke. Großartig.« Dann floh sie aus dem Zimmer. Das war nicht gerade glanzvoll … Was bin ich für ein Idiot!

»Du bist feuerrot im Gesicht. Was hast du angestellt?«, wollte Godfrey wissen.

Langsam trudelte die gesamte Belegschaft ein, einige freuten sich, den Chef wiederzusehen, andere weniger. Insbesondere Tom, die Aushilfsspülkraft, hatte die vorhergehende Schicht damit verbracht, die *Sun* zu lesen und hier und da ein bisschen Wasser über die Bratpfannen laufen zu lassen. Er hatte einen Stapel schmutziges Geschirr im Schrank versteckt und fragte sich nun, wie er es unbemerkt an Jake vorbei in die Spülmaschine bringen konnte, wo es gestern Abend noch hineingemusst hätte.

Um zehn nach sechs schaute Jake von seinem Schneidebrett auf und runzelte die Stirn. Sally verspätete sich. Das hatte es noch nie gegeben. Sie war eigentlich genetisch darauf gepolt, überall zu früh zu erscheinen. Sogar als Braut würde sie vor der Kirche stehen und nervös auf ihre Armbanduhr klopfen, während sie auf den Bräutigam wartete.

Um zwanzig nach sechs begann Jake, sich Sorgen zu machen. Selbst wenn Sally an der Beulenpest dahinsiechte, würde sie ihn benachrichtigen. Er ging ins Büro und rief bei ihr an. Sie lebte noch bei ihrer Mutter.

»Hallo Mrs Smith – könnte ich bitte Sally sprechen?«

»Sie ist nicht da«, antwortete ihre Mutter.

»Wo steckt sie denn?«, fragte Jake energisch.

»Ich fürchte, das kann ich Ihnen nicht sagen.« Sie klang ausweichend.

»Was soll das? Ich bin ihr Chef und habe das Recht zu erfahren, warum sie nicht zur Arbeit erscheint«, erklärte Jake kühl. Er hörte ein Klicken. Ungläubig starrte er das Telefon an. Sie hatte einfach aufgelegt! Er wählte erneut, aber der Anrufbeantworter sprang an. Wütend stampfte er zurück in die Küche. »Also gut – einer von euch weiß sicher, wo Sally ist. Raus mit der Sprache.«

Aber alle sahen ihn erstaunt an.

»Ehrlich, Chef, gestern war sie so wie immer, hat gearbeitet und kein Wort gesagt – und sie redet ja nie viel, stimmt's?« Tess blickte in die Runde und alle nickten zustimmend.

»War sie krank oder durcheinander?«

»Schwer zu sagen. Sie schien völlig in Ordnung zu sein, wenn man bedenkt, dass sie immer herumläuft wie eine neurotische Maus.«

»Stimmt.« Jake überlegte kurz. »Kirsty – ist deine Schwester noch an dem Job als Kellnerin interessiert?«

Sie nickte.

»Ruf sie an. Kate, hör auf, Besteck abzutrocknen – wieso ist das eigentlich nicht schon gestern erledigt worden? Und zieh die Schürze an.«

»Oh nein. Ganz bestimmt nicht. Ich bin Kellnerin und keine Köchin.«

»Ich verlange ja auch nicht von dir, zu kochen«, erwiderte Jake gereizt. »Die Desserts sind schon vorbereitet. Ich brauche nur jemanden für die letzten Handgriffe. Absolut simpel – jeder Idiot kann das, aber Godfrey ist nun mal beschäftigt.«

Kate wich nervös zurück. Sie hatte sich daran gewöhnt, auf der Seite der Kellner zu kämpfen – jenseits dieser Front lag unbekanntes, furchteinflößendes Gebiet.

Jakes Stimme wurde sanfter. »Im Ernst, Kate, es wäre toll von dir – und es ist ja nur für einen Abend. Es wird eine leichte Aufgabe sein, das verspreche ich dir. Und wir alle helfen dir, nicht wahr, Leute?«

Er versuchte, sie wie ein Schlangenbeschwörer zu ködern. Gänzlich gegen ihren Willen trat Kate vor und nahm die Schürze, die Jake ihr hinhielt. Er hatte so ein liebes, freundliches Lächeln.

»Gut. Die Schokoladen- und Tiramisu-Parfaits sind fertig und müssen nur aus den Formen geholt werden Die kalte Pflaumensuppe wird mit einem Joghurthäubchen serviert. Die Tarte mit Passionsfrüchten und Orangen muss nur in Stücke geteilt werden. Die Ananasravioli müssen nur mit Erdbeercreme gefüllt werden, ebenso die Blätterteigschnitten – und die Crêpes Suzette gibt es heute Abend einfach nicht.«

Kate war aufgefallen, dass er ziemlich oft das Wort »nur« benutzte. Er ließ es so einfach und zumutbar klingen, als könnte sogar ein Blinder mit Muskelzittern diese Aufgaben erledigen. Aber warum verdrehte Godfrey vor Entsetzen und Mitleid die Augen? Und Tess hielt die Lippen aufeinandergepresst und mied Kates Blick. Das würde ein langer Abend werden.

Die Zusammensetzung der Desserts kannte sie auswendig, schließlich hatte sie die ganze Woche über den Gästen davon vorgeschwärmt. Eine rasche Durchsicht des Kühlschranks bestätigte ihr, dass Jake recht hatte. Die einzelnen Bestandteile waren alle vorhanden, hübsch zubereitet. Nötig waren nur noch eine ruhige Hand und Nerven aus Stahl. Das konnte unmöglich schwieriger sein, als mühselig ein römisches Artefakt mit einer Zahnbürste freizulegen – das hatte man ihr zu ihrem größten Stolz bei den Ausgrabungen nämlich erlaubt. Das Fundstück befand sich jetzt hinter Glas im Museum von Keswick und ihr Name stand auf dem Schild daneben. Wahrscheinlich war es ganz gut, dass Köche kaum Zeit hatten, ins Museum zu gehen.

Zu Beginn der Schicht hätte Jake nicht netter sein können. Mit unendlicher Geduld ging er alle Arbeitsschritte einmal mit ihr durch. Er zeigte ihr, wie man Creme auf einer hauchzarten Schicht Blätterteig verteilte. Kate wagte kaum zu atmen – aus Angst, der Teig würde dann wegfliegen.

»Du musst die Früchte so arrangieren, als würden sie immer noch an den Büschen hängen – nein, nicht die Stiele der Blaubeeren abreißen, und pass auf, dass du die Himbeeren nicht zerdrückst. Wenn du mit einem heißen Lappen die Förmchen abreibst, gleiten die Parfaits ganz leicht heraus. Ausgezeichnet – du machst das großartig! Ich bin dir wirklich dankbar dafür, dass du einspringst, und es ist okay, dass du wahrscheinlich ein bisschen nervös bist«, redete er beruhigend auf sie ein.

Ein bisschen? Sie konnte sich nicht daran erinnern, wann sie das letzte Mal eine derartige Untertreibung gehört hatte.

»Ich weiß, wie dir zumute ist. Genauso habe ich mich während meiner Ausbildung immer vor Dienstbeginn gefühlt. Am Abend der Restauranteröffnung war es noch schlimmer. Aber du schaffst das. Morgen lachen wir schon darüber.«

»Ja, vielleicht stecken wir dann auch in Zwangsjacken«, warf Godfrey ein und erntete einen solch finsteren Blick von Jake, dass er lieber die Klappe hielt.

Sie bereiteten so viel wie möglich zusammen vor. Da Kate von Natur aus sorgfältig und systematisch arbeitete, wusste sie sich gut zu helfen und begann, sich zu entspannen. Und sollte tatsächlich jemand ein Dessert bestellen, konnte es doch nicht so schwer sein, das auf einen Teller zu bekommen?

Das ist nicht schwer – ich schaffe das! Ich weiß gar nicht, warum alle so einen Wirbel darum machen. Die Leute übertreiben immer, was ihren Job angeht – glauben, sie wären die

Einzigen, die das könnten. Das ganze Herumgerenne und Geschrei ist doch nur Show.

Mist – die erste Bestellung – aber nur für zwei Personen, kein Problem.

Kate schnappte sich das erste Förmchen – und ließ es prompt fallen.

»Kein Grund zur Panik«, sagte Jake, ein bisschen zu herzlich, wie sie fand.

Er behandelte sie wie ein ängstlicher Vater die werdende Mutter im Kreißsaal. »Hab dich nicht so – das ist nichts Ekliges, das unter deiner Schuhsohle klebt. Und du darfst das Parfait auch nicht schütteln! Und die Leute haben die Sauce gern mitten auf dem Teller und nicht vom Rand heruntertropfend. So – das ist besser. Was nützt der köstlichste Geschmack, wenn das Essen aussieht wie ein Hundehaufen? Okay, bring es raus, Kirsty – worauf wartest du?«

Er wendete sich wieder an Kate. »Hat doch ganz gut geklappt, nicht wahr?«

Überwältigt von so viel Lob passte Kate nicht richtig auf und stolperte über Godfreys große Füße.

Würden die Bestellungen doch immer so hereinkommen wie die Tiere auf der Arche Noah – immer nur zu zweit. Aber das taten sie nicht. Wie konnten Leute nur so rücksichtslos sein, in Gruppen zu acht essen zu gehen? Kate besaß schließlich nur ein Paar Hände. Sie hatte das Gefühl, ihr Gesicht war zu einer ängstlichen Grimasse erstarrt und so, wie ihre Nase glänzte, konnte sie bei Stromausfall als Notbeleuchtung dienen.

Noch eine Bestellung – tja, du wirst wohl warten müssen, Kumpel. Geh mir aus dem Weg – siehst du denn nicht, dass ich in Eile bin – jetzt schau, was passiert ist – vielleicht kann ich die Eiscreme mit den Händen wieder aufheben – Mist, nein, kann ich nicht – Jake guckt. Hat er eigentlich nichts Besseres zu tun?

Verdammt! Dieses verdammte Parfait kommt einfach nicht aus diesem verdammten Förmchen! Was hat Sally damit angestellt? Es festgeschweißt? Ja, ich weiß, dass da noch zwei weitere Bestellungen sind – bin ja nicht blind, danke. Wo ist die Spritztüte? Warum ist die nicht sauber? Weil ich keine Zeit hatte, sie auszuspülen, deshalb. Das spritzt da raus wie aus einem Geysir! Wo sind die Früchte? WO SIND DIE VERDAMMTEN FRÜCHTE? Oh – da sind sie ja. Die habe ich niemals dahin gelegt – wer hat die weggeräumt? Dummköpfe! Schon gut, ich habe sie dahin getan. Himmel – ist mir heiß. Als würde ich im Ofen arbeiten und nicht daneben. Warum krieg ich den Joghurt nicht so hin wie Jake? Ja, ich weiß selbst, dass es Scheiße aussieht. Das war nicht nötig, Jake. Jetzt muss ich ein Neues machen und die Bestellungen stapeln sich – ich habe nur zwei Hände und irgendjemand hat diese Ravioli-Dinger GESTOHLEN …

Mist – Mist – Mist – Mist!

Kate rann der Schweiß die Nase entlang und lief Gefahr, in die Pflaumensuppe zu tropfen. Die Schnecken sahen aus wie Vogeldreck und der Blätterteig zerbröselte in tausend Stücke – Jake saß ihr ständig im Nacken, kritisierte, beschwerte sich, warf ihre Kreationen in den Müll, sodass sie von vorn anfangen musste und immer den Bestellungen hinterherhinkte. Sie entwickelte einen leidenschaftlichen Hass auf ihn, auf diese dämlichen Förmchen, die Spritztüte, die die Creme am falschen Ende ans Tageslicht brachte, ihr in die Augen oder über die Hände, und deren Konsistenz an zu lange gekochte Würstchen erinnerte und sich nicht formen ließ. Kate bekam überhaupt nicht mit, was die anderen taten und wo sie sich befanden – außer wenn sie mit jemandem zusammenstieß und beide sofort heftig fluchten. Sie fühlte, wie ihre schwitzenden Glieder vor Schrecken steif wie eine Säule wurden. Wenn sie auch nur eine Sekunde innehielt, würde sie in zwei Hälften auseinanderbrechen.

»Mach schon!«, brüllte Jake, der 14 Dinge gleichzeitig zu tun schien, aber immer noch die Zeit fand, um zu bemerken, dass am Tellerrand Schokolade verschmiert war. Wenn das hier vorbei war, würde sie ihm eine kleben – und zwar heftig. Sie würde ihn zu Boden schlagen, auf ihm herumtrampeln und ihm diese verdammte Erdbeersauce in die Nase spritzen, die sie zuvor aufgekocht hatte. *Wie bitte? Jemand will eine extragroße Portion? Verfressene Bastarde!* Sie hoffte, ihm würden noch am Tisch die Arterien platzen.

Nachdem das letzte Dessert raus war, begleitet vom üblichen Maß an Kritik, Beschwerden und Abänderungen, sah Kate auf die Uhr und stellte fest, dass die Zeit nicht stehen geblieben war – es war bereits nach Mitternacht. Ihr Dienst war vorbei. Ohne nachzudenken, warf sie ihr Küchentuch in die Luft, schnappte sich Jake und küsste ihn. Für den Bruchteil einer Sekunde spürte sie, wie er sie fester an sich zog und dann zurückwich.

»Um Himmels willen, Kate!«, rief Jake erstaunt aus. »Bring Godfrey nicht auf Ideen. Wer weiß, wozu er fähig ist, wenn ihm das nächste Mal etwas gelingt!« Dann bückte er sich schnell, um einen Löffel vom Boden aufzuheben, so dass niemand sein Gesicht sah.

Völlig aufgekratzt eilte Kate nach draußen und paffte hintereinander drei von Kirstys Zigaretten, obwohl sie das Rauchen vor Jahren aufgegeben hatte.

»Hat der Abend dir Spaß gemacht?«, fragte Jake, der ihr unauffällig nachgegangen war.

Kate drückte die Zigarette mit dem Absatz aus und konzentrierte sich, um zu sammeln, was sie alles loswerden wollte.

»Ich habe es gehasst. Ich hasse dich. Ich hasse Desserts.

Ich möchte in meinem ganzen Leben keine Erdbeere mehr sehen. Ich werde nie wieder einen Fuß in diese Küche setzen – ist mir egal, ob du deine Desserts vom Eismann bringen lassen musst. Falls du mich jemals wieder bitten solltest, auszuhelfen, dann werde ich … ich werde …« Sie war Journalistin, aber jetzt fehlten ihr die Worte.

»Für einen Anfänger warst du gar nicht schlecht.«

»Jake – du hast mich den ganzen Abend lang angebrüllt!«

»Natürlich«, sagte er ehrlich überrascht. »Ich habe dich wohlwollend im Auge behalten und dir gelegentlich einen Tipp gegeben.«

Hier draußen war es zwar dunkel, aber sie konnte trotzdem erkennen, dass er sich über sie amüsierte.

»Es ist nicht schlecht, die Dinge hin und wieder aus einer anderen Perspektive zu erleben. Ich wette, du dachtest, wir würden da drinnen nur herumalbern, nicht wahr?«

»Nein!«

Nun ja, vielleicht ein bisschen. Beschämt erinnerte sie sich an ihr herablassendes Gespräch mit Jonathan vor geraumer Zeit im *Ritz*, als sie noch ein ganz anderes Leben führte. Sie hatte ja keine Ahnung gehabt.

Kirsty gesellte sich zu ihnen und nahm Kate ihre Kippen ab. »Gibt es nicht eine Bezeichnung für Leute, die behaupten, sie hätten mit dem Rauchen aufgehört und dann die Zigaretten anderer qualmen?«

»Ja – Schnorrer.« Kate grinste und stibitzte sich noch eine.

»Ach übrigens, Jake. Diesen Zettel hier habe ich vor deinem Büro gefunden. Da muss sich jemand hereingeschlichen und ihn hingelegt haben, während wir alle in der Küche beschäftigt waren.« Er nahm ihn und las laut vor:

»Lieber Jake, es tut mir leid, dir das nicht persönlich sagen zu können. Ich kündige fristlos. Mir wurde ein anderer Job angeboten. Er ist besser bezahlt, trotz kürzerer Arbeitszeiten. Ist für mich ein guter Karriereschritt. Werde bitte nicht wütend, aber es ist im *Café Anglais.* Mr Hunter sagt, er würde dich nicht reinlassen, wenn du dort hinkommst, um mir die Hölle heißzumachen. Tut mir leid, wenn ich dich enttäuscht habe. Sally«.

Jake stieß einen solchen Wutschrei aus, dass Godfrey drinnen vor Schreck ein Tablett mit Geschirr fallen ließ. Nur gut, dass die Gäste schon alle gegangen waren, sonst hätten sie jetzt fluchtartig das Lokal verlassen.

»Ich kann nicht glauben, dass sie mir das antut! Nach allem, was ich für sie getan habe! Warum entschuldigt sie sich eigentlich, wenn sie sich in Wahrheit einen Dreck um mich schert! Wie kann sie es wagen, einfach so zu gehen, ohne anständig zu kündigen?« Er glühte vor Wut, weil er sich so hilflos fühlte. Sally war ja nicht einmal auf ein Zeugnis angewiesen, da sie bereits einen neuen Job hatte. Harry wartete wahrscheinlich vor dem *Café Anglais* als Türsteher, um ihn vom Betreten abzuhalten. Außerdem würde es Harry doch nur freuen, wenn Jake wutschnaubend dort aufkreuzte.

Er trat vor die Wand, um sich abzureagieren – und heulte dann vor Wut und Schmerz gleichermaßen auf. Er musste einen neuen Chefpâtisseur finden – und zwar schnell. Diesen Abend hatten sie nur überstanden, weil alles schon vorbereitet und nicht allzu viel zu tun war. Kate hatte großartige Arbeit geleistet, aber sie war keine Köchin. Er würde die ganze Nacht aufbleiben müssen, um eine neue Ladung Desserts für den nächsten Tag vorzubereiten und alle mussten doppelt so hart arbeiten wie bisher. Es konnte Wochen dauern, einen Ersatz zu finden.

Darüber zu grübeln war die reinste Zeitverschwendung, aber Jake fühlte sich von Sally bitterlich im Stich gelassen. Dabei hatte er gedacht, dass sie sich bei ihm wohlfühlte. Er war ohne Ende freundlich und geduldig mit ihr gewesen, weil sie wirklich Talent hatte. Harry würde sie zu Mus zerquetschen. Weniger Arbeitsstunden – von wegen! Sie ahnte ja nicht, wohin sie da geraten war! Er würde sie vögeln, dann fallen lassen und ihr alles vom Lohn abziehen, was danebenging. Als würde man ein kleines Kätzchen in einen Löwenkäfig schicken und erwarten, dass es lebendig wieder herauskäme.

Kate fühlte sich auch nicht gerade gut. Tatsächlich plapperte sie aus Panik lauter wirres Zeug, ein Zustand, den sie noch nie erlebt hatte. »Hör zu – wenn du von mir erwartest …«

»Ist schon gut, keine Sorge.« Jake war nicht sicher, ob er sich beim Tritt vor die Wand den Zeh gebrochen hatte, aber der Schmerz hatte ihn zur Besinnung gebracht. »Ich habe gemeint, was ich sagte. Du hast gute Arbeit geleistet, aber ich erwarte nicht von dir, dass du den Beruf wechselst.«

Zum Glück, dachte Kate. Obwohl sie sich in letzter Zeit ohnehin schon oft verwirrt gefragt hatte, wer sie eigentlich war.

16. Kapitel

Kate schnupperte, rührte einmal um und kostete. Sie überlegte einen Augenblick und wappnete sich dann für einen zweiten Versuch. Nein. Sie hatte sich beim ersten Mal nicht getäuscht. Es war unmöglich, etwas Positives über Godfreys Suppe zu sagen. Sie war einfach nur fürchterlich. Sie hatte ein Aroma, wie man es von einer alten Socke erwarten würde. Und diese kleinen schwarzen Punkte obenauf machten die Suppe nicht gerade verlockender.

»Jake hat gesagt, ich soll weißen Pfeffer nehmen, aber ich

fand, die Suppe brauchte ein bisschen Pep. Außerdem wollte ich versuchen, das Rezept ein wenig zu verbessern«, stammelte Godfrey weiter und merkte selbst, wie albern sich das angesichts seiner begrenzten Erfahrung anhörte.

»Und wie nennst du diese Kreation?«, fragte Kate neugierig.

»Äh … Erbsencreme«, antwortete er und dachte angestrengt nach, was er überhaupt hineingetan hatte.

»Hm.« Kate überlegte, ob sie versuchen sollte, etwas Nettes über Godfreys Kreation zu sagen, aber das war unmöglich.

»Mir fällt eine Menge dazu ein, aber nichts davon bedeutet: genießbar.«

»Du hörst dich schon an wie Jake.«

Sie mussten beide unweigerlich an ihren Chef denken. Emma, die als neuer Chefpâtissier eingestellt worden war, hatte Jake an der Hintertür eine Zitronencreme überreicht, von der Jake sagte, es sei die beste, die er je gegessen habe.

»Ich will Lehrerin werden, möchte aber erst einmal eine Auszeit nehmen, bevor ich mich vor eine Klasse stelle – um den Kopf freizubekommen.«

»Hm«, hatte Jake gemurmelt. »Ich bin nicht sicher, ob die Arbeit hier diesen Zweck erfüllt, aber fang erst mal an.«

Emma war talentiert, aber unerfahren, weshalb Jake sich Zeit nahm, ihr etwas beizubringen. Das machte ihm nichts aus, war aber ermüdend. Gerade war er unterwegs zu einem Termin bei seiner Bank. Er hatte Godfrey beauftragt, in der Zwischenzeit Suppe zu kochen. Wenn er zurückkam, erwartete er eine leckere Suppe, die seine angespannten Nerven nach diesem anstrengenden Nachmittag beruhigte. Aber Godfreys Suppe war alles andere als das.

Kate und er waren allein in der Küche. Alle anderen waren längst gegangen und Godfrey lechzte danach, das Gleiche zu tun. »Ich habe meinem Dad fest versprochen, heute Nachmittag ein paar entlaufene Schafe zu suchen. Etwa 140 Stück. Er wird ziemlich sauer sein, wenn ich nicht auftauche.« Das war gewaltig untertrieben. Je nachdem, wie der Wind stand, konnte man Godfreys wütenden Dad drei Grafschaften weit hören, wenn er seine Tiere anbrüllte.

Godfrey konnte entweder bleiben und eine genießbare Suppe kochen – dafür dann von seinem Vater zusammengestaucht werden. Oder er konnte ein paar Stunden über die Felder rennen und sich schon darauf freuen, wie Jake ihm nach seiner Rückkehr die Leviten lesen würde. »Wie ich es auch drehe – ich bin am Arsch.«

Kate war insgeheim mächtig stolz auf ihren Einsatz in der Küche, besonders jetzt, nachdem sich das Dessert-Entsetzen langsam wieder gelegt hatte. Wie eine junge Mutter hatte sie die schmerzhaften Geburtswehen vergessen und konnte sich nur noch an das Glück danach erinnern.

Ein paar Stunden allein in der Küche und sie würde schon eine akzeptable Suppe hinbekommen. Die Zutaten standen alle noch bereit. Godfrey hatte nichts davon benutzt, nachdem er sich irrigen Vorstellungen über sein Können hingegeben hatte. Außerdem wollte Kate Jake beeindrucken, aus Gründen, die sie sich noch nicht einzugestehen bereit war.

»Mach schon, verschwinde auf deine Felder. Ich werde die Suppe kochen«, sagte sie und versuchte, es wie einen riesigen Gefallen klingen zu lassen, den sie ihm nur zögernd gewährte.

»Kannst du das denn?«, fragte Godfrey zweifelnd.

»Kann es schlimmer werden als das hier?«

»Nun ja …«

»Geh schon, sonst zwinge ich dich, einen Teller von diesem … Zeug zu essen.«

»Ich bin vor sechs wieder da.«

Allein zurückgeblieben schlenderte Kate summend zum Kühlschrank. Muschelsuppe. Albert Roux hatte sie als etwas beschrieben, das sogar Suppenverächter in Versuchung führte. Kate mutmaßte, dass es nicht allzu schwierig sein konnte, da nur wenige Zutaten nötig waren und das Rezept nur ein paar Zeilen lang war. Eine Kochanweisung, die sich kleingeschrieben über mehrere Seiten erstreckte, war ihrer Meinung nach nicht den Aufwand wert.

Sie war schon deshalb auf dem besten Weg zu einer hervorragenden Suppe, weil Jake fürsorglich die Brühe vorbereitet hatte. Die Herstellung hatte Stunden gedauert, aber als Kate jetzt die Brühe erhitzte und ihr der köstliche Duft in die Nase stieg, wurde ihr klar, dass das hier wesentlich besser war, als einfach nur einen Brühwürfel in heißes Wasser zu werfen.

Sie holte sich ein Schneidebrett und zerkleinerte Zwiebeln, Lauch, Möhren und Sellerie. Wie in aller Welt schwitzte man Gemüse an? Indem man ihm befahl, es müsse eine Woche lang mit Jake zusammenarbeiten? Das konnte jedem den Angstschweiß auf die Stirn treiben. Ihr blieb wohl nichts anderes übrig, als es auszuprobieren. Sie röstete die erste Ladung etwa zehn Minuten lang bei hoher Temperatur. Danach war das Gemüse zu einem unappetitlichen Haufen verkohlt. Also gut, anschwitzen bedeutete dann vielleicht, leise köcheln – warum stand das nicht im Rezept? Als wäre die Kocherei ein geheimnisvoller Club, in den nur Auserwählte durften.

»Entbärten Sie die Muscheln.«

Das hier war doch kein Herrensalon! Meinten die vielleicht dieses komische Ding, das da herunterhing und wahrscheinlich niemand essen will? Nach ein paar Fehlversuchen hatte sie den Bogen raus. Knoblauch zerdrücken und Tomaten klein schneiden war leicht, und dann musste man alles nur noch leise köcheln lassen. Sie ging nach draußen, genoss für ein paar Minuten den Sonnenschein und war froh, dass sie nicht in der stickigen, lauten Redaktion saß.

Zum Abschluss wurde die Suppe noch mit Sahne und Safran verfeinert. Wahnsinn, das schmeckte wirklich gut! Die Küche sah zwar aus, als hätte eine Bombe eingeschlagen, aber wenigstens hatte sie etwas Essbares zustande gebracht. Dagegen genügte ein Löffel von Godfreys Suppe, um überhaupt nie wieder essen zu wollen.

Kate kostete noch einmal, schloss dabei die Augen und genoss das Gefühl, wie der Geschmack der Suppe sich in ihrem Mund ausbreitete.

»Wenn wir Männer die Frauen doch nur ebenso glücklich machen könnten.«

Kate zuckte zusammen und ließ den Löffel fallen.

»Gehört das zu einem gerissenen Plan, meine Küche zu übernehmen? Kennt dein Ehrgeiz eigentlich keine Grenzen?«, fragte Jake grinsend.

Sie erzählte ihm von dem Debakel mit der Erbsencreme, den verlorenen gegangenen Schafen und ihrer unglaublichen Gutmütigkeit.

»Und jetzt probier das hier und dann sag mir, dass es dir nicht schmeckt.«

Sie fragte sich, warum seine Mundwinkel so amüsiert zuckten, aber er nahm einen Löffel Suppe und stimmte überrascht zu, dass sie wirklich gut war. Dann sah er sich in der Küche um.

»Wie lange hast du dafür gebraucht?«

»Den ganzen Nachmittag. Das Rezept zu studieren war ein bisschen so wie das Entschlüsseln der Inschrift auf dem Stein von Rosette. Ich weiß auch, dass ich ein ziemliches Chaos angerichtet habe, aber ich bin schließlich Anfänger. Außerdem sehe ich dir an, dass die Suppe schmeckt – was du über Godfreys Suppe nicht gesagt hättest. Was gibt es da zu grinsen? Du solltest mir verdammt dankbar sein«, fügte sie ärgerlich hinzu.

Jake gab auf, dagegen anzukämpfen. Er lehnte sich an die Wand und lachte, bis ihm die Augen tränten. Kate tippte wütend mit dem Fuß auf den Boden und riet Jake in Gedanken dringend, ihr den Witz zu erklären, damit sie mitlachen konnte – bevor sie irgendetwas nach ihm werfen würde. Er rieb sich über die Augen.

»Okay, okay. Du hast ja völlig recht. Diese Suppe ist köstlich. Ich bewundere, wie hart du dafür geschuftet hast – der Zustand meiner Küche spricht jedenfalls Bände.

Aber es ist eine fantastische Suppe und ich wäre stolz, sie meinen Gästen zu servieren. Die Frage ist nur, wer genau von ihnen die Ehre erhält, sie zu essen.«

Als er ihren verwirrten Gesichtsausdruck sah, musste er schon wieder lachen. »Du hast genügend Suppe gekocht für, sagen wir mal, vier Leute – wenn sie nicht allzu hungrig sind. Wenn wir hier Suppe zubereiten, dann in solchen Mengen, dass wir ein voll besetztes Restaurant versorgen können. Das vermeidet hässliche Streitereien zwischen den Gästen und das kleine Problem, dass uns nach fünf Minuten die Vorräte ausgehen.«

»Willst du damit sagen, dass ich mir den Nachmittag um die Ohren geschlagen habe, um für *zwei* Leute zu kochen? So ein Mist!«

Jake nahm eine Pfanne, die fast so groß war wie eine Babybadewanne, und fing an, mit unglaublicher Geschwindigkeit Kartoffeln und Lauch klein zu schneiden. »Dir zu Ehren mache ich *Potage Bonne Femme*«, erklärte er.

»Und ich wasche ab«, antwortete Kate deprimiert. In Anbetracht des kleinen Snacks, den sie zubereitete hatte, war ziemlich viel zu spülen.

»Morgen bin ich unterwegs, denn ich habe Termine mit ein paar Leuten, die für das Restaurant wichtig sein könnten. Ich dachte, da du Schriftstellerin bist und ein Faible fürs Essen hast, könnte es spannend für dich sein, mitzukommen. Hättest du Lust?«

Kate fühlte sich geschmeichelt.

»Aber wahrscheinlich hast du Besseres zu tun«, fügte er hastig hinzu.

Wahrscheinlich schon, aber die Frage war, ob sie das wollte. Irgendwie beunruhigend, dass sie nichts lieber tun würde, als den Nachmittag mit Jake zu verbringen. Kein Mann hatte sie je dazu gebracht, so zu empfinden.

»Ich komme gern mit, außer wenn wir meilenweit durchs Moor und die Hügel hinaufkurven.«

»Da gibt es eine Straße … so etwas in der Art jedenfalls«, sagte er grinsend.

Jakes Auto war noch älter und klapperiger als Kates, aber tadellos aufgeräumt, abgesehen von einer Riesentüte Gummibärchen im Handschuhfach.

»Die gehören Georgia. Sie schwört, dass es gegen ihre Übelkeit beim Autofahren hilft.«

Nachdenklich biss Kate einem roten Bärchen den Kopf ab. Das hier war eine gute Gelegenheit. Sie saßen allein im Auto und Jake hatte beste Laune – wahrscheinlich würde es keine bessere Gelegenheit zum Beichten geben. Er konnte wohl kaum die Hände vom Lenkrad nehmen, um ihr an die Kehle zu gehen – jedenfalls nicht, ohne den Wagen in den Graben zu fahren. Er hätte reichlich Zeit, herumzubrüllen und zu fluchen und sich wieder abzuregen. Das war der richtige Moment.

Wenige Minuten später war Kate vom Gegenteil überzeugt.

»Weißt du, Jake, du fährst nicht schlecht.«

»Tatsächlich? Schön.«

»Nein – du fährst saumiserabel. Pass auf: der Radfahrer!«

»Habe ich gesehen. Er sitzt doch noch auf dem Rad, oder?«

»Ja, aber wir sind so dicht an ihm vorbeigerauscht, dass ich sein Rasierwasser riechen konnte!«

»Blödsinn. Du bist wie alle Beifahrer – denkst die ganze Zeit, du könntest es besser!«

»Alle? Damit meinst du wohl die armen Seelen, die das Pech hatten, neben dir in diesem Wagen zu landen? Du kannst zwar die dünnsten Gurkenscheiben im ganzen Land schneiden, aber es gibt wirklich keinen Grund, so dicht am Straßenrand zu fahren!«

»Das ist sicherer. Du weißt doch, nur Touristen fahren immer in der Mitte.«

»Schon, ja«, begann sie kraftlos, aber da legten sie sich schon in die nächste Kurve. Kate verspürte ein unerwartetes Aufflackern von Sympathie für Georgia. Kein Wunder, dass sie zu außergewöhnlichen Mitteln gegriffen hatte, um ihre Reiseübelkeit zu bekämpfen.

»Es hat was, wenn man auf Nervenkitzel steht«, witzelte Kate.

»Jetzt plapperst du dummes Zeug.«

»Was ich meine ist, dass du in der Küche nie einen falschen Schritt machst – obwohl jede Schicht völlig andere Tanzschritte verlangt. Es tut einfach gut, zu wissen, dass du hinterm Steuer ein Wahnsinniger bist. Oh nein … bitte sag mir nicht, dass du über den Hardknott-Pass willst!«

»Entspann dich – die Straße ist gut zu befahren und der einzige Weg zum römischen Kastell. Wie du mich beschrieben hast, gefällt mir übrigens. Mit Worten kannst du wirklich gut umgehen. Ich würde dein Buch gerne lesen, wenn es fertig ist.«

»Oh Gott, ich halt's nicht mehr aus!«

»Bitte – was?«

»Nichts.« *Hör zu, lieber Gott, ich kann es ihm jetzt nicht sagen. Mir wird übel und ich muss mich auf die Straße konzentrieren – oder wir stürzen in den Abgrund.*

»Die Bremsen auf deiner Seite des Wagens funktionieren übrigens nicht, Kate.«

»Haha, sehr lustig.«

Der Hardknott-Pass mit den Haarnadelkurven und steilen Abhängen machte seinem Namen alle Ehre. Eigentlich hätte man ihn den »Pass der Kochenden Motoren« nennen müssen, denn genau das passierte vielen Autos. Während der Feriensaison mieden die Einheimischen den Pass wie die Pest, aber Kate war zum ersten Mal dankbar für die vorsichtige Fahrweise der Touristen. Hoffentlich wurde Jake dadurch gezwungen, langsam zu fahren.

»Falls du auch nur mit dem Gedanken spielst, diesen Range Rover zu überholen, werde ich dich mit Gummibärchen zwangsernähren, bis du einen Zuckerschock bekommst«, drohte Kate.

Die Überreste des römischen Kastells ruhten einsam und imposant oben auf dem Berg. Die Sonne schien, eine sanfte Brise wehte und das einzige Anzeichen von Leben war ein am Himmel kreisender Bussard. Der perfekte Platz, um jemandem ein Geheimnis anzuvertrauen.

Das Problem war nur, dass Jake bereits während seiner Schulzeit Ausflüge offenbar zu sehr geliebt hatte. Er bestand darauf, Kates Hand zu nehmen und mit ihr durch die Ruine zu schlendern.

»Dort hätte ich die Küche reingesetzt«, sagte er schließlich, als sie sich auf eine Mauer setzten. »Wie muss es nur gewesen sein, hier zu stehen und für Hunderte hungriger Soldaten Eintopf zu kochen und immer diese wunderbare

Aussicht vor Augen zu haben? Stell dir vor, wie es war, hierher geschickt zu werden, weit weg von der Hitze und der Geschäftigkeit Roms. Sie müssen Heimweh gehabt haben. Und ich wette, die Pubs da unten im Tal hatten vor 2000 Jahren noch nicht geöffnet.«

»Das waren keine Römer, sondern ausländische Söldner, die hierher strafversetzt wurden«, erklärte Kate geistesabwesend.

»Ich wusste gar nicht, dass Heimatkunde auch zu deinen Spezialitäten gehört?«, erwiderte Jake überrascht.

»Ich war mal kurze Zeit mit einem Archäologen zusammen.« Irgendwie stimmte das sogar. Gab es da nicht ein Sprichwort … dass man so tief ins Wasser geht, bis man ertrinkt?

Schnell das Thema wechseln.

»Hast du wirklich Ärger mit der Bank?«

Jake zuckte mit den Schultern. »Zu sagen, dass ich immer am Abgrund stehe, trifft es wohl am ehesten. Du glaubst gar nicht, wie schnell es mit einem Restaurant den Bach runtergeht, und das nicht unbedingt, weil das Essen schlecht ist. In diesem Metier kann es sein, dass du unheimlich talentiert bist, schuftest wie Pferd und trotzdem baden gehst.«

»Mein Archäologenfreund hatte das gleiche Problem mit der Finanzierung. Er wartete immer, bis alle anderen nach Hause gegangen waren und schrie seinen Frust dann in die Berge den Schafen entgegen.«

Jake stand auf, streckte die Arme in die Luft und rief: »Verdammte Banker! Ich würde eure Köpfe am liebsten in den Müllschlucker stecken – wenn Godfrey ihn nicht heute Morgen wieder verstopft hätte … Ich muss dran denken, ihn zu reparieren, sobald ich zurück bin. Jedenfalls – ich hasse euch alle! Aber ihr werdet mich nicht kleinkriegen! Und dieser Bastard Harry Hunter auch nicht«, fügte er obendrein hinzu. Dann schaute er den Hang hinunter. Eine Busladung japanischer Touristen starrte vom Parkplatz aus überrascht und ängstlich zu ihnen hoch.

»Keine Sorge – wir werden ihnen sagen, dass du ein lateinisches Gedicht für die Seelen verstorbener Zenturionen rezitierst.« Kate kicherte. »Wir behaupten, es sei ein lokaler Brauch. Vielleicht geben sie dir dann sogar Geld dafür, dass du es noch einmal tust. Und du könntest deine Einnahmen aufbessern, indem du den Tourismus förderst.«

»Zurück in den Wagen mit dir, du Verrückte. Wir haben einen Termin mit einer Dame und ihrem Käse.«

Die Beck-Farm lag am Ende eines langen, gewundenen, zerfurchten Feldwegs. Es war die Art Weg, die wie gemacht ist für Allrad-Antrieb, aber nicht für Autos, mit denen man in London höchstens die Kinder zur Schule fährt.

Als sie hielten, kam ein Rudel Collies zähnefletschend auf sie zugestürmt. Die Hunde waren offenbar auf der Suche nach zartem Fleisch, in das sie ihre Beißer schlagen konnten. Ihnen folgte eine Frau mit einer schauderhaften Dauerwelle. Sie trug ein geblümtes Kleid, eine rot-weiß gestreifte Schürze und Gummistiefel.

Argwöhnisch musterte sie die Neuankömmlinge und rief die Hunde zurück. Aber offensichtlich war sie bereit, sie sofort wieder auf die Besucher zu hetzen, wenn ihr nicht gefiel, was die zu sagen hatten.

Jake ging tapfer auf die Frau zu, mit ausgestreckter Hand. »Hallo – mein Name ist Jake Goldman. Wir haben letzte Woche miteinander telefoniert.«

»Ach, Sie waren das. Sie interessieren sich für meinen Käse«, sagte sie etwas misstrauisch.

»Kommen Sie rein. Keine Angst wegen der Hunde, die tun nur, was man ihnen sagt.« Sie ging voran in eine riesige

Küche, in der ein kleiner, drahtiger Mann hemdsärmelig und mit wettergegerbtem Gesicht zu Abend aß.

»Geoff, das ist der Mann wegen dem Käse.«

Geoff schüttelte den Kopf, als würde er die Fremden nie verstehen, wozu wahrscheinlich jeder zählte, der jenseits des Feldwegs wohnte.

Vorbei an einem riesigen Deutschen Schäferhund, der an etwas nagte, das aussah wie ein menschlicher Oberschenkelknochen, folgten Jake und Kate der Frau in die Käserei.

»Das ist unser Käse – wirklich nichts Besonderes.«

Jake probierte ein Stück. »Oh nein, Mrs Tomlinson, da irren Sie sich gewaltig – er ist etwas ganz Besonderes.« Er brach von seinem Stück eine kleine Ecke ab und reichte sie Kate. Der Käse war kühl, cremig und hatte ein intensives Aroma.

»Der ist fantastisch«, entfuhr es Kate. »Ich habe so guten englischen Käse nicht mehr gegessen seit …« Das war sicher nicht der richtige Zeitpunkt, um zu erwähnen, dass sie Käse grundsätzlich abgepackt im Supermarkt kaufte.

»Wenn Sie mich für den Anfang mit einem Laib pro Woche beliefern könnten, wäre ich entzückt«, sagte Jake höflich. »Ich suche schon geraume Weile nach einem regionalen Produkt wie diesem und ich bin sicher, meine Gäste werden begeistert sein.«

Mrs Tomlinsons Gesichtszüge entspannten sich ein wenig. »Wir machen übrigens auch unseren eigenen Schinken. Soll ich ihn Ihnen zeigen?«

»Bitte, Sie gehen voran.«

Später schwärmte Jake mit vollem Mund: »Der ist auf seine Weise so gut wie Parmaschinken.« Danach war Mrs Tomlinson nicht mehr zu bremsen. Sie gingen in die Küche zurück, gefolgt von dem Schäferhund, der sich ein bisschen zu sehr für Kate zu interessieren schien, und wurden gedrängt, die eigenen Eier, das selbst gemachte Chutney, die Cumberlandsauce, Zwetschgenmarmelade und Rumbutter zu probieren – zum Glück nicht alles gleichzeitig.

»Wenn Sie damit einen Laden in der Stadt eröffneten, würden die Leute draußen Schlange stehen«, sagte Kate und wischte sich Sahne von der Nasenspitze.

»Warum sollte das jemand tun wollen?«, fragte Geoff. »Die Stadt ist kein Ort für vernünftige Menschen.«

Mittlerweile war es früher Abend und die beiden Tomlinson-Söhne kamen nach einem harten Tag auf den Schafweiden zurück. Noch mehr Essen wurde aufgetischt. Was bisher serviert worden war, hatte offenbar nur ein Snack sein sollen, und es wurde von Kate und Jake erwartet, dass sie zum Essen blieben. Obwohl die beiden Tomlinson-Söhne knapp zwei Meter groß und wie Stahlträger gebaut waren, erwiesen sie sich als zu schüchtern, um in Anwesenheit Fremder etwas zu sagen.

»Bei uns kommen nicht viele Leute vorbei, nur die Schwester meiner Frau, und die ist taub«, erklärte Geoff.

»Sie sehen aus, als könnten Sie eine ordentliche Mahlzeit vertragen – als Aushängeschild für Ihr Restaurant sind Sie nicht gerade zu gebrauchen«, sagte Mrs Tomlinson zu Jake und stellte eine große Auflaufform auf den Tisch, die im Herd leise vor sich hin geköchelt hatte. Der Inhalt sah aus wie ein ganzes Feld voller Kartoffeln, überzogen mit glänzender Butter. Sie mussten alle lachen und bedienten sich.

Da die gesamte Familie nur wenig Verständnis für Jakes Beruf aufbrachte – »Ein Mann, der kocht?«, hatte einer der Söhne ungläubig gefragt –, wandte sich das Gespräch wie von selbst der Schafzucht zu.

»Nur, damit ich das richtig verstehe – Sie verbringen den ganzen Tag damit, die Schafe zu einer bestimmten Stelle auf dem Hügel zu treiben, und stehen dann am nächsten

Morgen in aller Herrgottsfrühe auf, um sie woandershin zu treiben?«

»Genau so ist es. Einmal bin ich nach London gefahren«, sagte Geoff, lehnte sich zurück und zündete eine fürchterlich stinkende alte Pfeife an. »Kam mir so vor, als würden alle den ganzen Tag durch diese unterirdischen Tunnel rasen wie übergeschnappte Ameisen.«

»Da haben Sie nicht ganz unrecht«, stimmte Jake zu.

»Das Leben hier ist toll«, sagte einer der Brüder. »Man kann den ganzen Tag in den Hügeln verbringen, ohne eine Menschenseele zu treffen.« Dann schwieg er wieder, um zu überlegen, ob er noch ein Stück Schinken schaffen würde, entschied sich dafür und schnitt eine gut fünf Zentimeter dicke Scheibe ab.

Jake konnte ein paar Punkte gutmachen, als er seine Leidenschaft für Herdwick-Hammelragout gestand, aber niemand schien sich großartig mit Kate unterhalten zu wollen – obwohl es die Herren sicher genossen, ihre Beine anzustarren. Kate wünschte, sie hätte ihre Baggy-Jeans angezogen.

Bedauernd lehnte sie eine zweite Portion Apfelkuchen ab. Noch ein einziger Löffel davon und ihre Knöpfe würden aufspringen.

Als sie sich verabschiedeten, hing bereits ein sichelförmiger Mond am tiefblauen Himmel. Sie wurden bedrängt, doch ein paar Geschenke in Form von Lebensmitteln mitzunehmen, aber Jake lehnte ab. »Sie waren bereits sehr gastfreundlich zu uns und Ihre Produkte sind so gut, dass sie es verdienen, verkauft und nicht einfach weggegeben zu werden.«

Sie stiegen ein und fuhren los, begleitet von einem bellenden Hundechor.

»Sie sind jederzeit willkommen, wenn Ihnen mal nach

einer anständigen Mahlzeit zumute ist«, rief Geoff ihnen nach.

»Das war Spitzenklasse«, sagte Kate. Sie war voller Bewunderung für Jake, der dieses Schlemmerparadies inmitten der Einöde entdeckt hatte. Wenn es um das Aufstöbern von etwas Essbarem ging, schien er eine geradezu journalistische Spürnase zu besitzen.

»Meiner Meinung nach haben Restaurants die Pflicht, Lebensmittelhersteller aus der Region zu unterstützen. Das tun wir in diesem Land viel zu wenig … obwohl ich den Eindruck habe, dass es langsam besser wird.«

Der Pass war auf dem Rückweg frei von Verkehr, dafür voller Schafe.

»Die Fahrbahn ist nun wärmer als das Gras, deshalb mögen sie es, hier zu schlafen«, wusste Jake.

»Halte bitte einen Moment an«, bat Kate, als sie oben auf dem Berg ankamen.

»Warum? Hast du was liegen lassen? Wenn ja, wird es dort bleiben müssen. Es ist neun Uhr und die Tomlinsons liegen bestimmt schon im Bett.«

»Jetzt will *ich* dir etwas zeigen«, sagte Kate und stieg aus.

»Wie das?« Es war doch viel zu dunkel, um etwas zu erkennen, trotzdem folgte er ihr und stellte sich neben sie.

»Schau nach oben«, forderte sie ihn auf.

Und Jake schaute. Der Nachthimmel war wolkenlos, aber voller Sterne, mehr als er je zuvor gesehen hatte. Und meilenweit gab es kein anderes Licht, das dieses Glitzern abschwächte.

»Ich wusste gar nicht, dass es so viel Sterne gibt!«

»Wie denn auch, wenn du aus der Großstadt kommst. Schau – da ist der Große Wagen.«

»Wo?«

»Die Sternengruppe da oben, in Form eines … na ja … Wagens.«

»Ja, jetzt erkenne ich ihn!«

»Und da drüben ist Orion – der Himmelsjäger. Siehst du den Gürtel mit dem herabhängenden Schwert? Und dort ist Kassiopeia – sie war eine wunderschöne Königin, vor Tausenden von Jahren.«

»Muss toll sein, seinen Namen am Himmel in Leuchtschrift zu verewigen.« Er schaute Kate an. »Danke«, sagte er dann leise. »Das ist das Hübscheste, das mir jemals jemand gezeigt hat.«

Trotz der Dunkelheit konnte Kate seine Augen sehen, sie glitzerten im Sternenlicht. Sein Gesicht war ganz dicht an ihrem. Sie näherten sich einander wie zwei Magneten. Die Berührung seiner Lippen auf ihren jagte ihr einen Schauer über den Rücken. Der Kuss kam Kate vor wie in Zeitlupe. Ein vager Gedanke schoss ihr durch den Kopf, dass sie das nicht tun sollten.

Wir werden etwas anfangen, das sich nicht mehr stoppen lässt, und es wird komplizierte Auswirkungen haben, aber – zur Hölle – es ist mir egal, ich will einfach weitermachen. Ich möchte seinen Mund berühren, sein Haar, möchte seinen Herzschlag an meinem Körper fühlen, und ich möchte Dinge mit ihm tun, dass er sich vor Lust vergisst.

Einen leidenschaftlichen Moment lang glaubte sie, er würde sie hinunter auf das Farnkraut ziehen und ihr ihren Wunsch erfüllen. Aber dann wurden sie plötzlich vom Licht eines Motorrads geblendet, das die Straße hinaufgefahren kam.

»Panne gehabt?«, fragte der Fahrer und sah die beiden neugierig an.

Der Augenblick war vorbei.

»Äh, nein … wir schauen uns nur die Sterne an«, erklärte Jake matt.

Der Motorradfahrer grinste. »Dann lasse ich Sie mal weitermachen. Die Sterne sind übrigens da oben.« Er zeigte in Richtung Himmel, zwinkerte Jake zu und fuhr davon. Die Dunkelheit verschluckte ihn, und sie waren wieder allein.

»Es ist schon spät – wir sollten zurückfahren«, sagte Jake knapp und stieg wieder in den Wagen.

Verdammt, verdammt, verdammt, dachte Kate und folgte ihm widerstrebend.

17. Kapitel

Kate stand so unter Hochspannung, dass sie dachte, sie müsse platzen. In Gedanken spielte sie diesen Kuss unter dem Sternenhimmel immer wieder durch. So oft – und mit weitaus befriedigenderen Ausgängen –, dass sie tatsächlich den Journalismus an den Nagel hängen und stattdessen Groschenromane über Liebe und Sex schreiben konnte. Um endlich aus dieser Gedankensackgasse herauszukommen, verließ sie ihre Wohnung und kaufte sich einen Berg Schokolade, mit dem sie sich vor der Arbeit stärken wollte.

Während sie gerade ihren dritten Schokoriegel an diesem Morgen auspackte, dachte sie so angestrengt nach, dass sie fast die Türklingel überhörte. Es war Lydia.

»Mein Gott – hier sieht es aus, als hättest du eine Süßwarenfabrik ausgeraubt!«

»Red keinen Unsinn«, erwiderte Kate und versuchte, ihre Zähne von Karamell und Nougat zu befreien.

»Und warum tauchst du ab in die Zuckerhölle? Welchen Teil deines Lebens hasst du gerade?«

»So ziemlich jeden«, seufzte Kate und ging los, um sich

die Zähne zu putzen und Tee zu kochen. Lydia folgte ihr in die Küche.

»Erzähl mir einfach alles, du weißt das hilft.«

»Das stimmt nicht. Du hast mir in der Vergangenheit ein paar echt miese Ratschläge gegeben.«

»Schätze, du hast eine Story in den Sand gesetzt oder du willst mit jemandem schlafen und kannst es nicht.«

»Woher weißt du das?«

»Das sind die einzigen Dinge, die dich zu Schokolade greifen lassen. Und, wer ist es? Jonathan kann es ja nicht sein.«

»Mein Gott – kann mich kaum mehr erinnern, mit ihm geschlafen zu haben! War ein schrecklicher Fehler. Nein, du hast recht. Das ist abgeschlossen.«

»Okay. Dann muss es dieser Koch sein.«

»Oh Lydia, es hat mich voll erwischt – so wie Masern.«

»Wie lästig. Möchtest du ein abgedunkeltes Zimmer und kalte Umschläge?«

»Lieber eine starke Dosis Vernunfts-Pillen, wenn du so etwas hast«, antwortete Kate mürrisch.

»Mag sein, dass ich ein bisschen schwer von Begriff bin, aber wo genau liegt das Problem?«

»Hm ... mal überlegen. Ich habe Jake so viele Lügen über mich aufgetischt, dass er denken muss, eine Fremde vor sich zu haben, wenn ich ihm die Wahrheit sage. Falls ich überhaupt jemals den Mut dazu habe. Ich glaube, ich kann das gar nicht. Ich bin eine chronische Lügnerin.«

»Erzähl mir von deinen Träumen.«

»Typisch! Na gut, wenn du es unbedingt wissen willst: Letzte Nacht habe ich geträumt, nackt mit ihm in einem Meer aus Himbeersauce zu schwimmen.«

»Klingt klebrig, aber nicht sexy.«

»Lydia, wenn du deinen Kühlschrank für etwas anderes

benutzen würdest, als Gin kalt zu stellen, wüsstest du, dass Essen durchaus erotisch sein kann.«

»Wie Freud sagen würde ...«

»Schreibt der etwa eine Kolumne im *Heat*-Magazin? Nein? Das dachte ich mir fast. Du hast doch nicht den geringsten Schimmer, was Freud über irgendetwas sagen würde.«

»Also gut, Mrs Oberschlaumeier. Erklär mir doch mal, warum du dich immer in Männer verliebst, für die ihre Arbeit wichtiger ist als das Privatleben.«

»Das ist einfach«, seufzte Kate. »Meine Arbeit ist mir nun mal wichtig und solche Männer können das besser verstehen. Jonathan wäre für eine gute Story auch nicht vor Coitus interruptus zurückgeschreckt. Und Jake würde mich verstehen, aber er hat keine Ahnung, wer ich wirklich bin.«

»Dann sag es ihm.«

»Habe ich versucht, ehrlich. Aber das Schicksal funkt mir ständig dazwischen und hält mich davon ab. Ich weiß auch nicht, warum. Oder doch – weil ich ein totaler Feigling bin. Er ist so anständig. Und immer, wenn ich gerade Mut gefasst habe, muss er weg, weil die Möhrensuppe gerinnt oder etwas in der Art. Oder meine Zunge ist wie mit Sekundenkleber an meinen Gaumen gepappt.«

»Autsch.«

»Genau.«

»Vielleicht musst du einfach nur mit ihm schlafen, um ihn aus dem Kopf zu bekommen – so wie du es bei Jonathan getan hast.«

»Das kann ich nicht. Ich will das nicht. Im Grunde ist die Lösung ganz einfach. Ich muss nur eine klasse Story schreiben, in der Jake der Held ist und nicht der Bösewicht. Ich muss Jonathan so begeistern, dass er nicht merkt, wie sehr ich mich von meinem eigentlichen Auftrag entfernt habe. Danach hypnotisiere ich Jake, damit er vergisst, was ich ihm alles vorgelogen habe. Und dann nehme ich das Problem mit diesem Supermodel in Angriff – ich weiß noch nicht wie, aber sollte ich das Vorhergehende überleben, kann das nicht mehr allzu schwierig sein.«

»Worauf wartest du dann?«

»Verdammt! Jetzt lüge ich auch schon dich an. Ich habe behauptet, Jake sei wie die Masern. Aber in Wahrheit ist es viel ernster«, gestand Kate traurig.

Kate fürchtete, dass Jake nach diesem Kuss nun auf Distanz gehen könnte, weshalb sie beim Anziehen trödelte. Nachdem sie sich auch noch eine Laufmasche gezogen hatte, brauchte sie fast fünf Minuten, um ein Paar heile Strümpfe zu finden. Schließlich kam Kate so spät zur Arbeit, dass sie kaum noch Zeit hatte, sich dafür zu entschuldigen, bevor sie nach vorn in den Gastraum schoss.

Dort blieb sie so abrupt stehen, dass Kirsty nicht mehr bremsen konnte und mit ihr zusammenstieß.

»Verflucht! Warum warnst du mich nicht vor? Du kannst unmöglich jetzt schon platt sein – wir haben gerade erst angefangen!«

»Entschuldige«, sagte Kate geistesabwesend. Ihr brach der kalte Schweiß aus. An der Bar saß eine vertraute, schlacksige Gestalt: ihr Archäologe Jim.

»Hey! Da schau einer an, was ich ausgebuddelt habe! Was in aller Welt tust du denn hier?«, begrüßte er sie strahlend.

Kate öffnete den Mund, um ihm alles zu erklären, brachte aber nur ein Krächzen zustande. Hans stand ganz in der Nähe, polierte Gläser und bemühte sich, nicht allzu neugierig auszusehen. Kate überlegte verzweifelt, was sie zu ihren Kollegen sagen konnte. »Das ist ein alter Freund von mir aus dem College«, erklärte sie schließlich, zerrte Jim vom Barhocker herunter und schleppte ihn an den Tisch in der Ecke.

»Warum bist du nicht in den Staaten und zählst deine ausgegrabenen Knochen? Du hast doch bestimmt genug davon?«

Jim wirkte irritiert. »Ich freue mich auch, dich zu sehen!«

»Entschuldige – aber die Sache ist kompliziert«, zischte sie. »Ich kann dir jetzt nicht alles erklären.« Sie sah sich ängstlich um, stellte aber fest, dass sie niemand belauschte. »Ich bin hier nicht Kate, die Reporterin, sondern Kate, die Ex-PR-Frau, die als Kellnerin arbeitet, während sie an ihrem ersten Roman schreibt – verstanden?«

Jim ließ die Information sacken. Dann breitete sich auf seinem attraktiven Gesicht ein Grinsen aus. »Du arbeitest undercover?«

Mist! Sie hatte ganz vergessen, dass er süchtig nach *24* war, dieser amerikanischen Serie. Er würde sofort die Rolle von Kiefer Sutherland übernehmen – und alles vermasseln. Sogar die kleine Angelica würde eine bessere Doppelagentin abgeben als er.

Jim schnappte sich die Speisekarte, überflog sie schnell, und zwinkerte Kate verschwörerisch zu. »Ich nehme das Steak, so blutig, wie du willst – Hauptsache, ich muss es nicht zersägen. Du weißt, was ich meine?«

Kate seufzte. Und der Abend fing erst an. Wie zur Hölle könnte sie Jim von sich ablenken? Bei den meisten Menschen würde Alkohol funktionieren. Aber in Anbetracht der Mengen, die er regelmäßig konsumierte, konnte sie das vergessen. Dann grinste sie. Das könnte klappen.

Kate sperrte sich mit ihrem Handy auf der Toilette ein und wählte rasch eine Telefonnummer.

»Lydia – Gott sei Dank bist du da. Hör zu, mir ist völlig egal, was du gerade tust. Ich brauche dich so schnell wie möglich hier – und zwar in deinem aufregendsten Fetzen.«

»Warte mal – ich hole mir nur rasch einen Stift, Sweetie. Schieß los, wen soll ich verführen?«

»Einen Archäologen, Amerikaner – von der besten Sorte. Aufgeweckt, dynamisch und gut drauf. Er liebt Geschichte, Whiskey und intelligente Frauen. Aber wofür brauchst du eigentlich einen Stift?«

»Ich mache mir Notizen, damit ich mich entsprechend anziehen kann. Zu deinem Glück sind meine Haare und Nägel immer gestylt. Ehrlich gesagt kannst du froh sein, dass ich sozusagen allzeit bereit bin. Bis gleich.«

Kate warf einen Blick in den Spiegel und schüttelte sich. Sie war seit Monaten nicht mehr beim Friseur gewesen und ihr Haar roch wie immer nach Küche. Außerdem hatte die Anspannung ihres Doppellebens dazu geführt, dass sie wieder mit dem Fingernägelkauen begonnen hatte. Sie selbst konnte wahrscheinlich nur jemanden verführen, der gerade ohnmächtig war.

15 Minuten später erschien Lydia auf der Bildfläche. Heute Abend gab sie die Walküre mit Doktortitel. Sie trug einen Minirock, dazu eine schicke schwarze Bluse, die sittsam bis oben zugeknöpft war. Lydia hielt sich immer streng an die Regel: »Titten oder Beine – niemals beides gleichzeitig.« Sie hatte eine Brille auf, obwohl Kate wusste, dass Lydia keine brauchte. Außerdem hatte sie ein Exemplar des *National Geographic* dabei und sah aus, als würde sie beim Essen nie etwas anderes lesen. Als sie Kate erblickte, spielte sie die Überraschte. Kate führte Lydia an Jims Tisch und stellte die beiden einander vor – dabei legte Lydia die richtige Mischung aus Neugier und Distanz an den Tag.

»Aber bitte, Sie dürfen sich nicht verpflichtet fühlen, mir Ihren Abend zu opfern«, sagte Jim, stand auf und machte ihr Platz.

»Ach, Sie meinen das hier?« Lydia wedelte unbekümmert

mit der *National Geographic.* »Ich wollte mich über die Ausgrabungen von Santorini auf den neuesten Stand bringen, aber das kann warten.« Sie schenkte Jim ihr wärmstes Lächeln.

»Sie interessieren sich für Archäologie?«

»Ja, in meiner Freizeit. Und ich muss sagen, ich freue mich riesig, einem Profi zu begegnen. Kate sagt, Sie hätten gerade ein großes Projekt abgeschlossen?«

»Nun ja, nicht das Kaliber von Santorini, aber doch schon ziemlich wichtig …« Kate schaute bewundernd zu, wie Lydia ihn um den Finger wickelte.

»Was führst du im Schilde?«, fragte Jake, als Kate wieder in die Küche kam.

»Nichts, wieso?«

»Ich weiß nicht. Du hast so einen Blick. Ich …«

»Oh Gott – was schwimmt denn da in den Bohnen?«, rief Kate aufgeregt, und es funktionierte. Als Jake sich vergewissert hatte, dass nichts in der Suppe war, was nicht hineingehörte, kamen zwei Großbestellungen rein und er musste sich völlig aufs Kochen konzentrieren.

Als sich Kate das nächste Mal Jims Tisch näherte, hörte sie Lydia sagen: »Und die Rolle der Frau in der minoischen Kultur ist hochinteressant, nicht wahr?« Da wusste Kate, selbst wenn sie in Begleitung einer Blaskapelle die Steaks servieren könnte – Jim würde es nicht merken.

Und wieder eine Mission erfolgreich durchgeführt, dachte sie später selbstgefällig. Jim und Lydia waren beim Kaffee und immer noch ins Gespräch vertieft. Lydia hatte die Brille abgenommen und das Kinn auf die Hand gestützt, so dass sie Jim aufmerksam ansehen konnte, während er sprach. Es sah so aus, als wäre der Abend nach dem Essen noch nicht vorbei. Kate ging zu beiden an den Tisch und füllte die Tassen noch einmal nach. Sie sah überrascht auf, als Jake nach der letzten Bestellung den Raum betrat. Er schaute sich beiläufig um und kam dann direkt auf sie zu. Offenbar erkannte er Lydia wieder von dem schrecklichen Abend, als sie mit der volltrunkenen Kate das Restaurant betreten hatte.

»Hallo«, begrüßte er Lydia. »Wir sind uns schon mal begegnet, oder?«

»Ich freue mich, Sie wiederzusehen«, sagte Lydia, ohne eine Miene zu verziehen. Wie schön, dass wenigstens sie ihren Spaß hat, dachte Kate.

Sie kam nicht umhin, alle miteinander bekannt zu machen. Jim gratulierte Jake zu dem vorzüglichen Menü. »Darf ich Sie zu einem Drink einladen?«

»Sehr nett, danke«, sagte Jake und setzte sich. Kate starrte ihn entsetzt an. Hatte er nicht vorhin noch darüber geklagt, wie müde er sei?

»Wolltest du nicht früh schlafen gehen?«

»Wollte ich, aber ich habe noch nie Freunde von dir kennengelernt. Nicht richtig, jedenfalls.« Er lächelte Lydia an.

Na wunderbar – eigentlich ist es ein gutes Zeichen, wenn ein Typ deine Freunde kennenlernen will. Aber warum diese Freunde und warum jetzt? Das gefährdete ihre Mission – jetzt wendete sich Jake auch noch an sie: »Also, du und Jim, wie habt ihr euch kennengelernt?«

»Wir kennen uns von Kindesbeinen an«, sagte Kate hastig und fügte hinzu: »Kann ich die Tassen abräumen?«

»Könntest du uns nicht noch mal nachschenken?«, fragte Jim überrascht.

»Ich könnte einen Brandy vertragen.« Jake drehte sich um und winkte Hans herbei.

»Gute Idee. Machen Sie aus meinem einen Whiskey. Und vielleicht noch eine Zigarre. Diesem Laster fröne ich nur selten, aber heute ist ein besonderer Abend«, erklärte Jim.

»Entschuldigt uns bitte«, sagte Lydia, schnappte sich Kate

und tat so, als gingen sie zur Toilette. Draußen im Flur stellte sie sie zur Rede. »Was soll das? Ihr kennt euch von Kindesbeinen an? Wie kommst du denn auf den Unsinn? Und warum?«

»Ja, ich weiß, aber mir sind die Lügen ausgegangen. Es gibt sicher eine Höchstmenge, wie viele man pro Woche erzählen kann. Oh, Lydia, ich glaube, ich halte das nicht länger durch! Ich habe so viele falsche Geschichten erzählt, dass meine Nase zwei Meter lang sein müsste. Ich bin müde und meine Füße tun noch mehr weh als mein Kopf …«

»Halt! Beruhige dich erst mal … ich werde dich schon irgendwie da rausboxen. Versuch einfach nur, möglichst nicht zu reden – das ist momentan nicht gerade deine starke Seite.«

Sie gingen wieder zurück und setzten sich. Jake schenkte gerade Brandy aus einer Flasche aus, die alt und kostbar wirkte. »Ist sie auch«, sagte er grinsend, als Jim ihn danach fragte. »Mein ehemaliger Chef hat sie mir geschenkt. Sie stammt aus dem tiefsten Frankreich. Dieser Typ stellt jedes Jahr nur ein paar Flaschen her. Nein, ich weiß nicht, wie er heißt. Wahrscheinlich werde ich nie wieder eine davon bekommen. Aber das hier ist eine besondere Gelegenheit.« Er schaute glücklich in die Runde, während Kate hüstelte, um nicht laut zu stöhnen. Unter anderen Umständen hätte sie über diese Situation gejubelt. Jake mochte sie so sehr, dass er ihre Freunde kennenlernen wollte! Das wäre ja auch wunderbar, wenn nicht … Bestimmt könnte sie einen verdammt guten Artikel darüber schreiben, wie man sich fühlte, wenn man vor einem Exekutionskommando stand.

Und da kam auch schon die erste Kugel angeflogen. »Also, wo seid ihr beiden eigentlich aufgewachsen?«, fragte Jake und schaute gespannt von Jim zu Kate.

»Gott! Das ist so lange her!«, rief Kate fröhlich. Die beiden Männer sahen sie überrascht an. »Ihr wisst schon, was ich meine«, fügte sie rasch hinzu.

»Nein«, sagte Jake.

»Ich finde, Gespräche über die Kindheit gehören in Therapiesitzungen«, antwortete sie und sah verschwörerisch Jim an.

»Vermutlich, weil man dort ehrlich sein muss«, betonte Jim vielsagend. »Weißt du, wenn man ein Doppelleben führt …«

»Jim, erzähl uns doch noch mehr über die Römer«, schlug Lydia vor und Kate blickte sie dankbar an. Warum war ihr das nicht eingefallen? Auch Jake faszinierte das Thema und Jim konnte stundenlang darüber reden. Was nicht hieß, dass sie ihm das erlauben würde.

Der Gallische Krieg – blablabla – Julius Caesar – blablabla – das war alles sehr interessant, aber Kate konnte das Gespräch nicht genießen, da sie die ganze Zeit fürchtete, Jim würde sich verplappern und erwähnen, dass sie bei den Ausgrabungen dabei gewesen war.

»Ich habe mal etwas über die altrömische Küche gelesen«, sagte Jake mit träumerischem Gesichtsausdruck.

»Tatsächlich? Das ist ein ganz besonderes Thema – was wissen Sie darüber?«

»Die Köche wurden damals sehr gut bezahlt. Kleopatras Koch zum Beispiel bekam ein Haus geschenkt, weil er ihr ein großartiges Mahl zubereitet hatte. Natürlich waren Köche damals Sklaven. Für das kleinste Missgeschick wurde man in Ketten gelegt. Das hat jeden wahrscheinlich ganz schön auf Trab gehalten. Das Nationalgericht war lange Zeit eine Art Weizenbrei, ähnlich wie Polenta. Aber dann entdeckten die Römer ihre Vorliebe für Fleisch und wollten alles probieren: Kamele, kleine Hunde …«

»Das ist ja ekelerregend!«, entfuhr es Lydia.

»Haselmäuse, Meerschweinchen, Elefanten …«

»Mann, wie gruselig«, sagte Hans, der an den Tisch gekommen war, um Gläser abzuräumen. Kate tat so, als würde sie zufällig auf seine Uhr sehen.

»Du meine Güte, ist es wirklich schon so spät?« Sie rekelte sich demonstrativ.

»Aber es ist gerade mal halb zwölf!«, erwiderte Jake.

»Na ja, du weißt schon – Morgenstund und so weiter.«

»Nein, weiß ich nicht. Erst gestern hast du gesagt, früh ins Bett zu gehen sei was für Warmduscher.«

»Habe ich das?« *Ist zwar schmeichelhaft, aber musst du dich unbedingt an alles erinnern, was ich so sage?*

»Ja, genau das waren deine Worte, als ich nach der Arbeit nicht noch mit euch was trinken gehen wollte. Wenn ich mich recht entsinne, hast du mich ganz schön geschimpft.«

Verdammt, das stimmt! Sie gähnte ein paar Mal. Sagte man nicht, das sei ansteckend? Noch nie war eine Stunde so langsam vergangen. Es war schlimmer als das Warten beim Zahnarzt. Aber endlich, nachdem sie die Hoffnung schon fast aufgegeben hatte, begann Jake aus eigenem Antrieb zu gähnen.

»Also, ist mir egal, wenn du mich jetzt wieder ausschimpfst, aber ich muss ins Bett. War trotzdem nett – ich bin nicht gerade oft unter Leuten. Wir sollten das bei Gelegenheit wiederholen.«

»Unbedingt!«, stimmte Kate zu, schob ihn durch die Tür und verdrehte seufzend die Augen, als sie sicher war, dass er es nicht sah.

Als Jake am nächsten Morgen zur Arbeit hinunter kam, traf er Angelica dabei an, wie sie den Dienstplan für die nächste Woche mit rosa Ballerinas verzierte.

»Tut mir leid, Jake«, murmelte Tess, die ziemlich mitgenommen aussah. »Meine Mum kommt sie jede Minute abholen, versprochen.«

»Warum bist du nicht in der Schule?«

»Ich habe Windpocken«, antwortete Angelica prompt.

»Hast du nicht, du kleine Lügnerin«, beruhigte Tess Jake, der sie alarmiert ansah.

»Dann eben Läuse.«

»Nein, auch nicht.«

»Aber ich habe Punkte auf der Haut.«

»Ja, weil du sie dir mit dem Filzstift aufgemalt hast, als du eigentlich frühstücken solltest. In Wahrheit hat sie sich im Bad eingeschlossen, bis der Schulbus weg war. Dann sprang mein Auto nicht an, sie schüttete sich ein Schale Rice Krispies mit Milch über das Kleid und dann – habe ich aufgegeben.«

»Und warum willst du nicht in die Schule?«, fragte Jake streng.

»Ich will Gott sehen.«

»Das wollen wir alle, aber hier wirst du ihn nicht finden.«

»Dafür wirst *du* gleich meine Hand sehen, wenn du dich nicht in Acht nimmst, junge Dame«, grummelte Tess.

»Ich werde ihn *wohl* hier sehen«, erklärte Angelica entrüstet. »Da kommt er gerade. Warum willst du mir deine Hand zeigen, Mummy. Hast du dir auch Punkte draufgemalt?«

Jake zog sich in sein Büro zurück. Gespräche mit Angelica vermittelten manchmal das Gefühl, mitten in einer Episode von *Star Trek: Raumschiff Voyager* zu sein.

Sein Bankmanager hatte ihm geschrieben und widerwillig die Hälfte des Überziehungskredites bewilligt, um den Jake gebeten hatte. Gleichzeitig hatte er mit schlimmen Konsequenzen gedroht, falls Jake dieses armselige Limit auch nur um einen Penny überschritt. Nun wünschte Jake, er würde ein Restaurant im alten Rom führen. Wenn seine Geldgeber ungemütlich wurden, konnte er ihnen einfach Angelica als Sklavin anbieten oder Godfrey nebenbei als Gladiator arbeiten lassen.

Wenn er in früheren Zeiten gelebt hätte, müsste er sich auch nicht durch E-Mails kämpfen – wie die neueste von Georgia. Er war ziemlich sicher, dass sie sich irgendwie wieder vertragen könnten, auch wenn es schwierig würde.

Georgia hatte nie kapiert, dass E-Mails kurz und auf das Wesentliche beschränkt sein sollten. Sie hatte die Technik des *Bewusstseinsstroms* entwickelt, der sich seitenweise über ihre Mails erstreckte. Jake brauchte vier Anläufe, um zu kapieren, wo sie gerade war, wie lange sie bleiben würde und wann sie zurückkäme. Er ertappte sich bei dem Wunsch, dass das noch etwas dauern würde. Natürlich sollte man so etwas eigentlich nicht über seine Freundin denken, aber er hatte die letzte Nacht verstörende Träume von einem Mädchen mit rotem Haar gehabt …

Als hätte er sie herbeigezaubert, trat Kate ins Büro ein.

»Du hast einen Teil der Post vergessen«, sagte sie und warf einen Umschlag auf den Schreibtisch. Kate hatte entschieden, so zu tun, als wäre zwischen ihnen nie etwas vorgefallen – was sich als schwierig erwies. Jedenfalls führte es dazu, dass ihre Stimme kühl und distanziert klang.

»Danke.«

Himmel, er wusste, dass er jenen Abend wirklich vermasselt hatte. Sie nahm ihm diesen Kuss offensichtlich übel. Und er konnte ihr keinen Vorwurf machen. Es war genau die Art Verhalten, für die er Harry verachtete – und jetzt tat er genau das Gleiche. Er sollte sich schämen.

Jake wandte sich wieder Georgias Mail zu und öffnete gleichzeitig den Brief, wobei er sich mit dem Öffner schnitt. Geistesabwesend überflog er ihre Zeilen, wobei ihm ungewohnte Wörter ins Auge fielen – »einsam … harte Arbeit …

scheußliches Wetter … schlimme Erkältung … musste beinahe auf dem Laufsteg niesen … ich liebe dich so so sehr und kann es kaum erwarten, dich wiederzusehen, mein Darling Jake.«

Was Jake nicht wusste, war, dass Georgia ein fürchterlich schlechtes Gewissen hatte. Harry war zwischenzeitlich zweimal in Paris gewesen und hatte es immer so eingerichtet, dass er Georgia wie zufällig über den Weg lief. Er hatte darauf bestanden, sie zu einem Drink einzuladen und beim zweiten Mal zum Dinner. Dabei hatte sie sich so gut amüsiert wie schon lange nicht mehr. Mit Harry zusammen zu sein, war sehr angenehm. Was sie auch sagte, er schien ihre Gesellschaft unglaublich zu schätzen. Er schlief nicht mitten im Gespräch ein, sondern gab ihr das Gefühl, alle Zeit der Welt zu haben. Er hörte ihr sehr geduldig zu – statt ständig auf die Uhr zu sehen und zu murmeln, dass er zurück an die Arbeit müsse.

»Ich muss los – ein Freund führt mich zum Essen aus«, Georgia beendete die Mail mit vielen – schuldbewussten – Küssen. Ich wusste gar nicht, dass sie in Paris Freunde hat, dachte Jake und hatte im nächsten Moment alles, was Georgia betraf, vergessen.

Der Brief kam vom *Restaurant Club of Great Britain*, einer kleinen, aber elitären Gruppe von Restaurantkritikern, deren größtes Vergnügen darin bestand, den Lebenswillen vermeintlicher Köche zu zerstören. Erst vergangenen Monat hatten sie ein Lokal in Devon derartig verrissen, dass der Chefkoch noch in Kochlatschen aus der Küche stürmte und schnurstracks zu seinem Therapeuten eilte. Derzeit hielt er sich in der Klinik *The Priory* auf und weigerte sich Gerüchten zufolge, diese zu verlassen.

Der Club verlieh Auszeichnungen, die in der Kochbranche als Äquivalent zu den Oscars galten. Die meisten Kritiker dort waren Journalisten und nahmen kein Blatt vor den Mund, was ihre Bewertungen anging. Sie wurden in ganz Großbritannien gehasst und gefürchtet. Ihre höchste Auszeichnung hatte die Form eines silbernen Miniatur-Messers. Es war ein bekannter Witz unter den Chefköchen, dass sie den Preis lieber den Verlierern überreichen sollten, damit die sich damit die Kehle durchschneiden konnten.

Die Kritiker gaben Chefköchen, die für einen Preis im Gespräch waren, gern einen Tipp, denn das ließ die dann noch mehr schwitzen und leiden und trennte die echten Kerle von denen, die sich vor Angst übergaben.

Mit zitternder Hand legte Jake den Brief weg. Es war so, als würde man jahrelang für die Besteigung des Mount Everest trainieren, bis zum Basis Camp hinaufklettern und dann feststellen, dass man zu viel Angst hat vor dem Erklimmen des Gipfels. Seit er zum ersten Mal über diesen Club gelesen hatte, wollte er eines dieser silbernen Messer. Nun wurde ihm die Chance geboten, tatsächlich die Auszeichnung zu bekommen und er wäre am liebsten weggelaufen, um sich einen ruhigen, netten, anspruchslosen Job in einer Sandwich-Bar zu suchen.

Wenige Minuten später steckte Kate den Kopf durch die Tür und sah, wie Jake auf und abging und dabei murmelte: »Nimm dich zusammen, Mann.«

»Ich wollte dich fragen, ob du einen Kaffee möchtest, aber ein Beruhigungsmittel wäre wohl angebrachter.«

Jake blieb daraufhin stehen, packte Kate und küsste sie überschwänglich auf beide Wangen. »Ich brauche keinen Kaffee – ich brauche Champagner!«, jubelte er und zeigte ihr den Brief.

Sie begriff sofort, um was es ging. »Das ist fantastisch! Ich wette, du schwankst zwischen Todesangst und einem dreitägigen Freudenfest.«

Er sah sie überrascht an. »Genau! Woher weißt du das?«

Verdammt, warum nur konnte sie es ihm nicht sagen? Das war so ungerecht. Sie waren beide von Ehrgeiz getrieben, durchsetzt von schwindelerregendem Selbstzweifel. Auf ihre Art waren sie beide Künstler. Sie sollten in der Lage sein, einander zu vertrauen. Dass sie Geheimnisse vor ihm hatte, erdrückte Kate, als würde sie einen schweren Sack Kartoffeln auf dem Rücken mit sich herumschleppen.

Jake ging wieder auf und ab.

»Es gibt viel zu tun! Diese Leute werden ein komplett neues Menü erwarten – vielleicht sollten wir umdekorieren … Nein, dafür habe ich kein Geld. Ich frage mich, wie geschickt sich Godfrey wohl mit dem Farbpinsel anstellt …«

Jake ging in die Küche, um allen die Neuigkeiten zu berichten.

»Lasst uns zur Feier des Tages heute Abend ein großes Besäufnis veranstalten!«, schlug Godfrey vor.

Jake sah ihn an, als hätte er den Verstand verloren.

»Bist du des Wahnsinns? Wir sind noch nicht einmal halb am Ziel. Hast du irgendetwas von dem gelesen, was sie schreiben?« Er wühlte einen Stapel Zeitungen durch und fand schließlich einen Ausschnitt einer uralten Ausgabe des *Observer.* Jake hatte ihn schon so oft gelesen, dass er ganz zerfleddert war.

»Das hier haben sie über einen ehemaligen Kollegen von mir geschrieben, einen echt talentierten Burschen. Hört gut zu.

Für Mr Hudson ist Fett offenbar der letzte Schrei. Meine Pasta Pomodoro wurden in Öl schwimmend serviert, so dass ich meinte, in einer Werkstatt zu essen statt in einem Restaurant. Die Zuckerschoten waren so welk wie nach einer Dürreperiode und die Bratkartoffeln segelten in einem See aus Fett. Die Einrichtung wird als minimalistisch bezeichnet. Offen-

sichtlich ist darunter zu verstehen, dass der Gast ohne das erforderliche Besteck isst. Als ich die Kellnerin darauf hinwies, sah sie mich an, als hätte ich selbiges in meinem Jackenärmel verschwinden lassen. Ich ging schon beinahe davon aus, dass es mir auf die Rechnung gesetzt werden würde. Um seiner Aufgabe gerecht zu werden, hatte der Sommelier offenbar tüchtig gebüffelt, allerdings ratterte er seine Informationen wie ein auf Vorspulen gestellter Papagei herunter. Als ich nach Beendigung dieser Tortur darum bat, Mr Hudson zu sprechen, ließ man mich warten. Wahrscheinlich hockte er schluchzend in der Gefriertruhe. Ich kenne John Hudson. Er ist ein wirklich guter Koch. Aber anscheinend steht er jetzt unter so starken Beruhigungsmitteln, dass er nur noch mit glasigen Augen den Herd anstarrt. Wenn diese Kritiker dich positiv bewerten, dann überschlagen sich die Leute von da an, einen Tisch in deinem Restaurant zu bekommen. Aber wenn nicht, dann verbringst du den Rest deiner Laufbahn damit, dich zu fragen, ob an deiner Tür ein Schild hängt: *Halten Sie sich fern – wir haben die Pest* und du der Einzige bist, der es nicht sehen kann.«

»Oh Mann, da können wir uns ja auf was freuen«, stöhnte Godfrey.

Während der nächsten Tage steckten Jake und Tess die Köpfe zusammen und es wurde auf Hochtouren gekocht.

Jake brauchte drei Anläufe für das *Poulet Sauté Marengo,* um endlich zufrieden zu sein – und dann morgens um halb vier zu entscheiden, dass er es doch nicht war.

»Das ist ohne Esprit. Wir streichen es von der Karte. Du kannst es zum Mittag essen«, sagte er zu Godfrey.

»Das ist das dritte Mal diese Woche, dass ich Hühnchen essen muss – und heute ist erst Mittwoch«, beklagte sich dieser.

»Und du wirst es bei den nächsten zehn Mahlzeiten wieder vorgesetzt bekommen, wenn ich nichts finde, womit ich zufrieden bin«, blaffte Jake ihn an. »Vielleicht wäre *Poulet de Bresse aux Morilles* das Richtige«, fuhr er nachdenklich fort und suchte die Zutaten heraus.

»Kann er nicht zu Lamm oder Rindfleisch wechseln? Ich habe so viel von diesem verdammten Hühnerfleisch gegessen, dass ich bald Eier lege«, murmelte Godfrey.

Er hatte Glück. Am nächsten Tag konzentrierten sie sich ganz auf Fisch.

Als Erstes probierten sie Lachs auf Le-Puy-Linsen, dann wechselten sie zu Lachs mit Brunnenkresse, spielten mit dem Gedanken an Lachs im Teigmantel, flirteten mit der Vorstellung von Lachs süßsauer, zogen in Erwägung, ihn mit Pancetta, Pinienkernen und Balsamessig zu servieren, und dann, als alle allmählich den Lebenswillen verloren, entschied sich Jake für Steinbuttfrikassee in Spinatpäckchen.

An diesem Abend wollte nach Feierabend keiner mehr etwas essen. Alle fühlten sich, als würden sie jeden Moment platzen.

Als Kate sich an diesem Abend zu Hause ins Bett legte, träumte sie, sie wäre eine kleine Sardine, die von einem Delfin gejagt wird.

So wie sich die Abendschicht anfangs gestaltete, schien es ein Spaziergang zu werden. Die Gäste kamen in vernünftigen Abständen in angenehmen Gruppen zu viert oder sechst. Die meisten waren bereits leidenschaftliche Fans von Jakes Kochkunst und kamen immer wieder. Er hoffte, sie würden köstlich speisen – und dann schnell nach Hause verschwinden. Jake sehnte sich nach seinem Bett, wollte nur noch schlafen, acht Stunden, ohne Unterbrechung und traumlos.

Eine Gruppe von zehn Touristen kam unangemeldet hereingeschneit. Das bedeutete, schnell und reibungslos Tische zusammenzustellen, was in einem vollen Restaurant nie ganz einfach ist. Aber sie schafften es. Als Kirsty die Bestellung in die Küche brachte, wurde klar, dass diese Gäste nicht wussten, wozu eine Speisekarte dient.

»Sie haben Lust auf Fischfrikadellen?«, wiederholte Jake langsam.

»Ich weiß, dass wir das nicht auf der Karte haben, aber sie haben mich gedrängt, nachzufragen. Sie sagten, wenn du ein so guter Koch bist, könntest du in jedem Fall welche zubereiten«, meinte Kirsty unbedacht.

»Ich bin ein *guter* Koch«, stimmte er zu und beobachtete, wie Godfrey sich aus der Küche schlich, aber nicht weit genug, um die Explosion nicht mitzubekommen. »Ich bin in der Küche, was Michelangelo für die Kunst war. Aber niemand hat ihn gebeten, seine Arbeiten an der Sixtinischen Kapelle kurz zu unterbrechen, um rasch mal einen Pudel zu zeichnen, oder?«

»Äh … keine Ahnung. Habe noch nie von einem Restaurant gehört, das Sixti …«

»Halt die Klappe! Ich habe auf der Speisekarte ein schwindelerregendes Aufgebot an Gerichten, die einem das Wasser im Mund zusammenlaufen lassen. Ich biete Klassiker der Haute Cuisine, und wenn das nicht gut genug ist für diese …«

Dann beschrieb Jake sehr anschaulich, wohin sie sich die Fischfrikadellen schieben könnten, wenn er denn welche hätte.

»Das dürfte gegen das Gesetz verstoßen«, erklärte Kirsty ungerührt. »Ich sage ihnen, Frischfrikadellen seien aus, okay?«

Als sie das nächste Mal in die Küche kam, flüsterte sie Kate zu, dass draußen ein Gast säße, der auf sie stehe.

»Der allein an dem Tisch in der Ecke sitzt. Er hat dir ganz schön nachgegafft, als du seine Vorspeise abserviert hast.«

»War er denn auch wirklich fertig damit?«, fragte Jake kühl. Er hatte gehört, was Kirsty gesagt hatte. Natürlich ging es ihn nichts an, wenn ein Gast mit Kate etwas trinken gehen wollte. Geistesabwesend begann er, sein größtes Messer zu schärfen.

»Vergiss es – ich bin nicht interessiert«, flüsterte Kate Kirsty zu und sagte damit sogar die Wahrheit.

»Ich denke, er wäre genau der Richtige für dich«, fuhr Kirsty fort, die sich entschlossen hatte, an diesem Tag jegliches Taktgefühl zu vergessen. »Er liest beim Essen ein Buch, also muss er genauso clever sein wie du. Außerdem könnte er dich irgendwohin ausführen, wo es nett ist – er trägt ein teures Jackett.«

»Faszinierend«, erklärte Jake mit eisiger Stimme. »Lasst uns doch alle über das Privatleben unserer Gäste spekulieren. Aber, Moment mal, wir stecken ja mitten in der Arbeit! Entschuldigt bitte vielmals, dass ich euch unterbreche, aber würde zumindest eine von euch netterweise nach vorn gehen und ihren Job erledigen?« Seine Lautstärke hatte ein bedrohliches Level erreicht, der in der Gastronomie bekannt ist als: *Der Chef erreicht jeden Moment den Siedepunkt*.

Kate stampfte missmutig aus der Küche hinaus. Sie war wütend auf Kirsty. Aber auch auf sich selbst, weil sie das Bedürfnis hatte, Jake zu versichern, dass sie sich nicht im Entferntesten für jemand anderen als ihn interessierte.

Hans war gerade am Telefon. Er wirkte aufgebracht und winkte Kate zu sich. »Könntest du kurz die Bar übernehmen? Ich muss mit Jake reden.«

Sie blickte rasch in die Runde, um sich zu vergewissern, dass die Gäste alle versorgt waren, und nickte.

Jake sah überrascht auf, als Hans den Kopf durch die Küchentür steckte. Während des Dienstes hatte er hier nichts zu suchen.

»Chef, kann ich kurz mit dir reden?«

»Was ist los?« Es musste sich um irgendeine Katastrophe im Restaurant handeln. Jake spürte Angst in seiner Brust aufsteigen.

»Es hat nichts mit dem Restaurant zu tun«, versicherte Hans schnell, als er Jakes Gesichtsausdruck sah.

»Dann sollte es besser etwas Gutes sein«, blaffte Jake ihn an und schüttelte sich dann. Hans sah wirklich beunruhigt aus und Jake dachte, dass er seine Ängste nicht am Personal auslassen sollte. Außerdem musste er damit aufhören, hinter jeder Ecke eine Katastrophe zu vermuten.

In seinem Büro angekommen setzte sich Jake. »Wenn ich das nächste Mal in der Apotheke bin, muss ich unbedingt ein paar von diesen pflanzlichen Beruhigungspillen mitnehmen«, sagte er zu sich selbst, aber Hans hatte es gehört.

»Ja, du bist eben zu vernünftig, um stärkere Sachen zu nehmen. Ein Freund von mir ist das leider nicht.«

Jake seufzte. Er ahnte, wohin das führen würde.

»Aha. Und weiter?«

Jetzt seufzte Hans. »Er ist ein anständiger Kerl, steht im Job total unter Druck. Manchmal rauchen wir zusammen ein bisschen Hasch. Aber er ist nicht dabei geblieben, sondern hat angefangen, Kokain zu nehmen. Er sagt, das helfe ihm, im Job zu überleben, es gibt ihm Selbstvertrauen und Energie. Aber um dann wieder runterzukommen, muss er noch mehr Hasch rauchen, um sich zu entspannen.«

»In London ist mir das oft untergekommen. Ich habe mal kurz in einer Küche gearbeitet, da nahm das ganze Personal Drogen. Das tut mir leid für deinen Freund, aber da kann ich dir nicht helfen – das kann er nur selbst in den Griff kriegen.«

»Ja, ich weiß, aber …«

»Das ist noch nicht alles, hab ich recht? Na los, spuck's aus.«

»Es handelt sich um Ronnie, drüben im *Café Anglais.* Ich mache mir echt Sorgen, Jake. Harry ist seit ein paar Tagen verreist und hat Ronnie die Verantwortung übertragen. Das hat Ronnie mächtig zu schaffen gemacht und er fing an, richtig starkes Zeug zu rauchen. Davon muss er durchgeknallt sein, denn jetzt hat er sich im Vorratsraum eingeschlossen. Keiner kann ihn dazu bewegen, die Tür zu öffnen, und dort geht es drunter und drüber. Wenn Harry zurückkommt und das erfährt, wird er Ronnie vierteilen. Das wäre das Ende von Ronnies Karriere und es geht ihm jetzt schon schlecht genug. Ich weiß, dass das *Café Anglais* der letzte Ort ist, wo du jemandem aus der Klemme helfen möchtest, aber ich bin erst seit ein paar Monaten hier und kenne sonst niemanden, den ich fragen könnte.«

Etwa eine Minute lang sagte Jake kein Wort.

»Harry hat da wohl ein unangenehmes Problem. Das verändert natürlich alles. Ich kann es kaum erwarten, ihm mein Mitgefühl auszusprechen, wenn ein Wort davon nach außen dringt, und das wird es! Das ist ja hervorragend. Die Götter müssen entschieden haben, dass ich jetzt dran bin mit Spaßhaben.«

Dann schlug er mit der Faust auf den Tisch. »Verdammt! Was ist los mit mir? Ich höre mich schon an wie Harry!«

»Ist schon gut, Chef, ich verstehe das«, versicherte ihm Hans. »Das ist nicht dein Problem. Es ist eben nur … dass ich dachte … Ronnie … er ist einer von uns. Er will nichts als kochen, so wie du.«

»Ich weiß. Tut mir leid. Du hast völlig recht.« Er stöhnte. »Wie kann ich nur ein solches Arschloch sein?«

»Das bist du nicht. Ehrlich, mit dir hat das nichts zu tun …«

»Aber darum geht es nicht! Ich kann nicht einfach tatenlos zusehen, wie einer von uns an den Rand des Zusammenbruchs getrieben wird. Ronnie hat sich saudämlich verhalten, aber er muss sehr unter Stress gestanden haben, um so weit zu gehen.« Jake stand auf. »Ich weiß zwar nicht, wie ich helfen kann, aber wir sollten es zumindest versuchen.«

Er ging zur Tür und zögerte. Das würde ein Ausflug in feindliches Gebiet werden und könnte Vergeltungsschläge nach sich ziehen. Aber dann sah er Hans an, der ihn voller Hoffnung und Vertrauen anschaute. »Also los, komm.«

Jake steckte den Kopf durch die Küchentür. Ohne auch nur aufzublicken sagte Tess: »Alle Gäste essen glücklich und zufrieden, es gibt keine weiteren Vorbestellungen und Godfrey und ich können Emma bei den Desserts helfen.«

»Woher wusstest du, was ich fragen wollte?«

»Ich bin Hellseher – sagte ich dir das nicht beim Vorstellungsgespräch? Nein, im Ernst, Chef: Du denkst ziemlich eingleisig. Das macht dich berechenbar.«

Er sah noch kurz nach Godfrey und Emma, die gerade einen kleinen Turm aus Mousse von weißer, dunkler und heller Schokolade errichteten. Die beiden machten ihre Sache gut, abgesehen von Godfreys dahinschmelzendem Blick, wenn er Emma wieder etwas zur Verzierung reichte.

»Das ist gut – aber mehr nicht, sonst wird es kitschig. Hört alle mal her, ich muss kurz weg. Kommt ihr ohne mich klar?«

»Sicher! Allerdings werden wir fürchterlich schmollen, wenn du uns nicht sagst, was los ist«, antwortete Kirsty.

»Ich hab wohl herzlich wenig Aussicht, vor euch irgendetwas zu verheimlichen. Ich melde mich später. Und sollte irgendetwas sein, ruft ihr mich sofort an. Kirsty, sag Kate bitte, sie soll die Bar übernehmen – Hans begleitet mich.« Jake ließ Kate nur ungern an der Bar zurück, wo sie wahrscheinlich von diesem Kerl angebaggert wurde. Aber ging ihn das überhaupt etwas an? Wenn sie mit einem feschen

Typen in einem schicken Sakko ausgehen wollte, dann war das ihre Sache. Letztlich war sie Single. Sie konnte sich treffen, mit wem sie wollte. Im Gegensatz zu dir, Jake, ermahnte er sich streng, du bist nämlich nicht frei.

Sobald sie im Auto saßen, versuchte er, nicht mehr an Kate zu denken und forderte Hans auf: »Also los, erzähl mir alles.«

»Ronnie ist ein anständiger Kerl. Zugegeben, es gibt nicht gerade viel, was für ihn spricht, weil, aber das spielt keine Rolle – Harry würde ihm sowieso nicht zuhören. Ronnie liebt – nein, er liebte das Kochen. Er hat mir mal erzählt, es sei das Einzige, was er schon immer tun wollte. Zuerst hat er sich riesig gefreut, diesen Job zu bekommen. Aber Harry … du weißt ja, wie er ist. Er redet nicht mit anderen – er schreit sie an. Und er interessiert sich einen Dreck für ihre Vorschläge. Entweder es wird auf seine Weise gemacht oder man kann gehen. Er ist nicht so wie du.«

»Wann ging es mit Ronnie bergab?«, fragte Jake und ignorierte das Kompliment.

»Von Anfang an«, erzählte Hans bedrückt. »Er sagte, ohne eine Prise Koks könnte er es nicht schaffen – es helfe ihm, schärfer zu beobachten und sich besser konzentrieren zu können. Aber dann brauchte er immer mehr davon, um eine Schicht zu überstehen. Dieses Zeug verschafft dir ein absolutes Hoch, aber das hält nicht lange an. Und dann brauchte er natürlich etwas, um wieder runterzukommen, also rauchte er immer öfter einen Joint.«

»Erst hat er etwas genommen, um sich aufzuputschen, dann eine andere Droge, um sich zu beruhigen, und jetzt ist er durchgedreht«, fasste Jake zusammen.

»Ja, so kann man das sagen.«

Als sie die Küche des *Café Anglais* betraten, sahen sie einen Pulk weißer Kochjacken und -mützen und hörten lautes Stimmengewirr. Auf einem Tisch lag ein Stapel Bestellungen, aber alle schienen zu sehr mit Debattieren beschäftigt zu sein, um sich dem Kochen zu widmen. Es war offensichtlich, dass hier niemand das Kommando hatte und keiner wusste, was zu tun sei.

»Wo ist Ronnie?«, fragte Jake knapp.

Alle stoben auseinander und einer von ihnen wies auf eine Tür. Jake ging hin und klopfte an.

»Hau ab und lass mich allein!«

»Zumindest lebt er noch. Ist da drinnen irgendetwas, womit er sich was antun kann?«

»Da lagern nur Trockenwaren und Dosen.«

»Gut. Am besten lassen wir ihn erst mal in Ruhe, zumindest bis die Gäste weg sind. Und jetzt zu diesen Bestellungen – oh, hallo Sally.«

Sie starrte ihn an wie ein Kaninchen das Scheinwerferlicht. Selbst aus der Entfernung konnte er erkennen, dass ihr nervöses Ekzem wieder ausgebrochen war. Es kroch als feuerroter Ausschlag ihre Arme hoch und bildete einen scheußlichen Kontrast zu ihrem blassen Gesicht. Eigentlich sahen alle hier ganz schön abgespannt aus, als dürften sie nie raus in die Sonne. Außerdem stierten sie ihn verwirrt, aber auch hoffnungsvoll an. Harry musste sie derart einschüchtern, dass sie keinen blassen Schimmer hatten, was sie tun sollten, wenn sie niemand herumkommandierte. Jake war froh, dass er noch immer seine Kochjacke und -mütze anhatte. Er musste grinsen. Wahrscheinlich würde es nie wieder passieren, dass Harrys Boot sank und er danebenstand und Schwimmwesten verteilte.

»Also gut, Leute, wer von euch ist für Vorspeisen zuständig? Du? Okay. Dann leg mal los: zweimal Suppe und zweimal Hummersalat, gefolgt von dreimal Steak und einmal Ente – was glotzt ihr denn so?«

»Was tun Sie hier?«, fragte einer der Hilfsköche.

Jake seufzte. Die Terrorherrschaft hatte aus diesen Köchen Idioten gemacht.

»Ich helfe, weil ihr das offensichtlich nötig habt.«

»Aber was wird Chef Hunter dazu sagen?«

Chef wer? Oh, Harry. Was für ein Arschloch dieser Kerl doch war.

»Keine Ahnung. Er ist nicht hier. Aber wenn ihr auch ohne mich klarkommt …«

»Tun wir nicht«, sagte Sally mit einer Stimme, die kaum mehr als ein Flüstern war.

»Den Eindruck habe ich auch. Geh und besorg mir eine Speisekarte, damit ich sehe, welche Beilagen zu der Ente gehören.«

Während der nächsten völlig verrückten Stunde hatte Jake das Kommando über eine fremde Küche, kochte ein ihm nicht vertrautes Menü mit einer Mannschaft, die mehr an aufgescheuchte Rehe erinnerte als an Profis. Genau das passierte, wenn man Leute nicht dazu anhielt, eigenständig zu denken. Einige der Gäste warteten seit über einer Stunde auf ihr Essen, andere hatten sich beschwert und Gerichte zurückgehen lassen. Es war der reinste Albtraum. Zudem machte Jake sich Sorgen, dass Harry wie aus dem Nichts auftauchen konnte wie der Bösewicht im Märchen und ihm ein Messer zwischen die Rippen stieß.

»Wo ist dein Chef noch mal?«, fragte er angespannt einen der Hilfsköche.

»Ich glaube in Paris. Vor morgen kommt er auf keinen Fall zurück.«

Jake zog kurz in Betracht, kleine Zettel unter die Steaks zu schieben, auf denen er den Kunden den Tipp gab, das nächste Mal lieber ins *Cuisine* zu gehen. Aber schon im nächsten Moment ertappte er sich dabei, wie er eine Kellnerin anbrüllte, die die Teller nicht gründlich genug abgewischt hatte, bevor sie sie hinaustrug. Die Kellnerinnen hier waren tüchtig, aber hochnäsig. Himmel, die Arbeit hier war wirklich die Hölle.

Er versuchte, Ordnung in das Chaos zu bringen, und hasste die Atmosphäre in dieser Küche. Sie war angespannt und stressgeladen – kein Wunder, dass es Ronnie zu viel geworden war.

Jakes Leute erschraken auch, wenn er herumbrüllte, aber sie zitterten nicht vor Angst, selbst wenn sie Mist gebaut hatten. Dann wurde er von der Frage abgelenkt, wo Harry diese tollen Fasane herhatte.

»Er schießt sie selbst«, sagte die Spülhilfe, als sie danach gefragt wurde.

»Das kann ich mir gut vorstellen«, sagte Jake.

Schließlich war es geschafft. Sämtliche Gäste hatten ihr Essen genossen, offenbar jedenfalls, denn Jake musste die Information den Kellnerinnen förmlich abringen. Ihm war klar, dass sie Harry alles brühwarm erzählen würden. Es war unmöglich, dass er nichts hiervon erfahren würde.

»Also gut, Leute, ihr räumt jetzt auf und verschwindet so schnell wie möglich. Ich versuche, Ronnie zum Rauskommen zu überreden.«

»Ich denke nicht, dass wir Sie hier allein lassen sollten«, sagte eine der Kellnerinnen.

»Warum? Damit ich nicht das Silber klaue? Aber bitte, macht, was ihr wollt. Bleibt einfach nur aus der Küche draußen, bis ich euch Bescheid gebe.«

Er gähnte und trank Kaffee, um wach zu bleiben. Seine Augen brannten vor Müdigkeit und er ertappte sich mehrfach bei der Vorstellung, wie Kate von diesem anderen Kerl auf einen Drink eingeladen wurde. Er wollte nicht hier sein und versuchen, jemandem zuzureden, der im Drogenrausch durchgeknallt war. Aber Ronnie tat ihm nun mal leid, weil er zu solch verzweifelten Maßnahmen gegriffen hatte.

Jake setzte sich neben Hans auf den Boden und lehnte seinen Rücken gegen die Tür, hinter der sich Ronnie befand. Er erzählte in ruhigem und beschwichtigendem Ton von ein oder zwei Leuten, die in ähnlichen Situationen gesteckt und sich wieder aufgerappelt hatten. Während sie Tee tranken und etwas zum Essen zu sich nahmen – eine gute Mahlzeit war seiner Meinung nach immer der beste Weg, um wieder klarer denken zu können –, redete er etwa 20 Minuten lang weiter. Als plötzlich die Tür aufging, wären er und Hans beinahe nach hinten gekippt.

Ronnie standen die Haare zu Berge, seine Augen waren blutunterlaufen und sein Gesicht wirkte ausgezehrt. Seit er hier arbeitete, hatte er mehr als 14 Pfund an Gewicht verloren.

»Plötzlich geriet mir alles außer Kontrolle«, sagte er nach der zweiten Tasse Tee. »Ich habe am Nachmittag einen ziemlich starken Joint geraucht, um vor der Abendschicht schlafen zu können. Aber als ich zur Arbeit kam, war mir ganz komisch. Ich konnte meine Messer nicht mehr kontrollieren, als hätten die einen eigenen Willen. Ich bekam Angst, die könnten etwas Schreckliches anrichten, deshalb wollte ich an einem ruhigen und dunklen Ort warten, bis es mir besser ginge.«

»Unter diesen Umständen war das wahrscheinlich ein kluger Schritt. Fühlst du dich jetzt besser?«, fragte Jake.

»Sicher. Es geht mir wieder gut.«

»Red keinen Unsinn«, widersprach Jake. »Du hast die Krise dieser Nacht überstanden, aber wenn du deinen Kopf nicht wieder richtig klar bekommst, werden andere folgen.«

»Was würdest du tun, wenn ich in deiner Küche angestellt wäre?«

»Dich feuern«, erklärte Jake brutal. Aber dann fügte er in freundlicherem Ton hinzu: »Hör zu, Mann, in deinem Zustand nützt du weder dir noch sonst jemandem. Wenn du weiter Drogen nimmst, passiert früher oder später in der Küche ein schlimmer Unfall, und das wirst du dir niemals verzeihen. Betrachte diese Nacht als Warnung und die Chance, heil auszusteigen. Lass die Drogen aus deinem Körper raus und such dir einen netteren Chef – es gibt schließlich genug davon.«

»Wirst du Harry erzählen, was passiert ist?«

»Das brauche ich gar nicht. Die Kellnerinnen werden es ausplaudern, so schnell sie nur können.«

»Mist – dann werde ich rausgeworfen!«

»Nicht, wenn du vorher kündigst. Und dann gehst du zum Arzt und sagst ihm die Wahrheit, damit er dir helfen kann.«

»Mir ist nicht mehr zu helfen«, klagte Ronnie.

»Red keinen Quatsch. Hör zu, willst du immer noch kochen?«

Ronnie schwieg und dachte lange nach.

»Ich weiß noch, wie es anfing. Ich wollte Koch werden, um irgendwo in Yorkshire meinen eigenen Pub zu eröffnen, ich stamme da aus der Gegend. Wenn ich mich abends ins Bett legte, habe ich mir ausgedacht, was alles auf die Speisekarte käme.« Er seufzte.

»Du hast immer noch dieses Feuer in dir, auch wenn es auf Sparflamme brennt. Du meine Güte – Harry löscht wirklich jedermanns Ehrgeiz aus! Du bist einfach nur in schlechte Gesellschaft geraten, wie meine Großmutter sagen würde. Hör mir zu – ich glaube an dich, aber zuerst musst du clean werden.«

Jake war erleichtert. Ronnies Augen hatten aufgeleuchtet, nur ganz kurz, aber das genügte. Und dann bewerkstelligte er sogar ein schwaches Grinsen.

»Das hier war der schlimmste Job meines Lebens. Jetzt, wo ich weiß, dass ich gehe, ist es fast zum Lachen, aber das war es nicht. Er hat mich immerzu angebrüllt. Ich konnte mich anstrengen, wie ich wollte – er war nie zufrieden. Mit dem Koks konnte ich es leichter wegstecken und überhaupt nur durchstehen.«

»Wenn du einen anständigen Ort zum Arbeiten findest, wirst du in Zukunft nichts weiter brauchen als Engagement«, sagte Jake und gähnte herzhaft.

»Du kannst heute Nacht bei mir pennen und morgen früh gebe ich deine Kündigung ab. Dann kannst du nach Hause fahren«, bot Hans Ronnie an.

»Bestens. Ich sage nur noch rasch einem von Harrys Sklaven nebenan Bescheid, dass wir jetzt gehen«, sagte Jake.

»Das habe ich gehört!«, sagte Annabelle und kam zackig in die Küche gewackelt. Jake wurde klar, dass sie die ganze Zeit gelauscht hatte. »Sobald ich die Tür hinter euch abgeschlossen habe, werde ich Harry anrufen.«

»Tu, was du nicht lassen kannst.«

Aber während er die Jungs nach Hause fuhr, war ihm doch einen Moment lang unbehaglich zumute. Das war albern, oder? Er hatte doch eindeutig die Oberhand. Harry würde nicht wollen, dass irgendetwas davon publik wurde. Seinem Ruf würde das nicht gut tun und der war in einer Kleinstadt wie dieser äußerst wichtig. Harry konnte nichts weiter tun, als mit den Zähnen zu knirschen und sich nett bei Jake zu bedanken. Oder?

18. Kapitel

Als sich Jake endlich ins Bett legte, war es früh am Morgen. Lächerlich kurze Zeit später klingelte sein Wecker. Sein ganzer Körper sträubte sich. Er hatte kaum geschlafen und Albträume gehabt. Einen Moment lang blieb er liegen und dachte sehnsüchtig an Urlaub (wann hatte er das letzte Mal freigehabt?) und Jobs, bei denen man am Wochenende nicht arbeiten musste. Stöhnend stand er auf.

Mit der Aussicht auf den Preis vom Restaurant Club blieb keine Zeit, matt im Bett herumzuliegen. Egal, was seine Gäste sagten, er selbst war davon überzeugt, dass noch viel Arbeit vor ihm lag, bevor seine Kochkünste den Anforderungen entsprachen.

Einer seiner Helden, Alexandre Dumaine, jahrelanger Küchenchef des *l'Hostellerie de la Côte d'Or* in Burgund, war bekannt für sein Motto: »Wir erfinden nicht – wir perfektionieren.« Später hatte dieser großartige Koch zugegeben, dass er 30 Jahre gebraucht hatte, um die richtige Mischung für eine bestimmte Sauce zu finden.

Jake kam zu dem Schluss, dass er den Verstand verlieren würde, wenn er noch länger grübelte. Um sich aufzuheitern, setzte er sautierte Kalbsnieren mit Kartoffelpüree auf die Karte.

Etwa zur selben Zeit, einige Tausend Meter über ihm, sprang eine Stewardess erschrocken zur Seite. Sie machte gerade die Erfahrung, dass ein Croissant als Waffe benutzt werden kann – jedenfalls in Harrys Händen.

»Es ist nicht nötig, mit dem Croissant nach mir zu schlagen, Sir«, entrüstete sie sich.

»Dann versuchen Sie nicht, mir einzureden, dieser Mist sei genießbar!«, brüllte er.

»Alle anderen Gäste sind damit scheinbar ganz zufrieden. Vielleicht möchten Sie lieber nur einen Kaffee?«

Harry ließ sich missmutig in seinen Sitz zurückfallen. Er war schrecklich schlecht gelaunt und es war niemand da, an dem er seinen Ärger abreagieren konnte. Er nippte am Kaffee und brütete vor sich hin.

Bis vor wenigen Stunden hatte er eine wundervolle Zeit verbracht. Er dachte an Georgias Gesichtsausdruck, als sie über den Laufsteg stolzierte und ihn in der ersten Reihe entdeckte. Als echter Profi hatte es sie nicht aus dem Tritt gebracht, aber sie riss überrascht und sichtlich erfreut die Augen auf.

Nach der Show hatte er es geschafft, sich hinter die Bühne zu schmuggeln. Dort quetschte er sich an kichernden, nackten Models vorbei, ohne sie eines Blickes zu würdigen. Er ging schnurstracks auf Georgia zu und überreichte ihr eine langstielige Rose. Das war zwar ziemlich abgeschmackt, aber wenn es sein musste, zog Harry alle Register.

»Ich habe einen Tisch für zwei reserviert. Ich würde es ja bevorzugen, Sie kämen so mit, wie Sie gerade sind.« Er senkte den Blick auf ihre nackten Brüste. »Aber ich fürchte, dann sorgen wir für einen Aufstand.« Er neigte den Kopf und küsste eine ihrer Brustwarzen. »Die andere hebe ich mir für später auf.«

Alle Mädchen und einige der Männer seufzten neidisch. Wie im Film, dachte Georgia.

Sie waren in ein kleines Restaurant gegangen, in dem Diskretion herrschte und man ausgezeichnetes Essen servierte. Harry hielt das Gespräch leicht und locker, bestand allerdings darauf, dass Georgia winzige Happen seines Filetsteaks zu ihrem Salat aß. Dann brachte er sie zu Fuß zu ihrem Hotel. Es war nicht weit und außerdem ist Paris bei Nacht ein Traum für Verliebte. Vor ihrer Zimmertür blieben sie stehen. Georgia zitterte vor Erwartung.

»Ich habe da noch etwas mit deinem Körper vor«, sagte Harry.

»Ja, ja«, hauchte Georgia, die völlig vergessen hatte, dass Jake überhaupt existierte.

»Aber nicht heute Nacht.«

»Was?«

»Du denkst, du kennst dich, aber ich kenne dich besser. Du glaubst, bereit zu sein, aber du bist es nicht. Noch nicht. Das ist betrüblich, aber ich kann warten.« Er küsste ihr die Hand und drehte sich um.

»Wirklich – ich bin soooo bereit«, jammerte Georgia frustriert. Aber Harry war bereits gegangen. Eines der Geheimnise von Harrys Erfolg bei Frauen lag darin, dass er immer genau wusste, wann der richtige Moment war, um mit ihnen ins Bett zu gehen. Dann nämlich, wenn sie vor Verlangen nach Luft rangen und taten, was er wollte. Er grinste innerlich bei dem Gedanken an das bevorstehende Vergnügen, als sein Handy klingelte.

Anfangs blieb er ganz ruhig – ein Wutausbruch macht keinen Sinn, solange man nicht alle Fakten kennt und die Situation klar eingeschätzt hat. Nachdem das erledigt war, fluchte er leise vor sich hin und seine Worte steigerten sich allmählich zu einer lauten Schimpftirade, bis er wutentbrannt sein Handy auf den Bürgersteig schleuderte. Es prallte zweimal wieder ab und zerbrach in vier Teile. Der Taxifahrer, den Harry gerade herbeigewinkt hatte, sah das mit an und gab Gas. Manche Fahrten waren das Geld nicht wert.

»Sammeln Sie die Teile ein und bauen Sie das Ding wieder zusammen«, befahl er dem Concierge vor Georgias Hotel. Dann marschierte er wieder hinein, um vom Hotel aus einen Rückflug zu buchen.

Er wollte zwei Leuten an die Gurgel gehen. Ronnie, der auf derart spektakuläre Weise Scheiße gebaut hatte und das Restaurant in Verruf brachte, und Jake, der es gewagt hatte, den weißen Ritter zu spielen und jetzt von Harry Dankbarkeit erwartete. Verdammt! Was für ein quälender Gedanke! War es überhaupt möglich, sich bei einem Mann zu bedanken, den er mehr hasste als jeden anderen? Als Harry im Flugzeug saß, probierte er das Lächeln aus, das er dabei aufsetzen würde. Anscheinend musste er noch viel üben, denn er brachte mit dieser Miene ein kleines Kind zum Weinen.

Du kannst das, sagte er sich. Du kannst es, weil dieser dämliche Scheißkerl keine Ahnung hat, dass du mitten in einem erfolgreichen Feldzug steckst, seine Freundin zu verführen. Jake mag ein kleines, unbedeutendes Gefecht gewonnen haben, aber er hat keinen blassen Schimmer, wie man einen Krieg gewinnt. Du wirst als Letzter lachen, Harry, mein Junge.

Allen schmeckten die Nierchen, mit Ausnahme von Kirsty, die sich rigoros weigerte, überhaupt zu probieren. Sie behauptete, das sei ekelhaft.

»Was?«, wollte Jake wissen.

»Du weißt verdammt gut, was ich meine.«

»Nein, tue ich nicht! Wenn du bereit bist, die Beine oder die Brust eines Tieres zu essen, dann kannst du auch alles Übrige essen – es ist tot und wird sich nicht beschweren, oder?«

»Ist mir egal. Ich bin durchaus in der Lage, den Gästen vorzuschwärmen, wie köstlich es sei. Also spielt es doch keine Rolle, oder?«

»Ich möchte lediglich deinen Geschmackshorizont erweitern.«

»Der ist weit genug, besten Dank«, entgegnete sie und marschierte davon, um ans Telefon zu gehen. »Es ist, wie heißt sie noch gleich, diese Tussi aus dem *Café Anglais*«, zischte sie, nachdem sie wieder zurückgeeilt war. Jake ging an den Apparat. Annabelle richtete ihm aus, Harry würde sich freuen, wenn Jake am Nachmittag auf einen Kaffee vorbeikäme. »Er möchte Ihnen danken, wie Sie sich um den armen Ronnie gekümmert haben«, sagte sie und klang fast so – aber eben nur fast –, als würde sie glauben, was sie da sagte.

»Das war doch gar nichts«, sagte Jake und tat so, als würde er in seinem Terminkalender nachsehen, dabei wusste er ganz genau, dass die heutige Seite leer war – abgesehen von einem Saucenfleck.

»Eine halbe Stunde kann ich erübrigen«, sagte er und freute sich diebisch.

Alle anderen waren dagegen, dass er hinging.

»Du bildest dir ein, bei dieser Sache Oberwasser zu haben«, begann Kate.

»Habe ich auch. Wenn ich fies wäre, könnte ich die Sache in der ganzen Stadt herumerzählen. Es würde Harry nicht aus dem Geschäft drängen, aber ihm ganz schön schaden. Ein verlockender Gedanke. Aber ich habe nicht vor, den armen Ronnie so zu verheizen. Das weiß Harry jedoch nicht.«

Kate seufzte. »Jake, verglichen mit Harry bist du in puncto Doppelzüngigkeit ein Anfänger. Er wird dich mit links fertigmachen.«

»Wie sollte er das dieses Mal bewerkstelligen?« Jake ging sich umziehen.

Auch Harrys Wohnung lag über dem Restaurant, aber da hörten die Parallelen zu Jakes Behausung auch schon auf.

Wie Georgia vor ihm kam auch er nicht umhin, die gänzlich unterschiedlichen Lebensstile zu vergleichen. Die beiden Wohnungen sahen aus wie das Vorher und Nachher bei einer Verschönerungsaktion in einer Fernsehshow.

Annabelle führte ihn herein und sagte, Harry wäre in einer Minute bei ihm.

Jake sank auf das Sofa, das so weich und bequem war, dass es ihn regelrecht anflehte, die Füße hochzulegen und zu dösen. In der Ecke stand ein riesiger Plasmafernseher. Die Regale zierten antike Kunstobjekte und an den Wänden hingen hübsche Aquarelle. Jake bemühte sich erfolglos, all das zu hassen. Es war genau die Art Wohnung, die er selbst gern gehabt hätte.

Harry ließ ihn zehn Minuten warten, und Jake wurde jetzt doch nervös. Vielleicht war Harry gar nicht dankbar für die Hilfe, sondern wütend über die Einmischung? Er stand auf und positionierte sich in der Nähe der Tür. Dann war er im Zweifelsfall schnell draußen.

Aber als Harry eintraf, gab dieser sich freundlich und entgegenkommend.

»Entschuldige, dass ich dich warten ließ. Ein Telefonat mit der Agentur, um mir einen neuen Chefkoch zu suchen«, erklärte er lächelnd und sah Jake an, als wolle er sagen: »Ein schöner Mist ist das, aber wir werden uns bemühen, es wie Gentlemen durchzustehen.«

Jake lächelte verhalten zurück. »Hast du was von Ronnie gehört?«, fragte er besorgt.

»Nichts, abgesehen von der Kündigung, die ich bei meiner Rückkehr vorfand. Ich rechne auch nicht damit, noch mal von ihm zu hören, und offen gesagt ist es mir egal.«

»Er hat eine Menge Arbeit vor sich, bevor er an den Herd zurückkehren kann«, sagte Jake.

Harry biss die Zähne zusammen und holte tief Luft. »Ja,

das hat er. Danke, dass du hergekommen bist und ausgeholfen hast. Ich bin dir wirklich dankbar dafür.« Geschafft, es war heraus.

Aber Jake wirkte nicht überzeugt. »Ich habe lediglich einem Kochkumpel in der Not geholfen – und damit meine ich nicht dich. Nichts würde mir mehr Freude bereiten, als dich bis zum Hals in der Scheiße sitzen zu sehen. Aber im Gegensatz zu dir habe ich Prinzipien.«

Wie kann er es wagen, mich so verächtlich anzusehen, dachte Harry wütend, während ein Plan, der bisher noch recht vage gewesen war, in seinem Kopf Gestalt anzunehmen begann.

»Ist mir klar. Zwischen uns gibt es viel böses Blut, nicht wahr?«

»Schätzungsweise einen ganzen Fluss voll, Harry. Sehe ich dumm genug aus, hinüberspringen zu wollen?«

Das hier gestaltete sich schwieriger, als Harry angenommen hatte. »Wie wär's, wenn wir uns setzen?« Dann stützte er das Kinn auf die Hände und nahm sich Zeit, bevor er zu sprechen begann. Jake sollte glauben, seine Worte kämen von Herzen. »Ich kann die Vergangenheit nicht ungeschehen machen, aber ich kann dazu beitragen, dass wir uns in Zukunft anders verhalten. Ob es dir gefällt oder nicht, aber wir sind Geschäftsleute in einer Stadt, die so klein ist, dass wir uns gar nicht aus dem Weg gehen können. Aber ich bin Realist – Freunde können wir wohl nicht werden. Vielleicht können wir jedoch lernen, wie zivilisierte Menschen miteinander umzugehen. Das würde ich wirklich gern, Jake, denn auf lange Sicht kann ich davon nur profitieren.« Das stimmte allerdings. Er würde ihm Georgia wegschnappen und wollte es direkt vor Jakes Nase tun – nur um zu demonstrieren, wie einfach das für ihn war. Die einzige Sache, die Harry noch mehr mochte als zu gewinnen, war, stilvoll zu gewinnen.

Er setzte ein verlegenes Grinsen auf. »Ich weiß, dass ich dazu den ersten Schritt tun muss, und deshalb möchte ich dich und deine Leute zu einer kleinen Party einladen, die ich nächste Woche auf dem Familienanwesen gebe. Wir werden uns wohl kaum am Ende in den Armen liegen. Aber zusammen ein Glas Wein zu trinken, wäre vielleicht ein Anfang.« Harry lehnte sich zurück. Er war zwar ziemlich sicher, dass sein Blick aufrichtig wirkte, aber er wollte es nicht übertreiben.

Wie Harry gehofft hatte, war Jake sprachlos. Er hatte mit allem Möglichen gerechnet, aber nicht damit. Aber letztlich musste jeder irgendwann einmal erwachsen werden, selbst Harry. Vielleicht hatte die Verantwortung für einen eigenen Betrieb dazu beigetragen, Harry reifer werden zu lassen? Nein, sie würden sicher nie Freunde werden, aber wie angenehm könnte das Leben doch sein, wenn sie lernten, fair miteinander umzugehen. Jake atmete tief durch. Dieses Angebot verdiente eine angemessene Antwort, denn es käme vielleicht nie wieder dazu.

»Okay, lass es uns versuchen.«

Harry nickte nüchtern – das Abbild eines Mannes, der bereit war, ernsthaft an sich zu arbeiten. Himmel, er war richtig gut in dieser Rolle!

Später, zurück in seiner eigenen Küche, sagte Jake: »Ich habe darüber nachgedacht und mir fällt absolut kein Grund ein, warum Harry das sagen sollte, wenn er es nicht ehrlich meint.«

Tess sah ihn schweigend an. Ihr fiel auch keiner ein und doch würde sie ihren nächsten Wochenlohn darauf verwetten, dass es einen gab.

»Wir sind jetzt erwachsen und haben Besseres zu tun, als uns gegenseitig zu bekriegen!«

Du schon, dachte Tess. Deshalb bist du auch ein anständiger Kerl. Aber Harry ist das nicht und ich wüsste zu gern, was er im Schilde führt. »Also gut, wenn es denn sein muss, gehen wir auf diese verdammte Party.« Auf diese Weise können wir dir wenigstens den Rücken decken.

Harrys Haus stank nach Geld wie ein Prominenter im Kaufrausch. Strahlend weiß thronte es im Sonnenlicht, von Bäumen umringt wie von Bodyguards.

Über eine Gegensprechanlage am Tor wurde ihnen geöffnet.

»Als würde man jemanden im Gefängnis besuchen«, brummte Jake.

Als er mit Georgia langsam die Einfahrt hochfuhr, wurde ihnen klar, dass die Crème de la Crème des Lake District auf der Party vertreten war – den Fahrzeugen nach zu urteilen. Jake schätzte, dass keines davon weniger als 30000 Pfund gekostet hatte, wodurch sein schäbiger Ford Fiesta mächtig auffiel.

»Bestimmt kommt gleich einer raus und sagt uns, der Lieferanteneingang sei hinten.«

»Jetzt hab dich nicht so!« Georgia versuchte gerade, Lippenstift mit einer Hand aufzutragen, die merklich zitterte. Sie war aufgeregt und ein bisschen ängstlich bei dem Gedanken, Harry wiederzusehen. Und sie hatte ein schlechtes Gewissen, weil sie sich so darauf freute. Sofort wurde sie wütend auf Jake, weil er ihre Schuldgefühle weckte. Jake spürte ihre Aufregung, nahm aber an, dass diese Party für sie wesentlich mehr Bedeutung hatte als für ihn. Verständlicherweise war sie darauf erpicht, einen möglichst guten Eindruck zu machen. Er konnte sich nur nicht erklären, warum sie das so ärgerlich stimmte.

»Du siehst perfekt aus, wie immer«, versicherte er ihr. Sie

hatte komischerweise an seiner legeren Kleidung nichts auszusetzen.

Georgia hatte deshalb keinen Kommentar zu seiner Jeans abgegeben, weil sie ihr nicht aufgefallen war. Sie war viel zu sehr mit ihrem eigenen Outfit beschäftigt. Im Unterschied zu Jake nahm Harry Kleidung zur Kenntnis und sie wollte einen umwerfenden Eindruck machen. In dem langen, fließenden Kleid von Chloé gelang das sicher. Es schmiegte sich vorteilhaft um ihre festen Brüste und schlängelte sich auf zurückhaltende, aber andeutungsvolle Weise an ihren langen Beinen hinunter. Sie registrierte Jakes Komplimente kaum, denn die bedeuteten ihr schon lange nichts mehr.

Als sie aus dem Wagen stiegen, kamen drei Gestalten hinter einem Baum hervor auf sie zugeschossen.

»Wir haben uns nicht getraut, ohne euch reinzugehen«, kicherte Kirsty und blieb mit ihren hohen Absätzen im Gras stecken.

»Das war wahrscheinlich gut so. Man könnte Godfrey für einen Kellner halten. Das Einzige, was dir fehlt, ist ein Tablett mit Canapés.«

»Haha. Mum hat gesagt, ich muss diesen Anzug anziehen. Ich habe Ewigkeiten gebraucht, um die Krawatte zu finden. Jemand hat sie als Hundeleine benutzt.«

»Falls ein Gast bei dir einen Drink bestellt, bellst du einfach. Irgendwie riechst du auch nach Hund«, sagte Hans. Er hatte sich vorher einen Joint reingezogen und war im Unterschied zu den anderen entspannt und heiter.

»Lasst es uns hinter uns bringen«, sagte Jake. Das war sein erster freier Abend seit Monaten und den musste er ausgerechnet hier verbringen.

Sie stiegen die breite Treppe hinauf, gingen zwischen zwei Steinlöwen hindurch und betraten die Eingangshalle.

Godfrey reckte den Hals, weil die Krawatte zu eng saß.

»Seht mal, da auf dem Teller – das sind anscheinend geräucherte Lachspäckchen. Meine Mum hat vor Ewigkeiten mal hier bei einer Party ausgeholfen. Sie sollte ein schwarzes Kleid anziehen. Aber sie hat gesagt, man müsse ihr wesentlich mehr zahlen als vier Pfund die Stunde, um etwas anzuziehen, worin man ständig Schweißflecke unter den Armen hat. Ganz zu schweigen, dass manche Schuhe auf diesem Boden lebensgefährlich sind und …«

»Halt bitte den Mund«, flehte Jake, als er Georgias versteinerte Miene sah.

Der Butler war nur für diesen Abend angeheuert worden und stinksauer. Er hatte einen Anschiss bekommen, nachdem er sich verdrückt hatte, um heimlich eine Zigarette zu rauchen. »Da das Wetter so schön ist, haben sich die Gäste auf der Terrasse am Pool versammelt«, verkündete er automatisch. Dann erkannte er Jake, da sein Vater das Restaurant manchmal mit Gemüse belieferte. »Wie geht es Ihnen? Hätte nicht erwartet, Sie bei einer derartigen Veranstaltung zu treffen.«

»Ebenso«, grinste Jake. »Ich dachte, Sie wären zu sehr damit beschäftigt, den Blumenkohl wieder aufzuladen, den ich nicht bestellt hatte.«

»Die zahlen mir hier 100 Pfund für den Abend. Aber davon ist jeder Penny hart verdient. Sie sind alle draußen hinter dem Haus. Immer dem Lärm nach, ist nicht zu verfehlen«, sagte er verdrießlich.

Hinter dem Haus war eine riesige Terrasse mit angrenzendem Pool. Überall standen herausgeputzte Leute. Sie redeten und lachten laut. Harrys Mutter hielt inmitten der größten Gruppe Hof und stärkte sich schlückchenweise mit einem riesigen Glas Gin. Sie war immer noch eine Schönheit, obwohl ihre Haut allmählich ein bisschen zu straff über das Gesicht gespannt wirkte. Sie kam zur Begrüßung auf sie zu. »Sie müssen Harrys neuer Freund sein!«

Jake kämpfte dagegen an, sich zu schütteln. Was für ein entsetzlicher Gedanke!

»Er hat uns alles über Ihren tapferen Versuch erzählt, in der Gastronomie Fuß zu fassen. Wie schön für Sie! Und denken Sie dran, dass Harry immer großzügig mit Rat zur Seite steht.«

Jake wollte erwidern, dass Harry nur in einer Sache großzügig war: Beleidigungen. Und wenn er je an den Punkt kam, ihn um Hilfe bitten zu müssen, dann wüsste er, dass sein Leben vorbei war. Aber bevor er etwas sagen konnte, rief Georgia aus: »Was für ein fantastischer Pool!«

»Ich fürchte, wir haben die Heizung nicht angestellt«, erklärte Mrs Hunter schnell. Sie hatte Georgias Jugend und Schönheit sofort neidisch registriert, ebenso wie die Tatsache, dass plötzlich aus allen Winkeln des Gartens die Männer angeschossen kamen. Auf keinen Fall würde sie zulassen, dass sich diese Frau auszog und für noch mehr Aufregung sorgte.

»Wie schön, dass ihr es geschafft habt!« Harry erschien und gab sich äußerst freundlich. »Da drüben ist jemand von der Zeitschrift *Elle* – er sagt, er würde Sie kennen, Georgia. Lassen Sie mich Ihnen ein Glas Champagner holen und Sie dann hinüberbegleiten«, fuhr er fort und schleppte Georgia mit seiner üblichen Raffinesse ab. Tess schaute den beiden misstrauisch nach, aber was sollten sie schon anstellen in einem Garten voller Menschen?

»Ich sehe niemanden, der mir bekannt vorkommt«, bemerkte Georgia und stellte sich auf die Zehenspitzen. Dabei wagte sich eine ihrer Brustspitzen aus den knappen Stofffalten heraus.

Harry schluckte erregt. »Ich habe gelogen. Ich wollte mit dir allein sein.«

Georgia fühlte sich mächtig geschmeichelt, aber auch

verängstigt. »Wie süß, aber das hättest du nicht tun sollen. Ich kann Jake nicht einfach so allein lassen.«

»Er hat sich schon unter die Leute gemischt«, sagte Harry, und es stimmte sogar. »Lass mich dir wenigstens einen Drink holen.«

Georgia konnte Jake tatsächlich nirgendwo entdecken.

Sie hatte ihm kaum den Rücken zugekehrt, da war Jake weitergezogen. Seine Mannschaft hatte auf kürzestem Weg ohne ihn die Bar angesteuert, weswegen er sich allein und ziemlich deplatziert fühlte.

»Was für ein Haufen oberflächlicher, hohlköpfiger Wichser«, murmelte er laut, um sich besser zu fühlen.

»Ich könnte es nicht treffender formulieren«, sagte der Butler, der plötzlich wie aus dem Nichts aufgetaucht war. »Ich persönlich würde reichlich Alkohol empfehlen, aber Finger weg vom Whiskey – der bringt einen schnell dazu, einem dieser Typen eins auf die Nase geben zu wollen.« Jake lachte so sehr, dass ihm die Kohlensäure des Champagners in die Nase stieg. Hustend und prustend zog er sich in Richtung Eingangstür zurück, um Georgia nicht in Verlegenheit zu bringen.

Als er gerade vorne auf der Treppe stand, kam Kates klapperiges Auto die Einfahrt hinaufgeschossen. Erst im letzten Moment sah sie den alten, übergewichtigen Jack-Russell-Terrier, der sich mitten auf die Fahrbahn gesetzt hatte. Er versuchte dort wieder zu Atem zu kommen, nachdem er erfolglos einem Kaninchen nachgejagt war. Kate wich in letzter Sekunde aus und fuhr haarscharf zwischen zwei Rollern hindurch, nur knapp ihren Außenspiegel verschonend. Dass sie völlig schief einparkte, schien ihr verdammt egal zu sein – und das war es auch.

Nun besserte sich Jakes Laune schlagartig. Es hatte so

etwas herrlich Selbstbewusstes, wie sie mit einem Tritt die Wagentür zumachte. Tatsächlich war das die einzige Methode, um die Tür richtig zu schließen. Kate trug einen kurzen, leuchtendroten Rock und flache Schuhe, was ihre langen, leicht gebräunten Beine betonte. Wie Kate nun wusste, sahen Kellnerinnen selten Tageslicht, geschweige denn die Sonne – deshalb hatte sie mit Selbstbräuner nachgeholfen. Die Zeit hatte nicht gereicht, um ihr Haar trocken zu föhnen, also hatte sie es einfach zurückgekämmt und lediglich ein bisschen Rouge aufgelegt. Unbemerkt sah Jake ihr zu, wie sie das Haus musterte. Dann entdeckte sie Jake und grinste ihn verschwörerisch an.

»Stinkt nach Geld, aber ohne Stil«, zischte sie amüsiert.

Jake sah sich gezwungen, ehrlich zu sein. »Leider ist das Haus ganz hübsch – hat Charakter … Ich wünschte, es wäre meins.«

»Zum Kotzen, nicht wahr?«

»Ich würde es nicht wagen, etwas so Stilloses hier zu tun. Sie könnten die Hunde auf mich hetzen.«

»Also der da würde dir nicht gefährlich werden«, sagte sie und zeigte auf den Terrier, der keuchend auf der Erde lag. »Er hat offenbar zu viele Schnitzel aus Harrys Restaurant gegessen.«

»So wie sein Dad. Harrys, meine ich. Bin ihm gerade begegnet. Sein Bauch hängt bis zu den Knien. Er hat mich ungläubig angestarrt, als könne er nicht verstehen, was ein solch gammeliger Typ in seinem Haus verloren hat.«

»Du siehst doch gut aus – für jemanden, der ganz offensichtlich nicht bereit ist, viel Geld für Kleidung auszugeben.«

Gemeinsam gingen sie zum Pool, wo sie erleichtert begrüßt wurden.

»Keiner redet mit uns«, beschwerte sich Godfrey.

»Ihr müsst euch eben ausnahmsweise unters gemeine Volk mischen«, sagte Jake und setzte sich.

»Solltest du nicht mit wichtigen Leuten plaudern und nützliche Kontakte knüpfen?«, fragte Kirsty.

»Wahrscheinlich, aber dazu kann ich mich nicht aufraffen. Ich sollte Georgy suchen gehen.«

»Die ist mit Harry losgezogen und sie sah aus, als könnte sie auf sich selbst aufpassen.«

»Du hast wohl recht.« Jake fühlte sich unbehaglich bei dem Gedanken, wurde aber davon abgelenkt, als er Hans zurückhalten musste, sich direkt vor den Augen des Polizeipräsidenten einen Joint zu drehen.

»Dieses Zeug benebelt dich so stark, dass du nicht mehr klar denken kannst!«, zischte er ihn an.

»Genau deshalb rauche ich es ja – nüchtern bin ich total prüde und vernünftig!«, antwortete Hans grinsend.

Am Ende brauchte sich Jake gar nicht zu bemühen, die Leute anzusprechen. Viele kamen auf ihn zu und sagten so viel Positives über seine Kochkünste, dass er zunehmend munterer wurde.

Kate entging nicht, dass vor allem die Männer Jakes Kochkünste würdigten. Die Frauen waren zu sehr damit beschäftigt, den attraktiven Koch anzuhimmeln. Und Jake merkte absolut nichts davon. Er plauderte glücklich über Saucen und Restaurants, während die Damen nickten, lächelten und ihn lüstern anstarrten. Kate seufzte. Er dachte wahrscheinlich, die Frauen wären einfach nur hungrig.

Godfrey wollte herausfinden, wie viele Gläser Champagner er runterstürzen könnte, bevor ihn jemand bremste. Die Natur selbst gebot ihm Einhalt, als er sich beim dritten so verschluckte, dass ihm der Champagner wieder aus der Nase kam.

»Meine Nase explodiert!«, hustete er.

Kate und Jake lehnten sich gleichzeitig vor, um ihm auf den Rücken zu klopfen. Dabei konnte er ihr in den Ausschnitt sehen. Sie hatte sogar ihre Brüste mit Selbstbräuner eingecremt, aber anscheinend so in Eile, dass ein oder zwei helle Streifen geblieben waren. Jake ertappte sich bei der Frage, wie weit hinunter die Bräune wohl reichte. Inzwischen hatte irgendjemand auf einer hochmodernen Sound-Anlage die Beatles aufgelegt. Kaum erklangen die ersten Töne, da forderte ihn eine Frau zum Tanzen auf. Erleichtert erhob sich Jake, obwohl er ein miserabler Tänzer war.

Die Frau störte das überhaupt nicht, weil sie dadurch gezwungen war, ihren Arm um ihn zu legen, um ihn davon abzuhalten, versehentlich in den Pool zu stürzen. Er schaute oft hinüber zu Kate, um zu sehen, was sie tat. Vielleicht wäre es gar nicht so schlecht, wenn er sich im Pool abkühlte, bevor er noch etwas fürchterlich Dummes tat.

Harry war mit Georgia zum Gartenhaus gegangen, dem Ort vieler Schandtaten in seiner Jugend. Hier hatte er seinen ersten Joint geraucht, zum ersten Mal seine Freundin gevögelt und hier hatte er auch mit ihr Schluss gemacht. Es war gebaut wie eine kleine Blockhütte und lag versteckt hinter den Bäumen. Es gab keine Stühle, sondern jede Menge Kissen, die auf dem Boden lagen. Das verlieh dem Ganzen eine rustikale Schlichtheit. Allerdings wurde es wöchentlich von der Haushälterin gereinigt. Harry hatte eine Flasche Bollinger mitgebracht und suchte in einem kleinen Schrank nach Gläsern.

Georgia setzte sich und wartete schweigend. Ihr Gefühl sagte ihr, dass sie nicht hier sein sollte, aber da sie nicht gerade gut darin war, Menschen einzuschätzen, brachte sie den Gedanken nicht zu Ende. Harry hingegen brachte Dinge grundsätzlich zu Ende. Um ihren Widerstand zu schwächen, flößte er ihr rasch hintereinander zwei große Gläser Champagner ein, und zog sie dann an sich.

Es war so lange her, dass Jake und sie sich auf diese Weise geküsst hatten, dass es Georgia überwältigte. Immer wieder unterbrach Harry, um ihr tief in die Augen zu schauen, ihr über Haar und Hals zu streicheln, als würde er ein kostbares Porzellanstück genauestens betrachten.

»Du bist viel zu dünn«, raunte er.

»Das muss ich sein – steht in meinem Vertrag.«

»Aber ich möchte jeden Zentimeter deines Körpers ablecken und wäre viel zu schnell damit fertig. Aber ich könnte dann ja noch einmal von vorn beginnen«, flüsterte er nah an ihrem Hals, und sie erschauerte vor Lust.

»Du bist so viel größer als Jake.« Georgia fuhr über die kräftigen Muskeln seines Rückens.

»Alles an mir ist groß«, grinste er. »Wenn ich wollte, könnte ich dich zerreißen.« Er legte besitzergreifend die Hände auf ihre Brüste.

»So habe ich mich schon lange nicht mehr gefühlt«, stöhnte sie verträumt zwischen den Küssen.

»Wie denn?« Harry wollte immer haargenau wissen, wie gut er war. Davon konnte er nicht genug kriegen.

»So hilflos. Ich weiß, wir sollten das hier nicht tun, aber ich will nicht aufhören und irgendwie fühlt es sich auch richtig an.«

»Dann hören wir auch nicht auf. Wir sollten … unseren Herzen folgen.«

»Ja, natürlich. So habe ich das noch gar nicht gesehen, aber so macht alles Sinn.«

Er liebkoste mit der Zunge zärtlich ihre Brustwarze und hörte auf, als Georgia sich vor Lust wand. Er achtete darauf, dass sie bemerkte, wie er mannhaft um Fassung rang und dann sagte: »Ich kann das nicht tun und dann einfach weggehen.«

Georgia, die gar nicht weiter gedacht hatte als bis zur nächsten Lustwelle, protestierte. »Aber wir können jetzt nicht aufhören!«

Er nahm ihre Hand in seine und zeichnete die Linien auf der Innenseite nach. »Vielleicht sollten wir aber. Ich wünschte, ich könnte in deiner Hand unsere Zukunft lesen, aber das gelingt mir nicht. Du musst mir helfen. Wohin werden uns die nächsten Tage, Wochen, Monate führen? Werden wir zusammen sein?«

Georgia fühlte sich plötzlich selbstbewusst. »Natürlich! Zum ersten Mal spüre ich … dass ich stark bin.«

»Armer Liebling! Behandelt er dich so schlecht?«

Georgia setzte sich in Position für ein ergreifendes Bekenntnis. »Auf so versteckte Weise, dass es den meisten Menschen gar nicht auffällt. Das Einzige, was er lustvoll findet, ist Essen. Seine Angestellten sind für ihn wie seine Familie – und dieses Restaurant ist ein Baby, das niemals schläft und ständig gefüttert werden muss! Die einzige Aufmerksamkeit, die ich bekomme, besteht in den Krümeln, die manchmal übrig bleiben. Ich komme immer erst an zweiter oder sogar dritter Stelle!«, jammerte sie und begann zu weinen. Sie sah ihn mit großen Rehaugen an, während ihr zwei Tränen über die Wangen kullerten.

Harry war außer sich und höchst überrascht. Ihm wurde allmählich bewusst, dass Georgia das Einzige von Jakes Besitztümern war, das er nicht zerstören wollte. Aber er würde sie ihm *wegnehmen*.

Auf der Party hatten sich mittlerweile alle um ein gigantisches Buffet versammelt. Harrys Angestellte hatten die ganze Woche über nicht nur für das Restaurant geschuftet, sondern sich auch für diese Party abgerackert. Godfrey arbeitete sich mit Konzentration und erhöhtem Alkoholpegel durch die Speisen, in der vagen Hoffnung, wenn er etwas aß, würde die Welt aufhören, sich zu drehen. Jake hatte noch nie in seinem Leben weniger Hunger gehabt, aber Kate bestand darauf, dass er ein paar Happen von ihrem Teller probierte. »Zu viel Salz«, brummte er. Sie sah ihn verwirrt an.

»Es ist ganz ordentlich. Vermutlich hast du recht – ich bin hier zu Gast und sollte höflich sein.«

»Das ist es nicht. Es ist mir egal, wie unverschämt du dich Harry gegenüber aufführst. Aber den Gegner zu beschimpfen hilft nicht. Du musst auf deine Stärken bauen und auf seine Schwächen.«

»Klingt, als sei das PR-Geschäft eine halsabschneiderische Welt.«

Was? Einen Moment lang sah sie ihn verständnislos an. Oh Mist, das war ja ihr erfundener Ex-Job. Sie wollte nicht gerade jetzt an ihr Doppelleben erinnert werden. Um ihn vom Reden abzuhalten, schob sie ihm ein Canapé in den Mund.

Draußen auf der Terrasse lief gerade Van Morrison.

»Das kenne ich. Sollen wir tanzen?«, fragte Jake.

Erstaunlich, dass Jake außerhalb der Küche so unbeholfen wirkt, dachte Kate. Das war sehr liebenswert. Als *Moonlight* lief, zog er sie näher an sich.

»*Whenever I touch you, I just tremble inside*«, summte Jake mit.

»Sorry, was hast du gesagt?«

Jake beugte sich näher zu ihr, so dass seine Lippen über ihre Ohren strichen. Richtige Geste, falsche Frau, dachte er ironisch und dann traf ihn die Erkenntnis wie der Schlag. Er konnte es nicht länger leugnen: Kate war die richtige Frau für ihn. So fühlte es sich an, Hals über Kopf verliebt zu sein. Das ist es also, worüber die Dichter schreiben, dachte er überrascht. Bisher hatte er solche Gefühle immer für völlig überbewertet gehalten. Aber das hier war unglaublich, erregend und irgendwie auch ängstigend, als würde man in einen tiefen Pool springen.

Aber das Geräusch von Wasser entsprang nicht nur seiner Fantasie. Godfrey stürzte soeben in den Swimmingpool der Hunters.

»Alles in Ordnung – ich kann schwimmen«, rief er und ging gurgelnd unter.

»Diese Knalltüte«, stöhnte Jake und sprang hinterher.

Bei den Lebensrettungskursen in der Schule lief das anders, dachte er. Godfrey hatte nämlich ein ziemliches Gewicht. Und jedes Mal, wenn er an die Wasseroberfläche kam, fing er an zu lachen und ging wieder unter. Endlich bekam Jake ihn am Kragen zu fassen und schaffte es, ihn an den Rand des Pools zu schleppen und rauszuziehen. Durch den Lärm waren alle Gäste angerannt gekommen.

»Was in aller Welt tust du da?«, rief Georgia, die überraschend vor Jake stand und angewidert das durchnässte Paar zu ihren Füßen betrachtete.

»Wonach sieht es denn aus?«, blaffte Jake sie an und löste sich von Godfrey, der ausgebreitet wie ein großer Seestern kichernd und hicksend neben dem Pool lag.

»Tut mir leid, aber ich fürchte, wir müssen ihn nach Hause bringen.« Irgendwie war er Godfrey dankbar. Er musste von hier weg, versuchen herauszufinden, was gerade mit ihm passierte. Wenn er mit Kate zusammen war, schien sich sein Verstand in Luft aufzulösen. Oder war er vielleicht gerade dann bei Sinnen? Wie dem auch sei, er musste gründlich darüber nachdenken.

Gemeinsam schafften sie es, Godfrey auf den Rücksitz von Jakes Wagen zu befördern. Und unterwegs mussten sie zweimal anhalten, weil ihm speiübel wurde.

19. Kapitel

Es war später Nachmittag, als Georgia endlich aufstand und hinüber ins Wohnzimmer tapste. Aber das Ausschlafen hatte ihre Laune nicht gebessert.

»Die Bücher auf dem Fußboden zu verstreuen täuscht nicht darüber hinweg, dass der Teppich scheußlich ist«, erklärte sie bissig. Verglichen mit dem Versprechen einer glorreichen Zukunft mit Harry fühlte sich an ihrem Leben mit Jake alles falsch an.

»Ich will gar nichts vertuschen. Die Kochbücher habe ich herausgeholt, um herauszufinden, wie ich am besten das Wild zubereite, das ich bestellt habe.« Er senkte den Kopf. Wen will ich hier eigentlich veräppeln, dachte er – ich vertusche lediglich meine Gefühle für Kate.

Georgia drehte sich um und stieß mit dem Zeh an eine ekelhaft anschauliche Darstellung eines zerlegten Hirschs.

»Igitt! Was sind das für scheußliche Bilder? Und jetzt ist mein Nagellack ruiniert. Das ist ein ganz mieser Start in den Tag. Meine Chakras müssen total aus dem Gleichgewicht sein!«

»Meine Finanzen sind es ganz sicher«, murmelte Jake. *Was soll ich nur tun? Ich will nicht den ganzen Nachmittag mit ihr hier verbringen, geschweige denn den Rest meines Lebens.*

»Man kann hier überhaupt nichts unternehmen – mir ist langweilig und vielleicht«, schimpfte sie finster, »vielleicht ist das nur die Spitze des Eisbergs. Wer weiß, was für düstere Gefühle noch in meinem Unbewussten schlummern – oh Gott! Von diesem ganzen Stress könnte ich Falten bekommen!«

»Wovon redest du eigentlich!« Jake knallte das Buch so heftig auf den Boden, dass Staub aufwirbelte und er niesen musste. »Du hast recht. Lass uns von hier verschwinden!«

»Oh ja!«, freute sie sich und dachte unwillkürlich an nette Hotels und Cocktails.

»Lass uns einen Spaziergang machen.«

»Einen *was*? Warum?«

»Frische Luft – Sonnenschein – bezaubernde Aussicht und alles kostenlos! Was könnte besser sein?«

»So ziemlich alles, Jake. Ich bin noch nie spazieren gegangen. Dafür habe ich gar nicht die richtigen Schuhe!«

»Georgia, 27 Paar Schuhe von dir verstopfen den Kleiderschrank. Eines davon muss doch ohne 15-Zentimeter-Absätze und Diamanten auskommen.«

»Ja, aber …«

»Dann geh und zieh sie an. Ich habe gehört, Wanderungen seien unheimlich gut für die Chakras.«

»Willst du mich auf den Arm nehmen?«

»Nein, warum sollte ich?«

Georgia warf ihm einen langen Blick zu, bevor sie wieder ins Schlafzimmer verschwand. Jakes gute Absichten, die Stimmung zu verbessern, schwanden, als die Minuten vergingen und Georgia nicht wieder auftauchte. »Edmund Hillary hat nicht so lange gebraucht, um sich auf die Besteigung des Mount Everest vorzubereiten!«, rief er.

Schließlich kam sie, mit mürrischem Gesichtsausdruck und einem wunderschönen Paar Slipper aus weichem Leder, deren Sohlen so dünn waren wie Möhrenschalen. Er starrte ungläubig darauf.

»Besser geht es nicht?«, fragte er und versuchte, höflich zu klingen.

Georgia hatte bisher ihre Dämonen erfolgreich bekämpft, diejenigen, die ihr immerzu sagten, wie wunderbar verständnisvoll und charmant Harry im Gegensatz zu Jake war. Mit einer gewissen Erleichterung gab sie sich jetzt geschlagen.

»Du bist ekelhaft, wenn du dich so aufführst. Dr Ko Lon sagt, meine Aura sei sehr anfällig für Schaden, vor allem, wenn Leute in meiner Nähe herumschreien.«

»Und meine reagiert allergisch auf Idioten wie Dr Ko Lon! Dann gehe ich eben allein spazieren!« Er stampfte die Treppe hinunter und aus dem Haus. Ich bin auch anfällig – für einen bestimmten Rotschopf, dachte er, und ging schneller, um seine Gefühle unter Kontrolle zu bekommen. Kate hatte seine Abwehr unterlaufen und jetzt ging sie ihm nicht mehr aus dem Kopf. Allerdings wollte er das auch gar nicht. Er mochte es, an sie zu denken, wenn sie nicht da war. Dann konnte er sich darauf freuen, wieder mit ihr zusammen zu sein. Er hatte sogar angefangen, mit ihr imaginäre Gespräche zu führen – es wurde ernst.

Jake versuchte, sich auf etwas Harmloses zu konzentrieren, wie die Vorbereitungsliste der Küche für heute Abend. Aber dann ertappte er sich bei der Vorstellung, wohin er gern mit Kate reisen würde, wenn er frei wäre – entweder nach Italien oder nach Frankreich. Das französische Essen sprach natürlich für sich, aber eine Piazza im Mondschein hatte etwas Verführerisches und Romantisches. Ein Tisch für zwei und sich gegenseitig mit Hummer-Linguine füttern …

Wo zum Teufel war er hier eigentlich? Er war einen Hügel hinaufmarschiert und hatte dann zwei … nein, drei Felder überquert. Die Aussicht lohnte sich jedenfalls. Eine so schöne Landschaft rückte doch alles wieder ins Lot.

Im nächsten Moment schoss ein herrlich rotes Fell so blitzschnell an ihm vorbei, dass Jake einen Augenblick brauchte, um zu begreifen, dass es ein Fuchs war. Natürlich hatte er schon welche gesehen – in London gab es mittlerweile mehr Füchse als streunende Hunde. Aber Stadtfüchse sind träge und so verdreckt, dass man das rote Fell gar nicht mehr erkennen kann. Mit ihren lebhaften, wachsamen Artgenossen im Wald haben sie nichts mehr gemein. Der Fuchs drehte den Kopf, und Jake spürte, wie seine leuchtenden klugen Augen ihn kurz taxierten, bevor er über den Bach sprang und dann im Dickicht verschwand. Jake stand stocksteif und merkte plötzlich, dass er sogar den Atem anhielt, so beeindruckt war er.

»Wow!«, sagte er schließlich und im nächsten Moment: »Verdammter Mist!«, als er von vier bellenden Jagdhunden zu Boden geworfen wurde. Sie liefen zum Wasser, schnüffelten verwirrt und kamen dann zurück, um freundschaftlich mit ihm herumzutollen.

»Schau an, was wir da haben!«, sagte eine wohlvertraute, affektierte Stimme. Im Gras liegend mit einem großen Hund auf dem Bauch, der versuchte, ihm das Ohr abzulecken, war nicht gerade die Position, in der er Harry begegnen wollte. Der fand jedoch sichtlich Gefallen daran. Er machte jedenfalls keinerlei Anstalten, die Hunde zurückzurufen. Um Jakes Demütigung zu vervollständigen, gesellten sich vier oder fünf andere Männer hinzu, wahrscheinlich Freunde von Harry.

»Was zur Hölle tun Sie da auf dem matschigen Boden?«, fragte einer.

»Meditieren, was sonst?«, blaffte Jake zurück. Es gelang ihm, den Hund wegzuschieben und sich aufzurappeln. Er klopfte Dreck von seiner Kleidung ab, der hoffentlich nur Matsch war.

Typisch. Er konnte nicht einmal spazieren gehen, ohne auf Harry zu stoßen. Noch schlimmer war, dass er seit Wochen versuchte, Werbung bei den Einheimischen zu machen. Dass die ihn jetzt wie einen Trottel auf dem Rücken liegend vor sich hatten, war die unvorteilhafteste Form, einander kennenzulernen. Harry wirkt hier ganz zu Hause. Und ich werde das nie sein, dachte Jake plötzlich verzweifelt. Ich werde immer der Außenseiter bleiben, der nicht dazugehört. Einmal Städter, immer Städter – ich könnte ja auch stolz drauf sein.

»Ist Ihnen vielleicht ein Fuchs abhanden gekommen?«, fragte Jake gewieft und war plötzlich ganz auf der Seite des Rotpelzes.

»Das verrate ich Ihnen, nachdem Sie mir gesagt haben, was Sie auf Privatbesitz verloren haben«, sagte einer der Männer, trat vor und starrte Jake an.

»Tut mir leid. Mit war nicht klar, dass ich unbefugt eingedrungen bin«, erklärte Jake.

»Sie kennen sich auf dem Land wohl nicht aus? Hoffentlich haben Sie keine Tore offen stehen lassen«, fuhr der Mann fort.

»Ich bin nicht dämlich«, erwiderte Jake wütend und entschied, dass Angriff die beste Verteidigung sei. »Aber ich bin ein bisschen irritiert. Ist die Fuchsjagd nicht verboten?«

»Es gibt kein Gesetz, das einem verbietet, auf dem eigenen Grund und Boden mit den Hunden spazieren zu gehen. Oder sind Sie einer von diesen Städtern, die hier rauskommen, um uns zu erzählen, wie wir zu leben haben?«

Gut gemacht, Jake. Bring die Landbewohner gegen dich auf, so wie ein richtig görenhafter Stadtjunge. »Nein, das denke ich natürlich nicht«, begann er. »Ich glaube, wir haben …«

»Es ist schön und gut, uns einen Vortrag über die Rechte wilder Tiere zu halten, aber haben Sie das schon einmal vor einem Hühnerstall voll gerissener Tiere versucht?«

»Nein, natürlich nicht, aber …«

»Oder wissen Sie, wie es ist, nächtelang aufzubleiben, um ein Lämmchen hochzupäppeln, um dann zu sehen, wie es schreiend vom Fuchs als Abendbrot weggeschleppt wird?«, fragte der Mann und kam für Jakes Empfinden ein bisschen zu nah an ihn heran. Er schnipste mit den Fingern und die Hunde kreisten ihn ein, standen so dicht, dass Jake ihren Atem spürte. Jetzt wusste er, wie sich der Fuchs gefühlt haben musste.

Er lief nicht nur Gefahr, von den Hunden verspeist und dann irgendwo verscharrt zu werden, wo ihn nie jemand finden würde (Georgia würde es nicht einmal probieren – aber Kate würde niemals aufhören zu suchen), sondern diese Männer waren Einheimische. Statt sich mit ihnen anzulegen, sollte er sie als Gäste gewinnen. Er konnte es sich nicht leisten, einen von ihnen zu verärgern – schon gar nicht, wenn der eine Waffe in der Hand hielt.

Harry stützte sich auf sein Gewehr und versuchte, nicht zu grinsen. Dieser Nachmittag gestaltete sich so viel unterhaltsamer, als er gedacht hatte. Georgia hatte er so gut wie im Sack, sozusagen, und jetzt war sein Konkurrent dabei, sich vor den Einheimischen zum Trottel zu machen. Eine gute Gelegenheit, Jake noch weiter einzuseifen. Wenn er dann herausfand, dass ausgerechnet der Kerl, der für ihn eingetreten war, ihm die Frau gestohlen hatte, würde er vor Wut platzen.

»Komm schon, Briggsy«, sagte er zu dem Mann, »das ist Jake Goldman. Er ist neu hier und kennt sich noch nicht mit unseren Gewohnheiten aus. Du fährst jedes Jahr ein paarmal nach London und trotzdem erwartet niemand von dir, dass du den U-Bahn-Plan auswendig kennst.«

»Verteidigst du diesen Burschen? Ist das ein Freund von dir?«, fragte Mr Briggs misstrauisch.

Harry funkelte Jake gefährlich grinsend an. »Um ganz ehrlich zu sein, sind wir nicht wirklich Freunde, aber wir arbeiten daran – nicht wahr, Jake?«

Jake nickte vorsichtig und Mr Briggs begann plötzlich zu lachen. »Wissen Sie was? Ihr Gesichtsausdruck erinnert mich irgendwie an den Fuchs! Warum? Fürchten Sie, Harry könnte Sie erschießen?«

»Noch vor einer Weile hätte ich das nicht ausgeschlossen«, murmelte Jake.

»Ja, wir haben unsere Geschichte, Jake und ich«, unterbrach Harry ihn. »Aber wir haben kürzlich eine Vereinbarung getroffen – wir lassen die Vergangenheit da, wo sie hingehört.« Nur dass wir unterschiedliche Vorstellungen davon haben, wo das ist.

Jake warf Harry einen dankbaren Blick zu. Er hätte nie gedacht, dass er so etwas einmal für ihn tun würde. Dann holte er tief Luft und setzte dazu an, sich gegenüber Mr Briggs zu verteidigen. »Sie haben recht. Ich habe keine Ahnung davon, wie es ist, Farmer zu sein. Aber ich weiß, was es bedeutet, Geld und Zeit in den Aufbau von etwas Kostbarem zu stecken. Ich würde alles tun, um es zu schützen. Aber ich würde keinen Sport daraus machen. Und niemand hält mich davon ab, für das einzutreten, was ich für richtig halte!«

»Außerdem hat der Fuchs es verdient, die Hunde auszutricksen – das ist das ungeschickteste Rudel, das wir je hatten«, ergänzte Harry hilfreich. *Gott – er war ja so gut damit!*

Mr Briggs presste die Lippen aufeinander, während er nachdachte. »Ein Freund der Hunters sollte auch mein Freund sein. Ich stimme Ihnen nicht zu, aber ich respektiere, dass Sie genug Selbstvertrauen haben, Ihre Meinung zu vertreten.« Er sah Jake einen Moment lang nachdenklich an. »Ein Kumpel von mir hat neulich von Ihnen erzählt – Frank Tomlinson. Er sagte, er schulde Ihnen Dank. Es geht um seine Frau – sie hatte Depressionen. Aber jetzt hat sie so viel damit zu tun, das ganze Zeug fertig zu machen, das Sie bei ihr bestellen, dass sie gar nicht mehr zum Grübeln kommt. Schätze, da haben Sie wirklich was Gutes getan. Ich halte Sie immer noch für einen Narren, was Ihre Ansicht über Füchse angeht ... aber vielleicht sollten wir alle gemeinsam zurück zu Bill's gehen, um unsere Meinungsverschiedenheiten bei einem Whiskey weiter zu erörtern?«

»Eine gute Methode, um einen Friedensvertrag zu unterschreiben«, sagte Jake grinsend.

Du bist fast so leicht zu überlisten wie ein Fuchs bei der Jagd, dachte Harry.

Am nächsten Tag musste Jake seinen Kater bekämpfen, weil er wesentlich mehr Whiskey getrunken hatte, als er gewohnt war. Er stand allein in der Küche und bereitete eine *Torte aux Trois Mousses* zu, die er abends auf die Speisekarte setzen wollte. Dieses Gericht war in der Zubereitung ein bisschen schwierig, weswegen er es am liebsten ganz in Ruhe und allein machte. Auch aus anderen Gründen war dieses Alleinsein gut. Die anderen würden sicher bald merken, wie er Kate ansah. Also vermied er, sie überhaupt anzusehen, was bei Hochbetrieb schlichtweg unmöglich war.

Georgia war für ein paar Tage zu ihrer Mutter gefahren, wie sie sagte. Das tat sie so gut wie nie, aber Jake war zu beschäftigt, um Fragen zu stellen. Was sie wiederum zu ärgern schien.

»Willst du gar nicht wissen, warum?«, hatte sie mit bedeutungsschwerer Stimme gefragt.

»Also gut – warum?«

»Das kann ich dir nicht sagen – du würdest es nicht verstehen«, antwortete sie und rauschte davon, einen wütenden und perplexen Jake zurücklassend. Er grübelte eine Weile, was das zu bedeuten habe. Aber dann wurde er durch einen Brief des lokalen Fernsehsenders des Lake District abgelenkt. Der hatte gerade eine erfolgreiche Serie übers Kochen abgeschlossen und daraus wollte man jetzt Kapital schlagen. Die Idee war, eine Art Kochwettbewerb mit Spitzenköchen der Region auszustrahlen, bei dem die Zuschauer während der Sendung anrufen und für ihren Favoriten stimmen konnten.

Jake hatte kein Interesse an diesem Trend, im Fernsehen zu kochen. Das hielt die Köche von ihrer eigentlichen Arbeit ab und nahm ihrer Kunst das Exklusive. Sie stellten sich in stilisierten Situationen dar und versuchten, die Zuschauer mit Charme zu umgarnen, oder beanspruchten die zweifelhafte Siegerkrone, der Unausstehlichste zu sein. Das war schlichtweg geschmacklos. Jake schimpfte leise vor sich hin, über Köche, die sich für Filmstars hielten, und hörte nicht, dass die Tür aufging.

»Überraschung!«

Jake war so verblüfft, dass er die Spicknadel fallen ließ.

Es war Louis Challon, sein alter Chef aus dem *Brie.* Er kam hereingeplatzt, die Arme voller Weinflaschen und einem riesigen Camembert, der so stank, dass sich einem die Zehennägel aufrollten.

Er legte seine Geschenke auf die Arbeitsplatte und umarmte Jake ungestüm. »*Mon ami!* Es ist viel zu lange her!«

»Wie schön, dich zu sehen, alter Freund! Aber was in aller Welt tust du hier – und warum hast du mir nicht vorher gesagt, dass du kommst?«

»Weil Louis gern so tut, als hätte er vergessen, dass du nicht länger einer seiner Angestellten bist. Du erinnerst dich bestimmt noch daran, wie er sich früher immer an euch alle herangeschlichen hat, um euch bei einem Fehler zu erwischen«, sagte Madame Challon und betrat weit weniger lautstark als ihr Mann den Raum. Sie küsste Jake auf die Wange und musterte ihn prüfend.

»Du hast abgenommen, mein lieber Junge. Isst du etwa deine eigenen Kreationen nicht?«, wollte sie wissen.

»Natürlich nicht! So viel Verstand sollte er zumindest haben«, spottete Louis und spähte mit professionellem Blick in die Kochtöpfe.

»Ah! Die Mousse aus kleinen Fischen – dieses Gericht weckt schöne Erinnerungen.«

»Ich weiß noch, nachdem du meinen ersten Versuch gekostet hattest, hast du mich dermaßen beschimpft, dass ich beinahe in Tränen ausgebrochen wäre«, entgegnete Jake.

»Etwas anderes hatte diese Scheußlichkeit auch nicht verdient. Aber die Frage ist: Was hast du aus diesem Debakel gelernt? Bitte zähle doch mal die Kräuter auf, die du verwenden willst.«

»Zitronengras, Koriander, Rosenknospen, Lavendelsamen, Fenchel und Wacholder«, betete Jake kleinlaut herunter und grinste Maria an.

»Weißen oder schwarzen Pfeffer?«

»Selbstverständlich weißen.«

»Das ist gut«, sagte Louis und fügte im nächsten Augenblick triumphierend hinzu: »Aber du vergisst die Lindenblüten, oder? Was hast du gegen diese harmlosen kleinen Blätter?«

Jake zuckte mit den Schultern, starrte betreten zu Boden und murmelte: »Es gab keine mehr, Chef.«

»Es gab keine mehr? Was für eine Ausrede soll das sein? Vollkommen inakzeptabel«, sagte Louis. »Und überhaupt – was erwartest du denn, wenn du versuchst, mitten im Nirgendwo ein Restaurant zu führen?« Misstrauisch ließ er seinen Zeigefinger über die Arbeitsplatten gleiten, prüfte mit dem Daumen, ob Jakes Messer scharf genug waren, und band sich eine saubere Schürze um.

»Also, warum bist du hier?«, fragte Jake und hoffte, seinen früheren Chef damit von den Ergebnissen seiner Arbeit abzulenken, da er nicht sicher war, ob sie einer genaueren Untersuchung standhalten würden.

»Eigentlich wollten wir Urlaub machen – aber auf merkwürdige Weise sind wir wieder in einer Küche gelandet«, sagte Maria im resignierten Tonfall einer Frau, der dies häufiger passierte.

»Ich koche euch jetzt erst mal einen Tee.«

»Komm her«, knurrte Louis. »Den Tee kann Maria selbst kochen. Und jetzt verrate mir, was du hier treibst.«

Es war, als hätte es die vergangenen Jahre nie gegeben. Jake spürte sogar, wie sich der altbekannte Schweißfilm auf seiner Stirn bildete. Er hatte vergessen, was es hieß, mit Schweißhänden darauf zu warten, dass der Gott aller Küchenchefs sein Urteil fällte. Er nahm sich vor, Godfrey an diesem Abend besonders freundlich zu behandeln – ein Vorsatz, der vergessen war, kaum dass Godfrey die Küche betreten hatte.

Louis kostete die Lachs-, Seehecht- und Seezungen-Mousse, die Jake bereits angerichtet hatte, und erklärte sie für essbar, was aus seinem Munde ein großes Lob war. Doch dann verkündete er, Jake habe den Blätterteig viel zu dick ausgerollt.

»Damit kann man ja einen Dachboden isolieren! Deine Gäste werden vor Erschöpfung sterben, wenn sie sich durch das ganze Zeug wühlen sollen«, beschwerte Louis sich.

Jake warf Maria einen flehenden Blick zu. Genau wie früher klopfte ihm Maria lediglich beruhigend auf die Schulter, sagte, sie werde jetzt auf eigene Faust sein Restaurant besichtigen, und ging.

Als die Pasteten schließlich im Ofen waren, die Mousse-Sorten im Kühlschrank standen und eine Suppe aus Austern und Crème double auf dem Herd köchelte, war Jake völlig erschöpft. Aber genau das war der Grund, warum Louis drei Michelin-Sterne hatte und jeder Jungkoch in der Branche bei ihm arbeiten wollte.

Maria kam zurück und setzte Teewasser auf, gerade als Louis sagte: »Nicht schlecht für einen Engländer, der glaubt, er könne kochen.« Louis gehörte zur alten Garde, die davon überzeugt war, die Kochkunst sei in Frankreich erfunden worden und nie wirklich über das Land hinausgekommen. »Wenn du bei mir geblieben wärst«, – er gab vor, sich eine Träne aus dem Augenwinkel zu wischen –, »hätte ich vielleicht etwas aus dir machen können.«

»Das hier ist ein sehr schönes kleines Restaurant und außerdem hast du Jake gesagt, es wäre an der Zeit, dass er etwas Neues ausprobiert«, schaltete sich Maria ein. Louis mochte ein weltberühmter Chefkoch sein, doch er war auch ein widerborstiger alter Esel, den man ab und zu in die Schranken weisen musste.

Louis revanchierte sich, indem er ihr die Teeblätter aus der Hand riss. »Wir wollen keinen Tee, Frau! Was glaubst du, warum ich diesen ausgezeichneten *Pouilly-Fumé* aus meinem Weinkeller mitgebracht habe?«

»Wie läuft es denn in London?«, erkundigte sich Jake und holte Gläser.

Louis rümpfte die Nase. »Überall werden neue Restaurants eröffnet und schließen kurz darauf wieder, weil die Köche unfähig sind oder glauben, sie könnten mit Effekthascherei ein Vermögen verdienen. Sie halten sich alle für Harry Potter und versuchen, die Gäste zur Tür hereinzuzaubern. Wir sehen sie kommen, wir sehen sie gehen.« Er entkorkte schwungvoll den Wein, schenkte ein und stieß

Jake in die Rippen. »Sie vermisst dich, weißt du«, flüsterte er gut hörbar und wies mit dem Kinn auf seine Frau.

Maria warf ihm einen finsteren Blick zu.

»Schon gut, schon gut – wir *beide* vermissen dich. Du bist unfähig, keine Frage, aber du hast eine gewisse Note, die anderen fehlt.« Jake nahm dies so auf, wie es gemeint war: als riesiges Kompliment.

Da Louis seit 45 Jahren im Geschäft war, wusste er über alles Bescheid, was in der Kochwelt vor sich ging – manchmal sogar, bevor es geschah. An seiner Küchenwand hing ein gerahmtes Interview, das er auf dem Höhepunkt der Nouvelle-Cuisine-Welle gegeben hatte. »Ich habe schon damals gesagt, dass das Ganze Quatsch ist, und ich hatte recht.« Jetzt lehnte er sich vor. »Ich habe gehört, dass du wichtigen Besuch erwartest.«

Jake nickte und seine Kehle wurde ganz trocken vor Angst. Der Restaurant Club.

Maria legte ihm tröstend die Hand auf den Arm. Manchmal sah sie in ihm den Sohn, den sie nie gehabt hatte. »Vor ein paar Wochen hat dieser Mann aus dem Club bei uns gegessen. Er und Louis haben über dich gesprochen. So ein Zufall! Louis hat gesagt, dass du einer der besten jungen Chefs des Landes bist und dass dieser Mann von deinen Gerichten entzückt sein wird.«

Louis starrte seine Frau zornig an. »Hör auf, Unsinn zu reden. Ich habe lediglich ein gutes Wort für ihn eingelegt, das ist alles. Der Mann wird sich als Mr Blair vorstellen. Er ist groß und trägt Bart und Brille. Er sieht eher aus wie ein Steuerprüfer als wie ein Testesser, aber er ist fair und kein Idiot. Du wirst natürlich Blut und Wasser schwitzen, solange er isst, und am Ende kurz vor dem Selbstmord stehen, aber du bist bei mir in die Lehre gegangen, also wird sich vielleicht alles zum Guten wenden.«

Jake hob sein Glas. »Darauf trinke ich.«

In diesem Moment kam Kate herein, die Arme voller frischer Blumen für die Tische. Sie blieb abrupt stehen und zog kritisch schnüffelnd die Nase hoch.

»Puh, was riecht hier denn so?«

»Käse, aber der ist schon seit Stunden im Kühlraum.«

»Und hat einen bleibenden Eindruck hinterlassen, das kannst du mir glauben. Was für eine Erleichterung – ich dachte schon, ich müsste dir schonend beibringen, dass du mal wieder deine Socken waschen könntest. Bin gleich zurück, ich stelle nur die Blumen ins Wasser.«

Louis tat gekränkt. »Das ist doch deine Freundin, das reizende Fotomodell? Sie scheint mich nicht wiederzuerkennen.«

»Na bitte! Wie oft habe ich dir schon gesagt, dass du eine Brille brauchst, du alter Narr! Irgendwann wirst du noch tiefgefrorene Champignons mit Trüffeln verwechseln. Das war eine völlig andere Frau«, schnappte Maria.

»Tiefgefrorene Champignons! Davon habe ich noch nie auch nur einen einzigen in meinem Restaurant verwendet!«, erwiderte Louis. Er hatte Georgia zwei Tage zuvor zufällig ein Restaurant verlassen sehen – mit einem Mann, der ganz gewiss nicht Jake gewesen war. Seitdem fragte sich Louis, was zum Teufel hier gespielt wurde.

»Kate ist meine Angebetete – ich meinte Angestellte«, stammelte Jake und erstickte fast an seinem Wein. Wenn ihm solche Versprecher entschlüpften, musste er tatsächlich todmüde sein. Er sah hoch und bemerkte, dass Louis und Maria ihn mit neugierigem, aber gütigem Blick betrachteten. »Ihr könnt euch sicher vorstellen, wie beschäftigt ich hier bin. Georgia hasst das und ich kann ihr daraus ehrlich gesagt keinen Vorwurf machen. Ich fühle mich ein bisschen wie ein Jongleur mit Silberblick. Ich werfe ein paar Teller in die Luft, während die anderen hinter mir auf den Boden krachen.«

Die beiden nickten verständnisvoll. Die Lebenspartner von Küchenchefs fielen häufig dem branchentypischen Ehrgeiz zum Opfer.

»Es war schon immer bekannt, dass Männer nur einen Teil ihres Gehirns benutzen können und ihre Frauen für alles andere sorgen müssen«, erklärte Maria. Und nach dem, was sie über Georgia wusste, zweifelte sie daran, dass Jakes Freundin für irgendjemanden oder irgendetwas sorgen konnte. Außerdem war es ihr schon immer so vorgekommen, als habe sich Jake auf Georgia eingelassen wie auf ein besonders kompliziertes Gericht, das er unbedingt meistern wollte.

Louis musste in die gleiche Richtung gedacht haben, denn er fragte: »Erinnerst du dich, wie du zum ersten Mal *Poulet fermier aux escargots* zubereitet hast?«

Jake zuckte zusammen. »Du hast es probiert, eine fürchterliche Grimasse gezogen und alles in die Mülltonne geworfen.«

Louis nickte. »Manchmal muss man eben einfach alles wegschmeißen und noch einmal von vorn anfangen.«

»Ich kann Georgia doch nicht behandeln wie einen klebrigen Essensrest in einer Kasserolle!«, sagte Jake empört.

»Natürlich nicht. Zu einer solchen Rücksichtslosigkeit bist du gar nicht fähig. Aber ihr seid nicht verheiratet, deshalb solltest du dir ein paar schwierige Fragen stellen«, sagte Maria. »Eine Frau ist kein Gericht, das du immer wieder verändern kannst, um es perfekt zu machen. Wenn ihr euch versteht, wird es ohnehin funktionieren. Eine gute Beziehung heißt nicht, dass zwei Menschen an der Hüfte zusammengewachsen sind. Aber du solltest dich fragen: Reist ihr beide gemeinsam auf derselben Straße?«

Jake schwieg. Wenn er ehrlich war, wusste er nicht einmal, auf welcher Straße Georgia unterwegs war.

»Maria hat wie üblich recht«, sagte Louis. »Das ist eine wichtige Frage. Aber ich muss dir andere Fragen stellen, die womöglich noch wichtiger sind, Jake: Was in Gottes Namen wirst du dem Mann vom Restaurant Club servieren?« Er sah sich in der Küche um, als könnten sich Spione im Pfannenschrank versteckt haben, und senkte die Stimme verschwörerisch. »Ich weiß aus zuverlässiger Quelle, dass dieser Mann keine besondere Vorliebe für Thunfisch hat.« Louis lehnte sich zufrieden zurück, als hätte er gerade den Sinn des Lebens, sogar des Universums offenbart. Und vielleicht hat er das ja auch, dachte Jake.

20. Kapitel

Georgia war nicht bei ihren Eltern. In diesem Moment lag sie nackt auf Harrys riesigem Bett und bewunderte sich in dem Spiegel, den er an der Decke angebracht hatte.

»Geschmacklos, nicht wahr?«, sagte er träge. »Aber wir sind beide so unglaublich gut aussehend, dass das die Vulgarität wettmacht, findest du nicht?«

»Ja, du hast recht«, stimmte sie zu. »Und wie vielen Frauen hast du schon dasselbe erzählt?«

Er stützte sich auf den Ellenbogen und sah sie an. Auf seiner Stirn glänzte immer noch Schweiß. »Einer Menge. Aber nur bei dir habe ich es auch so gemeint.«

Sie nickte zufrieden. Er hatte recht. Jedes Mal, wenn sie während ihrer äußerst aktiven Nacht aufgeblickt hatte, waren sie dort oben gewesen, ein Gewirr von Gliedmaßen, deren Muskeln und zarte Haut einander perfekt ergänzten.

Es war, als würde man ein lebendes Gemälde betrachten, dachte Georgia. »Jake würde einen Lachanfall kriegen, wenn er den Spiegel sehen könnte«, sagte sie. Das ungeschriebene Gesetz, dass man mit dem neuen Liebhaber nicht über den verflossenen reden sollte, kannte Georgia offenbar nicht. Doch Harry war keineswegs beleidigt. Er erfuhr gern mehr über seinen Rivalen – das gab ihm die Gelegenheit, kräftig nachzutreten.

Er drehte sich auf den Rücken und spreizte die Beine. Dann nahm er fast beiläufig Georgias Hand und legte sie auf seinen Schwanz. »Er hat einen merkwürdigen Sinn für Humor. Ich bin sicher, dass er nicht mal die Hälfte von dem, was wir letzte Nacht gemacht haben, verstanden hätte.«

»Genau. Er kapiert einfach nicht, warum ich abends keine Kohlenhydrate essen darf. Oh – *das* meinst du …«

Er griff nach ihr und zog sie auf sich, so dass er ihren Hintern streicheln und gleichzeitig im Spiegel betrachten konnte. Er war bereits mehr als zufrieden – und ihre Dämlichkeit schreckte ihn überhaupt nicht ab. Schließlich benötigte nur einer von ihnen beiden Verstand.

Jake hielt den Hörer in der Hand und versuchte, mit Tess zu telefonieren. Er hatte bereits dreimal mit wachsender Verzweiflung nach ihr gefragt, doch Angelica war entschlossen, ihm alles über ihren Tag im Kindergarten zu erzählen.

»Mrs Parkinson hat große, runde, glänzende Ohrringe.«

»Wirklich? Ist das eure Kindergärtnerin? Ist sie nett?«

»Ich hab versucht, ihr einen rauszuziehen, da hat sie mich in die Ecke geschickt.«

»Aha. Nun, eigentlich …«

»Ich hatte Milchreis zum Mittagessen und Emma ist hingefallen und hat sich am Knie wehgetan.«

»Oh je. Ist Emma deine Freundin?«

»Das weiß ich noch nicht«, sagte Angelica nachdenklich. »Kevin Brady ist mein Freund.«

»Das ist schön. Kann ich jetzt …«

»Ich habe ein Bild gemalt, von dir und ihm in der Küche. Weißt du, dass Kevin einen eigenen kleinen Schniedel hat?«

»Äh, nein. Doch. Ja, aber …«

»Ich will auch einen. Hast *du* einen?«

»Angelica, hol bitte deine Mama!«

»Geht ein Mann die Treppe rauf. Klingelt. Klopft an …«

»Das reicht, mein Engel – gib mir jetzt das Telefon. Hallo Jake, was ist los?«

»Ich habe nicht den leisesten Schimmer. Als ich dich anrief, wusste ich es noch, aber danach wurde alles ein bisschen surreal. Ist diese Fixierung auf Schniedel eigentlich normal für kleine Mädchen?«

»Ja. Für gewöhnlich wächst sich das aber aus.«

»Verdammter Mist – da ist jemand an der Tür. Ich rufe dich nachher zurück.«

Jake erwartete eigentlich eine Gemüselieferung, daher war er ein bisschen überrascht, Georgia vor sich zu haben. Sie sah blass und unglücklich aus und versteckte ihre Augen hinter einer übergroßen Sonnenbrille, obwohl der Himmel bewölkt war. Er konnte nicht wissen, dass sie sich so dezent und geschickt geschminkt hatte, dass es wirkte, als trage sie gar kein Make-up. Ein ganz klein wenig Rouge um die Augen und man konnte glauben, dass sie geweint hatte.

»Du liebe Zeit, bitte entschuldige, ich wusste nicht, dass du heute zurückkommst. Warum hast du nicht angerufen? Ich hätte dich doch vom Bahnhof abgeholt.«

»Du hast nicht auf meine Nachrichten reagiert«, sagte sie vorwurfsvoll. Sie hatte in Wahrheit überhaupt keine geschickt, nahm jedoch an, dass er zu beschäftigt gewesen war, um seine Mails zu lesen. Sie hatte recht. Jake starrte sie sofort schuldbewusst an und genau das war der Rahmen, den sie für das folgende Gespräch vorgesehen hatte.

»Jake, wir müssen reden.«

Er hatte auf der Stelle das ungute Gefühl, ein Déjà-vu zu erleben.

»Verdammt noch mal, Georgy. Ich kann dir gar nicht sagen, wie sehr ich diesen Satz hasse.«

Ihm war ohnehin schon übel vor dunklen Ahnungen, aber als sie nach oben gingen, machte Georgia alles noch schlimmer, indem sie für eine halbe Ewigkeit im Badezimmer verschwand.

Es war, als müsste er darauf warten, dass ihm der Kopf abgehackt wurde, während der Henker seelenruhig abwechselnd in der Nase bohrte und sein Beil polierte. Jake war nicht sehr gut darin, auf irgendetwas zu warten.

»Heilige Scheiße noch mal, was machst du da drin? Komm sofort raus!«, rief er und hämmerte voller Ungeduld gegen die Tür.

Als Georgia endlich auftauchte, hielt sie sich anmutig ein Taschentuch an die Nase. »Die letzten zwei Tage waren die schlimmsten meines Lebens«, verkündete sie.

»Was ist passiert? Hast du dich wieder an einem halben Schokoladenplätzchen überfressen?«

Sie sah ihn traurig an. »Setzen wir uns doch.«

»Nur, wenn du diese alberne Sonnenbrille abnimmst und dich nicht mehr aufführst wie in einem zweitklassigen Film noir.«

Kaum hatten sie sich gesetzt, sprang Georgia wieder auf und begann, im Zimmer auf und ab zu gehen. Leider verfiel sie dabei automatisch in den stolzierenden Laufsteg-Schritt, der Jake immer zum Lachen brachte. Er biss sich auf die Lippen und versuchte, sich zu konzentrieren.

»Ich hatte in den vergangenen beiden Tagen eine Krise. Ich glaube, es war ein emotionaler Zusammenbruch.«

»Ich bin sicher, deine Mutter ist daran gewöhnt und wird es verkraften.«

»Ich war nicht zu Hause. Ich war nicht bei meiner Mutter.« Sie starrte ihm in die Augen, doch er sah sie einfach nur fragend an. »Herrgott noch mal, bist du schwer von Begriff, Jake! Unsere Beziehung hätte so viel besser funktioniert, wenn du ein bisschen eifersüchtiger gewesen wärst!«

»Ist das so?«, fragte er leise. »Ich dachte, du liebst mich unter anderem deshalb, weil ich dir vertraue.«

»Ja, schon, aber zu viel Vertrauen ist auch nicht gut.« Nun war sie verärgert und konnte sich nicht mehr daran erinnern, was sie als Nächstes sagen sollte. »Wie dem auch sei – plötzlich wurde mir klar, wie sehr du dich verändert hast. Wir führen inzwischen eine Beziehung zu dritt, und der Dritte im Bunde ist dieses blöde Restaurant. Ich habe einige ausgesprochen düstere Ecken erforscht, Jake …«

»Ich habe dich immer wieder gebeten, im Haus keine Sonnenbrille zu tragen«, rutschte es ihm heraus. Sie funkelte ihn an.

»Und nach vielen leidvollen Stunden bin ich zu dem Schluss gekommen, dass unsere Träume nicht mehr dieselben sind. Das ist sehr schmerzlich für mich, aber ich weiß, dass ich dich freigeben muss.« In diesem Moment glaubte Georgia wirklich, was sie da sagte, und fing an zu weinen.

»Ich denke nicht, dass ich mich so sehr verändert habe«, sagte Jake langsam. »Zumindest nicht negativ. Die Arbeit ist ein wichtiger Teil meines Lebens, aber das war schon immer so.«

»Aber du machst nichts anderes mehr, Jake! Du denkst den ganzen Tag über Essen nach, in der Nacht träumst du davon und sogar wenn wir miteinander schlafen, vergleichst du mich mit irgendwelchen Gerichten. Das ist echt unnatürlich und pervers, vor allem weil du genau weißt, was ich vom Essen halte, Jake!« Ihre Stimme klang schon beinahe hysterisch.

Jake fühlte sich sofort besser. Er war sicher gewesen, dass Georgia bemerkt hatte, dass er in Kate verliebt war. Doch sie hatte offensichtlich einfach nur wieder einen ihrer Zustände. Sie war emotional bedürftig und unsicher – und wahrscheinlich hatte er sie tatsächlich in letzter Zeit vernachlässigt. Sie lebte in einer zerbrechlichen kleinen Welt. Bestimmt hatte irgendeine Bagatelle diese Krise ausgelöst – ein unvorteilhaftes Foto vielleicht oder ein gehässiger Kommentar in der Zeitung, den er nicht gelesen hatte, weil ihm einfach die Zeit für derartigen Mist fehlte. Aber für sie hatten diese Dinge große Bedeutung. Wer war er schon, dass er sich ein Urteil darüber erlauben durfte? Schließlich hing auch seine Existenz von der Meinung fremder Leute ab.

Er sah sie voller Zuneigung an. Dann verengten sich seine Augen. Etwas an ihr war heute anders. Als er sie prüfend musterte, wurde ihm klar, dass sie sowohl Schuldbewusstsein als auch Energie ausstrahlte. Da er schon einmal genau diese Erfahrung gemacht hatte, erkannte er sofort, womit er es zu tun hatte. Der Groschen fiel spät, aber er fiel.

»Du hast einen anderen, oder?«

Nun wurde Georgia wütend. Typisch Jake, er fand die banalsten Worte für jene Affäre, die ihr Leben verändern würde. Außerdem hatte sie diejenige sein wollen, die die Bombe platzen ließ. Das war ihre Show und sie hatte noch einige richtig gute Szenen auf Lager – hauptsächlich Variationen davon, wie sehr sie gelitten hatte. Jetzt würde sie vorspulen und eine ganze Reihe von Gefühlsbekundungen überspringen müssen, die eigentlich demonstrieren sollten, warum sie in der ganzen Sache überhaupt keine Schuld traf.

»Es gibt einen anderen. Wir kennen uns schon seit einer ganzen Weile und unsere Gefühle sind immer tiefer geworden. Wir haben lange dagegen angekämpft – es war furchtbar, du kannst dir nicht vorstellen, unter welchem Stress ich stand. Als wir einander begegneten, haben wir fast von Anfang an diese innere Verbindung gespürt. Er versteht mich wirklich«, erklärte sie. Georgia versuchte, eine betrübte Miene aufzusetzen, und wirkte dabei doch bloß selbstzufrieden. Jake hörte ihr eigentlich gar nicht zu.

Er hielt es für mehr als offensichtlich, dass keiner von ihnen beiden dem anderen gegenüber aufrichtig gewesen war. Na schön, Georgia hatte wohl mit diesem Typen geschlafen – das war unwichtig. Aber wie schuldig war er, weil er sich wünschte, mit Kate zu schlafen? Zugegeben, daran zu denken war nicht dasselbe, wie es zu tun. Aber das Prinzip war das gleiche, argumentierte er. Jake war streng mit sich, aber das fühlte sich aus irgendeinem Grund besser an, als Georgia die Schuld zu geben. Wahrscheinlich hatte er sie wirklich etwas vernachlässigt.

»Es tut mir leid«, räumte er ein. »Vielleicht brauchst du einfach mehr, als ich dir jemals geben kann. Letzten Endes werde ich immer ein ungepflegter Workaholic ohne Geld, aber dafür mit großen Träumen sein. Wir waren einmal glücklich miteinander, und ich übernehme einen Teil der Verantwortung dafür, dass wir es nun nicht mehr sind. Aber ich hoffe, dass wir Freunde bleiben können.«

Georgia blieb gereizt stehen. Das war nicht im Geringsten, was sie gewollt hatte. Okay, es sah so aus, als würde die Trennung kurz und schmerzlos über die Bühne gehen, aber sollte er sich das Ganze nicht sehr viel mehr zu Herzen nehmen? Er war nicht halb so geknickt, wie er verdammt noch mal hätte sein sollen. Das war alles ziemlich ärgerlich. Sie war bei weitem das Schönste, was ihm je im Leben passiert war. Wusste er denn nicht, was er verlor? Anscheinend nicht, denn er saß einfach nur da, lächelte ein wenig traurig, wirkte jedoch kein bisschen mitgenommen.

»Ich hoffe, ihr werdet glücklich«, sagte er.

»Das werden wir bestimmt. Und wir werden uns Mühe geben, dir nicht über den Weg zu laufen.«

»Ich glaube nicht, dass ich ein Problem damit hätte«, erwiderte Jake unbeeindruckt. Wer auch immer der Typ war, er wohnte vermutlich in London und war Teil ihrer Modewelt. Jake bezweifelte, dass sich ihre Wege jemals kreuzen würden.

»Ich bin froh, dass du es so siehst. Wir hatten beide Sorge, die Situation könnte für dich sehr schwierig werden«, erklärte Georgia wichtigtuerisch. In Wirklichkeit hatte Harry gesagt: *Er wird vor Wut durchdrehen. Vielleicht muss ich ja Bodyguards engagieren.* »Du hast keine Ahnung, von wem ich rede, oder?«

»Nein, natürlich nicht. Ich kann ja nicht Gedanken lesen. Ich kenne kaum die Hälfte der Leute, mit denen du bei der Arbeit herumhängst«, sagte Jake mürrisch.

Gott – war er dumm, dachte sie wütend. »Jake, ich weiß, du wirst das nicht hören wollen, aber … der Mann, in den ich mich verliebt habe, ist Harry Hunter.«

21. Kapitel

»Du dummes Huhn«, sagte er.

Das kam nicht besonders gut an. Georgia hätte es nicht viel ausgemacht, wenn er sie als herzloses Miststück oder etwas ähnlich Dramatisches beschimpft hätte, aber niemand lässt sich gern als dumm bezeichnen, vor allem nicht, wenn er es ist.

Jake stand auf und musterte sie mit kaltem Blick. »Ich habe noch nie zuvor das Bedürfnis gehabt, das zu sagen, aber du bist wirklich ein Vollidiot. Hast du mir nicht zugehört, als ich dir von diesem Mann erzählt habe? Er ist ein absoluter Scheißkerl, der dich nur benutzt, um mich zu verletzen. So erbärmlich ist er wirklich. Wenn er glaubt, dass er genug Punkte gesammelt hat, wird er dich abservieren – traurig, aber wahr.«

»Wieso lächelst du? Das ist überhaupt nicht komisch!«, rief sie.

»Das stimmt – du hast recht«, sagte er und dachte trocken: Beinahe hätte er mich drangekriegt. Ich war mir zu achtzig Prozent sicher, dass er das Kriegsbeil begraben wollte.

»Hier geht es nicht um dich! Hier geht es um mich und meine Bedürfnisse. Außerdem liegst du falsch, was Harry betrifft. Er hat mir die ganze Geschichte erzählt, und aus seinem Mund hört sich alles ganz anders an …«

»Das bezweifle ich keine Sekunde«, knurrte Jake. »Seine Karriere beruht schließlich auf seiner Fähigkeit, die Wahrheit zu verdrehen. Er hat so viele verschiedene Gesichter, dass er wahrscheinlich regelmäßig in den Spiegel schauen muss, um zu sehen, welches er gerade trägt.«

»Er hat vorausgesagt, dass du so reagieren würdest. Er weiß, dass du schon immer wahnsinnig neidisch auf ihn warst.«

»War ich nicht!«

»Er sagt, er ist der ernsthaften Überzeugung, dass mit deiner Persönlichkeit etwas nicht stimmt, weil du noch nie fähig warst, Konkurrenz zu akzeptieren. Er sagt, es sei nicht seine Schuld, dass er so begabt ist und dass er es leichter hatte als du. Er sagt, es könnte dir viel besser gehen, wenn du aufhören würdest, ihm Dinge vorzuwerfen, für die du in

Wahrheit selbst verantwortlich bist. Du musst den Tatsachen ins Auge sehen, er …«

»Verschone mich bloß mit noch mehr Gedankenabfall des großen Meisters Harry!«

»Außerdem er ist ein großartiger Liebhaber, Jake. Er könnte dir so einiges beibringen!«

»Das interessiert mich einen Scheißdreck!«

»Und sein Restaurant ist immer so voll, dass er schon häufig Leute abweisen musste, und er war gütig genug, sie zu dir zu schicken, was ich sehr nett von ihm finde, wenn man bedenkt, wie du über ihn redest.«

Das tat weh. Jake hatte Georgias Bemerkung über Sex auf der Stelle abgetan, denn Sex hatte für ihn nichts mit Akrobatik zu tun. Sex war ein Ausdruck von Liebe – und für Georgia empfand er keine Liebe mehr. Doch gerade in letzter Zeit hatte er langsam das Gefühl bekommen, dass Harry keine Bedrohung mehr darstellte. Er hatte gedacht, sie könnten wieder vernünftig miteinander reden. Er hatte geglaubt, in Frieden leben zu können. Aber jetzt spürte er, dass sich Harrys Boshaftigkeit um ihn herumwand wie eine dieser Riesenschlangen, die ihr Opfer zerquetschen, bevor sie es auffressen. Jake hatte plötzlich eine grässliche Vision, in der Harry ihm die Luft abdrückte und ihn zusammenpresste, bis nur noch ein Häuflein Staub von ihm übrig war. Er schüttelte den Kopf, um das Bild zu vertreiben. Wenn er so weitermachte, wurde er noch wahnsinnig.

»Geh einfach, Georgia. Geh und nimm deine idiotischen Wunschvorstellungen mit, aber glaub nicht, du könntest zu mir zurückgekrochen kommen, wenn er dich fallen lässt.«

»Das wird er nicht. Ich wollte es dir eigentlich nicht erzählen, aber du sollst es ruhig wissen: Wir sind verlobt. Dann kann ich den ja jetzt tragen.« Sie holte einen Diamantring aus ihrer Tasche, mit dessen Gegenwert Jake bis ins hohe Alter alle seine Rechnungen hätte bezahlen können.

Als sie auf hohen Absätzen die Treppe hinunterklapperte, dachte er: Tja, dieses Geräusch muss ich mir jetzt zum wirklich allerletzten Mal anhören. Er setzte sich und ließ den Kopf in die Hände sinken. Als er aufsah, war es im Zimmer immer noch dunkel. Nicht nur draußen waren Wolken aufgezogen und gerade, als er unten die Tür zuschlagen hörte, begann es zu regnen. Sie wird pitschnass werden, dachte er mit Genugtuung und schimpfte sich dann für seine Gemeinheit. Sie hatte ihm nicht das Herz gebrochen – es war, ehrlich gesagt, noch nicht einmal angeknackst –, aber nachdem er das für sich geklärt hatte, stellte er fest, dass er nun dem gegenübertreten musste, was wirklich an ihm nagte. Es war armselig, dass ihn die gehässigen Dinge, die Georgia über ihn gesagt hatte, dermaßen beunruhigten, doch er konnte sie nicht abschütteln. Er starrte aus dem Fenster und beobachtete, wie die Touristen auf der Straße in alle Richtungen davonliefen, um Schutz vor dem Regen zu suchen, der sich inzwischen in einen jener stürmischen Wolkenbrüche verwandelt hatte, an denen sich der Lake District im Sommer so erfreute.

Er beschloss, Zuflucht in der Küche zu nehmen. Arbeit war das einzige Mittel, mit dem er seine Gedanken daran hindern konnte, sich sinnlos um alberne Dinge zu drehen. Auf halbem Weg nach unten blieb er stehen. Was, wenn diese Dinge der Wahrheit entsprachen? Quatsch. Mit seiner Persönlichkeit war alles in Ordnung, da gab es kein Problem, das sich nicht durch eine richtig fiese Vorbereitungsliste für Godfrey lösen ließ.

Nach und nach erschien sein Personal zur Arbeit. Alle waren völlig durchnässt, selbst wenn sie, wie Kate, nur vom Auto zur Tür hatten sprinten müssen.

»Es ist verdammt nass da draußen«, bemerkte Godfrey und schüttelte sich wie ein Hund.

Jake blickte auf. Der Regen trommelte gegen die Fensterscheiben wie eine Menschenmenge, die verzweifelt um Einlass bat.

Kirsty kam vom Telefon zurück. »Mr und Mrs Thomas – sie hatten für sechs reserviert –, haben gerade abgesagt. Sie sind beim Wandern in den Regen geraten und haben beschlossen, heute Abend in ihrem Hotel zu bleiben.«

Kurz hintereinander folgten drei weitere Anrufe, alle mit den gleichen schlechten Nachrichten. Na großartig, dachte Jake. Gerade heute hätte er einen arbeitsreichen Abend gebrauchen können, um auf andere Gedanken zu kommen. Darüber hinaus würde der Filialleiter seiner Bank wahrscheinlich wenig Verständnis dafür aufbringen, dass er wegen des schlechten Wetters kein Geld verdiente. »Wenn es dir vorn zu ruhig ist, leg ruhig Musik auf. Sorgen wir dafür, dass die Leute, die der Witterung trotzen, einen tollen Abend haben«, sagte er zu Kirsty.

Er hoffte, dass Harrys Restaurant überschwemmt wurde, weil der See über die Ufer treten und es einfach nicht zu regnen aufhören würde. Später am Abend sollte er diesen Gedanken noch bereuen.

Zwei oder drei Paare nahmen ihre Reservierung wahr und Kirsty musste die Musik ständig lauter drehen, um das Unwetter zu übertönen. Im Laufe des Abends fiel Jake auf, dass Godfrey immer nervöser wurde.

»Okay, auf diesem Bestellzettel steht *zwei Salate*, warum hast du dann drei gemacht?«

»Tut mir leid, Chef. Ich bin nur etwas beunruhigt. Mein Vater ist in dem Sturm da draußen und muss alles allein machen, weil mein Bruder nicht da ist.«

»Ich dachte, Schafe mögen Regen.«

»Sie saugen sich voll Wasser, weil sie noch nicht geschoren sind.«

»Du liebe Zeit! Na ja, in dem Zustand nutzt du mir eh nichts und viel los ist auch nicht – also geh besser nach Hause und bring deine Schäfchen ins Trockene.«

Godfrey musste wirklich besorgt sein, denn er zog sich noch nicht einmal um. Er war kaum ein paar Minuten weg, als plötzlich das Licht im ganzen Restaurant ausfiel. Jake stieß einige saftige Flüche aus, aber er hatte einen großen Vorrat an Kerzen, und die Kochherde wurden alle mit Gas betrieben. Das heiße Wasser würde bald zur Neige gehen, aber Godfrey konnte ja morgen den ganzen Abwasch erledigen. Da er die Nacht unbedingt bei einem Haufen klatschnasser Schafe verbringen wollte, geschah ihm das nur recht.

Das Kerzenlicht machte sich gut im Gastraum, doch in der Küche warf es merkwürdige Schatten. Auf einmal stellten sich alle unbeholfen an, sogar Jake. Er ließ zweimal sein Messer fallen, musste auf dem Boden danach tasten und hoffte, dass er nicht direkt in die Klinge greifen würde. Trotzdem bekamen alle Gäste ihr Essen und waren zufrieden, auch wenn Kate Mühe hatte, einem amerikanischen Ehepaar zu erklären, warum die Espressomaschine nicht funktionierte.

»Bei uns zu Hause gibt es für solche Fälle Generatoren.«

»Nun, bei uns nicht. Bei uns gibt es Kerzen.«

»Wie putzig!«

In der Küche starrte Jake mit finsterer Miene aus dem Fenster. »Solchen Regen habe ich noch nie erlebt. In London regnet es gerade nach unten und man wird einfach nur sehr nass. Aber dieser Regen – der schlägt einem ins Gesicht wie eine Faust. Als würde uns das Wetter bekämpfen.«

Er räumte planlos ein wenig auf und versuchte ohne Erfolg, seine übliche Feierabend-Energie aufzubieten, als Hans in die Küche stürmte. Ein Blick in sein Gesicht verriet Jake, dass sein Barkeeper der Überbringer einer wahrhaft beschissenen Nachricht war.

»Da kommt Wasser durch die Vordertür, Chef.«

Jake ließ den Putzlappen fallen, lief nach vorn und hoffte, dass Hans drogenbedingt halluzinierte. Aber nein. In der Tat lief langsam, aber stetig Wasser unter der Tür hindurch. Er versuchte, durch die Regenwand vor den Fensterscheiben etwas zu erkennen und stellte fest, dass der Gully den Wassermassen nicht gewachsen war. Auf der Straße hatte sich ein kleiner See gebildet, der anscheinend nur in eine Richtung ablaufen konnte – in sein Restaurant.

»Scheiße«, stieß Jake hervor, vergaß zum ersten Mal im Leben seine Gäste und rief, jemand solle einen Besen bringen.

»Wir brauchen Sandsäcke«, sagte Hans.

»Gute Idee, aber wo zum Teufel kriegen wir die her? Ich glaube nicht, dass der Kramladen sie auf Lager hat. Kirsty, hol Kate und fangt schon mal an, alles, was auf dem Boden steht, wegzuschaffen, und dann versuchen wir, den Teppich aufzurollen.«

Als Kirsty in die Küche kam, zuckte Kate schuldbewusst zusammen. Sie hatte sich gerade auf dem Lokalsender die Nachrichten angehört. Überall gab es schwere Überschwemmungen: Ein Mann war bei dem Versuch, einen Fluss zu überqueren, beinahe ertrunken (sie hoffte, dass es weder Godfrey noch sein Vater war) und das hiesige Theater, das sich in einem Souterrain befand, wurde gerade evakuiert. Vor dem Gebäude stand ein Reporter und erklärte, unter den Besuchern sei eine Massenpanik ausgebrochen und es gebe Berichte von Menschen, die bei der wilden Flucht niedergetrampelt worden seien. Außerdem war der Fluss über die Ufer getreten, hatte einen Weg zur Autobahn gefunden und dort eine Massenkarambolage verursacht. Das alles war natürlich furchtbar, aber Kate juckte es in den Fingern, wenn sie an die vielen guten Artikel dachte, die nun ungeschrieben blieben, solange sie hier saß. Sie fragte sich gerade, ob sie sich davonmachen konnte, als Kirsty hereinkam, ihr zurief, sie solle kommen und helfen, und sofort wieder hinausstürzte. Kate war hin und her gerissen. Sie musste herausfinden, was draußen auf den Straßen geschah. Dieser Zwang war so stark wie Jakes Drang zu kochen. Aber sie konnte nicht gehen, oder? Ihm fehlte bereits ein Mitarbeiter. Dieser verdammte Godfrey! Wahrscheinlich saß er jetzt zu Hause, genehmigte sich einen Schlummertrunk und sah seinen verfluchten Schafen beim Trocknen zu.

Hans stand neben der Tür und versuchte wie ein Wahnsinniger, das Wasser schneller hinauszufegen, als es hereinströmte. Die letzten Gäste hatten das Restaurant verlassen und waren auf höher gelegenes Terrain geflüchtet. Sie und Kristy hoben die Tische und Stühle auf jede verfügbare Oberfläche, die mehr als neunzig Zentimeter vom Boden entfernt war. Da drang ein Schrei aus der Küche.

»Jetzt kommt es auch durch die Hintertür!«, rief Tess voller Verzweiflung in der Stimme.

Als Jake merkte, dass ihm das Wasser um die Knöchel schwappte, sagte er, sie sollten aufhören. »Wir haben getan, was wir konnten. Geht nach Hause, solange es noch möglich ist. Angelica ist bestimmt noch wach und sie und deine Eltern werden sich Sorgen machen«, wandte er sich an Tess.

»Ich habe ein Zimmer im Erdgeschoss. Ich muss nachsehen, wie groß der Schaden ist«, erklärte Hans niedergeschlagen.

»Meine Wohnung liegt im ersten Stock, also habe ich Glück gehabt«, sagte Kate. Sie hatte sich damit abgefunden, zu bleiben, wo sie war. Jake würde Hilfe brauchen, um all die Sachen beiseitezuräumen, die sich auf seiner Treppe türmten. In seinem weißen Gesicht wirkten seine Augen wie schwarze Löcher. Er sah todmüde aus. Er hatte schneller und effizienter gearbeitet als jeder andere, doch es schien ihr, dass er sich jetzt einfach auf den Boden legen und vom Wasser zudecken lassen würde, wenn man ihn allein ließ.

Gemeinsam und schweigend machten sie die Stufen frei, reichten einander Gegenstände an und schnauften gelegentlich vor Anstrengung. Sobald man die Treppe wieder benutzen konnte, befahl Jake ihr, ins Bad zu gehen und sich die Hände zu waschen. »Keine Ahnung, was alles in diesem Wasser herumschwimmt, aber ich bezweifle, dass sie es für die Touristen in Flaschen abfüllen werden«, sagte er.

Als Kate ins Wohnzimmer zurückkehrte, blickte er prüfend aus dem Fenster. »Es schüttet immer noch. Hoffentlich müssen sie uns nicht per Boot retten, ich werde schnell seekrank.« Er schlug einen heiteren Ton an, doch Kate wusste, dass es Galgenhumor war.

»Du bist gegen so was versichert, vergiss das nicht.«

»Ja. Aber es wird eine Menge Schadensfälle geben. Wer weiß, wie lange es dauert, bis sie meinen Fall bearbeiten? Wir können kein einziges Essen kochen und servieren, wenn die Gäste durch Abwasser zu ihren Tischen paddeln müssen. Was machst du da eigentlich?«

Kate tastete suchend in den Schränken. »Du hast hier oben doch bestimmt irgendwo Alkohol.«

»Nur eine Flasche ekelhaften Whiskey, mit der mich mal ein Lieferant bestechen wollte. Hat nicht funktioniert.«

»Die reicht aus. Das ist ein Notfall.«

»Ich halte es für keine gute Idee, sich zu betrinken, auch wenn die Versuchung groß ist. Wir sollten einen kühlen Kopf bewahren.«

»Nein, genau das sollten wir gerade nicht. Der Mann auf der Titanic hat das auch nicht getan.«

»Was?«

»Hm – ich kann mich nicht an alle Einzelheiten erinnern, aber als dieser Mann sah, dass das Schiff untergehen würde, betrank er sich, fiel ins Wasser und paddelte eine Weile ganz zufrieden herum, bis er ein Rettungsboot entdeckte. Oder so ähnlich. Wenn wir um unser Leben schwimmen müssen, wäre es mir lieber, du würdest dabei Rugby-Lieder singen, statt dich mit grünem Gesicht an mich zu klammern.«

»Ich würde mich an dich klammern *und* singen, obwohl das garantiert keine angenehme Erfahrung für dich wäre. Ich neige dazu, falsch zu singen, selbst wenn ich nüchtern bin. Um die Wahrheit zu sagen – ich glaube nicht, dass mein Herz noch lange weiterschlagen wird. Es fühlt sich an, als wäre es heute ein paarmal durch die Spülmaschine gelaufen.«

»Dann besteht erst recht die Notwendigkeit für alkoholisch bedingte Stärke. Prost. Auf das Ende eines wirklich schlechten Tages.«

»Das kannst du laut sagen. Ich bin abserviert worden, mein guter Ruf wurde untergraben und alles, was ich besitze, ist pitschnass.«

»Das tut mir leid. Georgia hat wirklich ein Händchen für den ungünstigsten Zeitpunkt.«

»Auf jeden Fall.«

»Ich würde mir nichts von dem zu Herzen nehmen, was sie während des Abservierens gesagt hat. Die Leute behaupten so etwas nur, damit sie endlich abhauen und mit jemand anderem schlafen können«, sagte sie unbeholfen. Sie wollte ihn trösten, obwohl es ihr im Grunde überhaupt nicht leidtat.

»Vor allem, wenn dieser jemand Harry Hunter ist.«

»Verstehe.« Sie musterte ihn prüfend. »Ich weiß nicht, was sie gesagt hat, aber du siehst aus, als hätte sie ein Messer in dich hineingestoßen und noch mal umgedreht. Ich wette, es hatte etwas mit deinen Kochkünsten zu tun.«

Jake lächelte. »Der persönliche Kram ist mir scheißegal«, gab er zu.

Kate schwieg. Sie sehnte sich danach, ihm zu sagen, dass sie genau wusste, wie er sich fühlte. Das Schreiben war der einzige Bereich ihres Lebens, in dem sie zutiefst verletzlich war. Ihre Artikel waren ihre Babys, sie liebte sie heiß und innig, würde sie mit Zähnen und Klauen verteidigen und empfand heftige Angst, wenn sie dem prüfenden Blick anderer Menschen unterzogen wurden. Jake widmete sich mit gleicher Leidenschaft und Hingabe seiner Kochkunst. Dann dachte sie: Warum sollte ich es ihm nicht sagen? Er würde sie wohl kaum hinaus in das Unwetter jagen. Sie beschloss, ihm nun alles zu erzählen. Es würde ihr guttun, sich alles von der Seele zu reden, außerdem wollte sie, dass ihre Beziehung auf Ehrlichkeit basierte. So musste es sein – anders würde es nicht funktionieren.

Sie holte tief Luft, beugte sich vor – und küsste ihn. Moment mal! Das sollte doch gar nicht passieren. Aber sie war froh, dass es passiert war, weil es sich einfach gut anfühlte und weil er offensichtlich genauso empfand, denn er erwiderte ihren Kuss.

»Jake, ich muss dir etwas sagen.«

»Mmmh … okay, aber zuerst muss ich etwas mit dir machen, das zum Beispiel … und das …«

»Nein, hör zu …«

»Heißt das, ich soll aufhören?«

»Oh, auf keinen Fall.«

»Wolltest du mir vielleicht sagen, dass dein BH den Verschluss vorne hat statt hinten?«

»Ja … vermutlich schon …«

Georgia hatte ja keine Ahnung, was dieses Sofa betraf, dachte Jake einige Zeit später träge. Es war ein großartiges Sofa.

Es war absolut bequem. Es bot zwei Menschen mehr als genug Platz und gestattete ihnen, alles Mögliche zu tun. Gewiss, es mochte ein bisschen gequietscht haben, jedoch ausschließlich auf sanfte, freundliche Weise. Es sperrte den Wind und Regen aus, die Verwüstung in seinem Restaurant, und es vertrieb die Bitterkeit, die nur wenige Stunden zuvor den ganzen Raum erfüllt hatte.

Es war kalt im Zimmer, aber ihre Haut glänzte vor Schweiß, während sie voller Vergnügen den Körper des anderen erforschten. Obwohl Jakes Berührungen weich und natürlich waren, konnte Kate die Muskeln unter seiner Haut spüren. Und er entdeckte mit freudiger Überraschung, wie viel interessanter der Körper einer Frau war, wenn er Fleisch und Kurven hatte.

Es war, als führten ihre Körper ein zutiefst befriedigendes Gespräch. Wie zwei Fremde, die einander in einem fremden Land trafen, teilten sie beide dieselbe Sprache. Eine lange Zeit war vergangen, seitdem seine Haut auf diese Weise mit einer Frau gesprochen hatte, und er wollte noch so viel mehr sagen, doch da klingelte das Telefon.

Sie lauschten für eine Weile, fragten sich, ob sie die Welt von sich schieben sollten, und begriffen dann in vollkommenem Einklang, dass sie dies weder konnten noch durften. Jake stand auf und nahm den Hörer ab.

»Wahnsinn, da draußen ist die Hölle los«, sagte Godfrey. »Einer unserer Bäume ist umgestürzt und hat das Haus nur um Zentimeter verfehlt, das halbe Scheunendach ist weggeflogen, aber zum Glück waren keine Tiere drin, ich bin zweimal bis auf die Haut nass geworden und dann rief Tess an und erzählte mir, was passiert ist. Ist es wirklich so schlimm?«

Jake erwiderte fröhlich, dass es eine absolute Katastrophe sei.

»Äh, du klingst ein bisschen benommen, Chef. Bist du sicher, dass du keinen Schlag auf den Kopf bekommen hast?«

»Ich habe mich noch nie besser gefühlt.«

»Das war vielleicht eine Nacht.«

»So viel ist sicher«, antwortete Jake glücklich, dann riss er sich zusammen und sagte Godfrey, er solle seinen Hintern pünktlich zur Arbeit schwingen. Beruhigt durch diese Rückkehr zur Normalität, legte Godfrey auf.

Jake sah Kate an. Es war eine lange Nacht gewesen, doch er strotzte vor Tatkraft. Der Wind und der Regen waren endlich abgeflaut.

»Hast du Lust auf einen Spaziergang?«

»Nichts würde ich lieber tun«, sagte Kate. Wie wunderbar, dass sie in allem dermaßen übereinstimmten! Die heutige Nacht war zum Küssen da, nicht zum Beichten. Morgen – wenn sie nicht mehr ganz so trunken voneinander waren, aber hoffentlich auch nicht ernüchtert – würde sie mit Jake reden.

Sie sammelten ihre Kleidungsstücke ein, zogen sich an und verließen das Haus durch die Hintertür, weil Jake dem Chaos im Restaurant einfach noch nicht gegenübertreten konnte. Der Himmel war nun so ruhig, als hätte es das Unwetter nie gegeben. Zu ihren Füßen sah es allerdings anders aus. Der Regen versickerte langsam, aber auf den Bürgersteigen standen immer noch gewaltige Pfützen und sie mussten einen Hindernislauf zwischen zerbrochenen Dachziegeln und Abfall absolvieren. Schließlich gaben sie auf und entschieden, dass es sicherer war, direkt auf der Straße zu gehen. Kate trug einen alten Mantel von Jake, der zwar ausgesprochen schäbig war, aber herrlich nach ihm roch. Sie hakte sich bei ihm ein und ihr Arm war wie für ihn gemacht. Sie schlenderten hinunter zum See, der jetzt friedlich dort plätscherte, wo einmal die Straße gewesen war.

Das Wasser war dem Gebäude recht nahe gekommen, in dem sich Harrys Restaurant befand, aber nicht nahe genug, um irgendeinen Schaden anzurichten. Typisch, Harry hatte auch noch unverschämt viel Glück, dachte Jake, doch das war ihm egal – heute Nacht hatte er selbst Glück. Eine oder zwei Enten schwammen zufrieden über die Straße. Kate machte ihn darauf aufmerksam und sie lachten beide. Der Wind hatte die letzten Wolken weggeblasen und ein riesiger Mond hing über den Wipfeln der Bäume.

»Was für eine herrliche Nacht«, sagte sie.

»Ich empfinde genau dasselbe. Wir sind beide vollkommen wahnsinnig, das ist dir sicher klar?«

»Tja, wenn das so ist, bin ich gerne wahnsinnig. Wahnsinn fühlt sich genau richtig an.«

»Dann gewöhn dich am besten daran. Ich verbringe einen Großteil meiner Zeit damit.«

Kate schwelgte in der unausgesprochenen Schlussfolgerung, dass sie eine gemeinsame Zukunft hatten. Dann überlief sie ein Frösteln. Sie musste es ihm jetzt sagen, während sie beide vor Liebe und Sex noch ein wenig albern waren. Aber bevor sie den Mund öffnen konnte, sagte Jake: »Ist dir kalt? Du darfst keine Erkältung bekommen. Stell dir vor, ich habe nicht nur ein Sofa, sondern auch ein Bett. Ich gebe zu, dass die Bettdecke einen sehr alten Bezug hat, der dir verraten wird, dass ich einmal unter einer leichten *Star Wars*-Besessenheit gelitten habe. Aber sie ist sauber und warm, und darunter können wir so tun, als würden wir durch den Weltraum fliegen.« Was ist nur los mit mir, fragte sich Jake. Er quatschte absoluten Blödsinn. Er redete sonst nie so. Wie wundervoll, dass er einen Menschen gefunden hatte, dem es offenbar nichts ausmachte, was für ein Unsinn aus seinem Mund kam. Im Gegenteil, Kate schien ihn sogar noch zu ermutigen.

»Wenn du möchtest, kann ich gerne so tun, als wäre ich Prinzessin Leia.«

»Eigentlich wäre es mir lieber, wenn du du selbst bleiben würdest. Und jetzt laufen wir um die Wette. Wer zuerst zurück ist!«

Als sie die Tür erreichten, zögerte er einen Moment lang.

Los! Jetzt – sag es einfach!, drängte Kates Gewissen. Doch wieder ergriff er das Wort.

»Ich denke, wir sollten den Rest der Welt noch für ein paar Stunden vergessen.«

»Einverstanden, Chef.«.

22. Kapitel

»Wenn dich weder Triumph noch Niederlage schwächen, weil du beide als Betrüger kennst«, sagte Kirsty und fügte, als alle sie anstarrten, hinzu: »Kipling war das Thema meiner Abschlussprüfung.«

»Ach ja, die Niederlage und ich sind alte Freunde«, sagte Jake.

Das Team stand im Restaurant und versuchte, nicht zu tief einzuatmen. Der Teppich war ruiniert, der gesamte Raum musste neu gestrichen werden und es roch extrem muffig.

Jake hatte am Morgen mit den Versicherungsleuten telefoniert. Natürlich würden sie zahlen, aber das war nicht das Problem, wie er Godfrey erklärte, der nicht verstand, warum es überhaupt ein Problem gab.

»Selbst wenn ich den Scheck morgen erhalte, wird es mindestens zwei Wochen dauern, bevor wir wiedereröffnen können. Wenn keine Gäste kommen, kommt auch kein Geld herein. Gar kein Geld.«

Einige seiner Angestellten wurden bei dem Gedanken an Überziehungskredite und ausgesetzte Lohnzahlung blass.

»Keine Panik. Die Bank wird mir genug Geld leihen, damit ich euch alle bezahlen kann.«

Das war typisch Jake, dachte Kate. Erst kümmerte er sich um seine Leute, dann um sich selbst.

»Ich habe Geld. Mich brauchst du nicht zu bezahlen«, sagte sie, fühlte sich furchtbar schuldig und überschlug schnell, wie viel sie ihm leihen konnte. Wahrscheinlich nicht genug.

»Mein Vater kann mir für ein paar Wochen aus der Klemme helfen«, bot Godfrey an.

»Und ich habe endlich eine dicke Unterhaltszahlung gekriegt, deshalb bin ich jetzt reich. Reich!«, rief Tess.

Jake schluckte. Sie waren alle so nett. Er brachte es nicht übers Herz, ihnen zu sagen, dass ihre Löhne nur ein Tropfen in dem Ozean aus Schulden waren, in dem er schwamm. »Was soll's, gehen wir und putzen die Küche weiter. Vielleicht schüttelt dabei ja einer von uns einen genialen Plan aus dem Ärmel.«

Sie hatten die Küche bereits zweimal gesäubert, doch er war immer noch nicht zufrieden. Wenn er schon unterging, dann wenigstens porentief rein.

Auf der ganzen Straße hielten die Leute immer wieder in ihren Aufwischaktionen inne, um ihre Leidensgeschichten miteinander zu teilen. Die Feinkosthandlung zwei Häuser weiter hatte fast ihren gesamten Lagerbestand verloren. »Wir hatten uns gerade erst von der letzten Maul- und Klauenseuche erholt«, sagte die Eigentümerin unter Tränen, als Jake ihr begegnete, weil er Kaffee und Donuts kaufen wollte.

Nun hatte Jake keinen Appetit mehr. Die Hochstimmung der vergangenen Nacht wurde vom Schreckgespenst des finanziellen Ruins verdrängt. Was würde mit ihm und Kate geschehen, falls er schließen musste? Er wusste, dass er bei Louis in London immer Arbeit finden würde, aber vielleicht wollte sie ihm nicht dorthin folgen.

Die Zahlen auf seinem Monitor tanzten vor ihm, verspotteten ihn. Er hätte schwören können, dass sie mit ihm redeten. »Du eingebildeter Narr«, flüsterten sie. »An diesen Felsen sind schon bessere Küchenchefs als du auf Grund gelaufen. Warum hast du geglaubt, bei dir wäre es anders?«

»Ahhh!«, brüllte er, nahm die Rechnungen, die sorgfältig nach Wichtigkeit geordnet waren, und schleuderte sie quer durch den Raum. Es war egal, ob sie in Unordnung gerieten – er konnte sowieso keine von ihnen bezahlen.

Wenn Jake unglücklich war, beschwor er stets das Bild seiner Großmutter herauf. Sie hatte sehr viel Schlimmeres überlebt, als er je durchmachen würde. »Du kannst so viel Trübsal blasen, wie du willst. Trotzdem musst du weitermachen. Und räum gefälligst dieses furchtbare Durcheinander auf, das du gerade angerichtet hast«, hätte sie ihn energisch ermahnt.

»Okay, Oma«, sagte er und bückte sich, um die Papiere aufzuheben. »Die könnte ich genauso gut verbrennen«, murrte er und dann fiel sein Blick auf den Brief von der Fernsehgesellschaft.

»Wir nennen die Show *Feiner Fraß*, weil es genau darum geht. Die Zuschauer haben genug von Leuten, die ihnen erzählen, wie man eine ordentliche Schinkenstulle schmiert. Wir wollen ihnen zeigen, dass wir die besten Chefköche in der Grafschaft haben und dass diese fähig sind, auch ohne die Annehmlichkeiten ihrer eigenen Küchen die köstlichsten Gerichte zu zaubern. Wir wissen, dass Sie kochen können, aber sind Sie auch der Herausforderung gewachsen, es vor den Augen der ganzen Grafschaft zu tun? Wir würden Sie selbstverständlich für Ihre Teilnahme bezahlen«, schrieb der Pressesprecher weiter, weil er wohl damit rechnete, dass es einige merkwürdige Leute gab, die nicht ohne finanzielle Gegenleistung im Fernsehen auftreten wollten. »Der Gewinner bekommt einen Scheck über 20000 Pfund und jede Menge Publicity, was für Ihr Restaurant nur zuträglich sein kann.«

»Oh nein, ich kann genauso gut alles hinschmeißen und einen Imbissstand eröffnen.«

»Hör auf zu jammern«, sagte seine Großmutter gereizt. »Dein Großvater musste nach dem Krieg eine Stelle als Straßenfeger annehmen, dabei hatte er eine Hochschulausbildung. Wenn er es nicht getan hätte, hätten wir nicht überlebt. Aber wenn du zu stolz bist, die Rechnungen auf diese Weise zu bezahlen …«

»Momentan habe ich nicht viel, worauf ich stolz sein könnte.«

»Nun, das würde ich nicht sagen. Du scheinst beispielsweise eine sehr nette neue Freundin gefunden zu haben …«

»Oh Gott! Ich hatte vergessen, dass du tot und im Himmel bist und von da oben alles siehst«, stöhnte Jake.

»Komm bitte da raus und hör auf, Selbstgespräche zu führen, das jagt uns Angst ein«, sagte Tess und steckte den Kopf zur Tür herein.

Er nahm den Brief mit und las ihn seinem Team vor.

»Unter normalen Umständen würde ich nicht mal im Traum daran denken, so etwas zu machen. Aber ich brauche Geld und kann es mir nicht leisten, wählerisch zu sein.«

Zu seinem Verdruss hielten es alle für eine brillante Idee.

»Du würdest Riesenanklang finden«, sagte Godfrey.

»Du würdest die gesamte Konkurrenz in die Pfanne hauen«, sagte Tess.

»Jamie Oliver kann einpacken. Du siehst sowieso viel besser aus«, bemerkte Kirsty grinsend. »Sogar wenn du mürrisch dreinblickst, hast du ein gewisses Charisma.«

»Das habe ich ganz gewiss nicht«, widersprach Jake streng. Harry besaß Charisma – und zwar die widerliche, hypnotische Sorte, dachte er, ohne sich bewusst zu sein, dass er eine ganz eigene Art von Charme hatte.

»Dann findet ihr also, dass ich das angehen sollte?«

»Ja!«, riefen alle.

Kate hatte den Brief gründlich gelesen. »Vielleicht hast du zu lange gewartet. Der Wettbewerb fängt nächste Woche an.«

Tess reichte ihm das Telefon und alle standen um ihn herum und sahen ihn an.

»Ihr wollt, dass ich es jetzt erledige, und ihr wollt natürlich alle mithören. Na schön.«

Es war unmöglich herauszufinden, was vor sich ging. Die Konversation war zumindest von Jakes Seite nicht sehr ausführlich, denn sein Beitrag lautete »Hmm – oh, ich verstehe – das macht doch nichts – ach wirklich – ja, ich glaube schon – okay – vielen Dank.«

Er ließ das Telefon sinken. »Tja, erst einmal: Du hattest recht, Kate.«

Alle stöhnten im Chor.

»Außer mir hat jeder, den sie gefragt haben, zugesagt. Anscheinend gab es auch etliche Leute, die regelrecht darum gebettelt haben, mitmachen zu dürfen, und die auf eine Warteliste gesetzt wurden. Aber die Produktionsgesellschaft hat gerade erfahren, dass einer der Köche mit seiner Oberkellnerin durchgebrannt ist. Seine Frau hat gesagt, wenn er trotzdem teilnimmt, wird sie mit einem Fleischerbeil im Publikum sitzen. Wie dem auch sei, dann rief ich an und …« – er hielt inne und genoss den Augenblick – »… aus irgendeinem Grund hatten sie mich ohnehin an die Spitze der Liste gesetzt und – ich bin dabei!«

Nachdem der Jubel abgeebbt war, sagte er: »Ich kann

nicht anders – ich glaube, das Ganze wird sich noch als riesengroßer Fehler herausstellen.«

»Das wirst du erst sicher wissen, wenn du es tust«, sagte Kirsty.

»Die andere Sache ist die, dass ich zwei Assistenten mitbringen muss.«

»Tess zum Beispiel«, sagte Godfrey und alle nickten. Dann schaute er zu Kate hinüber.

Sie wusste, dass Godfrey sie am Morgen aus Jakes Wohnung hatte kommen sehen und einige völlig korrekte Schlüsse gezogen hatte. Sie und Jake waren ein Paar – natürlich wollte sie ihn begleiten. Doch das konnte sie eben nicht. Sie kannte mindestens die Hälfte der Leute, die bei *Lakes News* arbeiteten, und es gab keine Möglichkeit, sie alle darauf einzuschwören, Stillschweigen zu bewahren. Das würden sie sowieso nicht.

»Kirsty ist eine viel bessere Kellnerin, als ich jemals sein werde. Sie hat zum Beispiel gelernt, vor Publikum nicht zu fluchen, was ich von mir leider nicht behaupten kann.«

»Das ist wahr. Aber als dir der Wein für Tisch vier runterfiel und du *Verdammte Scheiße* gerufen hast, konntest du dich immerhin sehr nett entschuldigen«, sagte Jake grinsend. In seinen Augen konnte seine neue Freundin einfach nichts falsch machen.

»Das ist wirklich lieb von dir, Kate«, sagte Kirsty. »Bist du sicher? Ich würde unheimlich gern mitmachen – oh, ich bin jetzt schon ganz aufgeregt!«

Als auch die anderen fanden, dass Kate wirklich selbstlos sei, verdrückte sich diese unter dem Vorwand, eine Zigarette rauchen zu wollen. In Wahrheit schämte sie sich. Sie war überhaupt nicht selbstlos, sondern scheinheilig. Oh Gott! Warum hatte sie es Jake gestern nicht einfach gesagt? Mit jedem Tag, den sie schweigend verstreichen ließ, wurde es schwieriger. Nun war es praktisch unmöglich. Eine Minute lang gab sie sich der verrückten Vorstellung hin, bei der Zeitung zu kündigen und eine echte Kellnerin zu werden. Dann würde sie in ihrer Freizeit tatsächlich einen Roman schreiben können. So hart konnte das nicht sein. Viele Leute machten das. Aber was sie am Journalismus liebte, war ja gerade die Notwendigkeit, sich auf das Wesentliche zu beschränken und einen Text so lange zu kürzen, bis jedes einzelne Wort zählte. Und überhaupt – falls sie jemals einen richtigen Roman schrieb, dann würde er von Jake handeln, womit sie wieder da war, wo sie angefangen hatte.

»Alles in Ordnung?« Jake war ihr gefolgt.

»Bei mir schon, aber was ist mit dir?« Er wirkte ein wenig grün im Gesicht.

»Ich finde es einfach nur unprofessionell, an so einer Show teilzunehmen. Und ich komme mir vor wie ein Heuchler – wenn ich daran denke, wie ich früher über Fernsehköche geschimpft habe! Mir graut davor, dass mein alter Chef davon erfahren könnte. Aber die Show wird bloß im Regionalfernsehen gesendet, oder? Wahrscheinlich schauen sowieso nur eine Handvoll Leute und ihre Haustiere zu.« Er begann, auf und ab zu gehen und sah verzweifelt aus.

»Du hast panische Angst, nicht wahr?«, sagte Kate langsam. »Natürlich nicht vor dem Kochen. Du fürchtest dich davor, vor einem Haufen Fremder zu stehen.«

»Du hast recht – du hast vollkommen recht. Ich würde lieber ein Menü für den Regisseur Michael Winner kochen, als für einen einfältig grinsenden Typ hinter einer Kamera schauspielern zu müssen. Ich werde total beschissen sein und einen Vollidioten aus mir machen, das weiß ich jetzt schon! Und selbst wenn nicht, wird Harry garantiert auf irgendeine hinterhältige Weise dafür sorgen, dass es zumindest so aussieht. Ja, er ist natürlich auch dabei. Er hat als Erster zugesagt. Trottel!«

»Wen von euch beiden meinst du damit?«

»Uns beide – ihn, weil er solch ein Angeber ist, und mich, weil ich so erbärmlich bin.«

»Hör mal, das Fernsehen hat Gordon Ramsay und Jamie Oliver auch nicht geschadet, oder?«

»Ich bin nicht so kameratauglich wie die. Ich muss schon sagen – für jemanden, der mal in der PR-Branche war, bist du ziemlich idealistisch. Das Fernsehen verzerrt und verfälscht doch alles. Wenn die Macher einmal entschieden haben, wie ich rüberkommen soll, dann komme ich auch so rüber, egal, was ich sage oder tue. Medienleute sind manipulativ und verlogen, interessieren sich einzig und allein für Einschaltquoten und haben keine Spur von Moral.«

Kate zuckte zusammen. Und dann machte Jake alles noch schlimmer, indem er sie küsste. Sie konnte den Kuss überhaupt nicht genießen, denn als sie ihn erwiderte, kam sie sich vor wie ein Verräter.

Sie machten sich zehn Minuten zu spät auf den Weg zum Fernsehstudio, weil Jake in letzter Sekunde einfiel, dass er unbedingt seine Glücksschürze mitnehmen musste. Louis hatte sie ihm einmal geliehen und nie zurückverlangt. Sie war für Jake noch nie ein Talisman gewesen, doch nun war er mit einer Irrationalität, die sich aus purer Angst speiste, plötzlich absolut sicher, dass er in dieser Schürze all seine besten Gerichte gekocht hatte.

Er stieg wieder in den Wagen, legte seine Hand auf den Schalthebel und hatte auf einmal einen totalen Blackout. Er sah den Hebel an und für den Bruchteil einer Sekunde – der sich eher anfühlte wie eine Stunde – passierte gar nichts. Er wusste nicht mehr, was dieses Ding war und was man damit machte. Während er ganz, ganz langsam anfuhr – vielleicht hatte er ja auch vergessen, wo sich die Bremse befand –, dachte er: Das war's, wir sind verloren. Falls mir dasselbe passiert, wenn Tess mir gerade eine Kasserolle reicht, wird das Letzte, was ich sehe, bevor ich vor Scham sterbe, Harrys fieses Grinsen sein.

Zum Glück saß Kirsty neben ihm, denn sie hatte so viel zu sagen, dass niemand mehr zum Nachdenken kam. Sie sprudelte vor Aufregung und Vorfreude förmlich über. Im Grunde konnte sie es kaum erwarten, sich der Öffentlichkeit zu präsentieren.

»Natürlich sind alle Kellnerinnen in Wirklichkeit Schauspielerinnen. Vielleicht habe ich den falschen Beruf, vielleicht sollte ich nach Hollywood gehen.«

»Willst du damit sagen, dass ich dir gutes Geld dafür zahle, dass du meinen Gästen irgendwelche Geschichten erzählst?«

»Na ja, ein paar Amerikaner haben dich mal fluchen hören, also habe ich behauptet, du seist ein verrücktes Genie wie van Gogh, und das hat sie dermaßen begeistert, dass ich sie gerade noch davon abhalten konnte, in die Küche zu gehen und dich zu fotografieren.«

Kurz darauf schwenkte die Unterhaltung zu Kirstys aktuellem Freund, dem sie den Laufpass geben wollte. »Er ist wirklich nett, aber zwischen uns sprühen einfach keine Funken.«

»Ja, funken sollte es schon«, stimmte Jake zu und dachte an Kate. Er warf einen Blick in den Rückspiegel, doch Tess hörte Musik über Kopfhörer und hatte offenbar keine Lust auf ein Gespräch.

Als sie vor dem Studiogebäude von *Lakes News* in Windermere parkten, holte die Nervosität Jake wieder ein. In der Empfangshalle erwartete sie eine junge Frau mit gehetztem Gesichtsausdruck und einem Klemmbrett in der

Hand. Jake war der zehnte Koch, den sie an diesem Morgen kennenlernte, und ihrer Meinung nach waren sie alle launische, selbstsüchtige Mistkerle. Jake war inzwischen dermaßen übel, dass er sie nur wortlos anlächeln konnte, woraufhin sie ihr Urteil sofort revidierte. Dieser hier schien ja richtig süß zu sein.

Jake konnte nicht fassen, wie viele Menschen gebraucht wurden, um eine unbedeutende kleine Sendung zu machen. Es waren Dutzende und sie alle liefen hektisch hin und her. Er hoffte, dass es sich um ein organisiertes Chaos handelte. *Lake News* erfreute sich nicht gerade des besten Rufes, was gekonnte, professionelle Programmgestaltung betraf, und ihre Sendelizenz hing am seidenen Faden. Es lag durchaus im Bereich des Möglichen, dass er den Set betreten und feststellen würde, dass man von ihm erwartete, auf einem einzigen Kochfeld ein Drei-Gänge-Menü zu kochen.

Als sie in der Maske eintrafen, zitterte er so sehr, dass die Visagistin seinen Kopf festhalten musste, während sie sein Gesicht puderte. Wie gelähmt ließ er alles über sich ergehen.

Danach durften sie sich am Set umsehen, um sich mit den Gegebenheiten vertraut zu machen. Danach hatte Jake eine kleine Auseinandersetzung mit einem der Organisatoren, weil dieser nicht wollte, dass Jake seine eigenen Messer benutzte.

»Die sehen viel zu scharf aus. Wir befürchten, dass sich die Leute schneiden könnten.«

»Das befürchte ich auch oft! Natürlich sind sie scharf – sie müssen scharf sein! Und ja, es ist sehr wahrscheinlich, dass sich jemand schneidet – das gehört zum Küchenrisiko. Wenn Sie echte Kochkunst sehen wollen, kriegen Sie sie auch – inklusive Schweiß, Stress und – wenn nötig – Blut.«

Und jede Menge Kraftausdrücke noch dazu, dachte der Organisator erfreut, als sich Jake umgedreht und zu fluchen begonnen hatte, nachdem er gemerkt hatte, dass er bereits gefilmt worden war.

Laut der Wettbewerbsregeln musste jeder Chef in ein Samtsäckchen greifen und einen Zettel ziehen, auf dem das zu kochende Menü stand. Das bedeutete, dass niemand vorher üben oder gar sein Lieblingsgericht kochen konnte. Das Studiopublikum saß an nachgemachten Restauranttischen. Gemeinsam mit den Fernsehzuschauern musste es darüber abstimmen, welches Menü es gern im Restaurant essen würde.

Die Show wurde von Melina Marvin moderiert, dem heißesten Star des Senders, der hoffte, mit *Feiner Fraß* den Sprung ins landesweite Fernsehen zu schaffen. Sie trug ein paillettenbesetztes, tief ausgeschnittenes Abendkleid mit langem Gehschlitz, das Jake höchst unpassend fand. »In einer Küche absolut fehl am Platz«, murmelte er. Er war froh, dass er Godfrey nicht mitgenommen hatte, der beim Anblick so viel nackter Haut in Trance gefallen und zu nichts mehr zu gebrauchen gewesen wäre.

Als die Requisiteure seine Lieblingsmesser zurechtlegten, wurde Jake plötzlich klar, dass womöglich auch Tess zu nichts mehr zu gebrauchen war. Sie war starr vor Angst und klammerte sich an die Arbeitsplatte wie ein Freeclimber an eine Felswand.

Jake war entsetzt. Seine Kehle zog sich zusammen. Tess tat dies alles für ihn, ohne ein Wort der Klage, obwohl sie ganz offensichtlich beinahe vor Lampenfieber starb. Zuneigung und Bewunderung für ihre Tapferkeit stiegen in ihm auf und er riss sich auf der Stelle zusammen. Er hatte schlicht und ergreifend keine Zeit, diesem blödsinnigen Gefühl der eigenen Unzulänglichkeit nachzugeben. Es war seine Aufgabe, Tess aus diesem Zustand zu befreien – und das würde er auch, verdammt noch mal!

In seiner Vorstellung wurde das Studio immer dunkler und verschwand schließlich ganz, genau wie all die furchterregenden Menschen mit Kameras. Er befand sich einfach nur in einer Küche, zeigte einer nervösen jungen Hilfsköchin, wie sie das Beste aus ihren Fähigkeiten machen konnte, und brachte eine Begabung in ihr zum Vorschein, von der sie nichts ahnte. Er erinnerte sich daran, was Louis ihm einmal gesagt hatte: »Ein wahrhaft guter Chef steht in der Mitte seines Teams und stolziert nicht außer Sicht vorneweg.« In Anerkennung seines großen Meisters und Lehrers berührte Jake kurz seine Schürze, dann griff er nach seinem Messer. Seine Hände waren völlig ruhig.

Das Menü bestand aus einem Gorgonzola-Risotto mit Erbsen, dicken Bohnen und Spargel als erstem Gang, gefolgt von Heilbuttfilet auf einem Bett von Spinat mit Muskatellertrauben und Noilly-Prat-Sauce als Hauptgericht und einer Minz-Crème brûlée mit Erdbeeren zum Dessert.

»Das wird fantastisch schmecken, aber was passiert, wenn wir zu viel Flüssigkeit in das Risotto geben?«, fragte Jake betont locker.

Tess starrte ihn an, als würde er eine fremde Sprache sprechen, daher lieferte er die Antwort gleich selbst. »Dann erleide ich einen kleinen Wutanfall und der Kameramann da drüben bekommt das Risotto ab. Der Fehler, beim Reiskochen zu viel Flüssigkeit zuzugeben, wird gern und häufig gemacht, andererseits wollen wir ja auch nicht, dass er trocken wird und die Gäste daran ersticken.«

Mit weiterem Unsinn lockte er Tess sanft aus ihrer Starre und sorgte unbewusst für gute Unterhaltung, denn das Fernsehen hasst Schweigen.

Die vertraute Hack-, Schneide- und Rühr-Routine wirkte beruhigend und Tess merkte, dass sie damit vergessen konnte, an welch schrecklichem Ort sie sich befanden.

Jake vergaß es ebenfalls. Er war in einer Küche, kochte und alles, was zählte, war die leidige Tatsache, dass die Vorspeise nun fertig und seine verdammte Kellnerin nicht da war, um sie zu servieren. »Tut mir leid, dass ich dein Privatleben stören muss, aber das Essen wird langsam kalt!«, brüllte er, worauf Kirsty mit ihrer üblichen Gelassenheit reagierte. Die Zuschauer im Studio waren begeistert. Es faszinierte sie, dass er und Tess sich bewegten, als hätten sie eine Choreographie einstudiert. Das Publikum genoss den verbalen Schlagabtausch, weil es spürte, dass nichts davon künstlich oder gezwungen war, und alle Blicke folgten Jake, als sei er ein Magnet.

Jake schlug den Ton an, den er immer hatte, wenn er sich in einer Küche befand. Ob nur zwei Personen oder zwanzig arbeiteten – man konnte kein Menü kochen, ohne sich entsprechend miteinander zu verständigen.

»Kirsty – hör auf, mit dem Kameramann zu flirten, und hol uns mehr Wasser. Du weißt doch, wie heiß es in einer Küche wird, und jetzt haben wir auch noch mit Scheinwerfern zu kämpfen. Ich hoffe, du hast nicht vergessen, was ich immer vorbete?«

»Wenn es in der Küche zu heiß ist, überhitzen deine Eier, Jake – aber als Slogan ist das echt Scheiße«, murmelte Tess ohne nachzudenken.

»Hast du etwa einen besseren Vorschlag?«

»Jetzt hör schon auf, Chef – wir sind erwachsen!«, sagte Tess und blinzelte überrascht, als das Publikum lachte. Sie hatte ihre Umgebung für einen Moment vergessen.

Harry hingegen fand es schwierig, er selbst zu sein, weil er sich zu Recht Sorgen machte, dass ihn die Zuschauer dafür hassen würden – also versuchte er, den Netten zu spielen. Doch damit verwirrte er seine Mitarbeiter, die im Gefolge von Dschingis Khan ins Studio gekommen waren und es nun anscheinend mit dem Osterhasen zu tun hatten. Das warf sie völlig aus der Bahn, so dass sie ständig Dinge fallen ließen und vergaßen, ihre Saucen umzurühren. Außerdem war ihnen klar, dass der Fürst der Mongolen wiederauferstehen würde, sobald die Kameras ausgeschaltet waren, und das war nicht gerade etwas, worauf man sich freuen konnte.

Die Crew musste immer wieder aufhören zu filmen, damit die Visagistin die schweißglänzenden Gesichter der Köche abtupfen konnte. Jake jedoch zog mit dem Finger eine imaginäre Linie um seinen Kochbereich. »Jeder, der diese Linie übertritt, während ich arbeite, landet im Fleischwolf. Habe ich mich klar ausgedrückt?«

»Ja, Chef«, sagte die Visagistin und zog sich kichernd zurück.

»Immer diese verfluchten Unterbrechungen«, murrte Jake.

»Ganz deiner Meinung, Chef«, erwiderte Tess und reichte ihm ein sauberes Handtuch, mit dem er sein Gesicht abwischte.

Das Publikum liebte die Show. Sie war wie das Fenster zu einer fremden Welt – einer Welt, in der es höllisch zuging, sicher, doch das machte es sogar noch vergnüglicher, zuzusehen.

Nachdem die Köche mit ihrem Menü fertig waren, durften sie sich eine kurze Pause gönnen, während die Zuschauer die Gerichte probierten und danach die Stimmen ausgezählt wurden. Jake stieß einen Seufzer der Erleichterung aus. Er hatte sein Bestes gegeben und das war alles, was zählte, ob er nun gewann oder nicht. Tess wirkte auch nicht mehr, als taumelte sie am Rande eines Nervenzusammenbruchs entlang. Im Gegenteil, sie war vollauf damit beschäftigt, sich von einem Kerl namens Griff anbaggern zu lassen. Der Typ muss wirklich ein dickes Fell haben, wenn er bei Tess landen will, dachte Jake. Für sie gehörten Männer zur selben Kategorie wie für andere Leute Kellerasseln.

Während er schamlos lauschte, hörte er Tess sagen, dass sie den lieben langen Tag arbeite, und wenn sie einmal nicht arbeite, sei sie alleinerziehende Mutter, und ihre Tochter habe oberste Priorität. Griff schien das nicht zu stören.

»Ich arbeite selbst wie ein Wahnsinniger und verbringe viel Zeit damit, auf die drei Kinder meines Bruders aufzupassen. Das macht mir gar nichts – ich mag Kinder.«

»Meine Tochter würden Sie nicht mögen – sie ist eine richtige kleine Diva.«

»Meine Nichte ebenfalls. Letztens bekam sie mitten im Supermarkt einen Wutanfall und hätte sich beinahe aus dem Einkaufswagen gestürzt. Als ich sie festhielt, kreischte sie nur noch lauter und alle starrten mich an, als wollten sie das Jugendamt alarmieren.«

»Wutanfälle sind brutal, dabei muss man aber unbedingt standhaft bleiben«, erwiderte Tess. Dann musste Jake gehen, um ein Interview zu geben.

»Sie haben sich als richtiger Publikumsliebling erwiesen – etliche der Zuschauerinnen sagten, sie hätten ganz weiche Knie bekommen, als sie Ihnen beim Kochen zusahen. Ich glaube, ein paar möchten sich um einen Job bewerben.«

»Aber wenn sie nicht aufrecht stehen können, sind sie ungeeignet«, antwortete Jake.

»Sind Sie davon überzeugt, dass Sie jedem das Kochen beibringen können?«

»Ja, vorausgesetzt, der- oder diejenige verfügt über Leidenschaft, Ausdauer und Geduld. Was Sie hier sehen, ist das Ergebnis jahrelangen intensiven Lernens. Welchen Sinn hat es, sich an Rindercarpaccio zu versuchen, wenn man noch nicht einmal weiß, was ein wirklich gutes Filet ausmacht? Und man kann keine dazu passende Sauce zubereiten, wenn man nicht gelernt hat, einen Fond herzustellen. Das ist, als würde man von einem eurer Jungs hinter den Kameras verlangen, das Ding in die richtige Richtung zu schwenken, während er eine Augenbinde trägt!«

»Sind Sie der Meinung, dass Chefköche zu Recht den Ruf haben, übellaunige Tyrannen zu sein?«

»Wir schreien nur, wenn die Leute nicht zuhören. Ich habe keine Zeit, ständig hinter allen herzulaufen und zu überprüfen, ob sie mich richtig verstanden haben. Und ich muss zu jeder Zeit wissen, was jeder Einzelne macht, sonst wird das Dessert vor dem Hauptgericht serviert und einige Gäste würden überhaupt kein Essen bekommen. Er muss *Ja, Chef* zurückrufen, damit ich weiß, dass er verstanden hat. Womöglich verkackt er dann doch, aber das ist eine andere Geschichte. Oh, Entschuldigung, im Fernsehen sollte ich nicht solche Ausdrücke benutzen.«

»Unsere Zuschauer wären vermutlich sehr enttäuscht, wenn sie eine Kochshow einschalten und feststellen müssten, dass nichts zensiert werden muss.«

Jake war wütend, als er erfuhr, dass sich die Köche zur Ergebnisverkündung in einer Reihe aufstellen mussten wie die Teilnehmer von *Pop Idol*. Er starrte finster vor sich hin, zwinkerte Tess dann jedoch zu, für den Fall, dass sie wieder nervös wurde.

Alle mussten endlose, quälende Minuten warten, bevor die vier Finalisten verkündet wurden.

»Meine Güte, kommt endlich in die Gänge!«, hatte Jake aus Versehen laut gesagt. Alle lachten.

Der erste Finalist war Ali, der in Carlisle ein enorm erfolgreiches indisches Restaurant führte, in dem er angeblich das beste Curry außerhalb Indiens – oder zumindest nördlich von Bradford – servierte. Obwohl er sich weigerte, Chicken

Tikka Masala zuzubereiten, weil das kein echtes indisches Gericht sei, war sein Lokal für Wochen im Voraus ausgebucht.

Als Harrys Name aufgerufen wurde, trat er in das Rampenlicht, als gehörte ihm das ganze Studio. Jake konnte die arrogante Selbstsicherheit, die er ausstrahlte, förmlich sehen.

Als Nächster wurde Li Wang aus dem *Lotus Garden* in Keswick ausgewählt. Sein gesamtes Personal bestand aus Familienmitgliedern einschließlich seiner achtzigjährigen Mutter, die das Restaurant mit unbarmherziger Tüchtigkeit führte und es Li damit ermöglichte, chinesische Küche von atemberaubender Qualität zu kreieren.

Plötzlich spürte Jake Tess' Hand in seiner. Er hatte keine Ahnung, ob sie Trost suchte oder spenden wollte, aber er war froh, auch wenn sich ihre Hand eiskalt anfühlte und heftig zitterte. Vielleicht war es auch seine eigene.

Jake war so sicher, dass er nicht zu den Finalisten gehörte, dass er gar nicht reagierte, als sein Name aufgerufen wurde. Tess musste ihn nach vorne schieben, dem Scheinwerferlicht und Applaus entgegen.

Alle beglückwünschten sich gegenseitig, doch als Harry und Jake einander die Hände schüttelten, beugte sich der Cutter aufmerksam vor und meinte zum Toningenieur: »Ich glaube, zwischen den beiden gibt es eine leichte Antipathie, Bob.«

»Keine Ahnung, was eine Antipathie ist, Kumpel, aber ich habe so ein Gefühl, dass die sich nicht wirklich mögen.«

»Ja, das kommt ungefähr hin«, murmelte der Cutter nachdenklich.

»Das Ergebnis war manipuliert, da bin ich sicher«, sagte Jake auf dem Heimweg, nachdem er seiner Crew die gute Nachricht telefonisch durchgegeben und dafür gesorgt hatte, dass der Champagner kalt gestellt wurde.

»Und wenn schon! Du gehörst zu den Finalisten, hast Geld gekriegt und bist im Finale«, sagte Tess. »Ach du Scheiße – das heißt ja, dass ich das Ganze auch noch mal durchmachen muss!«

»Ja, aber es ist doch schön, dass du bei der Gelegenheit gleich deinen neuen Freund wiedersiehst«, sagte Jake grinsend. »Übrigens habe ich zufällig aufgeschnappt, was für das Finale geplant ist. Wir alle sollen die Gerichte unserer Konkurrenten kochen. Also müssen Harry und ich wohl ein indisches oder chinesisches Gericht zubereiten und die anderen beiden ein französisches oder italienisches. Findest du das nicht toll?«

»Hat irgendwer bemerkt, dass du mitgehört hast?«, fragte Kirsty.

»Äh, nein.«

»Dann bist du der Einzige, der das weiß?«

»Von den Köchen – ja.«

»Wow! Jetzt musst du bis zum Finale nur noch wie verrückt alles über die fernöstliche Küche herausfinden, um einen Riesenvorteil zu haben. Ich wette, dieser Mr Wang hat noch nie in seinem Leben eine Béchamelsauce gekocht.«

»Das kann ich nicht machen«, erklärte Jake mit Nachdruck. »Das wäre Betrug.«

»Und was, glaubst du, würde Harry an deiner Stelle tun?«, entgegnete Tess.

»Natürlich schummeln! Aber ich bin nicht Harry. Nein, ihr beiden braucht euch keine Mühe zu geben. Und verratet bitte niemandem, was ich euch gerade erzählt habe. Ich werde keine Gaunerei begehen, um einen dummen Wettbewerb wie diesen zu gewinnen, und damit basta.«

»Weißt du was, Jake? Du bist ohne Zweifel der nervigste, aufreibendste, verdammt noch mal übergeschnappteste, ehrlichste Typ, der mir je begegnet ist!«

»Ich finde, das war das Netteste, was du je über mich gesagt hast, Tess!«

23. Kapitel

Jake riss die Teppiche aus den Räumen und ließ sie draußen liegen, wo sie in der Sonne langsam verrotten konnten, bis sie endlich der Sperrmüll mitnahm.

»Wenn Ihr den Müll heute wieder nicht abholt, lege ich ihn persönlich ins Büro des Amtsleiters und warte, bis ihn eine Seuche dahinrafft«, hatte Jake am Telefon gedroht.

»Wofür bezahle ich denn schließlich Steuern?«, schimpfte er, aber allen war zu warm zum Antworten. Das Wetter spielte ihnen jetzt auf andere Weise einen grausamen Streich. Dem Sturm folgten Sonnenschein, tagelang strahlendblauer Himmel und Temperaturen wie am Mittelmeer. Der Lake District war berstend voll mit Touristen, aber Jake konnte keinen einzigen von ihnen verköstigen. Sein Restaurant roch muffig nach Feuchtigkeit, obwohl sie putzten so viel sie konnten.

Schließlich wies Kate darauf hin, wenn der Hinterhof einen neuen Anstrich mit weißer Farbe und ein paar Topfpflanzen bekäme, dann könnten sie dort Mittag- und sogar ein frühes Abendessen anbieten.

»Noch mehr Ausgaben«, stöhnte Jake. Aber das war besser, als den ganzen Tag herumzusitzen und über den Kontostand zu grübeln.

»Und wenn wir alles fertig haben, fängt es garantiert an zu

regnen«, prophezeite er, bis die anderen ihm sagten, er solle die Klappe halten.

»Wir langweilen uns in diesem unfreiwilligen Urlaub! Und Godfrey stellt früher oder später etwas an, wenn er nicht beschäftigt wird«, erklärte Tess.

Dieser hatte seit neuestem eine Freundin. Jeden Morgen tauchte er mit dem Hals voller Knutschflecke und verklärtem Blick in der Küche auf. Sie hieß Anne und musste eine Heilige sein, denn sie hörte sich Godfreys stundenlange Vorträge darüber an, wie schlecht das Essen in dem Hotel sei, in dem sie arbeitete. Als Kirsty ihn fragte, ob sie miteinander schliefen, lief er so rot an, dass Jake Mitleid mit ihm bekam und ihn mit einem Eimer Farbe in den Hof schickte. Dort konnten sie ihn ohne jede Melodie vor sich hinträllern hören: »I should be so lucky, lucky, lucky, lucky …

Kate entdeckte in einem Geschäft weiter unten an der Straße preiswerte rot-weiß-karierte Tischdecken. Jake schimpfte, nun sähe es aus wie in einem französischen Bistro in einer Komödie – und falls irgendeiner mit dem Vorschlag ankäme, Kerzen in Weinflaschen hinzustellen, würde er auf der Stelle entlassen werden. Aber insgeheim freute er sich, endlich wieder kochen zu können.

Er nutzte die Auszeit, um die Speisekarte zu überarbeiten, was Godfrey als mutwillige Bosheit empfand – gerade fing er nämlich an, den Dreh bei den bisherigen Gerichten rauszuhaben.

»Wir müssen die Gerichte schlicht halten, alles muss nach Sommer und Sonnenschein duften – ich werde dir später erklären, was das heißt. Und schlepp gefälligst nicht den offenen Farbeimer in meine Küche, du Trampel!«

Jake wollte bunte Salate, gegrillten Fisch, scharf angebratenen Thunfisch, Oliven und haufenweise von den Kräutern, die er draußen in Töpfen züchtete, anbieten. »Wenn du welche brauchst, gehst du sie direkt vor den Augen der Gäste holen. Das werden sie lieben, weil sie dann das Gefühl haben, am Kochprozess teilzunehmen. Es wird locker und ungezwungen sein, aber mit höchsten kulinarischen Ansprüchen. Und drückt euch bitte entsprechend gepflegt aus, wenn die Gäste euch hören können.«

Jake hängte kurz darauf Schilder in die Fenster mit der Aufschrift: »Geöffnet zum Dinner im Freien«. Die Nachricht fand er zwar ein bisschen stillos, aber sonst würden die Leute das Restaurant für eine Baustelle halten und weitergehen. Die Eingangstür stand weit offen und Jake achtete darauf, dass drinnen immer Musik von Mozart oder Vivaldi lief, um die Leute hineinzulocken.

Gerade war er angestrengt damit beschäftigt, jedem, der es hören wollte, mit düsterer Miene zu erklären, dass das Dinner im Freien niemals funktionieren konnte, als Frank Briggs mit seiner Frau auftauchte. »Ich dachte, Sie seien draußen in den Bergen, um unsere Schädlingsbekämpfung zu sabotieren«, begrüßte er Jake grinsend.

»Nein, das mache ich doch nur in Teilzeit«, erwiderte Jake belustigt. »Kommen Sie rein – schön, Sie wiederzusehen.«

»Also, um ehrlich zu sein, bin ich ja eher für Pastete mit Pommes, aber meine Frau ist auf einem Gesundheitstrip, deshalb machen wir heute mal einen Bogen um den Pub.«

»Sie werden es nicht bereuen«, versprach Jake. Obwohl er zuversichtlich klang, wusste er, wie festgefahren die Einheimischen mit ihren Essgewohnheiten waren und dass es nicht leicht sein würde, sie zu etwas anderem zu bekehren. Aber falls ihm das gelang … Frank kannte jede Menge Leute in der Gegend und sein Wort hatte Gewicht.

»Nun, ich gebe gern zu, dass ich nicht erwartet habe, diese

Suppe mit Brokkoli und Stilton-Käse zu mögen, aber sie war verdammt gut«, sagte Frank später.

»Das liegt sicher daran, dass alle Zutaten aus der Region stammen.«

»Das nenne ich die richtige Art, hier Geschäfte zu treiben«, sagte Frank und nickte anerkennend.

Sie hatten im Hof nur Platz für etwa 20 Gäste, aber zu Jakes Überraschung waren sie schon bald jeden Mittag ausgebucht. Jake ließ Tess, Godfrey und Emma backen, so dass sie am Nachmittag leckere, saftige Kuchen und Gebäck sowie Eiscreme servieren konnten. Und am frühen Abend gab es dann einfache, aber köstliche Gerichte. Auf diese Weise hielten sie sich finanziell über Wasser.

»Ich erzähle jedem, dass du der Koch aus dem Fernsehen bist – das lockt die Leute her.« Hans wollte etwas besonders Nettes sagen. Jake versuchte, Kirscheis herzustellen, aber Godfrey vergaß ständig die Kerne in den Früchten. Jake runzelte die Stirn und holte tief Luft. Alle wichen einen Schritt zurück.

»Die Leute kommen her, weil das Essen so verdammt gut ist, und nicht, weil sie uns in einer beknackten Fernsehsendung gesehen haben – verstanden? Manchmal frage ich mich wirklich, warum ich unbedingt ein Restaurant leiten will. Wahrscheinlich wäre es besser, ein paar Plastikstühle und -tische sowie einen transportablen Grill am See aufzustellen. Ich hätte keine Fixkosten, müsste nicht einmal abwaschen, wenn wir Pappteller benutzen – und würde bestimmt ein Vermögen verdienen«, grummelte er. Im Winter könnte er heiße Suppe, selbst gemachte Burger und frisch geröstete Kastanien anbieten und jeden Abend mit Kate früh nach Hause gehen. Es störte ihn nicht, arm wie eine Kirchenmaus zu sein, Hauptsache, sie hatten ein Bett. Was für ein idyllischer Traum.

Es war eine kurze, glückliche Phase, bis das *Cuisine* auch innen wieder einsatzfähig war – so lange man nicht daran dachte, dass ein Geschäft weiterlaufen musste oder man, wie in Kates Fall, ein Geheimnis mit sich herumschleppte. Die strahlende Sonne machte das Vergessen um einiges leichter. Als würden sie alles auf später verschieben, wenn sich das Wetter änderte.

Sie schlossen abends früher, weil die Nächte recht kühl werden konnten. Aber für Kate und Jake war es immer noch warm genug, um Hand in Hand zum See zu spazieren. Sie nahmen übrig gebliebenen Wein und altbackenes Brot mit, setzten sich auf den Bootssteg und versuchten, die Enten anzulocken, indem sie ihnen Brotstücke zuwarfen. Sie tranken abwechselnd aus der Flasche und versuchten zu erraten, um welchen Wein es sich handelte, denn in der Dunkelheit konnten sie die Etiketten nicht lesen. Dann gingen sie wieder zurück und liebten sich bei offenem Fenster, um ihre erhitzten Leiber abzukühlen. Später erinnerte sich Kate oft an diese Zeit: Es waren die schönsten Ferien, die sie je gehabt hatte.

Als das Finale von *Feiner Fraß* anstand, überkam sogar Jake das Gefühl, die Schule würde wieder losgehen.

Es war nicht gerade hilfreich, dass Kirsty gerade am Tag der Sendung anrief und sich krankmeldete.

»Ich muss was Schlechtes gegessen haben«, jammerte sie.

»Aber nicht in meinem Restaurant!«, rief Jake.

»Natürlich nicht! Wahrscheinlich war es das Hühnchen, das ich letzte Nacht noch im Eisschrank gefunden habe. Ich will aber gar nicht weiter drüber nachdenken, so übel ist mir. Tut mir leid, aber du wirst sicher nicht wollen, dass ich dein Essen serviere und dabei Gefahr laufe, auf die Teller zu kotzen.«

»Ganz sicher nicht, hört sich ja abscheulich an. Mach dir keine Sorgen …«

»Aber ich fühle mich so schlecht dabei, dich im Stich zu lassen!«

»Das tust du nicht«, sagte er mit fester Stimme. »Du bist zwar eine unserer tragenden Säulen hier, aber wir werden es hinkriegen. Schließlich arbeitet Kate jetzt schon eine Weile als Kellnerin, wenn sie auch nie so gut werden wird wie du. Komm du erst mal wieder auf die Beine, und wenn dir danach ist, kannst du dir die Show im Fernsehen anschauen.«

»Es muss der Ärmsten wirklich mies gehen«, verkündete Jake. »Sie hat nicht einmal versucht, eine Geschichte über ihren Großcousin zweiten Grades zu erzählen, den niemand von uns je gesehen hat! Tja, Kate, so was nennt man wohl Pech, denn jetzt wirst du ein Star!«

»Es ist so wie in den Filmen, in denen die Zweitbesetzung im letzten Moment einspringen muss«, sagte Godfrey, der vorhatte, sich die Sendung von einem großen Sofa aus gemeinsam mit Anne im Fernsehen anzusehen. Hoffentlich würde er mit ihr so beschäftigt sein, dass er den größten Teil verpasste.

Kate tat so, als würde sie sich freuen – und rief tagsüber heimlich alle im Studio an, die sie kannte, und bat sie, die Klappe zu halten. Viele hielten ihre Bitte für einen Witz und machten anstößige Vorschläge, wie Kate sich dafür revanchieren könnte. Das war überhaupt nicht lustig und Kate fühlte sich richtig ausgelaugt, als sie endlich vom Telefon loskam. Sie war nicht einmal sicher, ob sie die Leute überzeugt hatte, und überlegte ernsthaft, loszustiefeln und sich eine Perücke zu kaufen. Sie konnte Jake ja erzählen, sie würde sich verkleidet sicherer fühlen. Oje. Noch mehr Lügen. Das würde bald ein böses Erwachen geben. Sie hatte die Aussprache so lange aufgeschoben, dass alles zwangsläufig im falschen Moment rauskommen musste. Wenn sie heute vom Studio zurückfuhren, würde sie ihm endlich die Wahrheit sagen. Nachdem diese Entscheidung einmal gefallen war, fühlte sich Kate schon etwas besser.

»Was ist denn nur los mit dir? Du siehst aus, als wärst du zum Vorsprechen für *Der Glöckner von Notre Dame* eingeladen«, erkundigte sich Jake.

Als sie das Filmstudio betraten, gab Kate ihr Bestes, um unsichtbar zu werden.

Als Erstes liefen sie prompt Harry und Georgia in die Arme. Jakes Ex gab sich nicht die geringste Mühe, all die Männer zu vertreiben, die um sie umflatterten wie Motten das Licht. Und Harry schien es nicht zu stören, im Gegenteil – er genoss jede Art von Aufmerksamkeit.

Er zog jedoch beim Anblick seines Konkurrenten giftig den Mundwinkel hoch und es war klar, dass er dachte: »Sie gehört mir.«

Als Georgia Jake erblickte, zog sie ihren berühmten Schmollmund. Sie trug ein umwerfendes Kleid, in schimmerndem Dunkelgrün.

Ich weiß gar nicht, warum sie so ärgerlich guckt – sie hat doch *mich* verlassen, dachte Jake, als er an ihr vorbeiging. Er schenkte ihr ein steifes, aufgesetztes Lächeln, mit dem man einen frischgebackenen Expartner begrüßt.

Georgia schmollte, denn obwohl sie mit Harry viel glücklicher war, wäre es doch angenehm gewesen, wenn Jake zerschmettert gewirkt hätte. Es hatte von ihm nicht einen einzigen betrübten Anruf gegeben. Und jetzt stand er vor ihr und schien bester Laune zu sein. Das war zu ärgerlich.

Jake hatte recht gehabt – alle Köche mussten ein Gericht aus der Küche eines anderen zubereiten. Sein Los fiel auf chinesisch und das Harrys auf indisch, was ihn, seinem Gesichtsausdruck nach zu urteilen, nicht gerade erfreute. Harry würde nie einen Fuß in ein indisches Restaurant setzen, da er glaubte, dort säßen nur Bier trinkende Rüpel, die ungenießbar scharfe Currygerichte bestellten. Er war auch nie in Indien gewesen, befand es für zu heiß, zu laut, zu schmutzig – obwohl man das Gleiche eigentlich über London sagen konnte.

In der Zwischenzeit erklärte Jake Tess: »Das Geheimnis liegt in der Vorbereitung – wir präparieren erst alles und kochen dann ungefähr dreißig Sekunden lang wie die Wahnsinnigen.«

Er sah die Jury streng an. »Haltet eure Stäbchen bereit – unser Essen wartet auf niemanden!«

Die Angesprochenen grinsten in hungriger Erwartung. Ali erntete ebenfalls einen Lacher, weil er von irgendwo eine Baskenmütze und eine Knoblauchgirlande herbeizauberte.

Die Zuschauer bekamen wieder etwas zu lachen, als Tess aus Versehen eine Schüssel auf Jakes Fuß fallen ließ und er vor Schmerzen herumhüpfte.

»Sorry, Chef, aber du hast doch Schuhe mit Stahlkappen an. Du würdest nicht einmal merken, wenn dir das Empire State Building auf den Fuß fällt.«

»Darum geht es nicht!«

»Jetzt stell dich nicht so an«, murmelte sie und drängelte sich an ihm vorbei. Wenn sie sich auf die Arbeit konzentrierte, konnte sie sich leichter einreden, sie würde in einer ganz normalen Küche ihrem Job nachgehen. Genau so etwas hatten sich die Produzenten erhofft.

Die Köche kamen alle mit ihren Gerichten gut voran, bis sich Ken gedankenlos mit seiner Hand den Schweiß von der Stirn wischte. Er hatte mit ihr aber gerade die scharfen Chilischoten zerrieben. Als ihm etwas davon ins Auge geriet, schrie er vor Schmerz auf und der Dreh musste unterbrochen werden, um ihn zu verarzten.

Für Jake hätte das zu keinem ungünstigeren Zeitpunkt passieren können. Sein Menü war gerade fertig zum Servieren. Alle anderen waren froh über die unerwartete Pause und schossen los, um sich Kaffee zu holen oder eine Zigarette zu rauchen.

»Können Sie es nicht einfach warm halten?«, fragte die Moderatorin.

Jake warf ihr einen vernichtenden Blick zu. »Natürlich kann ich es warm halten«, erklärte er mit angestrengter Geduld. »Aber ich kann es nicht genießbar halten – das ist kein verdammter Auflauf!« Er riss sich fluchend die Kochmütze herunter. »Wir können noch mal ganz von vorn anfangen.«

»Ach du meine Güte! Hoffentlich haben wir noch genügend Zutaten.«

»Dann rate ich Ihnen, welche aufzutreiben«, sagte Jake und ging zurück zu seinem Team.

Harry drückte sich in der Nähe zweier Mitarbeiter vom Sender herum, die gerade besprachen, wie es stand.

»Bisher ist es ein Kopf-an-Kopf-Rennen zwischen dem Inder und dem Engländer.«

Harry grinste süffisant.

»Sie sind beide gut, aber es wäre ein absoluter Knüller, einen jüdischen Küchenchef als Sieger zu haben. Wir könnten ihn später dabei filmen, wie er koscheres Essen zubereitet.«

»Was genau ist das?«

»Keine Ahnung.«

Die beiden gingen weg und ließen einen vor Schreck und Wut erstarrten Harry zurück. Er würde hier doch nicht etwa verlieren? Galle stieg ihm hoch und er schmeckte den sauren und ihm nicht vertrauten Geschmack möglichen Scheiterns. Nein. Das durfte unmöglich noch einmal passieren. Auch wenn er das Mädchen und das schickere Restaurant hatte – keinesfalls durfte er noch einmal nach Jake nur der Zweite werden! Er schaute sich verzweifelt nach irgendetwas um, womit er den Ausgang dieses Wettkampfes zu seinen Gunsten manipulieren könnte. Aber selbst er musste sich eingestehen, dass das schwierig war, wenn die Augen der gesamten Grafschaft auf ihm ruhten.

Er ging zu seinem Arbeitsplatz zurück, um zu überprüfen, dass seine Gerichte so gut wie nur möglich gelungen waren. Das waren sie – wenn man diese Art Küche mochte, was er nicht tat. Und im Gegensatz zu Jakes Gerichten wurden sie durch das Warten nur noch besser.

Zwei der Kameramänner quatschten neben ihm und Harry sah wütend auf. Sie sollten verschwinden und ihm seine Ruhe lassen.

»Ich hätte nicht erwartet, Kate heute Abend hier zu sehen.«

»Deshalb ist sie ja so eine gute Journalistin – sie taucht überall unerwartet auf. Aber sie wird sich mit ihrer Undercoverstory über Chefköche ranhalten müssen, bevor ihre Tarnung auffliegt und sie gefeuert wird. Dieser Jake hat ganz schön Temperament – er wird nicht glücklich sein, wenn er herausfindet, wie sehr er übers Ohr gehauen wurde.«

Im ersten Moment war Harry wütend. Dieses kleine Miststück! Gab sich als Kellnerin aus und spionierte die ganze Zeit herum, um seinen Berufsstand zu besudeln! Er hätte den Braten natürlich sofort gerochen, wenn sie sich in *seinem* Restaurant beworben hätte. Dann begriff er allmählich das ganze Ausmaß dieser Neuigkeit und auf seinem Gesicht breitete sich ein fieses Lächeln aus. Denn Kate arbeitete nicht für ihn, sondern für Jake. Und Harry hatte bereits gemerkt, dass die beiden mehr als freundschaftlich miteinander umgingen. Seine Nase zuckte wie die eines Fuchses, der die Witterung eines nahen Hühnerstalls aufgenommen hat.

Nun war keine Zeit zu verlieren. Er musste Jake diese interessanten Neuigkeiten genau in dem Moment unterjubeln, bevor der wieder vor die Kamera trat.

Er entdeckte ihn an eine Wand gelehnt, einen Plastikbecher mit Kaffee in der Hand, den er mit angewiderter Verwunderung betrachtete. Er bemerkte erst, dass Harry auf ihn zukam, als es schon zu spät war. Jake stöhnte innerlich. Gespräche mit Harry endeten immer schlecht und gerade jetzt hatte er keine Lust darauf. Er wollte das hier schnellstens hinter sich bringen und dann nach Hause fahren.

»Ich wollte dir nur sagen, wie schön es ist, dass wir beide trotz der Geschichte mit Georgia so zivilisiert miteinander umgehen.«

Jake zuckte mit den Schultern. »Das ist Schnee von gestern«, sagte er und wandte sich zum Gehen. Aber Harry schien entschlossen, das Gespräch weiterzuführen. »Kommt mir so vor, als hättest du dich auch umorientiert. Freut mich – Kate scheint sehr nett zu sein.«

»Oh – sieht aus, als ginge der Dreh gleich weiter«, rief Jake erleichtert. Wenn Harry versuchte, nett zu sein, sollte man das Gespräch möglichst kurz halten.

Aber Harry summte ihm ins Ohr wie eine hartnäckige Mücke. »Ich muss sagen, ich finde es sehr mutig von dir, eine Journalistin in deine Küche zu lassen, insbesondere wenn sie eine Enthüllungsgeschichte schreiben will.«

»Eine was? Wovon redest du?«

Harry schnurrte fast vor Freude darüber, seinem Rivalen Schmerzen zu bereiten. »Ach, wusstest du das nicht? Ich weiß ja nicht, was sie dir erzählt hat, aber sie ist Journalistin. Offenbar arbeitet sie undercover an einem Artikel über Chefköche – wird so ein beschissener Text werden, der unsere Zunft in Misskredit bringt. Nicht, dass du dir Sorgen machen müsstest.«

»Ach, da bist du«, rief Tess, warf Harry einen stechenden Blick zu und fragte sich, was er Jake erzählt hatte, das den so blass werden ließ.

Als sich Jake nicht rührte, fasste sie ihn am Arm und schüttelte ihn leicht. »Komm schon – es geht weiter.«

»Na dann – viel Glück«, sagte Harry und marschierte federnden Schrittes davon. Er hatte soeben einen tödlichen Schlag ausgeführt und sich dabei nicht einmal die Knöchel abgeschrammt.

»Was ist los?«, wollte Tess wissen.

»Nichts. Alles.« Jake legte die Hand vor den Mund. Er sah aus, als wäre ihm übel.

»Harry hat doch nur etwa 30 Sekunden mit dir geredet.«

»Ja, länger brauchte er nicht.«

Jake war froh, dass er an der Wand lehnte, denn er musste sich abstützen. Das Ungeheuerliche, das Harry ihm gesagt hatte, setzte sich allmählich und wurde doch mit jeder Sekunde schlimmer.

Tess war ernsthaft besorgt. Jake schien unter Schock zu stehen, aber jetzt war keine Zeit für wärmende Decken und eine Tasse Tee. Sie nahm sein Gesicht in beide Hände und zwang ihn, sie anzusehen. »Konzentrier dich, Jake. Was auch immer gerade passiert ist, es muss warten, bis diese verdammte Sendung vorbei ist. Soll ich Kate holen?«

Das rüttelte ihn wach. »Oh Gott, nein. Ich brauche Zeit zum Nachdenken. Lass mich gehen. Ich muss hier raus.«

»Das geht nicht«, zischte sie ihm zu. »Du darfst jetzt nur an Essen denken. Denk an Bambussprossen, Glasnudeln, Woks. Du musst kochen, Jake. Ich schaffe das nicht ohne dich.« Sie schüttelte ihn jetzt so fest, dass sie meinte, seine Zähne klappern zu hören. Wenn sie ihn nur hinüber in seine Studioküche schaffen und ihm ein Messer in die Hand drücken könnte, dann käme er vielleicht zu sich. Als hätte er sich in einen Zombie verwandelt! Wenn das hier vorbei war, dann würde sie … was auch immer, Harry würde es jedenfalls nicht gefallen.

Die nächste Stunde war die Hölle. Es brachte Jakes Team auf Kurs für den undankbaren zweiten Platz – und dieses Ereignis kam ganz oben auf Tess' Liste der beschissensten, nie zu wiederholenden Erlebnisse. Jake arbeitete wie auf Autopilot, nachdem sie ihm ein Messer gereicht hatte, aber er hatte einen leeren, starren Blick, der sich im Fernsehen nicht gut machte.

Die Kameraleute waren verwirrt. Die Dynamik der beiden schien vertauscht. Jetzt war es das Mädchen, das die ganze Zeit redete – der Typ dagegen schien die Stimme verloren zu haben. Er bewegte sich wie in Trance durch die Studioküche.

Tess war verzweifelt. Das war pure Folter im Fernsehen. Sie rechnete jeden Moment damit, dass Jake sich einfach umdrehte und ging. Und wenn er das tat, dann stand sie allein vor den Kameras und würde sterben. Mit Absicht – und in der Hoffnung, dass es nicht gezeigt wurde, damit sie nicht wegen Körperverletzung ins Gefängnis kam – spritzte sie Jake ein paar Tropfen siedendes Öl auf die Hand.

»Himmel, Frau! Wie viele Narben soll ich denn noch bekommen?«

»Sorry, Chef«, sagte Tess kleinlaut und lauschte dann erleichtert Jakes Monolog über die Unfähigkeit und Ungeschicklichkeit von Küchenpersonal. Der Bann schien endlich gebrochen und zum Glück waren sie auch fast fertig.

Tess schaute hoch und entdeckte Kates Gesicht neben sich, blass, ängstlich und schuldbewusst. Wenn das hier vorbei ist, dachte Tess und hackte fieberhaft Schnittlauch, prügele ich die beiden grün und blau und dazu sämtliche Kameraleute und wer mir sonst noch in die Quere kommt. Griff vielleicht nicht, dachte sie, als er ihr zulächelte.

Als Jake schließlich sein Messer weglegte, fühlte er sich plötzlich ganz schlapp. Die mit dem Schock einhergehende Benommenheit löste sich auf und wich dem Schmerz. Er war das Opfer eines monströsen Betrugs. Das Glück der vergangenen Wochen schmeckte wie Asche in seinem Mund.

Sobald die Kameras nicht mehr aufzeichneten, kam Kate auf ihn zu, aber er ging einfach an ihr vorbei. *Oh nein, er hat es herausgefunden!*, dachte sie und spürte, wie ihr der kalte Schweiß ausbrach. Nicht nur, dass er jetzt die Wahrheit kannte, er hatte sie auch zum ungünstigsten Zeitpunkt erfahren – und nicht von ihr. Mit erschreckender Deutlichkeit erinnerte sie sich plötzlich an all die Gelegenheiten, die sie ungenutzt verstreichen ließ … all die Augenblicke, in denen sie es ihm hätte sagen können. Natürlich wäre er wütend gewesen, aber sie hätte ihm in Ruhe erklären können, wie alles als Jagd nach der Story anfing und dann zu einem Teil ihres Lebens wurde. Jetzt, wo es zu spät war, da wusste sie plötzlich genau, was sie hätte sagen sollen – dass sie ihm zwar vorspielte, eine Kellnerin zu sein, ihre Gefühle für ihn aber echt waren. Aber ein Blick in dieses ausdruckslose, verschlossene Gesicht hatte ihr gezeigt, dass er jetzt nicht mehr zuhören würde.

»Was zum Teufel ist los?«, wollte Tess wissen.

Kate sah sie müde an. »Jetzt kann ich es dir ja sagen – ich bin Journalistin. Ich arbeite für die *Easedale Gazette.* Den Job als Kellnerin habe ich angenommen, weil ich verdeckt für eine Story recherchieren wollte, wie es in der Gastronomie wirklich zugeht.« Sie dachte zurück und konnte sich kaum noch an den Mist erinnern, den sie vor wenigen Wochen schreiben wollte, als sie noch nicht die geringste Ahnung hatte.

»Oh. Mein. Gott.«

»Ja. Aber mittlerweile ist alles ganz anders, Tess. Ich will diese Story immer noch schreiben, aber so, wie es wirklich ist, über die Leidenschaft, den Schweiß, das Engagement …«

»Dein Timing ist ziemlich Scheiße. Wenn du es Jake erzählt hättest, statt darauf zu warten, dass dieser Widerling Harry die Katze aus dem Sack lässt …«

»Ich hab's vermasselt, oder?«

»Jake ist einfach sehr empfindlich, wenn es darum geht, dass jemand ihn täuscht und anlügt …«

»Ich weiß. Und er hat ja recht. Aber das war nur am Anfang so. Alles hat sich verändert, schon bevor ich mich in ihn verliebt habe. 95 Prozent von dem, was ich gesagt und getan habe, waren ehrlich …«

»Aber es sind die restlichen fünf Prozent, mit denen du alles verdorben hast.«

»Was soll ich denn jetzt tun?«

»Ich denke, du hast schon genug angerichtet.« Aber dann wurde Tess weich, denn sie mochte Kate wirklich. »Wenn ich du wäre, würde ich für eine Weile von der Bildfläche verschwinden, bis sich der Sturm gelegt hat. Du weißt doch, wie Jake ist. Letztlich beruhigt er sich dann doch und entdeckt vielleicht sogar die lustige Seite daran.«

»Die Geschichte hat eine lustige Seite?«

»Nein. Ich wollte dich nur aufheitern.«

Alle wurden zur Bekanntgabe der Entscheidung zurück auf die Bühne gerufen. Jake kam zurück, sah Kate und marschierte an ihr vorbei.

Die folgenden Minuten dienten dazu, die armen Teilnehmer auf die Folter zu spannen, als wären deren Kochtorturen noch nicht genug gewesen. Sie wurden gezwungen, schwitzend im Scheinwerferlicht zu stehen, während die Moderatorin unermüdlich plapperte, wie brillant und unterhaltsam alle gewesen seien. Und dann reizte sie die atemlose Stille zwischen ihren Ansagen bis zum Letzten aus, so dass schließlich alle vor Nervosität und Spannung fast platzten. Alle außer Jake. Er fand es ganz beruhigend, gewissermaßen in der Luft zu hängen und nichts anderes tun zu können, als über seine Probleme nachzudenken: sein ums Überleben kämpfendes Restaurant und die Beziehung zu Kate, die mit der gleichen Bruchlandung geendet hatte wie all seine Beziehungen. Es interessierte Jake nicht, ob er gewonnen oder verloren hatte, er wollte einfach nur ruhig dastehen, fernab von der Realität. Außerdem wusste er, dass er nicht gewonnen hatte. Seine erste Zubereitung war superb gewesen, aber beim zweiten Anlauf hatte seinen Händen die gewohnte Geschicklichkeit und Begabung gefehlt. Sein Kummer war aus ihm herausgesickert und hatte den Speisen ein bitteres Aroma verliehen. Sie waren misslungen, das musste jedem klar sein.

Aber die Zuschauer hatten Jake bei der ersten Sendung ins Herz geschlossen – die heutige Verletzbarkeit hatte die Sympathien nur noch wachsen lassen. Bei diesem Wettbewerb zählte die Persönlichkeit genauso viel wie die Kochkunst und die Wähler hatten entschieden, dass Jake ihr Star war.

Harry wurde Dritter. Unter normalen Umständen hätte Jake seinen Spaß daran gehabt, zu hören, wie Harry mit den Zähnen knirschte, bevor er ein breites, falsches Lächeln aufsetzte.

Alis erstaunlich gute Noisettes vom Lamm wurden mit dem zweiten Platz bewertet. Dummköpfe, dachte Jake bei sich. Er hatte selbst probiert und entschieden, dass Ali eine ernst zu nehmende Konkurrenz werden würde, wenn er sich je entschließen sollte, ein Restaurant mit französischer Küche zu eröffnen.

»Und der Gewinner ist …« Noch eine qualvolle Pause. Jake wünschte, sie würde nie enden, denn dann würde er nicht anfangen müssen, die Scherben seines Lebens einzusammeln.

Als sein Name aufgerufen wurde, war das ein solcher Schock für ihn, dass er einfach nur dastand und ungläubig blinzelte. Seine kurze Flucht war beendet und alles kam schmerzhaft zurück. Die Moderatorin trat vor und hielt den Preis in der Hand, eine lächerliche, versilberte Kochmütze auf einem kleinen Sockel. Sie beugte sich vor, um ihn auf die Wange zu küssen, und flüsterte: »Lächeln – Sie haben gewonnen!«

»Schwachsinn!« An den entsetzten Gesichtern erkannte Jake, dass er das tatsächlich laut gesagt hatte. Dann konnte er ja genauso gut weiterreden. Er zeigte auf die erstarrten Überreste seiner Tintenfisch-Garnelen-Klößchen. »Das ist wahrscheinlich das miserabelste Essen, das ich je gekocht habe. Die Sauce schmeckt wie Tapetenkleister und der Tintenfisch ist so zäh, dass er problemlos als Autoreifen dienen kann. Hier gehört es hin.« Mit einer einzigen Handbewegung schob er das gesamte Gericht in den Mülleimer, während ihm alle mit offenem Mund und wie angewurzelt zusahen.

»Demütig muss ich den Unterschied zu diesem Gericht hier anerkennen«, fuhr er fort und zeigte auf Alis Kreation. »Das Lamm ist butterweich und würzig. Die Kartoffeln sind so leicht und locker, dass sogar ein magersüchtiges Supermodel« – er wies auf Georgia – »dass sogar sie zwei davon verdrückt hat! Ihr irrt euch und seid komplette Idioten, wenn ihr nicht erkennt, dass Ali diesen Preis verdient! Auf meine Weise, bin ich ja auch ein Idiot«, fügte er hinzu und schaute Kate an. »Aber ich bin ehrlich und weigere mich, diesen Preis anzunehmen.« Er schnappte sich den Preis aus den zitternden Händen der Moderatorin und überreichte ihn dem verblüfften Ali, der ihn vor Überraschung beinahe fallen ließ.

»Hier«, sagte Jake nachdenklich. »Das ist wohl Gerechtigkeit. Viel Spaß damit. Du hast ihn verdient.« Er grinste alle kurz an und marschierte dann hinaus.

Das hatte es im Fernsehen noch nie gegeben. Von Menschen im Rampenlicht wurde erwartet, sich ehrfürchtig und dankbar zu zeigen. Schon oft hatten Leute dumme Sprüche darüber losgelassen, dass sie einen Preis nicht verdient hätten, aber niemals war jemand so weit gegangen, ihn zurückzuweisen. Allerdings ist das – sagte sich der Produzent und rieb sich entzückt die Hände – tolles Fernsehen. Es würde morgen in den Zeitungen stehen und alle würden lautstark eine Wiederholung fordern.

Harry erklärte währenddessen allen, die ihm zuhörten, dass Jake einfach nicht wisse, wie man nach den Regeln spiele. Kate eilte hinüber zu Tess. »Geh ihm nach!«

»Geh du!«

Aber Kate hatte den Ausdruck in seinen Augen gesehen, als er sie kalt stehen ließ. »Er will mich nie wieder sehen«, erkannte sie niedergeschlagen.

Jake hatte alle Leute aus dem Weg gescheucht wie Fliegen. Draußen lehnte er sich gegen die Wand des Studios. Seine Hände zitterten so sehr, dass er nicht einmal ein Buttermesser hätte halten können. Seine Meinung zu sagen hatte sich gut angefühlt, aber jetzt dämmerte ihm, dass er sich mit dieser Szene wahrscheinlich lächerlich gemacht hatte. Er hätte seine große Klappe halten sollen, den Preis annehmen und das Geld, das er so dringend brauchte. Aber nein, er musste ja unbedingt den Helden spielen. Wann werde ich endlich lernen, dass es nicht immer klug ist, die Wahrheit zu sagen, wenn man sich in dieser Welt behaupten will, dachte er verbittert.

Wie aufs Stichwort schaute er hoch und erblickte Kate. Sie hatte ihm ungestraft Lügen aufgetischt und war damit ganz gut gefahren, besten Dank. Er drehte sich um und lehnte die Stirn an die Wand. Es war ihm unerträglich, jemandem ins Gesicht zu sehen, den er liebte, und der ihn betrogen hatte.

»Verschwinde. Ich will dich nie wieder sehen oder mit dir reden.«

»Ich weiß, aber du musst mich erklären lassen …«

»Das hättest du besser am Anfang getan und dir jede Menge Arbeit erspart. Ich hätte dir nämlich gesagt, dass du dich verziehen sollst!«

»Wenn du mir doch nur zuhören würdest …«

»Spar dir das! Ich weiß sowieso schon alles! Du wolltest eine fiese kleine Story darüber schreiben, wie die Restaurants aus Profitgier alle hereinlegen und den Gästen ein Vermögen aus der Tasche ziehen für Gerichte, die in der Herstellung ein paar Pennys kosten! Darüber, dass Chefköche arrogante Mistkerle sind, die ihre Angestellten wie Dreck behandeln! Kein Wunder, dass du dich ständig in der Küche herumgetrieben hast – wahrscheinlich hast du gehofft, mich dabei zu ertappen, wie ich von einem Steak ein bisschen Schimmel abkratzte, bevor ich es irgendeinem ahnungslosen Gast serviere. Hoffentlich hast du alles genau aufgeschrieben – sämtliche Wutanfälle, jedes Mal, wenn ich dich stundenlang ohne Pause schuften ließ. Und weißt du, was das Beste an allem ist? Ich bin so erbärmlich, dass ich es trotz allem nicht schaffe, dass sich mein verdammtes Restaurant rentiert! Ich habe echt mein Fett abgekriegt, nicht wahr?«

Kate schwieg. Das alles kam so dicht an das heran, was sie ursprünglich vorgehabt hatte, dass sie nicht wusste, wo sie mit ihrer Verteidigung ansetzen sollte. Aber sie musste es versuchen.

»Du hast recht«, sagte sie schließlich. »Genau so fing es an. Aber dann hat sich alles verändert. Um Himmels Willen, dreh dich doch um und sieh mich an. Ich kann nicht mit deinem Rücken reden!«

»Warum nicht? Stecken zu viele Messer drin?«

»Das habe ich verdient. Ich war einfach nur auf der Suche nach einer guten Story – das ist mein Beruf! Aber dann wurde mir klar, dass es eine viel bessere Story gibt, in der es darum geht, mit wie viel Leidenschaft und Hingabe du diesem Beruf nachgehst.« Kate hatte noch nie jemandem gesagt, dass sie ihn liebte. Sie hatte keinerlei Übung darin, aber dass dies jetzt nicht der richtige Moment war, erkannte selbst sie. »Ich wollte nicht, dass sich die Dinge so entwickeln«, schloss sie unglücklich.

Wo hatte Jake das nur schon mal gehört? Ach ja, jedes Mal, wenn er sich auf eine Beziehung mit einer Frau eingelassen hatte. Er war ein solcher Trottel! Er musste ein fettes Zeichen auf der Stirn stehen haben, das die Frauen dazu aufforderte, ihn wie Dreck zu behandeln. Eigentlich war es nicht verwunderlich, wenn man bedachte, wie er sich vorhin vor den Augen der halben Grafschaft aufgeführt hatte.

»Komischerweise haben sich die Dinge aber so entwickelt. Die völlig falschen Zutaten gerieten in den Kochtopf und das Ergebnis schmeckt schauderhaft. Ich werde es nicht noch einmal kosten. Du bist eine miese kleine Lügnerin und ich bin ein leichtgläubiger Idiot. Aber du scheinst hier eine Menge Freunde zu haben – lass dich von einem deiner Medienkumpels nach Hause bringen. Leb wohl.« Er drehte sich von der Wand weg und hoffte, dass Kate ihm nicht ansah, wie niedergeschlagen er war, als er ging.

Jake fuhr das dritte Mal um einen Kreisverkehr herum, ohne eine Idee zu haben, wohin er eigentlich wollte. Die anderen Fahrer warfen ihm bereits belustigte Blicke zu, da piepte sein Handy. Er fuhr in die nächste Haltebucht und sah, dass er eine SMS von Tess bekommen hatte. Die Ärmste! Er hatte sie total vergessen!

»Komm zurück. Noch ist nicht alles verloren.«

»Doch ist es. Komme trotzdem zurück, um dich zu holen. Sorry.«

»Griff bringt mich nach Hause, aber komm trotzdem her. Mein Handy ist leer. Muss dir alles erklären.«

Aber Jake antwortete nicht, während Tess frustriert auf ihr Handy starrte. Sie hatte nicht mehr genug Akku, um ihm zu erklären, wie begeistert alle von seinem Wutausbruch gewesen waren. Es hatte das Publikum hingerissen, dass er so leidenschaftlich, aus vollem Herzen, gesprochen hatte. Und dass er zudem auch noch attraktiv war, sorgte für gute Einschaltquoten. Tatsächlich meinte der Produzent, Jake sei nun ein solcher Star, dass die Leute bestimmt nach mehr verlangen würden.

24. Kapitel

Es war schon spät, als Kate nach Hause kam. Tess und Griff hatten sie mitgenommen, und obwohl Kate die beiden mochte, war es eine Qual gewesen, mit einem Paar zusammen zu sein, das sich so gut verstand.

Kate saß auf der Rückbank von Griffs klapprigem Mini, als bemitleidenswertes fünftes Rad am Wagen neben zwei Leuten, die es richtig anstellten. Da gab es keine Lügengeschichten oder Betrügereien, sondern einfach nur einen Mann und eine Frau, die einander mochten. Kate hasste die beiden dafür, dass sie es so einfach hatten. Sie hasste sich selbst. Sie war so stolz darauf, normalerweise immer alles richtig zu machen – außer bei den Dingen, auf die es wirklich ankam.

Statt mit dem Aufzug zu fahren, rannte sie die vier Treppen hoch zu ihrer Wohnung. Dann konnte sie sich wenigstens einreden, ihr sei von der Anstrengung so schwindelig und sie zitterte deshalb.

»Was du jetzt brauchst, ist eine schöne Tasse Tee«, sagte sie laut. Dann zuckte sie zusammen, denn genau das waren Godfreys Worte am Ende jeder Schicht, und sie erinnerte sich wieder an das Glück der vergangenen Wochen.

Um neun war der Tee mittlerweile kalt geworden. Aber als sie auf ihre Tasse blickte, wurde ihr klar, dass sie nur eine Kanne heißes Wasser zubereitet hatte. Die Teebeutel lagen immer noch auf der Arbeitsplatte. Kate hatte gedacht, wenn sie sich ruhig hinsetzte, würde sie vielleicht einen Ausweg aus dieser bedauerlichen Situation finden. Sie war gut darin, sich aus Schwierigkeiten herauszumanövrieren, und liebte die Herausforderung. Aber sie war gar nicht in der Lage, nachzudenken, denn in ihrem Kopf schwirrten immer nur die Wörter »miese kleine Lügnerin« herum.

Um zehn nach neun sagte sie zu sich selbst: »Dir sind schon ganz andere Sachen an den Kopf geworfen worden. Komm drüber weg.« Aber das konnte sie nicht.

Um halb zehn war sie so verzweifelt, dass sie Lydia anrief. In einer Krise brauchte man eine verständnisvolle Freundin, mit der man alles durchkauen konnte.

Der Anrufbeantworter sprang an.

»Lyd – es ist mir egal, ob du gerade mit Brad Pitt vögelst. Ruf mich sofort zurück.«

Um Viertel vor zehn: »Vergiss meine vorige Nachricht. Aber ruf unbedingt zurück.«

Wenn sie es mal ganz sachlich betrachtete, dann war das wirklich Schlimme, dass Jake so … so betrogen gewirkt hatte.

Mit Wut konnte sie umgehen. Hitzköpfe waren sie beide. Und angefangen hatte es schließlich damit, dass sie einfach ihren Job machte, den sie liebte und auf den sie stolz war – besten Dank, Jake. Sie war kein ekliger kleiner Schreiberling, sondern eine professionelle Journalistin!

Um zehn blitzte und donnerte es am Himmel und die Lichter gingen aus. Zum Glück nicht nur bei Kate, sondern im ganzen Haus. Sie hatte schon befürchtet, Gott hätte in Jakes Auftrag eine Strafe über sie verhängt – obwohl ein Stromausfall eine ziemlich lächerliche Form der Vergeltung war. Jake hätte die Idee sicher lustig gefunden, aber er war nicht da, um mit ihr darüber lachen zu können.

Fünf Minuten später hatte sie einsehen müssen, dass Duftkerzen zwar hübsch und wohlriechend sind, aber als Lichtquelle völlig ungeeignet. Immerhin schaffte sie es, sich in der Dunkelheit zur Wodkaflasche vorzutasten, sparte sich aber die Mühe, auch noch ein Glas zu suchen.

10.15 Uhr: Betrogen? Lächerlich! Das hier war keine geschmacklose Folge einer Seifenoper.

10.20 Uhr: Das ist alles seine Schuld. Er ist ein hochnäsiger Pedant, der meint, alles besser zu können.

10.30 Uhr: Er ist der beste Mensch, den ich kenne. Ist alles meine Schuld.

10.35 Uhr: Wenn er sich weigert, mit mir zu sprechen, werde ich ihm schreiben.

10.36 Uhr: Wahrscheinlich zerreißt er den Brief und trampelt darauf herum.

10.40 Uhr: Ich werde vor seinem verdammten Restaurant zelten, bis ihm gar nichts anderes übrig bleibt, als mich reinzulassen.

10.45 Uhr: Bestimmt schüttet er dann die Suppe vom Vortag über mir aus.

10.50 Uhr: Ich werde sterben und dann tut es ihm leid.

Im nächsten Moment schrie Kate laut auf. Jemand hatte ihr Zimmer betreten.

»Was zum Teufel machst du hier im Dunkeln, während deine Wohnungstür weit offen steht?«, fragte Lydia.

»Stromausfall. Aber ich habe noch genug Licht, um mich zu Tode zu saufen.« Sie schielte auf die Flasche, die deprimierend leer wirkte.

»Eine Krise also. Möchtest du wieder nüchtern werden oder weiter auf ein Koma hinarbeiten?«

»Koma, eindeutig«, antwortete Kate und erzählte Lydia alles.

»Komm schon, beruhige sich«, sagte Lydia forsch. »Damit musstest du doch rechnen. Klar ist er stinksauer. Wahrscheinlich glaubt er sogar, dich zu hassen, aber er wird wieder zu sich kommen. Vielleicht entdeckt er am Ende auch die lustige Seite daran.«

»Und welche soll das bitte sein?«

»Ich habe echt noch nie erlebt, dass du wegen einem Mann in einer solchen Verfassung bist.«

»Mir ist auch noch nie jemand wie er begegnet. Bei ihm habe ich weiche Knie und kann gar nicht genug davon bekommen, mit ihm zusammen zu sein. Und weißt du, wann mir das klar wurde? Als er mir sagte, ich solle aus seinem Leben verschwinden! Oh mein Gott«, wimmerte Kate und presste die Wodkaflasche an sich. »Ich rede schon wie Bridget Jones! Ich weiß nicht einmal, warum ich ihn liebe! Bei der Arbeit ist er so was von pingelig – inszeniert einen Riesenaufstand wegen einem winzigen Tropfen Sauce auf der falschen Tellerseite. Dabei besitzt er nicht ein einziges Kleidungsstück ohne Löcher. Er scheint nicht in der Lage zu sein, sich ordentlich zu rasieren, oder es ist ihm egal. Und niemand mit gesundem Menschenverstand würde wegen einer Lieferung neuer Kochtöpfe in Euphorie ausbrechen. *Kochtöpfe* – stell dir das vor!«

Lydia ging in die Küche, um Kaffee zu kochen. Kate musste wieder zu der vernünftigen, klar denkenden Frau werden, die sie sonst war. Sie so zu sehen, war beunruhigend. Aber als Lydia zurück ins Wohnzimmer kam, war Kate eingeschlafen. Das Licht ging wieder an und Lydia blies die Kerzen aus. Kate würde zwar nach dem Aufwachen einen Kater haben, aber zumindest konnte sie sich nicht die Haare versengen.

Jake stand in seiner Wohnung und hatte nicht die geringste Vorstellung, wie er dort hingekommen war. Er musste alles wie gewohnt gemacht haben – schalten, blinken, an roten Ampeln halten (er hoffte zumindest, dass er das getan hatte) –, aber daran erinnern konnte er sich nicht. Er ging unter die Dusche, drehte das kalte Wasser an und blieb stehen, bis ihm vor Kälte die Zähne klapperten. Aber selbst das schien ihn nicht wieder auf die Beine zu bringen, also setzte er sich aufs Bett, rollte sich in die Decke ein und erging sich in Selbstmitleid. Dieses Gefühl war ihm fremd, weshalb er eine Weile brauchte, um sich daran zu gewöhnen. Als es ihm schließlich gelang, hatte es etwas Tröstliches.

»Du bist ein Verlierer. Früher oder später spielt dir jeder übel mit. Mit deinem Restaurant geht es den Bach runter – und dein Liebesleben? Davon solltest du gar nicht erst anfangen! Früher oder später verlassen dich die Frauen oder betrügen dich. Sie lernen einen anderen kennen und du bist so dämlich, dass du nichts merkst. Georgia vögelt mit Harry, während du zu sehr mit dir selbst beschäftigt bist, um zu kapieren, was läuft.«

Jake öffnete ein Auge. Das genügte, um den gammeligen und schäbigen Zustand seines Schlafzimmers zu erfassen.

Nur ein Volltrottel würde versuchen, hier eine Frau zu verführen. Kate hatte es natürlich nicht gestört! Sie hatte schließlich andere Ziele verfolgt. Und er hatte gedacht, dass sie ihn mochte!

Sein Selbstmitleid träufelte ihm weiter Gift ins Ohr.

»Du wurdest so sehr getäuscht, dass du sogar dachtest, eine Beziehung mit dieser Frau zu haben. Hattest du ja auch, nur anders eben. Sie hat dich benutzt. Du warst lediglich ein Sprungbrett. Wenn du in den Spiegel schaust, kannst du auf deinem Hintern ihre Fußabdrücke sehen.«

Jake nickte die ganze Zeit nur zustimmend, bis sich plötzlich seine Großmutter in sein Bewusstsein drängte. Er hatte sie deutlich vor Augen, nicht so, wie sie kurz vor ihrem Tod ausgesehen hatte, sondern zu der Zeit, als er noch ein Junge war und sie das Zentrum seines Lebens darstellte. Sie stand natürlich in ihrer Küche und trug eine alberne Schürze, die er ihr mit 14 zum Geburtstag geschenkt hatte. Sie hatte die Form eines Cancan-Röckchens und seine Mutter hatte ihn dafür gescholten.

»Das ist ja wohl das unpassendste Geschenk für eine 75-Jährige«, hatte sie geschimpft, aber seine Oma fand es umwerfend komisch und bestand darauf, die Schürze zu tragen.

Jakes Selbstmitleid bedachte sie nun mit einem vernichtenden Blick. »Schwachsinn«, sagte sie. Tatsächlich hatte sie viel mehr gesagt, einige jiddische Begriffe eingesetzt, aber er wusste, es bedeutete das Gleiche.

»Du hast also einen Dämpfer bekommen. Was bist du – ein Mann oder eine Maus? Ich werde dir sagen, was du bist: Du bist ein Kämpfer und hart im Nehmen. Die Goldmans geben nicht auf, sie rappeln sich hoch und machen weiter.«

»Aber ich habe sie geliebt!«, heulte Jake. »Das hier war anders, es war echt, abgesehen davon, dass alles gelogen war.«

»Lügen, Schmu! Niemand ist immer ehrlich. Es bedeutet nur, dass Kate nicht perfekt ist. Aber sie ist schließlich ein menschliches Wesen und keine Puppe.«

»Sie muss nicht perfekt sein. Dass sie das nicht ist, wusste ich sowieso schon. Sie lässt beim Bedienen die Sauce über den Tellerrand laufen. Sie behauptet, mit dem Rauchen aufgehört zu haben, und dann schnorrt sie die Zigaretten von anderen. Sie hat sich seit zwei Jahren keinen BH mehr gekauft, denn immer wenn sie Shoppen geht, landet sie im Buchladen. Nicht, dass sie einen BH tragen müsste – ich sollte es ja wissen –, jedenfalls … Am Ende der Schicht glänzt jedes Mal ihre Nase und eine ihrer Augenbrauen ist eindeutig krumm. Das hat mich nicht gestört, aber da wusste ich auch noch nicht, dass sie kein Herz hat.«

»Und das weißt du, obwohl du ihr keine einzige Chance für Erklärungen gegeben hast …«

»Ja – und das habe ich auch nicht vor. Sie hat es vermasselt, und ich will sie nie wieder sehen. Verschwinde – du bist sowieso nicht wirklich hier.« Dann zog er sich die Decke über den Kopf, falls er noch mehr Halluzinationen haben sollte.

Feiner Fraß war zur erfolgreichsten Sendung geworden, die *Lakes News* je ausgestrahlt hatte. Eine unglaublich langweilige Sitzung wurde im Sender anberaumt, um herauszufinden, woran das lag und wie man Kapital daraus schlagen konnte.

Ein junger Bursche, der gerade ein Praktikum in der Studiokantine absolvierte, hätte es ihnen verraten können: »Weil der Typ ehrlich war. Er hat gesagt, was Sache ist. Respekt, Mann!« Aber er redete nur zu sich selbst und einem großen Stapel schmutziger Töpfe.

Jake hätte die Show ohnehin nicht gleichgültiger sein

können. Er war viel zu sehr damit beschäftigt, ans Telefon zu gehen und Reservierungen von Leuten entgegenzunehmen, die ihn im Fernsehen gesehen hatten. Sie dachten alle, wenn er so gut kocht, wie er ehrlich ist, dann wäre dieses Restaurant einen Besuch wert.

Als Jake erklärte, dass er im *Cuisine* zuerst einen neuen Teppich verlegen müsse, boten etliche Leute sogar an, vorbeizukommen und zu helfen, wenn sie dadurch früher einen Tisch bekämen. Jake musste erkennen, dass er jetzt eine kleine Berühmtheit war. Als er beim Bäcker anstand, um Donuts für die Frühstückspause seiner Leute zu besorgen, bat ihn jemand um ein Autogramm. Und auf der Straße wurde er von Passanten angesprochen, die ihm gratulierten. Das hasste Jake, weil es ihn an den Abend erinnerte, an dem sich sein Glück wendete. Er wollte nicht darüber nachdenken. Lieber wollte er so tun, als sei das alles nie passiert. Aber das war unmöglich, denn Kates Abwesenheit in der Küche hinterließ ein riesiges Loch. Ihm fehlte alles an ihr: Wie sie immer ablehnte, einen Donut zu essen, weil die ungesund seien, und dann den seinen verschlang, wenn er nicht hinguckte. Ihre Begeisterung für jedes seiner Gerichte – sie würde alles ausprobieren, hatte sie gesagt, weil sie ihm vertraue – und ihre intelligenten Fragen übers Essen. Aber das war nicht überraschend, dachte er verbittert. Sie war Journalistin. Wahrscheinlich war ihr die Fragerei in Fleisch und Blut übergegangen. Und er hatte gedacht, sie interessiere sich für ihn! Der Fehler würde ihm nicht noch mal passieren. Von Frauen hatte er die Nase voll. Die brachten nur Ärger. Er würde als mürrischer, einsamer und verbitterter alter Mann enden, der allein dahinsichte, auf einem Stapel alter Ausgaben von *Hotel and Caterer,* und schließlich von Ratten gefressen wurde. Ein passender Abgang für einen ehemaligen Chefkoch.

Tess hatte alle gewarnt, ja kein Wort über Kate zu verlieren, aber das war gar nicht nötig. Jake lief mit derart finsterer Miene herum, dass niemand Lust verspürte, ihn anzusprechen. Besorgniserregend war nur, dass er offenbar auch seine Leidenschaft verloren hatte. Wehmütig erinnerten sich alle an die glücklichen Tage seiner Wutausbrüche über nicht perfekte Béchamelsaucen oder Kerne im Granatapfelpüree. Er hatte sich in ein ausgezehrtes, einsilbiges Wrack verwandelt und Godfrey war bis ins Mark erschüttert, als Jake ein ganzes Menü zubereitete, ohne zu probieren oder Kommentare abzugeben.

»Wir müssen was unternehmen«, sagte er eines Nachmittags zu Tess, während sie nach dem Mittagessen aufräumten. »Wenn er so für den Typen vom Restaurant Club kocht, setzt er es in den Sand. Stell dir vor, als ich heute Morgen versehentlich heißes Öl auf seine Hand spritzte, ist er nicht einmal zusammengezuckt! Das muss höllisch wehgetan haben, aber er schien es gar nicht zu merken.«

»Aber wir können nichts tun, weil wir nicht das Problem sind. Kate ist es.«

»Aber so halte ich das nicht mehr lange aus – als würde man in der Hölle arbeiten. Das war es vorher auch, aber da wusste ich, woran ich war. Jetzt scheint ihm alles egal zu sein!«

»Du hast recht«, sagte Tess langsam. Ein Jake, der sich nichts aus Kochen machte, das war, als würde man morgens aufwachen und die Sonne wäre plötzlich grün.

»Ich kann nur hoffen, dass Kate weiß, was sie angerichtet hat«, fügte sie hinzu und trat auf dem Weg nach draußen wütend nach Godfreys Eimer samt Mopp.

Kate saß an ihrem Schreibtisch und fragte sich, warum sie sich an ihrem vertrauten Platz nicht mehr heimisch fühlte.

Sie hatte zu Hause an ihrer Geschichte schreiben wollen, musste aber feststellen, wie laut und höhnisch die Stille sein konnte, wenn man ein schlechtes Gewissen hat. Die Redaktion der *Easedale Gazette* brachte jedoch auch keine Verbesserung. Normalerweise liebte sie diesen Hintergrundlärm: Telefone klingelten, Leute unterhielten sich, Reporter und Fotografen kamen hineingestürmt oder verließen den großen Raum eilig und Redakteure bedrängten sie, weil sie schnell einen Vierzeiler brauchten, um die Lücke unten auf Seite fünf zu füllen. Es gefiel ihr eigentlich, dass sie sich davon distanzieren und trotz Unterbrechungen auf ihre Arbeit konzentrieren konnte, ohne den Faden zu verlieren.

Aber heute hatte sie gar keinen Faden, den sie verlieren konnte. Geschlagene 45 Minuten lang hatte sie den leeren Bildschirm angestarrt – erfolglos. Sie hatte 37 Partien Solitaire gespielt, ihre sämtlichen E-Mails gelesen und sogar versucht, eine ganze Seite mit dem Wort »Blindtext« vollzutippen. Manchmal half das, aber nicht heute. Sie hatte den Menschen angelogen, der ihr auf dieser Welt am wichtigsten war, und Gott hatte sie dafür bestraft, indem er ihr die Fähigkeit zu schreiben nahm. Sie war wie Samson, nachdem man ihm die Haare abgeschnitten hatte.

Das Telefon auf ihrem Tisch klingelte.

»Hier vorne sind ein paar Leute, die mit einem Reporter sprechen möchten«, meldete sich die Sekretärin.

»Dann sag doch Paul Bescheid«, stöhnte Kate genervt.

Paul war der Volontär und es war seine Aufgabe, sich um Leute zu kümmern, die unaufgefordert in die Redaktion geschneit kamen. Normalerweise wollten die sich doch nur darüber beschweren, dass ihr Name falsch geschrieben worden war.

»Sie haben aber nach dir gefragt.«

Kate schleppte sich die Treppe runter, fest davon überzeugt, gerade in dem Moment unterbrochen worden zu sein, als sie nahe dran war, etwas Brillantes zu schreiben. Als sie den bunten Haufen vorne am Empfangstisch sah, hätte sie beinahe auf dem Absatz wieder kehrtgemacht. Alle trugen noch ihre Kochkleidung und ein verlockendes Aroma von Knoblauch, Öl und Lammbraten kam herübergeweht. Waren das nun ihre Freunde oder Feinde? Hatten sie Dolche unter den Kochjacken versteckt? Wenn dem so war, konnte sie es ihnen nicht verübeln. Kate kam vorsichtig näher.

»Hier arbeitest du also wirklich«, sagte Kirsty fröhlich.

»Seid ihr gekommen, mich zu verdreschen oder mich zu besuchen?«

»Wir sind gekommen, um zu reden«, antwortete Tess mit fester Stimme.

»Gut, aber nicht hier.« Kate wollte nicht, dass die Ereignisse der letzten Wochen vor den Mitarbeitern am Empfang aufgewärmt wurden, die sowieso nur auf Tratsch und Skandale aus waren. Außerdem warfen die ersten Leute irritierte Blicke auf die Blutflecken, die Godfreys weiße Jacke zierten.

Sie gingen raus zu einem nahe gelegenen Park und weil es sehr heiß war, setzten sie sich in den Schatten einer riesigen Eiche aufs Gras. Kate beugte sich automatisch vor, um eine von Kirstys Zigaretten zu stibitzen, zog die Hand aber wieder zurück. Vielleicht waren die Dinge ja nicht mehr so wie vorher.

»Ach, nun nimm schon. Nicht alles hat sich verändert«, grummelte Kirsty.

Kate nahm sich eine, zündete sie an und atmete tief ein. »Leute, es tut mir echt leid. Ich habe nie gewollt, dass ihr es auf diese Weise erfahrt.« Oh, wie clever, dachte sie. Das würde die anderen jetzt ganz bestimmt erleichtern. Aber trotz des Nikotins, das sie leicht benebelte, traute sie sich nicht zu sagen, was sie wirklich fühlte – dass sie diese Menschen liebte und respektierte. Sie fühlte sich so mies, dass sie ihnen nicht einmal in die Augen sehen konnte. Niedergeschlagen starrte Kate auf den Boden und zupfte geistesabwesend Grashalme aus.

»Wir sind ganz schön sauer auf dich.«

»Habe ich auch verdient«, gestand Kate zerknirscht. »Muss euch so vorkommen, als hättet ihr die ganze Zeit über ein trojanisches Pferd in der Küche gehabt. Am Anfang war es auch so. Aber dann hat sich alles verändert. Ihr habt mich verändert ... ihr habt meine miesen Vorurteile ausgeräumt und ...«

»Ich weiß nicht, was du mit diesen Pferden meinst«, wunderte sich Godfrey. »Ist so ziemlich das Einzige, was Jake mich noch nicht hat kochen lassen – jedenfalls sind wir hier, um mit dir über ihn zu reden. Du hast ihn fertiggemacht – er ist wie ein welkes Salatblatt, er ...«

Tess mischte sich ein, bevor Godfrey sich noch weiter in kulinarischen Vergleichen verlor. »Wir müssen die ganze Geschichte erfahren, Kate. Bisher kennen wir nur Jakes bruchstückhafte Variante. Erst wenn wir alle Fakten kennen, können wir entscheiden, ob wir deine Entschuldigung annehmen.« Während ihres kleinen Vortrags wirkte Tess verbittert.

Das war ein fairer Vorschlag. Kate holte tief Luft, pflückte eine Pusteblume und begann. Kurz und bündig weihte sie die anderen ein, ohne etwas auszulassen: Weder ihre Arroganz, noch ihre Vorurteile oder die Enthüllungsgeschichte, die sie schreiben wollte, und wie sie erkennen musste, dass dies nicht möglich war, weil es nicht der Realität entsprach.

»Viele Menschen halten das Kochen für keinen richtigen Job. Und in gewisser Weise ist es das auch nicht, denn den meisten Menschen würde nicht gestattet werden, unter solchen Bedingungen zu arbeiten, wie ihr es tut: schwitzend, unter ständigem Druck und danach immer total geschafft.«

»Das stimmt. Meine Schwester nervt mich immer, wann ich mir endlich einen ordentlichen Job suche. Sie glaubt, ich tanze den ganzen Tag lang mit einem Schneebesen in der Hand durch die Küche«, bestätigte Godfrey. »Und die Leute, die sich Kochsendungen im Fernsehen ansehen, können sich nicht vorstellen, wie heiß es in einer richtigen Küche wird, und sie sehen auch nie, wie viel wir am Ende jeder Schicht putzen müssen, um alles wieder in Ordnung zu bringen.«

»Sie denken, jeder Tölpel könne als Kellner arbeiten, aber so einfach ist es nicht, oder?«, mischte sich Kirsty ein.

»Sie sehen Jamie Oliver und denken, alle Köche seien reich«, fügte Tess hinzu und dachte daran, wie sehr Jake kämpfen musste, um seine Rechnungen bezahlen zu können.

»Genau!«, stimmte Kate eifrig zu. »Ich bin eine gute Journalistin – und darin bin ich weit besser als im Kellnern ...«

»Woher sollen wir das wissen? Wir kommen ja nie dazu, Zeitung zu lesen.«

»Ihr könnt mir glauben, nicht jeder schreibt für die Regenbogenpresse. Ich besitze Anstand, wenn ich auch vielleicht die Chance verspielt habe, dass ihr mir glaubt. Ich schreibe keine Lügen. Das muss ich nicht. Die Wahrheit ist viel interessanter. Aber als mir das klar wurde, steckte ich schon zu tief drin. Ich dachte, wenn ich warte, bis ihr die Geschichte gelesen habt, wärt ihr eher bereit, mir meine Flunkereien zu verzeihen.«

»Es war schon ein bisschen mehr als nur Flunkereien, aber ich glaube, du hattest gute Absichten«, sagte Tess und blickte in die Runde. Die anderen nickten.

»Aber eine Sache hast du ausgelassen. Du hast Jake nicht erwähnt. Wie passt er da rein?«

Verdammt, Tess ist aber auch clever, dachte Kate bewundernd. Sie hatte gehofft, es würde den anderen nicht auffallen, wenn sie kein Wort über Jake verlor. Aber so leicht ließen die sie wohl nicht davonkommen.

Nervös fing sie an, einen Kranz aus Gänseblümchen zu flechten. Sie hatte keine Übung darin, anderen Leuten zu erzählen, dass sie jemanden liebte – weil es das noch nicht gegeben hatte.

»An der Stelle wurde es kompliziert. Ich ... ähm ... das ist nicht einfach. Ich habe mich in ihn verliebt, bis über beide Ohren, Herzklopfen, Schmetterlinge im Bauch – die ganze Geschichte. Und ich glaube, er mochte mich auch, solange er dachte, ich sei eine mich abstrampelnde Schriftstellerin. Wie geht es ihm denn jetzt?«

»Wir denken, er braucht eine Therapie, können es uns aber nicht leisten, ihn in eine zu schicken. Er kann Realität und Fantasie nicht mehr auseinanderhalten und das macht ihn verrückt. Deshalb sind wir auch hier.«

»Oh Gott«, jammerte Kate und barg das Gesicht in den Händen.

»Wir sind sicher, dass du nicht dieses Miststück bist, das er aus dir macht«, sagt Kirsty freundlich. »Wahrscheinlich ist von euch noch keiner so jemandem begegnet, aber ich schon. Meine Schwester ist mal mit so einem Typen ausgegangen – er hieß übrigens Guy –, jedenfalls hatte sein bester Schulfreund eine Schwester, die, ihr werdet es nicht glauben ...«

»Kirsty, du bist ein klasse Mädchen, aber wenn du nicht auf der Stelle schweigst, muss ich mich auf deinen Kopf setzen. Gut. Ich wusste, dass du es kannst. Zurück zum Thema. Das Problem ist, dass er nicht nur verletzt, sondern auch stur ist – keine gute Mischung. Das Leben ist die reinste Hölle, seit du weg bist«, sagte Tess ganz offen. »Und die Frage ist: Was werden wir dagegen unternehmen?«

»Sagt mir erst: Könnt ihr mir verzeihen?«

»Ich denke schon, vorausgesetzt du schreibst nicht über die peinliche Episode, als Jake zu mir sagte, ich solle das Huhn dressieren, und ich antwortete: *Wie denn, es lebt doch nicht mehr?*, dabei wollte er, dass ich es *ausnehme* und …«

»Halt die Klappe, Godfrey, und ja, er spricht für uns alle – abzüglich des Unsinns mit dem Huhn.«

»Danke, Leute. Ihr ahnt nicht, wie viel mir das bedeutet.«

»Na ja, hoffentlich bedeutet es, dass du endlich aufhörst, den Park abzugrasen, bevor wir noch wegen Vandalismus rausgeworfen werden. Der Parkwächter ist schon dreimal hier vorbeimarschiert und fängt an, böse zu gucken«, sagte Kirsty.

»Ich habe Jake ein paarmal angerufen, aber er sagt immer nur, dass er nicht mit mir sprechen will und legt auf. Ich glaube, ich mache alles nur noch schlimmer.«

»Tust du auch. Wir haben es immer gemerkt, wenn du ihn angerufen hast, denn dann verwandelte sich die Atmosphäre von frostig in eisig, was man in einer Küche für unmöglich halten sollte«, erklärte Tess.

»Wann wird deine Story erscheinen?«

»Bald«, antwortete Kate und ihr wurde ein bisschen bange, aber dieses Mal musste sie ehrlich sein. »Die Story wird gut werden – sie wird euch gefallen. Aber …«

»Aber?«

»Die Zeitung möchte auch jede Menge Fotos von euch und natürlich vor allem von Jake veröffentlichen.«

Hans begann zu lachen, eine Spur hysterisch. »Oh, wunderbar. Ich hoffe, der Fotograf kann Bilder machen, während das Blitzlicht in seinem Hintern steckt.«

»Und wir müssen zum Dinner wohl tiefgefrorene Kamera servieren.«

»Du solltest diese Geschichte schreiben. In der Zwischenzeit beten wir alle, dass sie so positiv ist, wie du sagst …«

»Das ist sie! Ihr alle seid Helden, sogar Godfrey …«

»Wir erwarten von dir keine Wunder, Kate. Ich für meinen Teil denke, dass du genauso verrückt bist wie Jake, wenn du glaubst, das durchziehen zu können. Nein – ihr haltet alle die Klappe, wir müssen uns konzentrieren. Ich sage euch, was wir tun: Kate, du schreibst diese Story. Ich schmuggle sie dann ins Restaurant und bringe Jake dazu, sie zu lesen. Notfalls fessle ich ihn«, erklärte Tess. »Ich gebe zu, dass der Plan seine Schwächen hat, aber etwas Besseres haben wir nicht. Verdammt, ist es schon so spät? Wir müssen zurück – bald fängt unsere Schicht an.«

Sie standen alle auf und klopften sich das Gras von der Kleidung.

Kirsty umarmte Kate kurz und verlegen. »Keine Sorge, wir bringen euch beide schon wieder zusammen. Das müssen wir irgendwie hinkriegen – ihr seid einfach füreinander geschaffen.«

Kate spürte Tränen aufsteigen. Sie hatte verloren, aber das hier war mehr, als sie verdiente.

»Einen Versuch ist es wert. Schlimmer kann es schließlich nicht werden, oder?«, fragte Godfrey.

»Ich hasse es, wenn Leute das sagen. Weil es dann eintrifft«, sagte Kirsty.

25. Kapitel

Während Jake in seinem hoch verschuldeten Restaurant mit seinen Gefühlen haderte, durchlebte Georgia ihre eigene kleine Krise. Dies geschah jedoch in dem weitaus komfortableren Ambiente eines First-Class-Flugs von Rom nach London. Und zumindest nach außen hin hatte sie keinen

Grund zur Klage. Sie kam gerade vom Fotoshooting fürs Cover von *Marie Claire* zurück. Untergebracht in einem Fünf-Sterne-Hotel, wo ihr alle Wünsche prompt erfüllt wurden, hatten ihr die letzten zwei Tage hübsche 20000 Pfund eingebracht. Wenn sie in Heathrow landete, würde Harry sie in einer Limousine erwarten. Falls er noch in einem Meeting festsaß, wäre nur die Limousine da und würde sie ins nächste Luxushotel befördern. Und falls Harry sich sehr verspätete, würden ihr Champagner, Blumen und kostspielige Badeöle die Wartezeit versüßen. Worüber sollte sie sich also beschweren? Trotzdem nagte die Unzufriedenheit an ihr wie Zahnschmerzen. Das war höchst irritierend und würde ihrem Aussehen wohl kaum zugutekommen.

Sie erinnerte sich an eine Zeit, da versprach Jake, sie in Gatwick abzuholen – und vergaß es einfach. Am Ende hatte sie den Bus nehmen müssen, und als sie in seiner Wohnung ankam – es war Mitte Januar –, funktionierte die Heizung nicht. Den Eisblumen auf den Innenseiten der Fenster nach zu urteilen, war das schon seit Tagen der Fall. Sein Handy war ausgeschaltet und er kam erst morgens um drei nach Hause, weil er für drei total besoffene Minister des Kabinetts Abendessen zubereitete. Es hatte ihm so unendlich leidgetan, aber das reichte nicht.

Mit einer Limousine konnte sie nicht streiten. Auch nicht mit einem Strauß Rosen, an dem eine vielversprechende Nachricht stecken würde. Sie konnte nicht einmal mit Harry streiten, denn er würde sofort ins Zimmer stürmen, sie aufs Bett werfen und sie mit Küssen überdecken, bevor sie auch nur Gelegenheit hatte, den Mund zu öffnen. So eine Beziehung hatte sie sich doch immer gewünscht, warum war sie dann so irritiert? Georgia runzelte die Stirn, erinnerte sich aber sofort daran, dass sie keine Falten bekommen wollte. Womöglich lichtete sie ein Fotograf dann auf dem Weg zu ihrer nächsten Botox-Behandlung ab.

»Oh Gott, sie schnippt schon wieder mit den Fingern«, stöhnte eine der drei Stewardessen. Es war recht strapaziös, jemanden zu bedienen, der die Worte »Bitte« und »Danke« nicht kannte, einen beim Sprechen nicht ansah und jede Bestellung wieder zurückgehen ließ, weil sie es sich anders überlegt hatte.

Georgia verlangte – und bekam – Papier und Stift, eine Flasche Evian mit Eis und Zitrone sowie einen Marsriegel, an dem sie knabbern wollte, während sie arbeitete. Sie wollte eine Pro-und-Kontra-Liste erstellen.

Harry war natürlich die Pro-Seite. Unter seinen Namen schrieb sie:

Attraktiv, vermögend, charmant, aufmerksam, sexy, großzügig.

Daneben Jake. Sie nuckelte an dem Stift und schrieb dann energisch:

Gammelig, arm, zerstreut, knauserig, selbstsüchtig.

Dann merkte sie plötzlich, dass sie auch unter seinen Namen das Wort »sexy« geschrieben hatte. Wütend strich sie es wieder durch, und zwar so heftig, dass sie das Papier durchriss und sich mit dem Kugelschreiber ihr neues Kleid ruinierte. Es war absurd, zu denken, dass sie ihn immer noch attraktiv fand. Sie dachte an ihre letzte Begegnung in dem Fernsehstudio. Es war bei dieser albernen Kochsendung gewesen, die Harry so wütend gemacht hatte. Jake hatte wie immer grässlich ausgesehen, mit dunklen Rändern unter den Augen. Aber er hatte auch diese hübschen Lachfalten gehabt, jedes Mal, wenn er diesen Rotschopf anlächelte, den er bei sich hatte.

Ärgerlich winkte Georgia ab, als die Stewardess wie verlangt einen feuchten Lappen brachte, um den Tintenfleck aus ihrem Kleid zu entfernen. Georgia hatte gerade einen Moment tiefer psychologischer Erkenntnis und brauchte unbedingt Ruhe. Es war Jakes Lächeln gewesen, das ihre nagende Unzufriedenheit auslöste. Hieß das etwa, dass sie sich nach ihm sehnte? Sie dachte an seine Kochbesessenheit und schüttelte sich. Nein, dahin wollte sie nicht zurück. Aber er hätte leiden müssen, nachdem sie ihn verlassen hatte, und nicht auf diese Weise jemand anderen anlächeln. Es war richtig und angemessen gewesen, sich von ihm zu trennen, aber er sollte deshalb nicht so verdammt zufrieden aussehen.

Georgia hatte in Eile gepackt und Jakes Wohnung damals fluchtartig verlassen. Dabei hatte sie einen sehr teuren Schal liegen lassen. Es wäre also nichts dabei, kurz vorbeizuschauen, um ihn abzuholen. Natürlich würde sie bei dieser Gelegenheit atemberaubend aussehen und genauso selbstverständlich würde es Jake total aus der Fassung bringen, sie zu sehen und daran erinnert zu werden, was er verloren hatte. Bei dieser Vorstellung verbesserte sich Georgias Laune schlagartig. Sie entschied, für heute genügend tiefenpsychologische Erkenntnisse gewonnen zu haben, und ging stattdessen zur Toilette, um den Marsriegel zu erbrechen.

»Hallo Jake«, sagte Georgia mit sanfter Stimme.

Er schaute hoch, starrte sie einen Moment lang verblüfft an, murmelte: »Oh Gott!« und ließ dann das Tranchiermesser fallen. Sie war zufrieden mit seiner Reaktion, wäre es jedoch weniger gewesen, wenn sie den wahren Grund dafür gekannt hätte.

Als Jake an diesem Nachmittag die leere Küche betreten hatte, war er zu dem Schluss gekommen, dass er sich vielleicht deshalb so mies fühlte, weil er seit Tagen nichts Anständiges gegessen hatte. Er verspürte zwar keinen Hunger, da essen aber etwas war, was jeder Mensch tun sollte, wollte er es auf einen Versuch ankommen lassen.

Der Grund, warum er Georgia nun so verständnislos angesehen hatte, war, dass er einen Moment lang nicht wusste, wer da vor ihm stand. Er hatte sie schlichtweg vergessen. Rasch beugte er sich herunter, um das Messer aufzuheben und bei der Gelegenheit ein netteres Gesicht aufzusetzen. So schlimm war es also geworden. Er drehte allmählich durch. Plötzlich merkte er, dass er auf Socken in die Küche gegangen war, um zu kochen. Wenn Louis ihn so sehen würde, wäre er ordentlich zusammengestaucht worden, und das zu Recht.

Er winkte Georgia mit dem Messer auf eine Art zu, die er für freundlich hielt, aber sie zuckte zusammen und wich zurück. Hastig legte Jake das Messer weg und versuchte, sich zusammenzureißen.

»Entschuldige. Hallo. Wie geht es dir?«

»Gut. Du siehst fürchterlich aus.«

»Danke. Gut zu wissen, dass wir uns beide nicht sehr verändert haben«, erwiderte er trocken.

»Tut mir leid, so hereinzuplatzen, aber ich muss einen Schal bei dir liegen gelassen haben und brauche ihn unbedingt.«

»Der kann überall sein. Geh rauf und schau nach.«

Ausgezeichnet, dachte sie, während sie nach oben ging. Er kam ihr nicht nach, sie konnte also nach Herzenslust herumschnüffeln.

Es war ein kleiner Schock, die Tür zu der schäbigen, aber nun aufgeräumten Wohnung zu öffnen. Georgias erster Gedanke war, dass eine Frau hier Ordnung geschaffen hatte. Jake war absolut pedantisch, was einen verirrten Krümel in seiner Küche betraf, aber Georgia konnte sich nicht erinnern, dass er seit seinem Einzug je den Staubsauger aus dem

Schrank geholt hatte. Sie wusste ja nicht, dass er in der letzten Nacht wie ein Wahnsinniger geputzt hatte. Es war drei Uhr früh gewesen, er hatte nicht schlafen können und alles war besser, als wach im Bett zu liegen und immer wieder denselben düsteren Gedanken nachzuhängen.

Im Badezimmer konnte Georgia nichts Verdächtiges entdecken – keine Tampons, Pinzetten oder Gesichtscremes. Und neben dem Waschbecken lag nur *eine* Zahnbürste, offensichtlich Jakes.

Georgia ging hinüber ins Schlafzimmer. Im Schrank hingen nur seine Sachen. Der Nachttisch auf der anderen Seite des Bettes war leer, aber auf seinem lag – ein Spitzenhöschen. Das gehörte doch sicher nicht dem Rotschopf? Ihrem eigenen Willen zum Trotz musste sie es aufheben und stellte dann fest, dass es ihr selbst gehörte. Kein Zweifel. Es war das speziell für sie angefertigte La-Perla-Höschen. Im Schritt war ein zierliches G aufgestickt. Jake war noch nicht über sie hinweg! Warum sonst sollte dieses Höschen hier liegen? Oh mein Gott! Was er wohl in langen, einsamen Nächten damit machte? Man sollte gar nicht darüber nachdenken, aber Georgia tat es trotzdem, mit einer gewissen Zufriedenheit.

Sie ging wieder hinunter. Jake war noch immer in der Küche und starrte das Sandwich, das er sich gerade gemacht hatte, an, als hätte er nie zuvor eines gesehen.

»Hast du deinen Schal gefunden?«

Mist! Sie hatte ganz vergessen, danach zu gucken. Stattdessen hielt sie das Höschen in der Hand.

Jake sah es und wurde verlegen. Sollte er auch, dachte sie.

Er war wirklich peinlich berührt, aber wiederum aus anderen Gründen als Georgia annahm. Während seiner verzweifelten Putzaktion in der letzten Nacht hatte er dieses Höschen von irgendwo unter dem Bett angesaugt und es hatte die Düse verstopft. Als er es wütend herauszerrte, hatte er es zerrissen. Dann hatte er es sofort wieder vergessen und dachte jetzt, dass Georgia wütend wäre, es zerfetzt zurückzubekommen.

»Oh, entschuldige, ich hätte niemals …«

»Nein, hättest du nicht, aber ist schon gut. Ich verstehe es.«

Was gab es da zu verstehen? Aber interessierte es ihn überhaupt? Jake war so müde und kraftlos, dass ihm die Energie fehlte, ihre Worte zu verstehen oder gute Miene zum bösen Spiel zu machen. Wozu auch? Es war wahrscheinlich schon in der ganzen Stadt bekannt, dass er von einer Journalistin übertölpelt worden war. Wahrscheinlich trug er auf dem Rücken ein großes Schild mit der Aufschrift: »Koch. Pleite. Witzfigur«. Aber Georgia wirkte freundlich und wohlwollend. Er trug ihr nichts nach. Es wäre nett, wenn sie Freunde bleiben könnten.

»Tut mir leid, dass du es so schwer nimmst«, sagte sie und dachte an ihre Trennung.

»Ich glaubte eben, es wäre was Ernstes«, antwortete er und dachte an Kate.

Georgia seufzte glücklich. »Vielleicht war es das auch, eine Zeit lang, aber es wäre nie gut gegangen.«

»Früher oder später musste es knallen«, stimmte er zu.

Das war besser, als sie gehofft hatte. Er war offenbar weitaus niedergeschlagener als erwartet.

»Letztlich ging es einfach nur um zwei Menschen mit tiefen Gefühlen, die verschiedene Wege gehen mussten«, schnurrte sie.

»Das kannst du laut sagen!«

»Ich bin sicher, dass du eines Tages zurückschaust und in den schönen Erinnerungen Trost findest.«

Er verzog das Gesicht. »Aber das ist gerade das Schlimme, zurückzuschauen und zu wissen, dass ich das alles verloren habe. Und ich werde die Erinnerungen nicht los – sie sind überall, wenn ich arbeite, wenn ich schlafe …«

Verständlich, wenn du die Nächte damit verbringst, deinen Kopf in mein Höschen zu tauchen, dachte sie. »Ich sollte gehen. Wahrscheinlich mache ich alles nur noch schlimmer.«

»Nein, es war schön, dich zu sehen«, sagte er höflich.

Armer Kerl! Es verlangte ihn sehnsüchtig nach jedem Funken Trost, den er bekommen konnte. Wäre es grausam, ihn zum Abschied zu küssen? Wahrscheinlich schon, aber er könnte wochenlang von der Erinnerung zehren. Sie ging zu ihm, beugte sich vor und berührte mit den Lippen ganz zart seine Wange. Dann sah sie ihn zärtlich an. »Lass die Erinnerungen ihre heilende Kraft entfalten, arbeite mit ihnen. Eines Tages wirst du in der Lage sein weiterzuziehen«, sagte sie und ging.

Wow! Sie quatscht mehr dummes Zeug als ein Hochglanzmagazin, dachte Jake genervt, nachdem sie weg war.

Als Tess später zur Arbeit kam, fand sie ihn rauchend draußen auf der Hintertreppe sitzend vor. »Jake, du magst doch keine Zigaretten, hast du das vergessen?«

»Nein, ich weiß. Aber ich dachte, ich lasse es auf einen Versuch ankommen. Schmeckt wirklich scheußlich.« Er konnte nicht sagen, dass es ihn an Kate erinnerte, hier draußen heimlich eine Zigarette zu rauchen und zu schwören, es sei die letzte.

Tess hatte mittlerweile einen Teller mit nach draußen gebracht, den sie ihm jetzt unter die Nase hielt. »Das ist Essen, essentielle Versorgung. Du musst es allerdings zu dir nehmen, damit es seine Wirkung entfalten kann.«

Sie betrachteten beide das Sandwich. Zwei Scheiben altbackenes Brot, das Tess liegen gelassen hatte, um die Vögel damit zu füttern, umhüllten ein Stück trockenen Käse, nicht einmal verfeinert durch Mayonnaise, Relish oder wenigstens Butter.

»Ich würde sagen, das schmeißen wir weg. Ich hole dir etwas von der leckeren Möhren-Koriander-Suppe«, sagte Tess wohlwollend.

»Ich bin nicht krank«, fauchte Jake gereizt und stand auf. Der Anblick des unappetitlichen Sandwiches hatte ihn wachgerüttelt. »Komm schon, lass uns an die Arbeit gehen, davon gibt es reichlich. Wir haben keine Zeit zum Rumstehen und Quatschen.«

Er stürmte in die Küche und erschreckte Godfrey fast zu Tode, der auf eine Arbeitsplatte gestützt Löcher in die Luft starrte.

Am nächsten Morgen, über dem *Café Anglais*, wurde Georgia von Harry in die Mangel genommen. Er wusste, dass sie in Jakes Restaurant gewesen war. »Hast du mir etwa nachspioniert?«, fragte Georgia. Insgeheim war sie begeistert.

»Nein, aber einer vom Personal hat dich gesehen. Was zum Teufel hast du da gemacht?«

»Nichts.« Georgia tat ganz unschuldig. Sie liebte Harry dafür, dass er so eifersüchtig und leidenschaftlich war. Nichts ist langweiliger als jemand, der einem blind vertraut. »Ich wollte nur meinen Schal holen und dann haben wir ein bisschen geplaudert.«

»Sonst nichts?«

»Es gibt nichts, das ich sonst noch mit ihm tun möchte«, log sie.

»Er ist und bleibt ein Verlierer, auch wenn er diese beschissene Show im Regionalfernsehen gewonnen hat«, raunte Harry ihr ins Ohr. Er pustete sanft und sie quiekte vor Vergnügen.

»Wir sollten Mitleid mit ihm haben«, fuhr sie selbstgerecht fort. »Er ist in echt schlechter Verfassung, total durchgedreht.«

»Ausgezeichnet«, murmelte er und liebkoste ihren Hals.

»Es war ein bisschen pervers.«

»Was? Ich denke, du warst nur wegen des Schals da?«

»War ich ja auch. Aber dann habe ich etwas anderes gefunden …« Sie holte das Höschen aus ihrer Tasche. Harry war wirklich überrascht.

»Und wo lag es?«

Georgia klärte ihn über ihre Vermutung auf.

»Und es sah aus, als hätte er …?«

»Was sonst hätte er damit tun sollen?«

Harry hörte auf, an ihr herumzuknabbern, und brüllte los: »Dieser verdammte Perversling! Das ist widerlich!«

»Eigentlich ist es ziemlich traurig. Wie ich schon sagte, wir sollten ihn bedauern.«

»Den Teufel sollen wir!« Harry lachte schallend los. Er hatte noch nie in seinem Leben Mitleid mit jemandem gehabt und es war unvorstellbar, dass er ausgerechnet bei Jake damit anfangen würde.

Später, nach dem Sex, band er sich im Restaurant eine frische Schürze um, als jemand an die Tür klopfte. Es war Hans.

»Ich wollte nur eine Nachricht von meinem Freund Ronnie abgeben.«

»Es könnte mich nicht weniger interessieren, was dieser Verlierer zu sagen hat!«

Hans zuckte mit den Schultern. »Wie Sie meinen. Sie können es ja zerreißen«, sagte er und ging.

Harry wollte den Brief schon in den Mülleimer werfen, da siegte die Neugier. Vielleicht flehte Ronnie ja verzweifelt, dass er seinen alten Job wiederhaben wollte. Es würde Harry ein großes Vergnügen sein, das zu ignorieren.

Aber Ronnie hatte geschrieben: »Es geht mir langsam besser. Wenn ich einen guten Chef und Freund wie Jake gehabt hätte, wäre es nie so schlimm geworden. Ich freue mich sehr, dass Jakes Restaurant – und nicht etwa Ihres – das einzige im Lake District ist, das sich der Restaurant Club ansehen will. Mit einer solchen Anerkennung wird Jake Ihr Restaurant natürlich in den Schatten stellen, und das ist nur die Hälfte von dem, was Sie verdient haben.«

Harry fluchte fantasievoll. Er wusste nicht, wie Ronnie an diese Information gekommen war, zweifelte jedoch nicht daran, dass es stimmte. Vor Wut wurde er ganz krank. Es ging ihm so schlecht, dass er jemandem wehtun wollte, nur damit der sich genauso fühlte. Dieser jemand musste Jake sein, aber Harry konnte schlecht zu ihm rüberlaufen wie ein trotziges Kind, nur weil Jake etwas hatte, das ihm gehörte. Jakes zufriedener Gesichtsausdruck war das Letzte, was er sehen wollte. Dann erinnerte er sich an die lächerliche Geschichte mit Georgias Höschen. Das war die perfekte Entschuldigung, Jake aufzusuchen und ihn windelweich zu prügeln.

Als Harry hereingestürmt kam, schaute Jake müde auf. Das war nicht fair. Erst Georgia und jetzt Harry. Womit hatte er das verdient?

»Verschwinde, Harry. Ich will dich hier nicht sehen«, sagte er wie von selbst.

Harry stand einfach nur da, die Arme drohend in die Seiten gestemmt. Aber Jake war mittlerweile stinksauer.

»Du siehst aus, als hättest du einen schlimmen Anfall von Verstopfung, aber hier bist du falsch – die Apotheke ist um die Ecke, Kumpel.« Er wusste, dass er Harry nicht auch noch reizen sollte, aber das war ihm egal.

»Du bist wirklich eine erbärmliche Verschwendung von Sauerstoff, du Bastard!«

»Mach dir nichts draus. Ich könnte noch nicht einmal anfangen, dich für voll zu nehmen.«

Das Küchenpersonal drückte sich unbehaglich herum. Jemand musste hier weggeschafft werden oder es würden Dinge zu Bruch gehen. Alle rochen förmlich, wie sich eine Schlägerei anbahnte. In dem Moment steckte ein Mann mit Brille den Kopf durch die Küchentür, aber niemand bemerkte ihn.

Harry starrte Jake verächtlich an, mit einem geringschätzigen Lächeln um die Mundwinkel. Seine Leute würden ihrem Chef schon in einer Minute nicht mehr den gleichen Respekt wie zuvor entgegenbringen. »Ich gehe, sobald du dich dafür entschuldigt hast, in deiner Freizeit an Georgias getragener Unterwäsche zu schnuppern, du trauriger Perversling!«

Es folgte bleierne Stille, während der alle erfolglos versuchten, einen Sinn in Harrys Worte zu bringen. Schließlich wurde das Schweigen von einem verlegenen Räuspern des Mannes mit Brille unterbrochen.

»Scheint gerade ungünstig zu sein. Blair ist mein Name. Ich komme dann später noch mal«, sagte er und eilte aus dem Restaurant.

Jake hatte Mühe, all die Informationen zu verarbeiten, die während der letzten Sekunden auf ihn einprasselten, aber im Wesentlichen bedeutete es doch, dass der Mann, für den er das wichtigste Menü seiner Karriere kochen wollte, soeben Zeuge dieser verrückte Szene geworden war und vielleicht nicht wiederkommen würde. Er wägte kurz ab, ob es klug wäre, Mr Blair mit Höchstgeschwindigkeit durch das Restaurant hinterherzuhechten. Aber der Mann hatte sich wahrscheinlich einen Vorsprung ersprintet. Jake könnte ihn auf dem Parkplatz zu Boden ringen, um zu erklären, dass alles ein fürchterliches Missverständnis sei. Dann würde der

Restaurantkritiker ihn nicht nur für pervers, sondern auch noch für einen Psychopathen halten.

Er wandte sich Harry zu. »Ich dachte immer, du seist dumm, aber jetzt weiß ich, dass du auch noch verrückt bist!«

»Hübsche Worte, aber du bist der mit den sexuellen Minderwertigkeitskomplexen, der die Höschen seiner Ex als Wichsvorlage braucht!«

»Zum letzten Mal! Ich weiß nicht, wovon du Geisteskranker redest!« Jake ballte die Fäuste. Seine Verärgerung wandelte sich in kochende Wut, die durch seine Venen schoss und ihm sagte, er solle eine dieser Fäuste mitten in Harrys kostspielig überkronte Zähne rammen. Aber wenn er damit erst einmal anfing, würde er wahrscheinlich nicht mehr aufhören können. Viel dringender war, herauszufinden, wohin Mr Blair verschwunden war, und dann vor ihm zu Kreuze zu kriechen – und das konnte er schlecht, wenn er wegen Mordes in einer Gefängniszelle saß. Er zwang sich sichtlich zur Beherrschung. Aber das erzürnte Harry nur noch mehr. Mit einem Satz war er bei Jake, packte ihn an den Schultern und holte aus, um Jake eins auf die Nase zu geben.

Aber Jake war schneller und wendiger. Seine Faust landete auf höchst befriedigende Weise auf Harrys Nase. Als das Blut spritzte, erlebte Jake einen Moment hellster Freude. Aber dann dachte er, dass Harry zurückschlagen wird und kräftiger war als er!

Alle standen wie angewurzelt am Fleck. Alle außer Godfrey. Bei der Arbeit mit Schafen musste man schnell sein. Es war erstaunlich, wie gemein sich diese Viecher beim Scheren plötzlich umdrehen konnten. Er bekam Harrys Arm zu fassen, als der gerade dazu ausholte, Jake k.o. zu schlagen. Harry rutschte aus und verlor das Gleichgewicht. Beide

Männer gerieten ins Taumeln und gingen zu Boden. Harry landete auf Jake.

Trotz des Handgemenges und Fluchens konnten alle laut und deutlich das scheußliche Geräusch hören, als Jakes Kopf gegen das Metall des Ofens schlug.

Tess und Kirsty stürzten los und zerrten Harry von Jakes beängstigend reglosem Körper herunter. Er lag auf der Seite, totenbleich und regungslos.

»Oh mein Gott!«, schrie Tess, beugte sich vor und suchte mit zitternder Hand nach Jakes Puls. Ihr Herz schlug so laut, dass es alle anderen Empfindungen zu übertönen schien. Einen schrecklichen Moment lang glaubte sie, Jake sei tot. Aber als sie den Kopf dicht an sein Gesicht hielt, spürte, sie, wie er schwach atmete.

»Rühr ihn nicht an!«, kreischte Kirsty, die mehr Folgen von *Emergency Room* gesehen hatte, als gut für sie war.

»Wir können ihn aber nicht so liegen lassen«, widersprach Godfrey und stürmte auf die Straße, wo die anderen ihn rufen hörten: »Ist hier ein Arzt?«

»Wir müssen ihn zudecken«, sagte Kirsty.

»Warum? Er ist nicht tot – noch nicht«, schluchzte Tess.

»Aber er hat sicher einen Schock. Seine Körpertemperatur wird sinken.«

»Bestimmt nicht. Der Herd ist glühend heiß«, murmelte Tess, deren Gesicht nur Zentimeter von dem Ofen entfernt war. »Jake, Jake! Bitte wach auf!«, wimmerte sie.

Alle hatten Harry ganz vergessen, bis der sich plötzlich regte. Da er auf Jake gelandet war, hatte er sich nicht verletzt. Aber als er den dumpfen Aufschlag hörte, wusste er, dass sie zu weit gegangen waren. Unter anderen Umständen wäre er begeistert gewesen, Jake dauerhaft außer Gefecht zu setzen, aber jetzt lichtete sich der Nebel und plötzlich erschreckten ihn die Bilder, die durch seinen Kopf tanzten –

Bilder, wie er ins Gefängnis ging, weil er seinen Rivalen ermordet hatte.

»Sie bleiben, wo Sie sind – Sie haben genug angerichtet!«, schrie Tess ihn an.

»Ich hole nur mein Handy, um einen Krankenwagen zu rufen«, sagte Harry und bemühte sich, ruhig zu sprechen, obwohl seine Hände zitterten.

Godfrey hatte auf der Straße keinen Arzt finden können, dafür brachte er aber eine sehr alte Dame aus der Bäckerei nebenan mit, die einmal einen Erstehilfekurs absolviert hatte. Sie war begeistert, bei einem solchen Drama mitwirken zu können. »Er darf auf keinen Fall bewegt werden, bis die Sanitäter eintreffen, aber wir müssen die ganze Zeit mit ihm sprechen, damit er nicht ins Koma fällt.«

»Aber was sollen wir denn sagen?«

»Irgendwas.«

Keinem war nach Reden zumute, also schlug Godfrey vor: »Ich lese ihm die Vorbereitungsliste vor.«

Das ist irre, dachte Tess und presste ein Geschirrtuch an Jakes Stirn, um die Blutung zu stoppen, die beängstigend stark war, während Godfrey feierlich vorlas:

»Kartoffeln schälen und würfeln, Möhren waschen und würfeln, Brühe zubereiten«, und immer so weiter. Schließlich juckte es Tess in den Fingern, ihn ebenfalls k.o. zu schlagen. Sie drehte sich um und wollte gerade schreien: »Wo bleibt der verdammte Krankenwagen?«, als Jake sich schwach regte, stöhnte und zu der alten Dame sagte: »Wo bin ich und wer sind Sie?«

Oh Gott, er hatte nicht nur eine Gehirnerschütterung, sondern auch Gedächtnisverlust, dachte Tess. Aber in Anbetracht der letzten Minuten war das vielleicht nicht das Schlechteste.

»Wie lautet Ihr Name? Sagen Sie uns, wer Sie sind.«

Jake blinzelte sie an. Er schien irgendwo zu liegen und alles verschwamm immer wieder vor seinen Augen, wie bei einem kaputten Fernseher. Wer er war? Das schien eine vernünftige Frage zu sein, nur dass er sie nicht beantworten konnte. Eigentlich sollte er das wissen, aber sein Kopf tat weh und etwas Warmes, Klebriges rann über seine Stirn. Das war nicht in Ordnung, oder? Die alte Dame sah nicht aus wie seine Oma, aber außer ihr kannte er keine alten Frauen. Vielleicht hatte sie sich im Himmel einer Verschönerungskur unterzogen. Es wäre unhöflich, ihr zu sagen, dass sie ihm vorher besser gefallen hatte.

»Ich gebe mein Bestes«, sagte er schwach, aber dann musste jemand das Licht ausgeschaltet haben, denn plötzlich wurde es um ihn herum dunkel …

Tess versuchte, ein Schluchzen zu unterdrücken und dachte: »Was soll's? Dieser Moment ist genauso gut wie jeder andere, um aufzugeben.« Ihre Schultern begannen zu zucken und sie wollte sich gerade in einem Anfall von Trauer über den am Boden liegenden Körper werfen, als die Sanitäter eintrafen.

Die waren freundlich und professionell. Tess fand diese medizinische Ausdrucksweise jedoch eher beängstigend als beruhigend. Sie war entschlossen, im Krankenwagen mitzufahren, aber als die alte Dame aufstehen wollte, ging es nicht, wegen ihrer Arthritis. Also nahm der Krankenwagen sie ebenfalls mit und war damit voll. Sie folgten den Sanitätern auf die Straße.

»Fahren Sie uns in Ihrem Wagen hinterher«, riet der Notarzt.

»Er kommt wieder in Ordnung, nicht wahr?«

»Er wird medizinisch bestens versorgt.«

»Das ist keine Antwort!«, schrie Kirsty dem davonfahrenden Krankenwagen nach.

»Ich muss mich übergeben«, murmelte Godfrey und tat es auf der Stelle. Es war nur ein kleiner Trost, dass er direkt auf Harrys 200 Pfund teure Gucci-Slipper kotzte.

Tess stand auf dem Bürgersteig und versuchte, ihre Gedanken zu ordnen. Was würde Jake jetzt von ihr erwarten?

»Also gut. Ich fahre ins Krankenhaus. Ihr bleibt hier und öffnet das Restaurant. Setzt einfache Sachen auf die Karte und lasst alles weg, bei dem ihr nicht sicher seid, es allein hinzubekommen – hast du gehört, Godfrey?«

»Dann bleibt ja nichts mehr übrig.«

»Reiß dich zusammen. Jake wird bald mit heftigen Kopfschmerzen aufwachen und wir wollen es nicht noch verschlimmern, indem wir ihm sagen, das Restaurant sei geschlossen. Kirsty, du rufst alle Hotels in der Umgebung an und machst Mr Blair ausfindig. Sag ihm – ja was eigentlich? Sag ihm, es hätte ein Missverständnis gegeben und Jake würde sich so bald wie möglich bei ihm melden. Guckt mich nicht alle so an – er wird wieder gesund, habt ihr verstanden?«

»Denkst du, wir sollten Kate Bescheid geben?«, fragte Kirsty.

Tess überlegte. »Ich weiß nicht. Tu, was du für richtig hältst.«

Allein im Auto umklammerte Tess das Lenkrad und schloss für einen Moment die Augen. »Lieber Gott, falls es dich gibt – und es ist mir egal, ob du Christ, Jude oder irgendeine New-Age-Göttin bist –, bring das wieder in Ordnung … bitte!«

Sie fuhr los und hatte immer noch das Heulen der Krankenwagensirene im Ohr. Das ist bestimmt Vorschrift beim Krankentransport, auch wenn die Verletzung gar nicht so schlimm ist, versuchte sie sich zu beruhigen. Und bitte, lass ihn in der Notaufnahme sein und nicht auf der Intensivstation, fügte sie hinzu.

Aber Jake war auf der Intensivstation und sie wollten Tess nicht zu ihm lassen. Sie verbrachte zwei Stunden voller Angst und Ungewissheit. Mehrmals holte sie sich Tee, trank ihn jedoch nicht. Stattdessen ging sie so oft im Flur auf und ab, dass sie sich eine Blase lief. Sie las sämtliche Informationsblätter, die an den Wänden hingen, ohne ein einziges Wort zu erfassen, und presste die Lippen so fest aufeinander, dass sie ganz taub wurden. Als sie irgendwann aufschaute und Kate auf sich zukommen sah, war Tess erleichtert. Vielleicht half es ja, diese Qual nicht allein durchstehen zu müssen.

Kate erfasste die Situation mit einem Blick. »Du hast noch nichts gehört, stimmt's?«

Tess schüttelte stumm den Kopf. Kate setzte sich neben sie, ergriff ihre Hand und drückte sie ganz fest. Die Journalistin in ihr hatte viele Fragen: »Was, warum, wer, wann und wo?«, aber sie brachte kein Wort über die Lippen. Als Kirsty sie weinend anrief und zusammenhanglos erzählte, was passiert war, hatte Kate einen Riesenschreck bekommen. Außer »Jake ist bewusstlos und im Krankenhaus«, wurde sie aus dem Chaos nicht schlau. Irgendwann in der Zukunft würde sie für all die roten Ampeln, die sie vorhin überfahren hatte, Abbitte leisten, aber nur, wenn es ihm wieder gut ging und es überhaupt eine Zukunft gab.

»Ist jemand von Ihnen mit Mr Goldman verwandt?«, fragte eine Ärztin.

»Ich bin seine Verlobte«, sagte Kate und warf Tess einen warnenden Blick zu, ja die Klappe zu halten.

»Er hat eine schwere Gehirnerschütterung und musste mit ein paar Stichen genäht werden. Außerdem leidet er an retrograder Amnesie, aber wir gehen davon aus, dass es nur vorübergehend ist.« Die Ärztin lächelte freundlich. »In ein paar Tagen können Sie ihn mit nach Hause nehmen.«

Wortlos fielen sich Kate und Tess in die Arme.

»Können wir ihn sehen?«

»Als seine Verlobte dürfen Sie das, aber nur ein paar Minuten – er ist noch sehr angeschlagen.«

Kate erschrak. »Vielleicht will er mich nicht sehen!« Als die Ärztin sie verwundert anschaute, fuhr sie fort: »Kleiner Streit unter Verliebten.«

»Falls Sie Kate sind, dann will er Sie sehen. Er hat von Ihnen gesprochen.«

»Bestell ihm liebe Grüße«, sagte Tess. »Ich gehe so lang raus und rufe die anderen an.«

Kate schlich auf Zehenspitzen ins Zimmer. Blass und ruhig lag Jake da. Er hatte die Augen geschlossen und auf dem Verband an seinem Kopf war ein Blutfleck. Sie setzte sich zu ihm, nahm seine Hand und starrte sie an. Er sollte nicht aufwachen und sie weinen sehen. Seine Hand war warm und mit Narben übersäht. Sie hatte nie zuvor in ihrem Leben eine so schöne Hand gesehen.

Er regte sich leicht und öffnete die Augen. »Kate«, flüsterte er. »Ich habe von dir geträumt. Was ist passiert? Ich kann mich nicht erinnern«, fuhr er dann fort.

»Keine Sorge. Du bist im Krankenhaus und kommst wieder in Ordnung.«

»Ach so.« Er runzelte die Stirn. »Aber da ist etwas, das ich dir sagen wollte.«

»Ruh dich jetzt aus. Du kannst es mir später sagen.«

»Nein. Es ist wichtig. Ach ja, ich weiß es wieder. Ich liebe dich, Kate.«

»Ich liebe dich auch.«

Er lächelte schwach und schloss die Augen.

Eine der Schwestern trat ein und kam an sein Bett. »Wir

bringen ihn jetzt auf die Station. Danach können Sie wieder zu ihm.«

Irgendwie war Kate froh zu gehen. Trotz der Situation war es ein wunderschöner Augenblick gewesen und sie wollte ihn festhalten, so lange sie konnte. Wahrscheinlich war alles vorbei, sobald Jake sich wieder erinnerte.

Sie war froh, sich als seine Verlobte ausgegeben zu haben, denn nachdem er in einem kleinen Zimmer der Station untergebracht war, entwickelte er sich zum Magneten für die weibliche Krankenhausbelegschaft. Kaum zu glauben, wie viele hübsche, junge Krankenschwestern es für ihre Pflicht hielten, seine Temperatur zu messen oder seinen Puls zu fühlen. Jake hatte Schmerzen, aber die ganze Aufmerksamkeit schien ihn aufzuheitern.

»Sprechen Sie ruhig mit ihm, solange er will, aber überanstrengen Sie ihn nicht«, sagte die Ärztin und strich ihm das Haar aus der Stirn. Überflüssigerweise, wie Kate fand.

Als Jake zwischendurch schlief, kam Tess kurz ins Zimmer und unterhielt sich flüsternd mit Kate. »Sie sind natürlich alle erleichtert, was aber auch bedeutet, dass sie wie üblich alles in den Sand setzen«, zischte sie. Tess hatte nervenaufreibende zehn Minuten mit Kirsty am Telefon verbracht. Keiner von ihnen ahnte, dass Mr Blair zwischenzeitlich in sein Hotel zurückgekehrt war und seinen alten Freund Louis angerufen hatte, um ihn vorwurfsvoll zu fragen, warum der großartige Chefkoch ihn in ein Irrenhaus geschickt hatte, das mit sexuell abartigen Menschen bevölkert war. Louis bekam daraufhin einen seiner berühmten französischen Wutausbrüche, bis seine Frau ihm das Telefon aus der Hand riss.

»Ich verstehe kein Wort. Wieso redest du über Unterwäsche? Louis ist dunkelrot vor Wut – nein, Louis, du bekommst das Telefon nicht zurück – *ich* kläre das jetzt.

Schluss mit dem Unfug. Wir haben dir geraten, im *Cuisine* zu essen, weil Jake ein exquisiter Koch ist und sich euer Club eine Blöße gibt, wenn er das nicht merkt. Außerdem kenne ich diesen jungen Koch seit Jahren. Er ist einer der ehrlichsten, anständigsten und geradlinigsten jungen Männer, die mir je begegnet sind. Louis ist außer sich, dass du denkst, er würde dich nur zum Spaß dahinschicken. Er droht übrigens damit, den 1965er Bordeaux nicht länger zu lagern, den du so schätzt. *Au revoir!*«

Mr Blair rief im Anschluss an dieses Gespräch sofort im *Cuisine* an und reservierte einen Tisch für den gleichen Abend. Dann ging er spazieren, um Appetit zu bekommen, ein paar Kalorien zu verbrennen und um Platz zu schaffen für die paar tausend Kalorien mehr, die er heute Abend zu sich nehmen wollte.

Godfrey hatte die Reservierung entgegengenommen und als Kirsty davon erfuhr, rastete sie aus.

»Aber ich dachte, du würdest dich freuen!«

»Einer der einflussreichsten Menschen in der Kochwelt wird heute Abend hier essen – und unser Chef ist 20 Meilen entfernt im Krankenhaus, du Ochse.«

»Aber es geht ihm doch gut, oder?«

»Ganz wunderbar, abgesehen davon, dass er nicht einmal weiß, welcher Tag heute ist.«

Tess berichtete alles sinngemäß Kate und fügte hinzu: »Kirsty hat wohl versucht, diesen Mr Blair anzurufen und die Reservierung rückgängig zu machen, aber er war ausgegangen und niemand in dem Hotel wusste, wann er zurückkommt. Ich fürchte, wir müssen ins Restaurant fahren und versuchen, es ohne Jake zu schaffen.«

»Du meine Güte! Kann dieser Tag noch schlimmer werden?«

»Ganz sicher sogar, wenn ich nicht hier rauskomme«, erklang eine schwache Stimme aus Richtung Bett. Vorsichtig versuchte Jake, sich aufzurichten. Er war nicht sicher, was die beiden vorhatten, aber für ihn klang es so, als sei die Katastrophe damit vorprogrammiert.

Kate und Tess kreischten »Leg dich sofort wieder hin!«, bis sie merkten, dass sie ihm Kopfschmerzen verursachten. Kate lief aus dem Zimmer. Wo steckten diese verdammten Krankenschwestern, wenn man sie brauchte?

Ein abgespannt aussehender Arzt kam ins Zimmer und wies Jake zurecht: »Sie können auf keinen Fall gehen.«

»Ich kann. Man nennt das *auf eigene Verantwortung entlassen.*«

»Was kann so wichtig sein, dass Sie dieses Risiko eingehen wollen?«

»Das würden Sie nicht verstehen«, sagte Jake, der es selbst nicht genau wusste, aber eher zur Hölle fahren würde, als das dem Arzt gegenüber zuzugeben. Der streckte seine Hand hoch und sah Jake in die Augen. »Wie viele Finger sind das?«

»Drei«, und als er den triumphierenden Blick des Arztes sah, fügte Jake hinzu: »Und der Daumen.«

»Welcher Tag ist heute?«

Der Arzt hatte eine zusammengefaltete Ausgabe des *Guardian* in der Tasche stecken. Jake schielte hemmungslos darauf. »Donnerstag.«

»Und wer ist das?« Der Arzt zeigte auf Kate.

»Das ist die Frau, die ich heiraten werde.«

»Stimmt das?«

Was sollte sie darauf antworten? Es war wohl wieder einer dieser Augenblicke, in denen man besser nicht die Wahrheit sagte.

Sie sah Jake an. Er lächelte ihr zu und hatte einen Ausdruck in den Augen, von dem sie hoffte, dass er nie verschwinden würde. »Ja«, sagte sie. Sobald er sich erinnerte, war sowieso alles vorbei, da konnte sie genauso gut das Beste aus diesem Moment machen.

»Sie können natürlich tun, was Sie wollen, aber Sie müssen ein Formular unterschreiben, dass Sie die volle Verantwortung für Ihr törichtes Verhalten übernehmen.«

»Allerdings!«, erwiderte Jake aufgekratzt. Hoffentlich fiel ihm ein, wie man einen Stift benutzte. Was ein Messer anging, das war eine andere Sache. Das hatte sich ihm eingeprägt wie das Atmen.

»Er wird Kopfschmerzen haben. Aber sollte er anfangen, wirres Zeug zu reden oder sich sonderbar zu benehmen, schaffen Sie ihn auf der Stelle wieder her.«

»Aber wie soll ich den Unterschied zu seinem üblichen Verhalten erkennen?«, fragte Tess trocken.

Einige Schwestern waren erpicht, Jake beim Anziehen zu helfen, aber Kate scheuchte sie weg. »Ich bin sehr gut in der Lage, meinem Freund dabei zu helfen, seine Hose anzuziehen«, blaffte sie. Aber sie war versucht, ein paar Beruhigungsmittel für ihn mitgehen zu lassen. So langsam und leidend, wie er sich bewegte, war er zweifellos nicht in der Lage, nach Hause zu fahren, geschweige denn zu kochen.

»Das ist lächerlich«, sagte sie schließlich, nachdem er sich hinlegen musste, um sich vom Anziehen einer Socke zu erholen. Er war so blass, dass Kate fürchtete, er würde das Bewusstsein verlieren. »Der Arzt hat recht. Du bist nicht in der Verfassung, irgendwo anders hinzugehen als zurück ins Bett.«

Jake sagte nichts, aber sein Gesicht nahm diesen typisch sturen Ausdruck an. »Ich fahre zurück in mein Restaurant, mit oder ohne deine Hilfe.«

»Nur, um das mal festzuhalten: Ich tue das hier gegen besseres Wissen«, murrte sie, während er sich beim Hinausgehen auf sie stützen musste. Tess hielt ihn am anderen Arm und die Krankenschwestern schauten ihnen bedauernd nach. Sie hatten Streichhölzer gezogen, wer ihn vor dem Schlafen waschen durfte.

Im Auto angelangt, schloss Jake die Augen, aber die Welt hörte nicht auf, sich zu drehen.

»An welche Einzelheiten der letzten Wochen kannst du dich noch erinnern?«, fragte Tess.

Er überlegte, aber selbst das bereitete ihm Schmerzen. »Wir hatten eine Überschwemmung und ich habe bei diesem albernen Kochwettbewerb im Fernsehen mitgemacht. Und dann war da noch Geschrei und eine Schlägerei. Was habe ich ausgelassen?«

Tess runzelte die Stirn und sah Kate an. Du bist dran, schien sie zu sagen, aber noch bevor Kate den Mund öffnen konnte, rief Jake: »Sorry, Leute – ich glaube, mir wird schlecht.« Er taumelte aus dem Wagen und übergab sich über den Gully.

Kate wühlte in ihrer Tasche, fand Taschentücher und eine Flasche Wasser, stieg aus und wollte ihm helfen.

»Entschuldige«, stammelte er.

Sie nahm ihn in die Arme. Er zitterte wie Espenlaub.

»Oh, Jake – ich liebe dich so sehr. Du musst dich nicht bei mir entschuldigen, für nichts.«

»Bekomme ich das schriftlich?«

»Warum?«

»Ich muss gestehen, dass ich im Moment ziemlich durcheinander bin. Aber ich bin sicher, dass ich vorhatte, dir bald einen Heiratsantrag zu machen, und es wäre dazu ganz praktisch zu wissen, dass ich mich in Zukunft nie bei dir entschuldigen muss.«

Ein Glücksgefühl durchströmte Kate. »Ich lasse es dich wissen, wenn du mir den Antrag machst.«

»Das werde ich ganz sicher nicht hier tun. Die Leute drüben an der Bushaltestelle halten mich offenbar für sturzbesoffen.«

»Lass uns nach Hause fahren«, sagte Kate glücklich, denn genau das war Jakes Restaurant für sie.

Sie wurden von Godfrey begrüßt, der ihnen stolz erzählte, er hätte das ganze Blut vom Küchenboden aufgewischt.

»Hast du alles desinfiziert?«, wollte Jake wissen.

»Natürlich«, bestätigte Godfrey, entschlossen, das nachzuholen, sobald Jake ihm den Rücken kehrte.

Jake stützte sich auf die Arbeitsplatte und sah sein Team an. »Also, mein Plan sieht so aus. Ich gehe nach oben und lege mich hin, vorausgesetzt einer von euch versucht, Mr Blair zu erreichen. Sollte er den Termin verschieben, umso besser. Falls nicht, komme ich runter und koche dieses Menü.« Er hob die Hand, um Protest im Keim zu ersticken. In seinen Augen schimmerte die Verzweiflung. »Ich weiß, dass ihr mich alle für verrückt haltet und denkt, dass diese Sache das nicht wert sei. Aber das ist sie. Mag sein, dass ihr das nicht versteht, aber ich muss das einfach tun. Ihr seid alle fantastisch und ich wüsste nicht, was ich ohne euch anfangen sollte, aber dieses Essen kann nur ein einziger Mensch kochen, und das bin ich.«

Sie sahen sich an. Schließlich sprach Tess: »Also gut. Du bist total verrückt und wir sind es offenbar auch. Wir ziehen diese Sache durch.«

Jake schaute erst erleichtert, dann misstrauisch.

»Nein, ich gebe dir mein Wort – keine faulen Tricks. Falls dieser Typ heute hierher kommt, holen wir dich«, versprach Tess.

»Vielleicht sollte ich rasch den Kühlschrank durchgehen …«

»NEIN!«, schrien alle wie aus einem Munde.

»Wenn du dich jetzt nicht hinlegst, wirst du nicht einmal in der Lage sein, eine Dose Bohnen aufzuwärmen. Also ehrlich, was ist nur los mit euch Männern? Du gibst ihnen nach und sie wollen immer noch ein bisschen mehr«, beklagte sich Tess.

26. Kapitel

Auf dem Weg zum Berggipfel traf Mr Blair einen alten Freund, der gerade auf dem Weg nach unten war und darauf bestand, ihn mitzunehmen und ihm seine Familie vorzustellen. Da er sich nicht großartig angestrengt hatte, entschied Mr Blair, es genüge, sich im Haus seines Freundes ein bisschen frisch zu machen und direkt von dort aus zum Restaurant zu fahren.

Das wusste natürlich niemand im *Cuisine*, so dass Kirsty mit hingebungsvoller, aber nervender Regelmäßigkeit im Hotel anrief, bis der Rezeptionist die Beherrschung verlor und sagte, sie solle sich zum Teufel scheren. Danach rief sie nur noch jede halbe Stunde an. Aber je später es wurde, desto nervöser wurden alle.

Um sechs Uhr war klar, dass es mit oder ohne Mr Blair ein hektischer Abend werden würde.

»Nur der kleine Tisch für zwei in der Ecke ist noch frei«, sagte Kirsty, als sie vom Telefon zurückkam und entsetzt das Buch mit den Reservierungen durchging.

»Oh Mist. Warum ausgerechnet heute Abend?«

»Das ist das 13. Küchengebot: *Du sollst gar scheußlich beschäftigt sein, wenn deinem Chef der Schädel eingeschlagen wurde*«, sagte Kate.

»Woher weißt du das?«, fragte Godfrey.

»Weil das alle Berufe haben. Bei den Journalisten lautet es: *»Du sollst erst nach dem wichtigsten Interview deiner Karriere merken, dass dein Aufnahmegerät kaputt ist.* Ich gehe Jake wecken, okay?«

Jake hatte nur so getan, als würde er die monstermäßigen Schmerzkiller schlucken, die er vom Krankenhaus mitbekommen hatte. Er war sich sicher, sie würden ihn den ganzen Abend außer Gefecht setzen. Er hatte allerdings nicht wirklich Ruhe gefunden, sondern nur ein bisschen gedöst, unruhig und mit Unterbrechungen. Er hatte wirre Träume gehabt, in denen Kate und er sich heftig wegen eines Zeitungsartikels stritten. Das hatte ihn sehr aufgewühlt und er war froh, wieder aufstehen zu können. Allerdings tat sein Kopf höllisch weh und immer wieder verschwamm alles vor seinen Augen.

Kate klopfte an die Tür und trat ein. »Du bist dir schon darüber im Klaren, dass es mir in den Fingern juckt, dich in eine Zwangsjacke zu stecken und ans Bett zu fesseln?«

»Klingt leicht pervers, aber amüsant. Vielleicht später, ja?«

»Haha!«

»Ich nehme mal an, ihr konntet unseren besonderen Gast nicht erreichen?«

»Godfrey hat sogar die Straßen nach ihm abgesucht. Erfolglos. Er wird heute Abend herkommen, ob es uns passt oder nicht.«

»Mist. Na ja, es könnte schlimmer sein.«

»Wie das?«

»Ich hätte mir die rechte Hand abhacken können. Sogar ich müsste mir ein paar Wochen Zeit nehmen, um zu lernen, Gemüse mit links zu schnippeln.«

Kate ging auf ihn zu und küsste ihn zärtlich auf den Mund. Solange dieser Gedächtnisverlust anhielt, würde sie das Beste daraus machen. »Ich stimme dir völlig zu«, flüsterte sie.

»Verrate es niemandem, aber du bist meine Lieblingskellnerin.«

»Mr Blair wird frühestens in einer Stunde hier sein, also …«

»Ich komme trotzdem gleich mit runter. Ist besser, als hier herumzuliegen und wirres Zeug zu träumen.«

Jake konnte die Angst riechen, noch bevor er die Küche betreten hatte. Sie drang allen aus den Poren, auch wenn ein zufälliger Beobachter lediglich eine Gruppe Leute sehen würde, die sich alle schnell bewegten und effizient arbeiteten. Aber Jake wusste es besser. Ein rascher Blick auf den Tisch mit den Bestellungen verriet ihm, dass seine Leute bergeweise zu tun hatten, und soeben kam Kirsty mit der nächsten Bestellung rein.

»Perfekt, Godfrey – genau so soll diese Vorspeise aussehen.«

»Und warum runzelst du dann die Stirn, Chef?«

»Nur so kann ich vermeiden, dich doppelt zu sehen«, erklärte Jake geduldig und ging langsam zu seiner Arbeitsplatte. Sofort fühlte er sich besser. Er holte tief Luft. Das war sein Platz, das war ihm vertraut – er würde es schaffen.

»Solltest du mittendrin umkippen, sei dir bitte darüber im Klaren, dass wir über dich hinwegsteigen und weiterkochen«, sagte Tess.

»Ich würde nichts anderes erwarten.«

Tess grinste. Sie würde es nicht aussprechen, aber sie war froh, Jake hier zu haben. Zwar zweifelte sie nicht an ihrem Können, aber eine Küche brauchte einen Chefkoch und Jake würde diese Aufgabe sogar verletzt mit Bravour meistern. Während ihre Hände und ein Großteil ihres Verstandes mit der Arbeit vor sich beschäftigt waren, registrierte Tess erleichtert, wie Jake das Kommando übernahm.

Godfrey hatte die Bestellungen durchgesehen und war zu dem Schluss gekommen, dass er nichts davon allein hinbekam. Sein Verstand schien aus Konfetti zu bestehen und als er die Messer vor sich auf der Arbeitsplatte betrachtete, konnte er sich nicht erinnern, wofür man sie benutzte – außer dass er sich mit jedem davon die Kehle durchschneiden könnte.

»Dreimal *Moules marinières* und ein *Caesar Salad*. Setz erst die Muscheln an und reiß den Salat nicht wieder kaputt«, wies Jake ihn an.

Das war zu schaffen, über den Rest würde sich Godfrey später Gedanken machen.

Jake konzentrierte sich darauf, Ruhe und Übersicht auszustrahlen, auch wenn es ihm so vorkam, als hätte sich der Fußboden in Watte verwandelt. Wie ein schlechter Drogentrip, so war diese Gehirnerschütterung. Und dann kam Kirsty in die Küche. »Er ist da«, sagte sie und schoss wieder raus. Wie auf Knopfdruck hatten alle das Gefühl, jeder andere Beruf sei besser als der ihre.

Lass Mr Blair bitte nicht Schnepfe bestellen, dachte Tess, während sie, äußerlich die Ruhe selbst, weiter an dem Menü für fünf Leute kochte.

Ich wette, er bestellt Schnepfe. Das ist das komplizierteste Gericht auf der Karte. Warum habe ich es nur draufgelassen?, fragte sich Jake. Weil es ein fantastisches Essen ist, deshalb, du Trottel, gab er sich selbst die Antwort.

»Also gut, hier ist seine Bestellung: Er nimmt *Gratinée Normandie* und danach Schnepfe. Was habe ich gesagt?«

Jake holte tief Luft, wie ein Taucher, der vorhat, zehn Meter tief in eiskaltes Wasser zu springen und nicht weiß, ob der Grund felsig ist. »Konzentrier dich – du kannst es«, sagte er sich und merkte, dass er laut gesprochen hatte.

»Klar, Chef«, pflichtete Tess ihm bei und bekam erste Zweifel. Jake war fast so blass wie bei seiner Ohnmacht und seine rechte Hand zitterte. Wenn er die Schnepfe zu lange briet, wurde sie so zäh wie Godfreys alte Stiefel und wenn von den sechs Bestandteilen der Sauce nur ein Hauch zu viel oder zu wenig hineingeriet, war sie ruiniert.

Für Jake schien die Zeit stillzustehen. Wenn ich das jetzt in den Sand setze, dachte er ganz ruhig, als hätte er alle Zeit der Welt zum Grübeln, dann bin ich erledigt. Ich habe weder das Geld noch die Mittel, auf eine zweite Chance zu warten. Jetzt geht's um die Wurst.

Er blickte auf und sah, dass ihn alle mit einer Mischung aus Hoffnung, Angst und absolutem Vertrauen anstarrten. Er fragte sich, ob es an der Gehirnerschütterung lag, dass ihm Tränen in die Augen treten wollten. »Ich fange jetzt an«, sagte er einfach nur.

Und genau das tat er.

Lös dich von allem, was jetzt irrelevant ist, sagte er sich. Weg mit diesen wirren Rückblenden, die doch keinen Sinn ergeben. Ignorier das Gefühl, jemand würde dir einen Schraubenzieher in den Kopf rammen. Vergiss die Angst.

Er nahm ein Messer und blickte so lange streng auf seine Hand, bis sie aufhörte zu zittern. Um sich herum hörte er den Lärm seiner Leute, die für die 60 anderen hungrigen Gäste an diesem Abend kochten. Er blendete auch das aus und versuchte, sich in einen Kokon einzuhüllen, um sich zu konzentrieren.

Kate sah die Schweißperlen auf Jakes Stirn. Sein Gesicht war von Schmerzen gezeichnet. Sie konnte den Anblick nicht ertragen, vermied es, in die Küche zu gehen und löcherte stattdessen Kirsty, was da drinnen los sei.

»Geh rein und guck selbst!«

»Aber wenn er sich durch meinen Anblick ausgerechnet jetzt erinnert?«

»Noch ist er auf den Beinen und die Leute an dem Tisch da drüben lechzen nach dem Wein, den sie vor einer halben

Ewigkeit bei dir bestellt haben. Jake hält dich immer noch für eine Kellnerin. Also benimm dich auch wie eine!«

In der Küche hatte die arme Tess das Gefühl, um fünf Jahre zu altern, während sie Jake dabei beobachtete, dieses eine Gericht zu kochen. Wie gern würde sie ihm Hilfe anbieten, wollte ihn aber keinesfalls aus seiner Konzentration reißen. Einen fürchterlichen Moment lang geriet seine Hand ins Stocken, als er die roten Johannisbeeren in die Sauce gab, und Tess hätte fast aufgeschrien. Dann blickte er zu ihr rüber, grinste und arbeitete weiter.

Kirsty wartete schon, um Mr Blairs Teller rauszutragen. Aber bevor sie ihn sich greifen konnte, war Godfrey mit einem Tuch zur Stelle und wischte einen winzigen Soßenklecks am Rand des Tellers weg.

»Verdammt – ist mir echt durchgegangen«, sagte Jake. »Danke.« Und um seine Autorität wiederzuerlangen:

»Ab mit dir – worauf wartest du?«

»Dann hör auf, mich zu hetzen«, fauchte Kirsty zurück. »Ich bin durchaus in der Lage, geradeaus zu gehen, ohne diesen Teller fallen zu lassen – zumindest war das bis heute Abend so.« Sie schnappte sich den Teller, drückte den Rücken durch und marschierte majestätisch los. Das gesamte Küchenpersonal atmete auf.

»Gut gemacht«, sagte Jake zu Godfrey. Er schauderte beim Gedanken an die Konsequenzen, beinahe ein Gericht serviert zu haben, das nicht 100-prozentig perfekt war.

Als Kirsty Mr Blairs Teller nach beendeter Mahlzeit wieder zurück in die Küche brachte, stürzte sich Jake förmlich darauf, obwohl er kurz vor dem Zusammenbruch stand.

»Er hat fast aufgegessen – das ist ein gutes Zeichen, oder? Was hat er gesagt?«

»Er sagte: *Danke.*«

»Hm. Was mag das heißen?«

»Vielen Dank, das war absolut köstlich«, schlug Godfrey hoffnungsvoll vor.

»Vielen Dank – nichts wie raus hier«, befürchtete Jake.

»Vielen Dank, ich wünschte, alle Kellnerinnen wären so scharf wie Sie?«

Alle starrten Kirsty an.

»Ich weiß es doch auch nicht! Was erwartet ihr von mir? Soll ich mir Godfreys Fahrradlampe schnappen, Mr Blair damit ins Gesicht leuchten und ihn verhören?«

Doch Mr Blair blieb und blieb.

Zum Nachtisch aß er Himbeersoufflé und bestellte sich dann noch ein zweites Dessert – in Champagner pochierte Pfirsiche. Jake fluchte laut. War der Kerl einfach nur verfressen oder hatte ihm das erste Dessert nicht geschmeckt und er wollte Jake eine zweite Chance geben?

Mr Blair trank Kaffee und naschte dazu *Petits Fours.* Dann trank er noch mehr Kaffee.

Wollte er denn gar nicht mehr gehen?

»Vielleicht hat er seine Brieftasche vergessen und traut sich nicht, es zu sagen«, mutmaßte Godfrey, der den Fußboden wischte – er wurde dabei genauso nass wie der Boden.

Kate war nun ernsthaft besorgt um Jake. Er sah aus, als würde er jeden Moment umfallen, und sah sich mit glasigem Blick in der Küche um, als hätte er diesen Raum nie zuvor gesehen. Er stützte sich auf die Arbeitsplatte und merkte nicht einmal, dass ein großer Fettfleck die Backofentür zierte. Godfrey wischte einfach um Jake herum. Kate brannte darauf, im Internet nachzuschauen, was passieren konnte, wenn sich Leute mit Gehirnerschütterung weigerten zu ruhen. Aber sie wollte ihn nicht allein lassen.

Jakes Erinnerung schien einen komplizierten Tanz zu vollführen, aber der Rest von ihm kannte die Tanzschritte nicht. Sein Verstand spulte vor und zurück, drehte sich dann im Kreis, bis ihm ganz schwindelig wurde. Bilder sausten an ihm vorbei, aber er konnte sie nicht zuordnen. Er wusste nicht einmal, ob er sie erlebt oder nur geträumt hatte.

Warum signalisierte sein Hirn ihm abwechselnd Liebe und Hass, wenn er an Kate dachte? Hatten sie vielleicht miteinander gestritten? Wenn ja, worüber? Wahrscheinlich eine alberne Kabbelei zwischen Liebenden, nichts, das man nicht beheben konnte. Eines wusste er ganz sicher – Kate und er waren Seelenverwandte. Jetzt hörte er sich schon an wie in einem Liebesroman oder … einem Artikel in der *Klatschpresse* … Plötzlich fiel ihm alles wieder ein …

»Mr Blair fragt, ob du ihm bei einem Drink Gesellschaft leisten würdest. Jake – geht es dir gut?« Er ignorierte Kirsty, runzelte die Stirn, versuchte alles andere auszublenden und sich ganz auf Kate zu konzentrieren. Sie sah ihm an, was los war, und fürchtete sich vor den Konsequenzen. Aber sie lief nicht weg.

»Es fällt dir alles wieder ein, nicht wahr?«

»Leider ja.«

»Mr Blair wird nicht ewig warten.« Kirsty klang besorgt.

»Er wird kaum so flüchtig sein wie Kates Worte. Man glaubt sie zu kennen und tut es doch nicht. Was ist sonst noch anders an dir, als es scheint?«

»Nichts! Das ist lächerlich! Ich mag es nicht, über meine Persönlichkeit zu reden wie über künstliche Brüste!«

»Je mehr ich über Ihr Privatleben erfahre, desto weniger will ich wissen«, sagte Mr Blair, der den Kopf durch die Küchentür steckte. »Es klingt alles ziemlich geschmacklos. Und offen gesagt: Wenn Ihr Essen nicht so ausgezeichnet wäre, würden Sie von mir nur noch eine Staubwolke sehen!«

»Um Himmels willen! Sie haben aber auch Talent, im falschen Moment aufzutauchen und alles misszuverstehen. Das ist alles nicht so, wie es sich anhört. Lassen Sie uns ins

Restaurant gehen.« Jake führte den Kritiker aus der Küche, hielt nur kurz inne, um sich Kate zuzuwenden und zu zischen: »Du wartest hier! Wir sind noch nicht fertig!«

Mr Blair setzte sich, holte tief Luft und bestellte einen großen Brandy.

»Jedes Mal, wenn ich in Ihr Restaurant komme, meine ich, mich an den Set einer geschmacklosen Fernsehshow verirrt zu haben, abgesehen davon, dass Sie offenbar glauben, für eine Arztserie vorzusprechen – so wie Sie aussehen. Verrückt, völlig verrückt, aber das Essen …« Ihm versagten die Worte und in einer Geste der Verzweiflung trank er einen großen Schluck vom besten Cognac des Hauses. Das gab Mr Blair die Kraft, fortzufahren. »Als wäre ich in einem Irrenhaus gelandet, und dennoch wurde mir hier eines der besten Essen meines ganzen Lebens serviert. Wie kann das sein? Und warum?«

»Zunächst einmal denke ich, dass kein ordentlicher Chefkoch ganz bei Verstand ist«, sagte Jake und setzte ein, wie er hoffte, gewinnendes, aber nicht verrücktes Lächeln auf. Am liebsten hätte er diesen Kritiker umarmt, wollte ihn aber nicht in Panik versetzen.

»Ihre Kellnerin, die, mit der Sie ein recht turbulentes Sexualleben zu haben scheinen, erklärte mir ein paar der Umstände dieses für mich so bizarren gastronomischen Erlebnisses. Das mit Ihrer Gehirnerschütterung, meine ich. Ich verspüre nicht den geringsten Wunsch, mehr über diese Unterhosen-Episode zu erfahren, die mir wohl immer ein Rätsel bleiben wird.«

»Offen gesagt, war es das für mich auch – schon bevor ich den Schlag auf den Kopf bekam.«

»Ja, Sie scheinen auch mit anderen Chefköchen turbulente Beziehungen zu pflegen.«

»Keine Ahnung, woran das liegt. Ich wollte immer nur in Ruhe kochen.«

»Ein weises Vorhaben. Ausgezeichneter Brandy übrigens. Ich nehme mal an, Ihr Mentor Louis hat Ihnen das Geheimnis verraten, wo er ihn herhat?«

»Er war so nett, mich einzuweihen.«

»Er hält große Stücke auf Sie.« Mr Blair seufzte traurig. »Leute, die keine Ahnung haben, beneiden mich um diesen Job. Ich weiß nicht warum. Ich musste mehr abscheuliche Mahlzeiten zu mir nehmen als jeder andere, den ich kenne. »Und selbst, wenn ich sie umsonst bekäme, glauben Sie mir, ich *bezahle* dafür.« Er tätschelte sich den Bauch.

»Heute Abend wollte ich nichts lieber als mit einem Käsebrot in der Hand auf einem einsamen Felsen sitzen und dem Sonnenuntergang zuschauen. Ich halte Sie immer noch für total übergeschnappt, aber ich bin froh, hergekommen zu sein. Jetzt hatte ich zwar nicht diese Aussicht, aber das Essen hat mich dafür mehr als entschädigt. Normalerweise müssen sich die Restaurants immer etwas gedulden, bevor ich sie mein Urteil wissen lasse. Einmal habe ich ein, wie ich fand, anständiges Mahl zu mir genommen – und wurde noch am gleichen Abend mit einer Lebensmittelvergiftung ins Krankenhaus eingeliefert.

Aber Genie ist unverkennbar und Sie haben einen ruhigen Schlaf nötig. Es gibt nichts abzuwägen. Ich kann Ihnen mitteilen, dass der Club Ihnen diesen Preis überreichen wird. Und ich hoffe, es wird der erste von vielen sein in einer – falls Ihr Privatleben das zulässt – langen und erfolgreichen Karriere.«

»Wow«, sagte Jake leise. Es war ein langer und harter Weg bis hierher gewesen, und er wusste plötzlich, warum die Leute heulten, wenn sie den Oscar bekamen. Er hätte sich am liebsten gekniffen, um sicherzugehen, dass er nicht nur wegen seiner Gehirnerschütterung halluzinierte.

Mr Blair trank den letzten Rest seines Brandys, blickte

verlangend auf die Flasche, schüttelte dann aber den Kopf und erhob sich. »Ich sollte jetzt gehen. Es war ein anstrengender und verwirrender Tag. Wird gut tun, wieder in London zu sein, wo die Küchenchefs einfach nur normale Wutausbrüche haben. Aber ich werde wieder herkommen. Ich gratuliere Ihnen, junger Mann.«

Er schüttelte Jake die Hand. Als Jake sich umdrehte, sah er, dass sämtliche Nasen sich gegen das Fenster der Küchentür pressten.

»Sie haben eine treue Mannschaft. Auf Wiedersehen.«

Sobald der Kritiker verschwunden war, kamen alle hereingestürmt, jubelten und klopften Jake auf den Rücken – vorsichtig natürlich, damit sie ihn nicht aus dem Gleichgewicht warfen.

»Ihr habt die Küchentür total beschmiert. Ich erwarte, dass einer von euch sie morgen früh als Erstes auf Hochglanz bringt«, grummelte er, aber er strahlte derartig übers ganze Gesicht, dass er dachte, es würde zerspringen.

»Bedeutet dieser Preis, dass du jetzt reich und berühmt wirst?«, fragte Kirsty.

»Ich hoffe nicht!«

Sie machte ein langes Gesicht.

»Leute, die wichtig sind, die sich mit Essen auskennen und eine Leidenschaft dafür hegen, werden herkommen und unsere Gerichte probieren wollen. Wenn wir also weiter hart arbeiten und nicht zu viel in den Sand setzen, könnte dieses Restaurant ganz erfolgreich werden.«

»Dann bist du jetzt deine Sorgen los«, beharrte Kirsty, die auf Happy Ends stand.

Jake sah seine Mannschaft an: Hans, der im Hinterhof einen Joint geraucht hatte, der sich als stärker als beabsichtigt entpuppte, so dass Hans jetzt glaubte, alles würde nach Sorbet riechen. Kirsty, die ein bisschen schmollte, weil sie wieder ins Fernsehen wollte – jetzt, wo sie doch schon mal aufgetreten war. Tess, die gerade mit Angelica telefonierte und sagte: »Es ist mir egal, ob du die Nummer vom Kindernotruf kennst, du wirst nicht in deinem Pyjama herkommen, um Jake einen Kuss zu geben.« Godfrey, der sich nachdenklich am Kopf kratzte und am Handy versuchte, seine Freunde zusammenzutrommeln, um ein paar Flaschen Champagner aufzumachen.

»Zur Hölle, nein. Mit euch Truppe haben meine Sorgen doch gerade erst angefangen.«

Das sagte er leicht geistesabwesend, denn er schaute nun Kate an, die allein in der Ecke stand. Sie sah ihn mit einer Mischung aus Liebe und Angst an.

Jake liebte seine Mannschaft. Aber er wünschte, sie würden jetzt alle nach Hause gehen. Er wollte mit Kate allein reden. Bevor er das jedoch sagen konnte, klingelte das Telefon. Jake ging selbst ran.

»Wer auch immer Sie sind, wir haben geschlossen. Ach du bist es, Louis. Wie schön, dass du anrufst … Ja, heute Abend … ein oder zwei kleine Probleme … ergibt auch für mich nicht alles Sinn … Danke, von dir bedeutet mir das sehr viel … doch, hast du – du hast an mich geglaubt, als sich alle einen Dreck um mich scherten.«

»Mit wem spricht er da? Das ist ja fast so kompliziert wie Kirstys Geschichten«, sagte Godfrey.

»Ich glaube, die ganze Welt ist verrückt geworden«, meinte Hans.

»Haltet die Klappe«, fuhr Tess sie an, die aufmerksam zuhörte.

»Was für eine Idee … ich verstehe … du meine Güte, ich weiß nicht, was ich sagen soll. Das habe ich im Leben nicht erwartet … und alles an einem Tag … natürlich werde ich drüber schlafen … und Louis, danke. Ich fühle mich wirklich geehrt.« Er legte auf. »Sonst regnet es nie Lob und jetzt schüttet es aus allen Kübeln.«

»Nett von ihm, anzurufen, um dir zu gratulieren. Was hat er sonst noch gesagt?«, wollte Tess wissen.

»Machst du eigentlich auch mal Pause vom Clevere-Fragen-Stellen?«, fragte Jake trocken.

»Nein. Ich wünschte, ich könnte. Aber nie ist der richtige Zeitpunkt.«

Godfrey blickte verständnislos von einem zum anderen. »Ich habe ja kein Problem damit, zuzugeben, dass ich schwer von Begriff bin. Würde mir mal jemand erklären, was los ist?«

Jake seufzte. »Das war Louis. Ich hatte in London für ihn gearbeitet. Er rief an, um mir zu gratulieren. Und … um mir anzubieten, sein Geschäftspartner zu werden.«

»In London?«

»Ja, Godfrey.«

Niemand wagte es, Kate anzusehen, nicht einmal Jake, wie ihr auffiel.

27. Kapitel

Kurz darauf gingen alle. Keiner wusste so richtig, was er sagen sollte. Natürlich waren Glückwünsche angebracht, aber da diese frohe Botschaft sie vielleicht alle arbeitslos machen würde, wollte keiner von ihnen heucheln.

»Wie geht es jetzt weiter?«, fragte Godfrey draußen.

»Für was hältst du mich? Ein weissagendes Orakel?«, zischte Tess.

»Ich glaube – sorry, Kate –, er wird das Angebot dieses Typen annehmen«, sagte Kirsty.

Alle sahen Kate an. »Ja, das denke ich auch«, stimmte sie betreten zu. »Diesem Typen, wie ihr ihn nennt, gehört eines der Top-Restaurants von London. Dort gehen die Chefköche an ihrem freien Abend essen. Gordon Ramsay hat seinen Geburtstag da gefeiert. Das ist wohl die Chance seines Lebens und katapultiert Jakes Karriere ganz nach oben. Das kann er unmöglich ablehnen wegen – wegen einer Frau, die ihn belogen hat und einem kleinen Nest wie Easedale.«

»Mistkerl. Sorry, Kate. Ich suche wohl besser meinen Lebenslauf raus, wenn ich nach Hause komme«, murrte Godfrey und trottete mit hängendem Kopf davon. Die anderen hatten ihn noch nie so niedergeschlagen gesehen.

Kate fuhr schnell los, ohne sich umzudrehen. Wurde wohl Zeit, Lebewohl zu sagen und sich von dem Restaurant zu lösen. Vom *Cuisine.* Und vielleicht würde Jake ihr mit der Zeit vergeben. Wenn sie beide zu ihrem eigenen Leben zurückgekehrt waren.

Als sie in ihre kalte und leere Wohnung kam, war sie immer noch viel zu aufgedreht, um schlafen zu können. Sie schnappte sich das Telefon.

»Nein, Süße, ist schon gut – Jim kann kurz warten, nicht wahr, Honey?«, sagte Lydia.

»Entschuldige! Ich hatte für einen Moment vergessen, dass du auch einen Freund hast.« Zu Kates größtem Entsetzen kam jetzt auch noch Jim an den Apparat.

»Nimm dir so viel Zeit mit Lydia, wie du willst – ich kann eine Pause vertragen!«

»Das ist mehr, als ich wissen will«, antwortete Kate unfreundlich. Sie war wütend auf sich, weil sie tatsächlich das Gift der Eifersucht spürte. Lydia und Jim hatten es richtig gemacht und wirkten glücklich. Das hätte sie auch haben können, wenn sie ehrlich gewesen wäre.

Lydia kam an den Apparat zurück und Kate lieferte ihr eine kurze Zusammenfassung der Ereignisse.

»Du hattest ja einen mächtig turbulenten Tag. Er hat also diesen Preis – und du eine Wahnsinns-Story.«

»Ja. Und doch fühlt es sich an, als hätte ich nichts.«

»Du klingst echt deprimiert.«

»Ach, ich werde schon darüber wegkommen!« Kate strengte sich an, fröhlich zu klingen. Sie wollte nicht, dass Lydia vorbeikam, was sie womöglich tun würde. »Hör zu, du bist beschäftigt und ich muss eine Story schreiben. Viel Spaß noch, wir reden bald wieder!« Sie legte auf. Wie lautete ihr Motto: Wenn alles den Bach runtergeht, bleibt immer noch die Arbeit. Sie bezweifelte, dass es sie dieses Mal trösten würde, aber einen Versuch war es wert.

Jake stand im Restaurant und konnte sich nicht erinnern, sich von irgendjemandem verabschiedet zu haben. Von einer Minute auf die andere waren alle plötzlich weg und er blieb allein zurück. Er machte seinem Team keinen Vorwurf. Das war eine ziemliche Bombe, die er da am Ende dieses chaotischen Tages hochgehen ließ. Ohne nachzudenken griff er zum Telefon, um Kate anzurufen. Er musste mit ihr reden. Wie konnte sie es wagen, einfach so wegzulaufen? Er zögerte, dann zog er die Hand wieder zurück. Wo genau sollten sie anfangen? Er musste erst ein paar Dinge in seinem Kopf klar bekommen, bevor er mit irgendjemandem ein vernünftiges Gespräch führen konnte. Jake schnappte sich ein paar Kissen von den Stühlen im Gastraum und setzte sich dort auf den Teppich. Es kam nicht infrage, nach oben zu gehen. Er musste hier nachdenken, in seinem Restaurant. Hier spielte sich sein Leben ab. Er schaute sich um, fühlte sich wohl in dieser vertrauten Umgebung. Dank der unermüdlichen Aufräumarbeiten nach der Überschwemmung kannte er jeden Zentimeter hier drinnen, als wäre es seine Geliebte. Und er liebte es. Das hier war sein Platz, und diese Leute, das waren seine Leute.

Aber ihm war ein Angebot unterbreitet worden, dessen Tragweite ihn schwindelig machte. Nur ein Schwachsinniger würde das Angebot ausschlagen, mit einem der führenden Küchenchefs des Landes eine Kooperation einzugehen. Als würde man im Himmel kochen, ohne vorher die Mühsal des Sterbens auf sich zu nehmen. Mit einem Schlag wären all seine Sorgen ausgelöscht. Wahrscheinlich würde sein Foto wieder im *Heat*-Magazin erscheinen. Sogar Georgia würde ihn zurückhaben wollen und, was viel wichtiger war, er würde nie mehr mit Harry die Klingen kreuzen müssen. Er schloss die Augen, um diese selige Vorstellung auszukosten. Jake stellte sich seinen vollgepackten Wagen vor, bereit zur Abfahrt. Er saß am Steuer und rief jubelnd: »Ich bin weg! Das war's! Ich muss Harry niemals wiedersehen!«

Aber dann hämmerte Harry an die Scheibe. Er rief etwas … »Jake! Jake!«

Jake war mit einem Schlag wach. Was für Kopfschmerzen – war sein erster Gedanke. Sein zweiter – warum schreit Harry mich an?

Er blinzelte. Es war früh am Morgen und er träumte nicht. Harry stand draußen vor dem Fenster, klopfte und rief. Für seine Verhältnisse sah er richtig besorgt aus. Jake stand langsam auf – der Fußboden war nicht der beste Platz zum Schlafen gewesen. Aber er grinste. Harry musste ihn durchs Fenster gesehen und gedacht haben, er wäre zusammengebrochen oder sogar tot. Hoffentlich hatte Harry auch Albträume – schreckliche, in denen er wegen Totschlags ins Gefängnis kam.

»Schon gut – ich lebe noch«, murmelte Jake auf dem Weg

zur Tür und öffnete. »Was willst du? Mir hoffentlich nicht noch eins überbraten?«

»Sei nicht albern. Ich wollte sehen, wie es dir geht. Gestern ist alles ein bisschen aus dem Ruder gelaufen – war ziemliches Pech.«

»Ist das deine Vorstellung von einer Entschuldigung?«, fragte Jake mit eisiger Stimme. »Falls dem so ist, musst du dich schon mehr anstrengen, um eine schwache Chance zu haben, dass ich dir glaube. Spar dir das – von nun an werde ich dir nie wieder ein Wort glauben. Das spart eine Menge Zeit.«

»Ich wollte dir bestimmt nicht dauerhaft schaden«, sagte Harry heuchlerisch. Einen unangenehmen Moment lang hatte er gedacht, Jake sei tot, und es war schwierig, das zu vergessen. »Ich gebe ja zu, dass ich die Beherrschung verloren habe, aber aus gutem Grund. Georgia und ich sind jetzt zusammen und nichts, was du tust, wird daran etwas ändern.«

»Meine Güte – du bist echt dämlich! Hör mir jetzt genau zu, du Trottel, denn ich sage es nur einmal. So sehr das auch ihrem Ego zusetzen wird – aber seit der Trennung habe ich keinen einzigen Gedanken mehr an Georgia verschwendet. Ich habe keinen blassen Schimmer, was sich dein krankes Hirn ausgedacht hat. Was ihr mir auch unterstellt, ich kann dir versichern, dass es falsch ist. Du kannst Georgia haben. Mit dem größten Vergnügen. Sie ist nämlich definitiv die letzte Freundin, die du mir ausspannst.«

»Ich werde Georgia heiraten!«, erklärte Harry selbstsicher. »Der große Fisch ist *mir* ins Netz gegangen. Sie war dir immer um Klassen überlegen.«

»Wie auch immer. Wie bekomme ich das nur in dein Hirn? – ES IST MIR EGAL.«

»Komm ja nicht und schnüffle beim Hochzeitsempfang herum.«

Jake konnte nicht widerstehen. »Harry, mir wurde gerade eine Partnerschaft mit Louis Challon in London angeboten. Ich habe Besseres zu tun, als deine Hochzeit zu boykottieren!«

Jake war nicht rachsüchtig, aber die nächsten Sekunden waren für ihn ein großer Genuss. Harrys Gesicht war ein Bild des Entsetzens und Neids. Er versuchte, seine Entrüstung zu vertuschen, aber es war zu spät. Jake sah amüsiert zu, wie sich Harry langsam von dem schweren Schlag erholte. Er war außer sich und versuchte, dagegen anzukämpfen, aber er wurde von Bildern heimgesucht, wie Jake dem Erfolg entgegenfuhr und ihn zurückließ. Er würde vergessen werden. Ihre Fehde würde im Sande verlaufen, weil Jake Besseres zu tun hatte. Einfach unvorstellbar!

Harry kam sich vor, als würde er im Treibsand zappeln und auf der Suche nach festem Boden um sich treten. »Dann willkommen zurück im Lärm und Dreck der Großstadt!« Er atmete die frische Morgenluft tief ein, um seine Worte zu untermauern, wusste aber selbst, dass das ein armseliges Argument war. »Lass uns den Tatsachen ins Auge sehen, Jake«, fuhr er freundlich fort. »Du hast versucht, aus dem Stadtjungen einen Burschen vom Land zu machen. Aber das hat nicht funktioniert. Gib es ruhig zu, du hast dich hier nie richtig zu Hause gefühlt. Du verstehst unsere Lebensart nicht. Du hast versucht, sie zu imitieren, aber sie hat dir nie zu Gesicht gestanden. Dein Leben hier war immer ein Kampf. Große Ideen, aber nicht genug Mittel und Talent, um sie auszuführen.«

Harry schaute hoch und Jake folgte seinem Blick – verdammt, diese Fensterrahmen brauchten schon wieder einen Anstrich. Aber wahrscheinlich war das ja gar nicht mehr sein Problem. Jemand anderes würde das Restaurant übernehmen und sie bestimmt wieder kotzgrün streichen. Sollte ihm das nicht egal sein?

Harry fuhr selbstbewusster fort, denn er spürte, dass seine Worte gesessen hatten. »Ich weiß, wie schwer es dir gefallen ist, dich hier einzuleben und Freunde zu gewinnen. In der Stadt ist das so viel leichter, wo – lass es uns aussprechen – alles viel oberflächlicher ist.«

»Lass mich wissen, wenn du fertig bist, diesen Müll zu produzieren!«, fauchte Jake wütend. »Wenn du einmal in Schwung kommst, redest du nur Stuss. Ich gehöre hier mittlerweile genauso dazu wie du. Meine Angestellten stammen alle von hier, ebenso wie die meisten Gäste, sogar die, die nicht meine Ansichten über die Fuchsjagd teilen. Ich habe zum Beispiel die stehende Einladung, jederzeit zum Tee bei den Tomlinsons vorbeizuschauen. Mir gefällt es in Easedale und die Leute mögen mich!« Abgesehen von dem schrecklichen Trommeln in seinem Kopf hatte er nie klarer gesehen. Eigentlich musste er Harry dankbar sein. Durch ihn erkannte Jake, was ihm wichtig war. Mehr noch. Er verstand plötzlich, woran sein Herz wirklich hing.

»Hör mir zu, du Blödmann!« Jake grinste. Allmählich bekam er Spaß an der Sache. »Hier ist jetzt ebenso meine Heimat wie deine, verzieh dich also und mach mir Platz! Ich werde nirgendwo hingehen. Du wirst jeden Morgen zur Arbeit gehen und wissen, dass es hier im Ort ein prämiertes Restaurant gibt, das dir die anspruchsvollsten Gäste wegschnappt und die fantasievollsten Menüs auf der Karte hat.«

»Ha! Ein paar hochgestochene Gerichte auf die Karte setzen und sie nie wieder ändern! Du ahnst ja nicht, was ich für den Herbst geplant habe. Ich verrate dir nur eines – es wird dein Restaurant vernichtend schlagen!«, tobte Harry. Bisher hatte er noch gar nichts geplant, war aber sicher, dass ihm schon etwas einfallen würde.

Jake gähnte gespielt.

»Du bist wirklich zu alt, um noch an Märchen zu glauben.

Aber da ich heute Morgen in so guter Stimmung bin, will ich dir etwas mit auf den Weg geben: Du wirst nie wieder Angst haben müssen, ich sei in deinem Rücken. Ich bin nämlich vor dir – wahrscheinlich so weit, dass du mich gar nicht mehr siehst!« Er schlug die Tür zu und ließ Harry draußen stehen, der vor Wut zitterte.

Jake lehnte sich innen gegen die Tür und lächelte. Trotz der Kopfschmerzen fühlte er sich plötzlich zuversichtlich und stark. Was er da gerade gesagt hatte, gefiel ihm. Er wiederholte es noch einmal, um sich damit vertraut zu machen. »Das ist mein Zuhause. Hier gehöre ich hin.« Und weil er immer Realist blieb, fügte er hinzu: »Wenn es sein muss, werde ich mich den Schwierigkeiten stellen. Und die wird es geben, zweifellos, weil Harry hier ist. Das ist hart. Für Harry.«

Was stand er also hier herum? Es gab viel zu tun, Telefonate zu führen und Fensterrahmen zu streichen. Aber zuerst hatte er etwas mit Kate auszudiskutieren. Es gab Dinge, die mussten gesagt werden. Das würde wahrscheinlich alles verändern und die Konsequenzen würde er tragen müssen. Er zuckte mit den Schultern. Heute war der Tag der schweren Entscheidungen.

Als Kate das Restaurant betrat, war sie ziemlich nervös. Jake hatte am Telefon schroff geklungen, als er sie bat, vorbeizukommen. Das ließ nichts Gutes ahnen. Sie würde ihm gestatten, Dampf abzulassen, und dann selbst auch ein paar Takte sagen. Keinesfalls würde sie ihn einfach so aus ihrem Leben verschwinden lassen.

Er saß in seinem Büro wie an dem Tag, als sie verkatert nach der Stelle gefragt hatte. Das schien Ewigkeiten her zu sein. So viel war seither geschehen. Was auch passierte, sie musste ihm sagen, dass das Zusammensein mit ihm sie für immer verändert hatte und dass sie keine Sekunde bereute.

Sie holte tief Luft und trat ein.

»Und – wer bist du heute?«

»Jake, bitte hör mir zu …«

»Nein, erst rede ich. Ich muss dir sagen, wie schrecklich es sich anfühlt, ausgerechnet von dir belogen zu werden. Weißt du – ich habe mich in dich verliebt. Das hört sich jetzt fürchterlich abgedroschen an, aber ich fühlte mich dir in einer Weise verbunden, wie nie jemandem zuvor. Das macht diese Lügerei umso schlimmer.«

»Ich weiß. Es gibt kein Schimpfwort, das ich mir nicht schon selbst an den Kopf geworfen habe. Das war alles nicht so geplant. Ich habe mich auch in dich verliebt. Sieh mich an, Jake. Ich kann auf tausend Arten sagen, dass es mir leidtut – du weißt, dass ich mit Worten verdammt gut umgehen kann. Aber siehst du nicht viel eher meinem Gesicht an, dass ich die Wahrheit sage?«

Er schaute sie an. Sie sah fürchterlich aus. Das Haar wirr, die Nase gerötet, die Wangen vom vielen Weinen fleckig. Aber es waren ihre Augen, die ihn anzogen.

»Wenigstens«, sie zögerte, »weiß ich, dass ich kein Recht habe, dich um etwas zu bitten, aber was auch immer du mir noch sagen willst – bitte lies zuerst das hier.« Sie reichte ihm einen Stapel Papier. »Das ist der Artikel, der nächste Woche in der *Easedale Gazette* erscheinen wird.« Sie holte tief Luft. »Es ist nicht das, was ich ursprünglich schreiben wollte. Aber so spielt das wahre Leben eben nicht – es verläuft nicht ständig nach Plan. Manchmal geht alles daneben und man muss sehen, wie man wieder klarkommt. Und noch etwas: Ich hätte diesen Artikel auch geschrieben, wenn ich mich nicht so unsterblich in dich verliebt hätte. Bitte. Du musst ihn lesen. Wenigstens diese Bitte musst du mir gewähren.«

Er nahm missmutig den Artikel und las laut vor:

»21 Narben hat Chefkoch Jake Goldman an seinem rechten

Arm. Das weiß ich, weil ich sie gezählt habe. Manche verblassen bereits, aber andere sind so tief, dass sie für immer auf seiner Haut bleiben werden, stumme Zeugen seiner Besessenheit von kulinarischer Perfektion. Vergessen Sie, was Sie über Köche wissen oder zu wissen glauben. Denn so sieht die Wahrheit aus.«

Sie beobachtete ihn beim Lesen und nagte nervös an ihrer Unterlippe. Es war höchst ärgerlich, wie gut er darin war, diese ungerührte Miene aufzusetzen. Aber dann zuckten seine Mundwinkel ganz leicht.

»So schlimm war deine erste Schicht hier doch nicht wirklich?«

»Schlimmer. Aber das hätten manche der Leser nicht geglaubt.«

»Ich dachte, ich käme in ein Feinschmeckerparadies. Für die Gäste trifft das auch zu, aber für Angestellte sollte man ein Schild über der Tür anbringen: Mitarbeiter – gebt die Hoffnung zu leben auf, alle die ihr hier eintretet.«

Es war schlimmer gewesen als ihr erster Tag als Volontärin, an dem sie zusah, wie der Redakteur erbarmungslos mit einem Rotstift durch ihren Text fuhr, schärfer als mit einem Messer. Oh nein, Jake runzelte die Stirn – warum tat er das? Hatte sie etwas Falsches geschrieben?

»Stimmt das? Der Lieferant hat die Hummer einfach draußen vor der Tür abgestellt? Dem drehe ich den Hals um. Wie oft ist das vorgekommen?«

»Nur einmal«, versicherte sie ihm. Ein wenig besänftigt wandte er sich wieder dem Artikel zu.

»Oh ja, diese Überschwemmung war wirklich schlimm. Aber seither ist so viel passiert.« Er las weiter.

»Du wirkst schon wieder ärgerlich! Warum? Welcher Teil gefällt dir nicht?«

»Ich schaue so, weil du völlig recht hast, was die Teamarbeit angeht, und dass nicht nur dem Chefkoch das Lob gebührt! Es ist höchste Zeit, dass wir uns für die Leute stark machen, die hinter uns stehen, wie du schreibst.«

Er las weiter.

»*Chefköche sind besessen, so wie Sportler oder Künstler. Sie haben eine Vision, werden aber auch gejagt von der Angst des Scheiterns. Erfolg zu haben bedeutet bei ihnen etwas anderes, als bei* Pop Idol *zu gewinnen, indem man ein paar Songs trällert, die jemand anderer geschrieben hat. Kochen ist mit Blut und Schweiß verbunden und der Warnung, die jedem Chefkoch beständig im Ohr klingt:* Heute hast du es zwar geschafft, aber morgen setzt du es vielleicht in den Sand.«

Kate beobachtete ihn und kaute an einem ihrer Fingernägel, bis fast nichts mehr davon übrig war. Schließlich hatte Jake zu Ende gelesen. Er legte die Blätter auf den Tisch und rückte sie ordentlich zurecht, bis sie exakt mit der Tischkante abschlossen. Kate hatte den Eindruck, dass er ihr nicht in die Augen sehen konnte. Er fand ihren Text also fürchterlich.

»Du schreibst sehr gut«, sagte er mit einer Prise Überraschung in der Stimme. »Das ist wirklich erleichternd, denn«, er brach ab und suchte offenbar nach den richtigen Worten, »als Kellnerin bist du nicht gerade herausragend.«

»Nein«, stimmte sie zu.

»Du hast nie den Dreh rausgekriegt, mehr als zwei Teller auf einmal zu tragen, stimmt's?«

»Nun ja, nein.«

»Um ehrlich zu sein, hast du manchmal sogar Schwierigkeiten mit zweien.«

»Jetzt komm schon – das ist nicht fair!«

»Ich meine, ohne den Daumen in die Soße zu tunken!«

»Na gut, so gesehen …«

Er fuhr gnadenlos fort.

»Und du bist zu redselig.«

»Inwiefern?«

»Angefangen mit deinen ganz privaten Gedanken, Sachen wie: *Verdammt, schon wieder eine Laufmasche im Strumpf.* Nicht unbedingt etwas, was man von einer Kellnerin hören will, die einem gerade das Essen serviert.«

»Ach ja, das hatte ich ganz vergessen.«

»Und ich glaube, jeder draußen auf der Straße hat deinen üblen Kommentar gehört, nachdem du die *Pommes dauphinoises* angefasst hattest.«

»Die waren verdammt heiß!«

»Weil sie gerade aus dem Scheiß-Ofen kamen, deshalb! Eine Tatsache, der du durchaus auf die Schliche gekommen wärst, wenn du mir zugehört hättest, als ich sagte: *Das Essen ist heiß. Es kommt gerade aus dem Ofen.*«

»Ja, weißt du, Kirsty erzählte mir gerade eine ihrer einschläfernden Geschichten und …«

»Mit all dem im Hinterkopf ist es gut zu wissen, dass du wenigstens diesen anderen Job auf die Reihe bekommst.«

Natürlich. Er würde sie bald verlassen.

»Du siehst also – ach, nur ganz nebenbei, ich werde nirgendwo hingehen, sondern hierbleiben –, dass ich dich feuern muss.«

»Ja, das verstehe ich.« Nein, tat sie nicht.

»Mir ist klar geworden, dass ich keine Beziehung mit einer meiner Kellnerinnen haben kann – das ist weder gut für die Küchenmoral noch für dich, wenn ich dich ständig anschnauze. Aber wenn ich eine Beziehung mit einer talentierten Journalistin haben könnte, die in meiner Küche für mich Frühstück macht, bevor sie zur Arbeit geht –«

»Das bedeutet, noch einmal von vorne anzufangen?«

»Nein«, widersprach Jake langsam. »Das können wir nicht und ich will es auch gar nicht. In einer guten Beziehung kann man manche Dinge nicht einfach aussortieren und wegschmeißen, so wie man es beim Kochen manchmal tun muss. Es geht vielmehr darum, genau diese Dinge zu überstehen. Ich bin froh, dass uns das gelungen ist. Wir kennen uns jetzt umso besser und ich habe nie aufgehört, dich zu lieben – auch nicht, als ich furchtbar wütend auf dich war.«

Kate ging zu ihm und setzte sich auf seinen Schoß, so dass sie ihm ins Gesicht sehen konnte. Sie war so gerührt, dass ihr zum ersten Mal die Worte fehlten. Aber sie wusste, dass Jake der einzige Mann auf der Welt war, der sie dazu bringen konnte. Dafür küsste sie ihn.

Als sie beide wieder zu Atem gekommen waren, schaffte Kate zu sagen: »Unseren ersten Krach haben wir wohl überstanden.«

»Ja. Aber es wird vermutlich noch mehr davon geben«, antwortete Jake und schien ganz angetan von der Vorstellung. »Ich sollte dich vorwarnen, dass ich dich irgendwann vor der Mittagsschicht bitten werde, mich zu heiraten. Wir bringen die Zeremonie dann vor dem Abendessen über die Bühne, so dass sie nicht mit dem Restaurantbetrieb kollidiert. Einverstanden?«

»Klingt wunderbar – vorausgesetzt, ich bin nicht gerade an einer Story dran. Wo verbringen wir die Flitterwochen? An der Spüle, während wir abwaschen? Nein, küss mich nicht schon wieder, dann kann ich nicht klar denken.«

»Wen interessiert's? Mir kommt gerade eine schreckliche Idee! Harry und Georgia werden ebenfalls heiraten – die werden sicher keine Doppelhochzeit wollen, oder?«

Kate prustete vor Lachen. »Nein, aber bestimmt kommen sie mit ihren Fotos vorbei, um zu zeigen, wie viel glamouröser es bei ihnen zuging.«

»Die beiden passen perfekt zusammen«, sagte Jake glücklich. »Dreh dich jetzt nicht um, aber man beobachtet uns.«

Kate wirbelte herum und sah gerade noch mehrere Köpfe hinter der Bürotür verschwinden.

»Ihr müsst noch um einiges schneller werden, jetzt, wo wir ein preisgekröntes Restaurant sind«, grummelte Jake.

»Heißt das, wir bekommen eine Gehaltserhöhung?« Godfrey hob hoffnungsvoll den Kopf.

»Wie lustig! Vermutlich können wir wie immer froh sein, unser Geld überhaupt zu bekommen.« Tess grinste.

»Das ist ja so romantisch, euch beide da sitzen zu sehen. Das erinnert mich an einen Film, den ich damals mit meinem Freund gesehen habe. Oder war es mit meiner Oma? Nein – es war …«

»Haltet die Klappe, alle miteinander. Seht ihr nicht, dass ich beschäftigt bin?«, schimpfte Jake.

»Wir hauen ja schon ab. Nur noch eine Frage: Was ist mit Harry?«, wollte Tess wissen.

Jake zuckte mit den Schultern.

»Was soll sein? Es wird ihn immer geben und wahrscheinlich werden wir uns bis in alle Ewigkeit bekriegen. Er wurde auf diese Erde geschickt, um mich auf die Probe zu stellen, wie meine Oma sagen würde. Aber eines ist klar: Eher friert die Hölle zu, als dass er und ich Freunde werden. Und jetzt verzieht euch, nein, du natürlich nicht, Kate! Du bekommst einen Spezialauftrag.« Er zog sie an sich und flüsterte ihr etwas ins Ohr.

»Also, mit Schokolade habe ich das noch nie gemacht, aber als Enthüllungsjournalistin bin ich natürlich bereit, es zu versuchen!«